二見文庫

見つめずにいられない

スーザン・イーノック／井野上悦子＝訳

By Love Undone

by

Suzanne Enoch

見つめずにいられない

登場人物紹介

マデリーン(マディ)・ウィリッツ	〈ラングレー・ホール〉で働く娘
クインラン(クイン)・ユリシーズ・バンクロフト	ウェアフィールド侯爵
マルコム・バンクロフト	クインの叔父
ルイス・バンクロフト	ハイブロー公爵。クインの父でマルコムの兄
ヴィクトリア・バンクロフト	ハイブロー公爵夫人。クインの母
ラファエル(レイフ)・バンクロフト	クインの弟
エロイーズ・ストークスリー	スタフォード伯爵の娘。クインの婚約者
チャールズ・ダンフレイ	マディの元婚約者
ベンジャミン・スペンサー	ダンフレイの友人
ハルバーストン	マディの父
クレア	マディの妹
ポリー	同上
ジョン・ラムゼイ	サマセットの地主
ジェイムス・ファウラー	〈レンデン・ホール〉の主
ジェイン・ファウラー	ジェイムスの妻
リディア・ファウラー	ジェイムスの娘
サリー・ファウラー	同上
ホイットモア	ラングレーの農夫
ビル・トムキンス	マルコムの召使
ベルナール	クインの従者

1

そよ風のなか、薔薇《ばら》の茂みで黄色と赤の花びらをつけたロード・ペンザンスがものうげに揺れていた。マデリーン・ウィリッツは後ろの木立でさえずるコマドリに合わせてハミングしながら、なかでも見栄えのいい花を三輪摘み取り、そっとバスケットへ落とした。そのとき、棘《とげ》がちくりと指を刺した。

「まったくもう！」

同時に、雷鳴のごとくあたりを震わす怒鳴り声が主寝室の窓からとどろき、彼女は飛びあがった。

「ミス・マディ！」家政婦が半狂乱で呼ぶ。

「やれやれ」マディはつぶやき、植木鋏《ばさみ》をバスケットにしまうと、スカートの裾《すそ》を引き寄せて勝手口へと走った。

ミセス・ハドソンはドアを開けて待っていた。マディは家政婦の丸々した腕にバスケットを押しつけると、二階へ上がる階段目指して廊下を走りながら、肩越しにきいた。「どうしたの?」なにごとかと思った使用人たちがつぎつぎ廊下に飛び出してくるので、ぶつからないようよけながら走る。

「わかりません、ミス・マディ」後ろから返事が返ってきた。「ギャレットが一緒なんですけど!」

「ギャレット!」

執事が階段のてっぺんに現われた。真っ赤な顔で、黒い上着に垂れる濃厚な茶のグレーヴィソースを拭《ふ》いている。「手紙を渡しただけですよ!」彼は抗議した。

ギャレットに続いて、ビル・トムキンスが寝室から勢いよく飛び出してきた。そのすぐあとをティーカップの受け皿が追いかける。「今度という今度は殺されるところでした」召使は手すりに寄りかかってあえいだ。

「よけいなこと、するからよ」マディは無情にいい放つと、戦場に足を踏み入れる前に呼吸を整え、肩にかけたショールを引き寄せた。

「どうすりゃよかったんです? あのかたが狂ったみたいにわめいてるあいだ、ランプを磨いてればよかったとでも? あれじゃあ鬼も逃げ出しますよ」ビル・トムキンスはぶるっと身震いした。

執事は思わず笑った。「そいつはありがたい」

使用人たちに警告の一瞥《いちべつ》を送ってから、マディは戸口でショールの端を振った。「参りま

部屋のなかでまたもや低いうなり声が発せられ、枕が壁にあたるどすんという音が続いた。

「はん、つまらんことをいうのはやめて、そのかわいい顔をこっちにお出し」マルコム・バンクロフトの苛立《いらだ》った声が命じた。

マディは寝室に入った。昼食の残骸が滴《したた》ってそばの壁を彩り、マルコムが背もたれにしていた枕は床に散乱して、当の主《あるじ》はもつれたシーツの真ん中に仰向けに寝転がっていた。

「まあ、すごい修羅場」彼女はちっちと舌を鳴らした。

マルコムはぎこちなく頭を持ちあげると、怖い顔で彼女を睨《にら》みつけた。「ふん！」ひとこといって、また横になる。

笑いを噛み殺しながら、マディは枕を集めにかかった。「今日の手紙に、なにか面白い知らせでも？」

「わしがきみなら、そう落ち着いておれんがな、マディ。きみの喜ぶ話じゃない。まったく頭のからっぽな気取り屋どもめが」

枕の助けを借りて主人の体を起こしながら、マディは不安がちらと胸をよぎるのを感じた。

「貴族のかたがたを称するのにわたしが好む表現を、よくご存じですね。新国王が訪ねてみえるのかしら。だったら銀器を磨かせましょうか――それとも隠しておくべき？　ジョージ四世のことはわたしよりもはるかによく知ってらっしゃるでしょう？」

狙いどおり、ジョージ四世の名前が出たことで、マルコムはなんにせよ怒りの原因をいっとき忘れた。「ジョージ狂王、ジョージでぶ王、次はなんだ？　ジョージ盲目王か？」

主人の口調にしぶしぶながらもユーモアが戻ってきたことにほっとして、マディはくすりと笑った。「いずれにせよ王家のかたがたはご自分の財布以外、なにも見えないものです」

マルコムは鼻を鳴らした。「それだ」弱った左手で、トーストの上に載ったくしゃくしゃの紙を示す。「しかもその病気はイングランドじゅうの爵位を主張する輩《やから》に広がっておる。さて、手紙をこちらにくれんかね」

マディは自分で読みたい衝動と闘いながら、いわれたとおり手紙からパン屑《くず》を払って渡した。知らせがあるなら、彼が話してくれる。いつもそうだ。

マルコムはぎこちない手つきで胸の上で紙を伸ばした。「いいかね、マディ。覚悟しておくのだぞ」咳払《せきばら》いしてから皺《しわ》くちゃの手紙を持ちあげた。「弟へ」ことばを切って、彼女を見あげる。そのひと言の意味が間違いなく伝わるのを待つように。

マディの胃がいやな感じに引きつった。最後の枕が指をすり抜けて床に落ちた。「ハイブロー公爵がようやくお返事を下さったんですね」そうつぶやき、ベッドの脇の椅子に座り込んだ。

「こちらが手紙を書いてから二週間以上だからな。そろそろ返事せんわけにはいかなかったんだろう」マルコムは横目でマディを見やった。「きみが手紙を燃やしたんじゃないかと本気で思いはじめていたところだった」

　マディは背筋をぴんと伸ばした。「送りますっていったはずです」自分の寝室の暖炉に〝誤って〟手紙を落とす寸前だったことを、彼は知っているのかしら、と思いつつ答える。

「送ったのはわかっとる」主人は小さくほほ笑み、それから手紙に注意を戻した。「〝弟へ〟」とくり返して、「〝おまえの折悪しき病の知らせが届いたとき、わしは仕事でヨークシャーに出かけていた。ハイブロー城に戻るや、返事を書いた次第である〟」

「ほんとなんですね」マルコムが息を継ぐためにことばを切ると、マディはいった。彼は近ごろ、とみに疲れやすくなっている。「あのかたはいつも、〝城〟ということばをお使いになるって」

「機会あらばな。続きだ。〝妻のヴィクトリアは全快を祈っているそうだ。正直わしはどちらでもかまわんが〟」

「まあ、なんて人」

「〝ハイブロー城ではいま植えつけの真っ最中だ。でなければ過去におけるおまえの判断のあやまちはさておき、ラングレー・ホールに見舞いに行くべく努力したのだが〟」

「そりゃそうでしょうとも」マディとマルコムはそろってとってつけたような相槌《あいづち》を打った。

　公爵について知っていることといえば、その超特大のうぬぼれと尊大さを示す逸話ばかりだったので、マディはひそかに安堵《あんど》の吐息をもらした。公爵は来ないらしい。「では、そういうわけですね」彼女は立ちあがった。「この程度でわたしを震えあがらせることはできません、おあいにくさま」

「いっておくが、いまのはいい知らせのほうだ」

ゆっくりと、マディはまた腰を下ろした。「まあ」

「頼むから、落ち着いて聞くのだぞ」

彼女はうなずいた。「あなたをみならって」と、茶化す。

「うるさい。〝しかしながら〟」マルコムは続きを読んだ。「〝ラングレーの収穫はきわめて大事だ。よって、わしはクインランと話をした。息子はサマセット州に出かけて、おまえが回復するまで植えつけの指導をし、地所の管理をする旨同意した。この手紙のあとすぐに発《た》ったので、ラングレーには今月十五日に到着する予定である。ルイスより〟」

マディは窓のそとを見つめた。三日ぶりに雨が上がった美しい春の朝も、これで台なしだった。台なしどころではない。彼女は深く息を吸った。「公爵閣下がおっしゃっているのは、クインラン・ユリシーズ・バンクロフトのことですね？」

主人はうなずいた。やつれた顔が同情するようにちらと歪んだ。「そうらしいな。ウェアフィールド侯爵でもある」

マディは咳払いした。「知ってます」

マルコムは手を伸ばし、彼女の指を握った。「ほんとうにすまない。甥とは知り合いなんだろうね」

マディはかぶりを振った。「ありがたいことに、そうではないんです。あのかたは、わたしのその……ロンドン滞在——そういっていいかどうかわかりませんけど——のあいだ、たしかスペインにいらしたんだと思います」眉間に皺を寄せて記憶をたどる。

「あれはきみのせいではない」マルコムが優しくいった。

マディは愛情を込めて彼を見つめた。これではどちらがお世話役かわからない。「そう思ってくださるのはあなただけです。だれも——だれひとりとして、あの馬鹿げたキスと、ドレスのなかに手を突っ込んできた馬鹿な男しか見なかった。わたしがあんなことにも、あんなならず者のスペンサーにも、一切かかわりたくなかったことなんて問題じゃなかったんです。だからわたしも、二度とロンドン社交界とはかかわりたくありません」

「ふむ、クインランがそのときいなかったなら、心配することはないな。どちらにせよ彼はなにもいわんよ。たしなみってもんがある」

「心配はしていません」マディは居住まいを正し、彼の手に包まれた指を引き抜いた。「わたしはそんな小心者じゃありません」

彼は笑った。「小心者だなどとはいっとらん」

「ただ……ちょっと感情的になってしまって」ヒステリー寸前といったほうが真実に近いだろうが。もっともこの平和な日々もあとわずかで終わるという予感は、近ごろあった。ハイブロー城に手紙が送られたということは、だれかが返答せざるをえないということなのだ。ウェアフィールド侯爵とは面識がないが、どういう人間かは知っている。クインラン・ユリシーズ・バンクロフト。社交界の花形、新国王のお気に入り。貴族中の貴族。作法と威厳の権化。甘やかされ、スポイルされたその尊大な顔を拝むまでもなく、マディは彼が嫌いだった。〝彼ら〟のひとりだから。

世の人は〝貴族〟と呼ぶのだろうが、彼女の経験からすれば、そのことばは各人の人格とはまったく無縁だった。「公爵閣下には、病気のあいだもラングレーを監督する人間はいるとお伝えしたものと思ってました」

「兄がそんなことを斟酌《しんしゃく》すると思うかね？　ラングレー・ホールは彼のものなんだよ。わしはかわりに管理しとるだけだ。わしの同意があろうがなかろうが、自分の豊かな経済状態を維持するに必要とあらば、彼はどんな手だって尽くすさ。知ってるだろう」

マディはため息をついた。「ええ、知ってます。それでも、息子を押しつけてくる前に、人手がいるかどうかひとこときいて下さってもよかったんじゃないかと思いますけど」

意外にもマルコムはまた笑った。青ざめた頰に珍しく血の気が戻った。「クインランは自分がだれかに〝押しつけ〟られた、とは思ってないだろうな」

「さぞご立派なかたなんでしょうね」マディはそっけなくいった。

主人の目が細められ、疑り深げな表情になった。「忘れてはならんぞ。面倒を起こさなければ、おそらくその分、彼の滞在は短くなるし、きみもいやな思いをせんでよくなるんだから」

罪悪感が胸をよぎった。なんだかんだいっても、このいまいましい侯爵はマルコムの甥なのだ。そしてふたりは少なくとも四年ぶりの再会となる。自分としては侯爵も上流階級も嫌いだけれど、家族から絶縁されてマルコムがどれほど寂しい思いをしているかはよくわかっている。

だから、ウェアフィールド侯爵の訪問は歓迎できなくとも、地団駄踏んで癇癪《かんしゃく》を起こすつもりはなかった。ともかく雇い主の前では。「お行儀よくします」彼女は請け合った。

マルコムはほほ笑んだ。「それは疑っておらんよ」

「あちらがお行儀よくしているかぎり」マディはつけ加えた。

「大丈夫さ。前にもいったが、彼は絵に描いたような紳士だ」

「そんなすばらしいかたにお会いできると思うと、ことばもありません」

「マディ」マルコムはかすかな笑みを浮かべて諫《いさ》めた。もう少し体を起こそうとしたが、その動きをやはり不自由な脚に妨げられ、うーんとうなった。「ミセス・イディングスを村へ使いにやって、噂《うわさ》を広めてもらったほうがいいな」

「村の人が丘へ逃げ込めるように？」

「ウェアフィールド侯爵がラングレーを訪れるというのに事前に知らせなかったら、隣人たちはわしを一生許してくれんだろうよ。本物の貴族がサマセット州のこのあたりにやってくるなんぞ、ラクダが針の目を通るより珍しい話だ」

マディはまたしても溜息をついた。「興奮にわれを忘れるでしょうね。わたしのほうは、どう気持ちを抑えたらいいか、途方に暮れそうだわ」

「努力はするな？」

マディはほほ笑んだ。「もちろん。ただし、ひとえにあなたのために」

マルコムは愛おしげに彼女を見た。実の父にはなかった思いやりをこめて。「ありがとう」

「どういたしまして」彼女は立ちあがった。「もう少しお茶を持ってきますわ」

「よかったら、桃のタルトも頼む。わしの昼食は事故にあったようなのでな」

マディは肩越しに振り返り、おかしそうに笑った。「デザートが少し取ってあって幸運でしたね」

「はん」

マディは料理人のミセス・イディングスにウェアフィールド侯爵のまもない到着を知らせてから、彼女をハースグローブまで行かせた。野菜を買い、午後にもゴシップを広めさせるために。そして自分はマルコムに昼食がわりのタルトを運ぶと、庭の鉢植え小屋に逃げ込んだ。そこならだれにも聞かれることなくなにかを叩いたり、悪態をついたりできる。つくづく貴族というのはいまいましい人種だ。いつだって望まれない、いらない場面に現われる。

「マデリーン？」

「嘘でしょ」マディはペリースで手を拭きながらつぶやいた。「ここです、ミセス・ファウラー」

彼女としては隣人たちが情報を探りにくるのは明日以降になると期待していた。ミセス・イディングスの噂話はマルコムの予想以上の効果を発揮したらしい。怒りの表情を和らげ、小屋から出た。

「まあ、そこにいたのね、マディ」ジェイン・ファウラーはお気に入りの訪問着を着ていた。マディから詳しい話を聞き出したあとは、帰り道の一軒一軒にそのニュースを伝えて歩く気なのは間違いなかった。

「こんにちは。さわやかな午後ですね」

「ええ、ほんと」ミセス・ファウラーはうれしそうに溜息をついた。ぽっちゃりした頬にえくぼが浮かぶ。マディの髪に迷い込んだ葉を引き抜くなり切り出した。「サマセットに大事なお客さまが見えるって聞いてね。わたし、すっかり興奮してしまって」

「ええ、でも——」

「それがなんと」ミセス・ファウラーは両手をぱんと叩いて続けた。「侯爵さまだというじゃありませんか」身を乗り出して声をひそめる。スズメ以外に聞く人はだれもいないにもかかわらず。「しかも、とてもハンサムで、年二千だとか。想像できて？　年収二千ポンドよ！」

そのなんとも無意味な感嘆への苛立ちを抑えつつ、マディはうなずくと、家のほうへすたすたと戻りはじめた。ウェアフィールド侯爵をもてなすだけでもうんざりなのに、噂話につきあわなくてはならないとは。「そのかたのこと、よくご存じなんですね、ミセス・ファウラー」

「ミセス・ビーチャムがご存じなのよ。ほら、あのかた、モンテーゼ男爵のいとこでしょう」

「ええ、以前そう聞きました」くり返し、幾度となく。

「どれくらいの期間、ラングレーに滞在なさるのかしら？」

「ほんとうに知らないんです。でもじき社交シーズンが始まりますから、そう長くではないと思いますけど」

ミセス・ファウラーはうやうやしく溜息をついた。「ええ、そうね、社交シーズンね」

その憧憬の表情に、マディは噴き出したくなった。「リディアとサリーにはもう話したんですか？」

「あのふたりから聞いたのよ。ほんとうにいい娘たちだわ。リディアはピアノがとっても上手になったでしょう」

「ええ、わたし――」

「サリーが正式にデビューしていないのはわかっていますけどね、でももう十七ですから。ロンドンから遠く離れたこんな田舎では、ウェアフィールド卿もそうそうしきたりにうるさいことはおっしゃらないでしょう？」

マディが聞いた話では、侯爵はどんなときもしきたりにはきわめて厳格ということだった。

「そりゃそうですわ」含み笑いを隠して同意する。侯爵のラングレー滞在を短くするものがあるとしたら、第一にファウラー家の娘たちだ。

「すてきだわ。ほんとにすてき」ミセス・ファウラーは興奮して続けた。それからことばを切って、こみあげる笑いを抑えようとハンカチを口にあてたものの、成功しなかった。「わたし、いいことを考えたの！」

マディはしぶしぶ逃亡をあきらめた。「なんです？」

「ミスター・ファウラーに相談して、ウェアフィールド侯爵のためにここで舞踏会を開くつもりなの。すごいでしょう？　ひとり残らず招待するわ。ダーディナル家以外は。ミス・ダーディナルだけはお呼びするわけにいかないけれど」

偶然にもパトリシア・ダーディナルはこの一帯でいちばん美しい娘だった。「もうひとり若い女性が加わったところで気にするまでもないと思いますよ、ミセス・ファウラー。リディアは昨年一年でぐっと歌が上達したと聞きました。殿方の興味を引くものといえば、すばらしい歌声と決まってますもの」

ミセス・ファウラーはマディの腕をしっかとつかんだ。「ありがとう。それから、あなたもきっと来てちょうだいよ。ミスター・バンクロフトときたらこのところ、あなたなしでラングレーのそとへ出かけようとしないんだから。侯爵があのかたの世話を引き受けないかぎりってことだけど、もちろん。引き受けるとしたら、なんとご立派なことでしょう」

マディは眉をひそめた。それは考えなかった。けれどもお節介なでしゃばり貴族が、女にはその務めを果たせないと考えても不思議はない。彼女がこの四年のうちに、いかにそれらに精通していたとしても。「ええ、ほんとうにご立派なことね」


これで四十七回目。クインラン・ユリシーズ・バンクロフトはまたしても『黒騎士』のどこを読んでいたかわからなくなり、本を黒革の座席の、自分の隣りに置いた。そして片手で帽子をつかみ、窓に顔を近づけてそとを見た。「クレイモア、サマセットじゃあらゆる轍《わだち》、岩、水たまりを調査しておかないとならないな」

馬丁の顔が窓の上隅に現われた。「すみません、閣下」ひとこと謝って顔は消えた。「いわせていただけば」声がまたただよってきた。「ジョージ王は近ごろこうした道を旅してらっしゃらないんでしょうね」

クインは座りなおして本を読みはじめたが、またもや馬車が大きく揺れ、クッションの上に放り出された。「ジョージ王は幸せだよ」

しかたなく本を脇に置き、長い脚を伸ばして向かいの座席に載せた。溜息をついて座席にもたれ、通り過ぎるサマセット州南部の景色を眺めた。少なくとも天気はましになった。緑の木々におおわれた土地は家畜の匂いよりも牧草の匂いを強く放ちはじめた。

クインはチョッキから懐中時計を取り出し、ちらと見た。計算ではあと二十分かそこらで、ようやくラングレー・ホールに着くはずだ。いまいましいことに馬車で三日。非の打ちどころのない名馬を後ろにつないでだ。荷物にはあとを追わせ、ラングレーまで馬で行けば半分の時間で着いたのに——父の公爵が、十五日に着くと手紙に書いていなければ。

予定より早く到着したら叔父のマルコムはきっと、ラングレーの管理能力を疑われていると感じるだろう。クインがもっとも望まないのは、父ルイスとマルコムの反目に火をつけることだった。だからなにがあろうと十五日前には着くまいと決めていた。

父の生贄《いけにえ》の子羊になると思うといい気持ちはしなかったが、七年間絶縁状態のバンクロフト兄弟は、ロンドン上流階級のなかで格好の噂や冗談の的になっていた。クインは昔からマルコム叔父が好きだったから、それが片田舎で暮らすことを意味しようと、うるさい連中を黙らせるためにできる限りのことはするつもりだった。ともかくこんなことは、ほかの貴族の手前、体裁が悪いし、悪例でしかない。

運がよければ、大した労もなくラングレーの帳簿を整理し、収穫を上げることができるだろう。願わくばそれで、マルコム叔父が兄と和解してもいいと考えるようになり、さらに願わくば、公爵が全般的に人の意見を聞くようになってくれるといいのだが。

期待どおり順調にことが運べば、社交シーズンの始まる数週間前にウェアフィールドに戻る余裕もあるかもしれない。なにせこの夏は自分の時間はほとんど持てそうにないのだ。ロンドンに入ったら、真っ先に結婚式の手配をしなくてはならない。ほかの社交上の約束は、そこから派生することになる。

クインは伸びをして、欠伸《あくび》をもらした。近ごろエロイーズの手紙は以前にましてほのめかしが多くなった。そろそろ、ふたりの了解を公けにすべきときだ。見たところ、結婚するにあたってこれといった問題はない。だから早ければ早いほどいいのだろう。孫がどうのこうのという公爵の愚痴《ぐち》は日増しに声高になり、いまや怒鳴り声のごとくだ。怒鳴る口実がまだ足りないとばかりに。

「閣下」クレイモアが御者席から呼んだ。「ラングレー・ホールのようです」

クインは反対側の窓に視線を転じた。雲が点々と浮かぶ午後の空のもとに、赤と白のラングレー・ホールが建っていた。低い丘の上に広がって、趣のある野草の庭と小さな森を見下ろしている。ロンドンの基準からいえばコテージに毛が生えたようなものだが、敷地内にはサマセット州で最高の釣り場もある。この旅のささやかな報償だ。

「おまえをシチューにしてやるぞ、このいまいましいやつめ！」

巨大なクリーム色の豚が、キイキイ鳴きながら猛スピードで道を横切っていった。農夫と赤ら顔の女、そしてもうひとりの男がそれぞれ三叉《みつまた》や熊手を振り回しながら全速力であとを追う。癇《かん》の強い馬は横に跳ね、馬車ごと道沿いの棘だらけの生垣に飛び込みそうになった。

「こら、落ち着け!」クレイモアが怒鳴った。クインは馬車の側面にぶつかり、帽子を床に落とした。「申し訳ありません、閣下!」馬丁は謝った。「まったく田舎者めが。作法もなにもあったもんじゃない!」

クインは身をかがめて帽子を拾った。「すばらしい」溜息をついて、帽子から埃《ほこり》を払い、頭に被りなおす。「田舎か。実にすばらしい」

2

「お見えになりました！　お見えになりました！」

恐れていた知らせを伝える台所女中の興奮した声に、マディはびくりとした。ウェアフィールド侯爵が到着したのだ。時間ぴったりに。遅れるのは無作法と考えたにちがいない。マディとしては到着が遅れることを期待していたのだが。

手近な窓に駆け寄って、この目で確かめたかった。悪夢の始まりを肝に銘じる意味でも。もっとも馬車はこれまでに何百と見てきたし、イギリス貴族も飽きるほど見てきた。うっとり眺める価値などないことは間違いない。実際のところなんの価値もないといってもいい。

マディは頑《かたく》なに、昨年の黄色い春用ボンネットの縁かがりを続けた。少しばかり運がよければ、これで夏じゅう保《も》ってくれるかもしれない。ここ数年必要に迫られて裁縫の腕はめきめき上達した。それでも、帽子をひっくり返して眺め、手直しが実に満足のいく出来なのを見ると、われながら驚いてしまう。

「お見えになりましたよ、ミス・マディ！　早くこちらへ！」ミセス・ホッジが叫んだ。

「はいはい、わかりました」答えたものの、ビル・トムキンスにせよ家政婦にせよ、開け放した居間のドアを駆け抜ける彼らが、返事を聞いていたかどうかは疑問だった。マディはふうっと息を吐いて、ボンネットを脇に置くと、ほかの者たちに加わった。

「おお、あれをごらんなさい、ミセス・ホッジ！　なんと見事な馬車だ！」トムキンスは長身を伸ばして、広間の窓からほかの使用人の頭越しにそとをのぞいた。「国王だってあれほどのは持ってませんよ、きっと」

普段は冷静なギャレットでさえ、そわそわしていた。視線を窓から玄関ホールの置時計に移し、また窓に戻す。最大の効果をあげるにはどの時点で玄関を開けるべきか、タイミングを計っているようだった。

「心配しないで、ギャレット」マディは励ましていった。「侯爵はときどきわめき散らすかもしれないけど、きっと嚙みついたりはしないから」

ギャレットはちらと彼女を見た。「あなたは自信たっぷりにいいますがね、バンクロフト家の人間に会ったことないでしょう。わたしはウェアフィールド侯爵の面前でへまをしたくはありませんね」

「やめて。貴族と貧乏人の唯一の違いは、いっぽうは無礼を許され、もういっぽうは許されないというだけよ」

むっとした顔と非難のことばがいっせいに向けられたことからして、使用人のだれも、これ以上その問題について彼女の意見を聞く気はないようだった。マディはぐるりと目を回し、窓に群れる興奮した人々から意図的に距離を置いた。みんなじきに、その張りぼての英雄は、彼らが想像のなかで崇拝しているイメージとは似ても似つかないことに気づくだろう。

大きな馬車の重たげなガラガラいう音とともに、蹄《ひづめ》の音が近づいてきた。ギャレットはもう一度上着を引くと、一同にうなずいてから、両開きの玄関の扉をさっと開けた。ラングレーの使用人たちがそれぞれネクタイを引っ張ったり、エプロンのリボンを直したりしながら、一列になって扉から走り出た。低い階段を下り、正面の歩道の両側に並ぶ。

彼らに続いて、マディは幅広の大理石のポーチに出た。そこなら人目につかず見物することができる。

砕石敷きの私道をこちらに向かってくる馬車は黒で、とてつもなく大きかった。鮮やかな黄色と赤のウェアフィールドの紋章がドアを飾っている。同じ黒の見事な四頭の馬が、目を見張る使用人たちの眼前でもどかしげに足を止めた。同時に馬車の後ろで、これまた見事な鹿毛の狩猟馬が前脚を上げて止まった。マディは鼻を鳴らした。うぬぼれ屋の無作法者は、馬までご持参あそばしたわけね。ラングレーの厩舎《きゅうしゃ》の中身じゃ満足できないとばかりに。

ビル・トムキンスがあと一歩前に出て馬車のドアを開けるまえに、お仕着せを着た召使が御者席の横からするりと這《は》い降りて、その役を買って出た。熟練のなせる手際のよさで、踏み段をドアの下に引っかけると、一礼して後ろに下がった。

黒い馬車から、上質な黒革を使ったぴかぴかのヘシアンブーツに包まれた、優雅な脚が現われた。続いて膝から上。筋肉質な腿が黄褐色の鹿革のズボンを盛りあげている。マディの懐疑的な目が、優雅なグレーと青のチョッキ、広い胸をおおう濃紺の極上の上着に留まった。雪のごとく白いネクタイが、ぴんと張った非の打ちどころのないシャツの襟のあいだにおさまっている。白のキッド革の手袋をはめた指が、磨き抜かれたマホガニーのステッキを召使に渡した。握りの部分に象牙をはめ込んだ黒檀のステッキだった。

侯爵は馬車を降りるとき、下を向いていた。濃い蜂蜜色の波打つ髪に粋な角度で鎮座する青いビーバー帽のせいで、顔は見えない。「馬鹿みたい」マディは少しも感銘を受けなかった。フェンシングクラブやボクシングホールのおかげで、スリムで筋肉質な体を保っているのだろうが、ぼてっとした鼻や形の悪い歯は治せない。放蕩《ほうとう》のかぎりでできた皺も隠せないのだ。

彼がついに顔を上げた。翡翠《ひすい》のような、雨上がりの森を思わせるグリーンのふたつの瞳が、私道から上気した顔の使用人たち、ラングレー・ホールの赤い石壁へと向けられた。いかなる歪みも認められない優美な彫刻のごとき鼻と、引き締まった力強い顎。乙女心を騒がすような唇が召使に向かってなにかつぶやくと、召使はすばやくステッキを主人に返し、落ち着かなげなラングレーの召使に、馬車の屋根に積んだ巨大な荷物の山を下ろしにかかるよう合図した。

やがてウェアフィールド侯爵は出迎えを受けるため、前に進みでた。

ミセス・ホッジは深々とお辞儀をした。「ラングレーへようこそ、閣下」彼女の丸々した頬は不安と興奮に染まっていた。「家政婦のミセス・ホッジです」

「こんにちは」軽くうなずいて彼女を下がらせると、彼は列の先へ進んだ。翡翠色の瞳は、どの使用人にも一瞥以上は与えなかった。「出迎え、ありがとう」ひとりひとりに声をかけながら、低い階段を上っていく。

ポーチに上がったところでその超然とした視線は若いルース、ミセス・イディングス、それからマディをなぞった。マディと目が合うと、一瞬視線が止まった。足も止まった。マディははっとして目を伏せ、お辞儀をした。思いきって再び目を上げたときには、すでに侯爵は通り過ぎたあとで、ステッキと帽子を執事に渡していた。無視されることは予想していただけに、高圧的な視線とそのあとのそっけなさに激しい苛立ちを感じたときには、われながら驚いた。

「あれからどうしてた、ギャレット？」侯爵は手袋をひとつひとつ帽子のなかへ落としながらきいた。目はロビーの装飾に向けられている。叔父の趣味を粗野で田舎じみていると感じているにちがいない。

「おかげさまで、元気でございました。ありがとうございます、閣下。寝室にご案内しましょうか、それとも――」

「叔父に会いたい」ウェアフィールド侯爵はさえぎった。「荷物を部屋に運んでおいてくれるか。従者もあとからじき到着する。残りの荷物を持って」

マディは信じられない思いで彼を見た。すでに夏じゅうは不自由なさそうなほど、大量の荷物を下ろしたというのに。これ以上来るということは、ここを終《つい》の住処と定める気と覚悟しておいたほうがよさそうだ。

「わかりました、閣下」

ギャレットが自分のほうを見たので、マディはびくっとして一歩前に出た。「よろしければ、わたしがミスター・バンクロフトのところへご案内します」お行儀よくすると約束したことを思い出しつつ、いった。

ウェアフィールド侯爵が振り返って彼女を見た。弓型の眉がわずかに上がり、ついで頭が傾《かし》いだ。長い指を優雅に動かし、先を行くよう合図する。「お願いしよう」

マディは彼の脇をすり抜けて玄関を入り、広いロビーを突っ切った。静かに固い木の床を打つブーツの音を従えて、突き当たりのカーブした階段まで歩く。あわてたり、転んだりしないこと。ともかく必要以上に注意を引かないことだ。マディは滑らかなマホガニーの手すりをつかみ、目の前の階段を見つめつづけた。おとなしくしていれば、その分侯爵の目に留まることもないはずだ。

とはいえ、ウェアフィールド侯爵がこれほどハンサムだとは思いもよらず、マディは彼を見たい、触れたいという気持ちを抑えられなかった。そんなことでは彼の滞在がいっそう厄介なものになってしまう。ここ数年、イギリス貴族と聞けば一様にふとって豚みたいな目をした、尊大な気障《きざ》男を思い描いていた。

ウェアフィールド侯爵はこれっぽっちも肥っていないし、豚のような目でもなく、たしかに装いは最新流行のものだが、気障というのとはあきらかに違っていた。気障男というのはこれほど……有能に見えないものだ。もっともあの横柄な挨拶から察するに、ロンドン人は膨れあがったプライドの持ち主という自分の記憶はやはり正しかった。マディはそんなことをつらつら考えながら、二階へ向かった。

「きみは叔父の看護婦なのか？」

「お相手役です」彼女は目を前に向けたままで訂正した。階段を上りきったところだった。返事のあとには沈黙が続いた。遅ればせながら、侯爵が待っているにちがいないものに思い当たった。「閣下」間抜けないい忘れに思わず顔をしかめる。

「どうしてその……仕事をするようになった？」

彼の洗練された口調に好奇心が混じっていた。マディは歯を食いしばった。「申し込んだんです、閣下」

「なるほど」

マディは反論したくなった。彼が納得していないのはあきらかだったからだ。その口調からして、マルコムの愛人かなにか、ともかく公けにできない存在と思っているのだろう。だがつまらない誤解を解くことで会話を長引かせるのも本意ではなかった。だいたい彼に、わたしの個人的なことを穿鑿《せんさく》する権利なんかない。

すでにマルコムの寝室の前だった。マディは癇癪をぐっとこらえた。ここまで来ればじき侯爵から解放される。

「じゃあ、きみのことはなんと呼べばいいのかな？」彼の深い声には気取った、面白がっているような響きがあった。

マディはためらった。もっともウェアフィールド侯爵の交友関係は高貴な人々に限られているのだから、自分の名前に聞き覚えがあるはずはない。「ミス・ウィリッツです、閣下」

「いいかい、ミス・ウィリッツ、会話をするとき相手の顔を見るのは無作法と考えられていないはずだよ」彼が指摘した。

マディは瞬きした。いってくれるわね。困惑と屈辱、そして怒りが一気にこみあげた。そうしてほしければ、いやになるくらい丁重にしてあげるわ。

怒りの咆哮《ほうこう》を笑顔で隠して、彼女は戸口で振り返った。「申し訳ございません、閣下」部屋を手で示す。「ミスター・バンクロフトはこちらにいらっしゃいます、閣下」ちらと目をやると、啞然《あぜん》とした視線とぶつかった。侯爵は答えようと口を開いたが、彼女はさっさと踵《きびす》を返し、憤然とその横をすり抜けると、階段のほうへ向かった。

「では、これで失礼させていただきます、閣下」

クインは、ピンクと白のモスリンをなびかせて階段を急ぎ足で下りていく、叔父の自称お相手役のほっそりした後ろ姿を見送った。「けっこう」彼はだれにともなく答えた。おかしな娘だ。

「クインラン・ユリシーズ・バンクロフト。ラングレー・ホールへようこそ」

われに返って叔父の寝室のほうを向いた。「叔父上、ありがとう」

クインはほほ笑んで、部屋に入った。ナイトテーブルには色とりどりの薬瓶が並び、チェストの上には本やカード、ゲームなどが積まれていた。開いた窓の下には花が生けられ、春のそよ風に優しく揺れている。マルコムは大きな枕の山を背に、体を起こして座っていた。顔色は悪く、頬はこけていたが、笑うと黒っぽい目がきらきら光った。

「元気そうだな、坊や」

クインは軽く会釈した。「叔父上も。父の話からして、いまごろ棺桶のなかかと思ってましたが。どうして調子がよさそうだ」

「わしが死にかけてるっていうのは、ルイスの希望的観測にすぎんよ」マルコムはベッドのそばの椅子を示した。「旅はどうだった?」

餌《えさ》に食いついて、父の個人的見解について論議したくはなかったので、かわりにクインは椅子に腰かけた。「平穏無事でしたよ、どうも」

マルコムはかぶりを振り、甥に向かって大げさに指を振った。「そんなことはあるまい。このところわしも噂話に目がなくてね。道中だれと会ったか、どんな天気に遭遇したか、社交シーズン前にウェアフィールドから引きずり出されてどんなにがっくりしてるか、ちゃんと話しなさい」

クインはしばし、叔父を見つめた。これまでマルコムは頑なな独立心で知られていたが、風変わりというわけではなかった。が、公爵が繰り返し指摘していたように、脳卒中が認識能力にどんな影響をおよぼすかははっきりしていない。「わかりました、叔父上。ここを訪問することになって、ぼくは少しもがっかりしていません。ただ、さすがに遠かったですね。太陽は定期的に顔を出してましたが、雨にも一度降られました。牛乳配達二台、郵便馬車一台、農夫の荷馬車五台とすれ違いました。ほんの数分前は脱走した豚を一匹見かけましたよ。数人がかんかんになって追いかけてました」

マルコムはキルトの上掛けを叩き、目の隅に皺を寄せて笑った。そのせいで息が切れ、話ができるようになるまでひと呼吸置かなくてはならなかった。「それは悪名高いミス・マーガレットだな」やっとのことでそう説明した。「マディに話さなくては」

「マディ？」

「ミス・ウィリッツだよ。彼女にはもう会ったろう？」

クインはゆっくりとうなずいた。彼女を初めて見たときは、なぜか柄にもなく体がかっと反応した。「会いました。彼女は――」

「きれいな娘だろう？　文字どおり命の恩人なのだよ。彼女がきみをここまで案内するものと思っていたが」

「案内してくれました」叔父の家でのミス・ウィリッツの立場は推測したとおりのものらしい。「たしかに実に魅力的な人ですね。いささか……ふるまいに変わったところがあるようにも思えますが。あなたがたは実際のところ、ぼくの滞在を喜んではいないのでしょう」

叔父はまた笑った。「そういう者もいる」

マルコムがいたって上機嫌なことに驚き、クインは片眉を上げた。「それはご挨拶だな、叔父上」

「失礼します、ミスター・バンクロフト、閣下」

クインは顔を上げた。マディが戸口に立っていた。流行りとは無縁の日焼けした頬を染め、顎をつんと上げているところを見ると、どうやらいまの発言を聞いていたらしい。彼はしかめ面を抑えた。

「なんだね、マディ？」

彼女は戸口に立ったままで、明るいグレーの瞳をクインからそらしていた。アイルランドの血が混じっているな。すらりとした長身や波打つ赤褐色の髪を、今度は時間をかけてうっとりと眺めながら、クインは思った。髪はほどけば腰まで届きそうだ。思いきった短い巻き毛というロンドンの流行からはかけ離れているが、女性の波打つ長い髪ほど心をそそるものはない。叔父は愛人の趣味がいい。すばらしくいい。自分の脈の速さがそれを示している。

「ミスター・バンクロフト、ウェアフィールド侯爵のお荷物は東の部屋には入りきらないようです」マディは堅苦しい口調でいった。「差し出がましいようですが、侯爵さまは荷物の一部を、二階の居間に移されたいのではないかと思いまして。そうすればその部屋をご滞在中のオフィスとしてもお使いになれますから。ものを読んだり書いたりなさるにも便利かと」

彼女のふっくらとした官能的な唇はきりりと一直線に結ばれたままだ。クインの興味と関心がまたひと回り膨らんだ。どうやら彼女は癇癪持ちらしい。態度を注意されたことで、ぼくに腹を立てているのだ。

「邪魔にはなりたくない」彼はさらりといった。美しい瞳がはじかれたようにこちらを向き、またそっぽを向いた。「読んだり書いたりは書斎でできる」

「なにいってる。いい考えだよ、マディ」

「そのように手配してきます」深々とかしこまったお辞儀をすると、彼女は戸口を離れた。

クインはマルコムに注意を戻した。「いっておきたいのですが、叔父上。ぼくはあなたが回復するまでラングレーが滞りなく運営されるよう、手伝いに来ただけです。父はあなたやこの家で働く人たちを」と、ミス・ウィリッツが消えた方角を示す。「サマセットの荒野に追いだそうなどとは断じて考えていません」

マルコムは膝の上に載った本をどけた。「まさか。わしもそんなことは考えとらんよ。なにせ体裁が悪いからな。いいか、爵位を持つバンクロフトの最大の目標は、つねに体裁を整えることだ」

クインは眉をひそめた。「それはフェアじゃありませんね。叔父上――」

「だが、わしがぽっくりいったら、間違いなくラングレーはきみかレイフのものになるだろうよ」

「弟の場合、家具のひとつでももらえれば幸運ってとこでしょう。信じてください、すべてはいまでも公爵閣下のものなんです」小さく笑って、クインは椅子にもたれた。「しかもそれを万人に知らしめないと気がすまない。ただ、あの人に変わることを期待するのは遅すぎます。ぼくの好きにできるなら、ラングレーはとうにあなたに譲ってますよ」

叔父はちらと彼を見た。「きみの基準からしたら大したところじゃないだろうが、ここにもそれなりの魅力はあるのだよ」

「でしょうね」ミス・マディ・ウィリッツがその最たるものと思われる。彼は辞去しようと立ちあがった。「ともかく早く慣れるに越したことはないでしょう。差し支えなければ、今日の午後から帳簿にかかって、翌朝には畑をひと回りしてこようと思います。天気が保つのであれば、すぐにも小麦と大麦の植えつけを始めない理由はない」

「時間を無駄にすることはないな」叔父も同意した。「どこになにがあるかは、すべてマディが知っている」

クインはうなずいて、ドアのほうへ体を向けた。「了解です」

「クインラン？」

彼は視線を戻した。「なんです？」

「マディには……注意してくれ。彼女はこんな老いぼれにはもったいない女性だ」

つまり近づくなということか。理由はだれにでもわかる。体が不自由な状態では、マルコムはじゅうぶん彼女の相手をできない。ラングレーに送り込まれたのが弟のほうだったら、レイフは喜んで、いわばその隙間に入り込もうとしたことだろう。クインでさえ、その考えには心惹かれる。「ええ、細心の注意を払います」

肖像画が並ぶ長い廊下を東棟に向かった。ルイスとマルコムがばかげた喧嘩をする前は、夏をラングレーで過ごしたこともあった。どっしりとした木の梁《はり》や高くて広い窓を好ましく眺めたものだった。屋敷は記憶にあるより小さく感じるが、自分のほうは最後にここを訪れてから三十センチ背が伸び、二十年の経験を積んだのだ。

足を止めて、池を見下ろす窓からそとを眺めた。向こうに森が広がっている。ざっと見たかぎり、ラングレーではすべてがきわめてうまく機能しているようだ。とはいえ、ここ数週間で混乱しているであろう帳簿を突つきまわすのはあまり気が進まない。クインは溜息をついた。

「閣下？」

びくりとして振り返った。どこからともなく現われたマディともうひとりの使用人が後ろに立っていた。「なにか？」

「迷われたんですか、閣下？」

「いや、ちがう」彼はほほ笑んだ。「気遣い、ありがとう」

マディはうなずき、隣りの女性に合図したが、年配のその女性は顔を赤らめて数歩後ろに下がった。ミス・ウィリッツは苛立たしげな顔で、彼のほうを向きなおった。「お邪魔をしましたこと、心からお詫び申しあげます、閣下。ですが、料理人のミセス・イディングスがあなたさまのとくにお好きな料理、お嫌いな料理を伺っておきたいと申しておりまして。ウエアフィールドの料理人に訊ねる時間はなかったものでございますから、閣下。それに貴族のかたの繊細な体質については、書きつけが届くと思っておりまして」

「ほう」クインは愛想のよい態度であることを望みつつ、うなずいた。「そうだな、重ね重ねありがとう」いまでは確信を持っていえる。なぜか自分はマディ・ウィリッツにひどく嫌われているのだ。

「それで、閣下？」

クインは咳払いした。「そうだな、ブラッドプディングはあまり好きではない」見ると、ミセス・イディングスがでっぷりした体をマディの後ろに隠したままなのに反し、彼女のほうは一歩も動いていない。つまり、ぼくを怖れてもいないということだ。クインは相手を懐柔《かいじゅう》しようと、にっこりして続けた。「それからほどよくローストされたキジは好きだな。全体的にぼくはさほど好みがうるさくない。うるさいという噂が流れているようだが」

マディは冷やかにうなずいた。グレーの瞳にも、笑みが返ってくる気配すらない。「そう伺って安心いたしました、閣下」料理人のほうを向いて続けた。「これで参考になったかしら、ミセス・イディングス？」

料理人はお辞儀をした。「ええ、参考になりました。ありがとう、ミス・マディ」顔を赤らめ、もう一度クインのほうへ頭を下げる。「ありがとう――いえ――ありがとうございます、ええと、その、閣下」ミセス・イディングスはためらったのち、廊下を走り去った。「どうも」後ろ姿に向かっていったが、奥の階段をどたどたと下っていく彼女に聞こえたかどうかはわからなかった。ラングレーの使用人たちはそろって少々変わっている。マディに視線を戻すと、相手はこちらを睨みつけていた。

マディはとっさに不機嫌な表情を消し去り、丁重にお辞儀をした。「ありがとうございました。閣下」

彼女にまた逃げられる前に、クインは一歩前に出た。「きみが帳簿のあるところに案内してくれるはずだと叔父がいっていたんだが、ミス・ウィリッツ。時間はあるかい?」

「閣下、先ほど迷われたのではないとおっしゃったように思いますが」

「自分がどこにいるかはわかってる。ただ叔父がどこに帳簿を置いているかは知らない」

「かしこまりました、閣下」彼女はすんなり答えると、モスリンのスカートをひるがえして向きを変えた。階段のてっぺんで足を止め、くるりと彼のほうを向きなおる。

「よろしければご案内します。こちらです、閣下」

クインはかぶりを振りながら、彼女のあとを追って階段を下りた。

「叔父のお相手役になって、どれくらいになるんだい、ミス・ウィリッツ」

マディがいきなり立ち止まったので、クインは彼女にぶつかりそうになった。バランスをとるため片手を泳がせたが、ちょうどそのとき彼女が急な階段でこちらを振り返った。クインの指が彼女の頬をかすめた。彼女は手すりのほうへ飛びすさった。息を呑んで、スカートを直す。「四年になります、閣下」

クインが謝る間も、口を開く間もなく、マディはまた向きを変えると、階段を下りはじめた。驚きと興味を同時に感じながらクインも続いた。「四年? じゃあ、きみはいくつなんだい、ミス・ウィリッツ?」

マディは足を止め、また振り返った。クインは手すりをつかんで一歩下がった。「二十三になります、閣下」丁寧な口調も、怒りに燃える目を隠せなかった。

また彼女が向こうを向く前に、クインはその腕に手をかけた。「よかったら、ミス――」

マディは蒼白《そうはく》になって、手を振りほどいた。「やめてくださ――」

嘘いつわりない動揺が、目に浮かんでいた。クインはすばやく手を下ろした。彼女の頰骨の高い繊細な頰に赤みが差すのを見て、好奇心にさらに火がついた。マディ・ウィリッツは愛人としては珍しいくらい、お堅い女性らしい。

「申し訳ない。ただ、きみがラングレーの客人にはいつも、この珍しい階段ダンスを披露するのか知りたくてね」

彼女は唇をすぼめてから、挑戦的に顎を上げた。「話をするときには相手の顔を見るよう命令するかたに対してだけです、閣下」

「命令したわけでは……まあ、したのかもしれないな。でも、こちらが質問するたびに首の骨を折る危険を冒せというつもりでいったんじゃない」

彼女はじっと彼を見てから、ようやくいった。「お許しください、閣下。わたしもいま、どうことを進めればいいか、わからないものですから」

この奇妙な一種の舌戦に負けたという漠然とした思いから浮かびかけていたしかめ面を、クインは押しとどめた。「まずは階段を下りたらどうかな、ミス・ウィリッツ」

「そうします、閣下」

マディはクインを案内して屋敷の東隅にある、狭い、こぎれいなオフィスに入った。そして両開きの窓の下の机に近づくと、引き出しを開け、帳簿の束を取り出した。

「ありがとう、ミス・ウィリッツ。それでいい」彼女が帳簿や書類の順番を乱し、仕事をなおややこしくする前に止めようと、クインは急いでいった。「ここからはぼくだけでできる」

マディは凍りついたように帳簿を持つ手をこわばらせた。それから唐突に手を放し、引き出しに帳簿をどすっと落とした。今回は予想していたことだったが、振り返ったとき、お愛想の仮面のなかで、目が怒りに燃えていた。「もちろんです、閣下。僭越《せんえつ》でした。どうか無礼をお許しくださいませ」

「謝ることはない」彼女がドアに向かうと、クインは机につき、最初の帳簿を引き出した。「ありがとうございます、閣下」

「よかったら、お茶を持ってきてくれないか」一ページ目をめくりながら、うわの空で頼んだ。ページには叔父の筆跡がでたらめにのたくっていた。丸やスラッシュ、ぎざぎざの線の羅列だ。クインは内心うめいた。数字を判読するだけでもひと苦労だ。一行ごとに文を翻訳していくのはいうにおよばず。

「おっしゃるとおりに、閣下」

クインは顔を上げた。「ミス・ウィリッツ？」

彼女は部屋を出るところだった。「はい、閣下？」

「きみはどもる癖があるのか？」

マディは眉間に皺を寄せた。その眺めは魅力的で愉快だった。その下の目には露骨な敵意が浮かんでいるとしても。「そんなことはないと思いますが、閣下」ためらってから、続けた。「どうしてそんなことをおききになるんです、閣下？」

「大体において、会話ごとに一度か二度〝閣下〟が入れば、ぼくのプライドを満足させるにじゅうぶんなんだが」どういう反応が返ってくるか楽しみながら、彼はにこやかにいった。自分が女性に嫌われることはめったにない。きみは魅力的だが、ぼくはすでにエロイーズ・ストークスリーと約束している、と相手に説明するまでは。「それ以上だといささか慇懃《いんぎん》無礼に聞こえる」

初めて官能的な唇がカーブを描き、小さな笑みをつくった。マディは一礼して、部屋を出た。「わかりました、閣下」

3

マディは〝慇懃無礼〟ということばが気に入った。不愉快で、同時に傲慢なその響きは、ウェアフィールド侯爵に向けて放とうとした矢にぴったりだ。彼は自分のことをハンサムで魅力的な男と考えているにちがいないが。

いっそのこと彼が、愛想よく魅力的にふるまうことだけに専念してくれればありがたい。時間をかけて本気で帳簿に取り組もうものなら、今年の記録をめちゃめちゃにしかねない。穀物に関していえば、ここ数日のいまいましい雨がなければ、とうに自分がその仕事にかかれていたはずなのだ。いまとなっては、ウェアフィールド侯爵がほかの貴族のように、手が汚れることに耐えられないタイプであることを望むしかない。そうであれば彼がその美しいブーツをどこかの畑に踏み入れてみようと思う前に、小作人たちを組織できる。

そして、すべてが滞りなくすんだら、ウェアフィールド侯爵にはサマセット州の片田舎に建つ、ちっぽけなラングレー・ホールにぶらぶらしている理由はなにひとつなくなる。ほかの貴族が華々しいロンドンの社交シーズンに向けて準備を始めているなか、滞在を延ばしたいとは間違っても思わないだろう。

「なにを考えてるか、推《あ》てようか、マディ」

マディははっとして、マルコムを見つめた。普段にまして愉快そうな表情だ。どれくらいのあいだ、わたしはこの見事にローストされたキジを眺めていたのかしら、とマディは思った。ミセス・イディングスは腕によりをかけたとみえ、これほど美味しいキジは食べた記憶がないというほどの出来だった。生焼けの部分も焦げた部分も一切見当たらない。「なんですって?」

マルコムは皿の上で逃げまわる大きなじゃがいもを追いかけていた。「怖い顔をしとったぞ。わしはきみがなにを企んどるのか——狙いはだれか、考えておったんだ」

彼女はむっとしたように目を細めた。「なにも企んでなんていません。ただ、あなたの甥ごさんはどうして、病気の叔父さまにおつきあいせずに、正式な食堂でひとりで食事を摂ることになさったのかしらと思っていただけです」

「ほう」マルコムがちらと彼女を見ると、彼女はナイフを肉に突き刺すところだった。そのひと切れをウェアフィールド卿に見立てているかのように、ひと思いに。「病人といると落ち着かんのだろう。おおかたの人間はそういうものだよ」

マディは顔をしかめた。「知ってます。でも、伝染《うつ》る病気じゃあるまいし。一週間前には手も動かせなかったのに、いまではご自分の手でお食事をなさっているんですもの。一カ月のうちには馬にも乗れますわ。せめてあのかただって――」

「マディ」マルコムがさえぎった。

同時に、戸口でだれかが咳払いした。マディは顔を赤らめ、どんどん長くなるウェアフィールド侯爵の欠点リストに間の悪さをつけ加えた。

「こんばんは、クインラン」マルコムがいった。「食事はすんだのかね？」

侯爵は部屋のなかに入ってきた。マディにすばやく、曖昧な眼差しを向けると、叔父に向かってうなずいた。「すみました。こちらの料理人はすばらしいですね、叔父上。これまであれほど肉汁たっぷりのキジは味わったことがありません」

「そのことばは伝えておくよ。ミセス・イディングスも大いに喜ぶだろう。そう思わんかね、マディ？」

マディは皿から目を離さなかった。「ええ、思います、ミスター・バンクロフト。彼女は侯爵閣下の滞在を心から喜んでおりますから。わたしたち全員と同じく」

「それはありがとう、ミス・ウィリッツ」

彼女の少なからぬ皮肉にも、彼は瞬きひとつしなかった。巧妙すぎて、本気でいっていると思われたのかもしれない。だったらなおけっこう。もう少しからかってやれるわ。「どういたしまして、閣下」

「明日、農地を見てまわる際の案内役を、だれか推薦してもらえないかと思って来たんですが」ウェアフィールド侯爵はナイトスタンドの上の薬瓶をいじりながら続けた。

薬瓶だろうとなんだろうと、まばゆいばかりの鮮やかな色には目を惹かれるようね。マディは思った。ふいにまた愉快な気分になり、フォークを脇に置いていった。「差し出がましいようですが、閣下。サム・カーディナルはすべてによく通じています。ここの土地を耕して五十年になりますから」

侯爵はうなずいて、にっこりした。「ありがとう――」

「なにをいってる、マディ」マルコムがいつにない鈍感さを見せてさえぎった。「サム・カーディナルはのべつまくなしにしゃべって、気の毒なクインをうんざりさせるだろうよ。あの小麦がどうした、あの大麦がなんだとな。あの男の頭には間違いなく殻粒が詰まっとるのさ」

ウェアフィールド侯爵は笑って、横目でちらりとマディを見た。「では、ほかの人を推薦してもらえないかな」

マディはしかめ面を隠した。マルコムったら、口出しはやめてくれないかしら。そのとき、別のもっと有望な候補者が頭に浮かび、笑顔で侯爵のほうを向いた。「馬丁のウォルターならどうでしょう。生まれたときからここで――」

「マディ」マルコムは顔をしかめた。「なんだってそんな――」

「だったら、ミス・ウィリッツ」ウェアフィールド侯爵がさえぎった。「きみに案内をしてもらえないだろうか？」

「わたし？」落ち着いたグリーンの瞳に見据えられ、マディは助けを求めるようにマルコムを見た。「でも、ミスター・バンクロフトはわたしがいないときっと――」

「ふむ、マディに頼むのはまことに理にかなってる」マルコムは同意し、うなずいた。「ここの農地や小作人をよく知ってるし、この数シーズンはどこでなにがよく育ったかもわかってる」

マディは歯を食いしばった。裏切り者。どうやらわたしは孤立無援らしい。ならいいわ。侯爵ひとりくらい、どうとでもあしらえる。「ウェアフィールド侯爵は女を従えてラングレーを歩きたくないにちがいありません」

「ぼくはかまわない」侯爵は反論した。「サマセットでこれ以上魅力的な案内役が見つかる見込みはなさそうだし」

マディは彼の目を見た。わたしを魅力的といってるわけ？　まあ、お世辞が上手だこと。わたしが一緒でも〝かまわない〟とは。想像以上に鈍感な男にちがいない。マディは歯嚙みしないよう努力し、顔に引きつった笑いを貼りつけた。「わたしは並はずれて早起きなんです」一分かけて、自分が彼や、頭でっかちの噂好き貴族たちをどう思っているか、ありのままを伝えてやれたらいいのに、と思う。

「すばらしい。ぼくも朝早くから始められたらと思っていたんだ。じゃあ朝いちばんということにするかい？」

どうやら思いきりひっぱたくらいしないと、彼の気を変えさせるのは無理らしい。「お好きなように、閣下」

侯爵は、妙な表情を浮かべて彼女を見た。皮肉がついに通じたのかもしれない。ゲップを抑えているだけかもしれないが。やがて彼は小さくほほ笑むと、叔父のほうを向きなおった。「今夜は少し疲れました。長いこと馬車のなかだったせいでしょう。でも明日の晩、夕食のときにはいろいろおしゃべりする時間を持てると思います。ロンドンの噂話をたっぷりお耳に入れて、しばらくのあいだあなたを楽しませて差しあげられると思いますよ」

マルコムが横目でマディを見た。マディは侯爵のプライドを刺激した自分を呪った。おかげで、だれにとっても明日の晩は台なしだ。ところが驚いたことに、彼女の雇い主はにっこりした。「それは楽しみだな、クインラン。マディとわしはピケット（ふたりで遊ぶトランプゲーム）を始めようとしていたところなんだが、よかったらきみもどうかね」

今回ばかりは、マディも押し殺した悲鳴をあげずにいられなかった。「ミスター・バンクロフト！」

ふたりが同時に彼女を見た。「どうした、マディ」

彼女は突然大声をあげた理由を必死に考えだそうとした。「閣下は、お疲れとおっしゃってました」急いで言い訳する。「当然、カードなんておやりになりたくないはずです」

「次の機会に、ぜひ」ウェアフィールド侯爵はうなずいて、マディのほうへ軽く優雅なお辞儀をした。「では、おやすみ」

「おやすみ、クインラン」

「おやすみなさい、閣下」

静かな足音が廊下を遠ざかっていった。声の届かないところまで遠ざかるなり、マディは鼻を鳴らして、夕食の残りを脇に押しやった。「わたしが、ほんとうにあのかたにラングレーを案内してまわるんですか」

「きみはそうするといったではないか」マルコムは指摘した。

「あなたがいったんです。わたしには明日やることがあります。毎日、新しい花と郵便を持ってミセス・コリンズを訪ねてるんです。彼女は痛風を患っているので。あと、ジョン・ラムゼイが新しい水門を見てほしいといってきてます。同じ設計のものを、あなたが北の畑にも使う気があるかどうか、確かめてほしいそうです。甥ごさんはだれか別の人に案内してもらえばいいでしょう」

しばし、マルコムはマディの顔を見つめた。その真剣な表情に、マディは少し落ち着かない気持ちになった。「いいかね、マディ。わしは考えたのだよ。たまには同じ身分の人間とつきあうのも、きみにとって悪くないのではないかと。サマセットの片田舎に引っ込んでもう四年だろう」

彼女は頬を上気させて立ちあがった。「あのかたはわたしと同じ身分ではありません。そんないわれかたを聞いたら、あのかた、きっと侮辱とお感じになります」気持ちを静めるため、深く、ゆっくりとひと呼吸つく。「それと田舎で暮らすことについては」彼女は穏やかな口調になって続けた。「当人がほかの場所で暮らすことを望んでいる場合は、変化も好ましいでしょうが、わたしはそうじゃありません」

「わかったよ、マディ」彼はほほ笑んだ。目のまわりの皺が深くなる。「いうまでもなく、きみがここにいてくれて、わしはほんとうにうれしく思ってる」彼はチェストを指差した。「さて、よければカードを取っておくれ。負けを取り戻さないとならん」

心ならずもマディの唇に笑みが浮かんだ。「ええ、わたしに四百ポンド借りがあるんでしたわね?」

マルコムは顔をしかめた。「なに、いまだけさ、お嬢さん」


ウェアフィールド侯爵は朝いちばんといった。そこでマディは夜が明けてまもなく、そっと厩舎に下りていった。すれ違いになったとしたら、それは彼の責任、と決めていた。時間にはもっと正確であるべきということ。こちらは侯爵が起きることなど考えもしないうちからハースグローブに向かっているだろう。

台所の裏口から出たとき、家の者のほとんどはまだベッドのなかだった。朝の空気は刺すように冷たく、厚手のグレーの乗馬服を着ているにもかかわらず体が震えた。だが寒かろうとなんだろうと、彼女は上機嫌で厩舎に向かう小道を進んだ。侯爵はサム・カーディナルかウォルターと一日を過ごす羽目になればいい。わたしのほうはベーカリーで新しいベリー・ペストリーを試食しながら、ジョン・ラムゼイや彼の妹とおしゃべりができる。

軽い足取りで厩舎の正面へまわり——戸惑ってふと足を止めた。マディの雌馬、ブロッサムが鞍をつけて主人を待っている。ウォルターが手綱を握っていた。「ウォルター、いったい——」

「おはよう、ミス・ウィリッツ」

マディはびくっとして振り返った。侯爵が、ウェアフィールドから連れてきた巨大な鹿毛の狩猟馬にまたがっていた。その馬をうっとり眺めまいと、彼女はかわりにラングレーの招かれざる客にひたと怒った眼差しを向けた。彼は楽々と馬の背に乗り、いまいましいハンサムな顔にかすかな笑みを浮かべて、こちらを見下ろしている。早朝の陽射しが当たって翡翠色の瞳はエメラルドさながらだ。やがて鞍をきしらせて前かがみになると、時間をかけて彼女の装いを上から下までじっくり眺めた。安物と思ったにちがいない。もっともうぬぼれとは無縁の彼女でさえ、彼の瞳がきらりと光ったことには気づかずにいられなかった。それに応えて自分の神経がざわめいたことにも。

完全に出し抜かれたのを感じながら、マディはほほ笑んでお辞儀をした。「おはようございます、閣下」

「きみが約束を忘れたんじゃないかと思いはじめていたところだ」彼が方向転換させると、鹿毛馬はもどかしげに後ろ脚で立った。「朝いちばんといわなかったかな?」

「ええ、そうでした、閣下」彼女は愛想よく認め、驚いた顔のウォルターの手から雌馬の手綱を引ったくると、馬丁の手を借りて鞍にまたがった。「今日はこの一帯で羨望の的になりそうですわ。あなたのお伴をさせていただくなんて」

「それはいいすぎだな。まあ、お世辞でもありがとう」

「どういたしまして、閣下」ブロッサムを軽く突いて速歩で駆けさせる。「行きましょうか、閣下?」

侯爵はなにかいいたげな顔をしていたが、口を開く前に、彼女はさっさと最寄りの農場に向かった。彼のほうが同伴を頼んだのだ。〝閣下〟の連発も受け入れてもらうしかない。

そよ風が楡《にれ》の梢の若葉を躍らせていた。雲が朝日の方角へ転がるように流れていく。また雨が来るだろうか、とマディは思った。降らなければいいが。雨は侯爵のラングレー滞在を長引かせることになる。

「乗馬が上手だね、ミス・ウィリッツ」鹿毛馬がゆったりとした駆歩で追いついてきた。ウェアフィールド卿の視線がまたもや品定めするように彼女をなぞった。

マディは顔を赤らめた。驚くことも、二度もじろじろ見る必要もないはずだ。一度でも腹立たしいというのに。「ありがとうございます、閣下」その尊大さに目をぐるりとやりたいところだが、ひとまずそう答える。「サマセットではまあまあ乗れるといえるかもしれません。それにしても、あなたのほどすばらしい馬はこれまで見たことがありませんわ」

その心にもない賞賛に案の定、彼は頬を緩めた。「このアリストテレスはほんとうにすばらしい馬だよ。去年、弟との賭けに勝って手に入れた。どこへ行くにも一緒に連れて行かないと、レイフがウェアフィールドにひょっこり現われてこいつをさらっていくにちがいないからね」

「想像できません、ふざけて馬を盗むなんて！」マディは笑い、手綱の端で自分の腿を打った。思っていたより強く打ってしまい、痛みにひるんで、それもウェアフィールド侯爵のせいにした。「平民がそんなことしたらどうでしょう、縛り首になりかねません」

彼は振り返って彼女を見た。目に驚きと怒りが宿っていた。思ったほど鈍感な男ではないのかもしれない。今回は意外にも侮辱に気づいた。だが、彼がなにかいう前に、運よく災難が目に飛び込んできた。マディは背筋を伸ばして前を指差した。

「まあ、見てください、ミス・マーガレットだわ！　またミセス・ホイットモアのキャベツ畑に向かって突進してる。あの豚の進路をそらさなきゃ。でないと、ラングレーは小作人たちの戦争のまっただなかってことになってしまいます！」

クインは前方の野原を猛進する豚を見やった。「昨日はあの豚のおかげで、馬車ごと生垣に突っ込みそうになった。数人が怒って農具を振りまわしてたな」

マディは笑ってブロッサムを駆歩で走らせ、逃げる雌豚のあとを追った。「昨日？ミス・マーガレットはずいぶんとまめになったようね。いつもなら脱走の間隔は一週間以上あるんですけど」

侯爵とアリストテレスが隣りに並んだ。「なるほど。ミス・マーガレットというのは常習犯なんだな？」

「そうなんです」ふいに彼女は、自分がウェアフィールド侯爵を嫌っていたことを思い出した。「でも、閣下、ロンドンの魅惑的な娯楽に比べたら、畑を荒らす豚なんて退屈にちがいありませんね」

それを聞いて彼は笑った。思いがけず温かな、引き込まれそうな笑い声だった。「そんなことないさ、ミス・ウィリッツ。ぼくだって一年じゅうロンドンで過ごしているわけじゃない。ウェアフィールドにも豚はいる」

「でも、こんなのではないでしょう、閣下」

したり顔で彼を見てから、マディは野原を突っ切って追跡を始めた。予想どおり、ミス・マーガレットは向きを変えて小川のほとりを走りだした。まっすぐホイットモアの小さな農場へ向かっている。次の瞬間、ウェアフィールド侯爵とアリストテレスが彼女の横を駆け抜けた。侯爵は見事な騎手だった。ほかに数えきれない欠点はあろうと、馬の背に身を伏せ、錆色の上着の裾をなびかせたその姿が実に華麗であることは、マディも認めざるをえなかった。この珍事に彼がどう対処するか見たいという好奇心に駆られ、彼女は手綱を引いた。

侯爵は土手を疾走し、豚との距離を縮めていった。ミス・マーガレットが横によけると、彼はアリストテレスを一気にスパートさせた。豚を馬と小川で挟み打ちにしようと考えたのだろう。その作戦はうまくいったはずだった。川淵の悪名高き泥土がなければ。

「閣下、気をつけて……」マディの声がとぎれた。思わず笑いが出る。これは面白くなりそうだ。

アリストテレスは水際に着くと、蹄の下の地面が沈むのを感じていきなり立ちどまった。足場を確保しようとあわてて脇へ飛びのく。侯爵のほうは目の前で方向転換した豚に気をとられて、その動きを見ていなかった。驚いて叫び声を上げながら、彼は馬の頭越しに派手な水飛沫《しぶき》を上げて小川に投げ出された。手綱や帽子も宙を飛んだ。

「くそ!」

侯爵はもがくように立ちあがった。錆色の上等な乗馬服に水を滴らせ、美しいヘシアンブーツを水浸しにして。雪解け水が流れ込んでいるとはいえ、水は腰の高さまでしかなかった。頭から飛び込んだのに、怪我ひとつしなかったのは幸運だったのだろう。彼は濡れたブロンドの髪を目から払った。小声で続けざまに多彩な悪態をつくのが、朝のそよ風に乗って、マディの耳に届いた。なかなか独創的で、侯爵に対する彼女の評価はほんの少しだけ上がった。

マディは喉にこみあげる笑いを抑えようと、深呼吸した。「まあ、大変、閣下！　お怪我はありませんか？」ブロッサムをなだめて小川に近寄り、遅ればせながらきく。

侯爵はくるりと振り返って、彼女を睨んだ。「ああ、大丈夫だ」

「なんてことでしょう！　信じられない……お水はかなり冷たいのでは？」

「ああ」彼はゆっくりとひと回りし、もう一度彼女を睨んだ。「ものすごく冷たい。ぼくの帽子は？」

「小川を流れていったのを見たように思うのですが……閣下」思わず噴き出しそうになり、あわてて咳でごまかした。「助けを呼んで来ましょうか、閣下」

「その必要はない」

彼はマディの困惑した表情を疑り深げに眺め、それから蜂蜜色の髪を振って水を払うと、土手へ向かった。滑りやすい泥の上でまた足を滑らせ、川に転げ落ちそうになる。マディはすばやく回れ右をし、唇を噛んで笑いをこらえた。

「アリストテレスを連れてきます、閣下」そういって、ブロッサムの向きを変えた。鹿毛馬はことの成行きに戸惑ったようすで、背の高い草むらに立っていた。

マディが背を向けるとすぐ、クインは這うようにしてぬるぬるした泥土を越え、やっとのことで土手に立った。水と泥がブーツのなかでいかにも冷たそうな音を立てる。彼は跳ねを飛ばしながら陽のあたる空き地まで歩き、ブーツを脱ごうと座り込んだ。

いまいましい豚は姿を消していた。けれどもマディはあの豚がどこに向かっているか知っているようだ。あげくにミス・マーガレットを逃したら目も当てられない。ほんとうならハムにして昼食に食べてやりたいくらいだ。彼はブーツを片方脱ぎ、脇に置いてから、もういっぽうを引き抜いた。そのときマディが馬を連れて後ろから近づいてきて、続く悪態をさえぎった。「ありがとう、ミス――」

「まあ、どうしましょう!」

愕然とした叫び声にクインはぎくりとした。マディはあきらかに、自分が川に転落したことを心配するどころか面白がっており、ブーツを脱いだくらいで動揺するとは思えない。後ろを振り返った。

マディの隣りに、まったく同じ驚きの表情を浮かべたふたつの青ざめた顔があった。ブルネットとブロンドの若い女性がふたり、栗毛の馬に乗っていた。こちらを見つめるマディの知的なグレーの瞳には、愉快そうな勝利の色が見えた。ショックや狼狽《ろうばい》の色は微塵《みじん》もない。

クインはすでにマディ・ウィリッツに疑いの目を向けはじめていたが、いまも、笑いだすまいという努力から彼女の唇がぴくぴく震えているのを見ると、実際に妨害工作くらいしかねない女性と思わずにいられない。

彼女は唐突に瞬きすると、背筋を伸ばした。「まあ、つい動揺してしまいまして、どうかお許しください、閣下。靴を脱いで《デザビエ》いらっしゃるところとは思わなかったものですから。ミス・リディア・ファウラーと、ミス・サリー・ファウラーを紹介させていただきますわ。リディア、サリー。こちらがウェアフィールド侯爵さまです」

クインは髪から水を払い、すばやく立ちあがった。「お嬢さまがた」長靴下姿で、濡れたブーツを片方下げて川のほとりに立つ自分の姿はさぞ滑稽だろう。が、それよりも叔父のお相手役がフランス語もできるという事実が気になっていた。「お会いできて光栄です」

「閣……下」ブルネットが答えた。顔を真っ赤にして、片手を彼のほうへ突き出す。「思いがけない喜びですわ」

顔をしかめたくなるのを抑え、クインはブーツを草むらに落として前に出ると、彼女の指を握った。

「ウェアフィールド侯爵、怪我をされたのでは？」ブロンドのほうが神経質にくすくす笑いながらきいた。

「ぼくのプライドが傷ついただけです」

「そんなふうにお感じになることありません、閣下」マディが熱心にいった。「今回のような気高い冒険の場合は。まして敵があれほど悪名高い、あくどい利口者の場合は」

まただ。愛らしく無邪気な表情でもごまかしきれないあきらかな皮肉。実をいえば彼女が自分に反感を持っているらしいことに興味をそそられて、今朝ともに過ごすことを提案したのだ。だが、どうやら彼女の敵意を見くびっていたらしい。彼女の姿を見るだけで燃えあがる欲求のせいだろう。震えるほど冷たい水も、その体の反応をほんのわずか鎮めたにすぎない。

「志は気高かったかもしれないが」クインはまっすぐに彼女の目を見た。「いまごろ気の毒にキャベツ畑はめちゃめちゃにされてるんじゃないだろうか」

マディの唇が引きつり、彼女は突然、肩越しに地平線を眺める必要を感じたようだった。陽光が、ところどころ赤味がかった髪やグレーの乗馬服を際立たせた。地味な服ながら、体の曲線は隠しきれていない。どれくらいのあいだ彼女を見つめていたのだろう。気がつくと、ファウラー姉妹がささやきかけていた。

「ウェアフィールド侯爵、わたしたちの家は丘のすぐ向こうですの。よろしかったら、服を乾かしにいらっしゃいませんか？」

「それはいい考えですわ、リディア」マディも賛成した。

クインの頭にたちまち警戒警報が鳴り響いた。彼も馬鹿ではない。なんにせよマディの気に入ることとは、彼自身の幸福とは無縁だということが急速にあきらかになりつつある。「ありがとう。けれどもミス・ウィリッツとぼくは、今朝やらなくてはいけないことがたくさんありましてね。陽も照っていることだし、服はじき乾くでしょう」

マディはがっかりしたようだった。クインは自分の判断が正しかったことを確信した。

「ほんとうによろしいんですか、閣下」彼女はなおもいった。「ファウラー家の料理人はすばらしいアップルタルトを作るんですよ」

「ええ、そうなんです！」サリーが相槌を打ち、早くも手を伸ばして彼の腕に手をかけた。「ミセス・プラマーはサマセット一の料理人だと母がいつもいっておりますの。ヨークシャーから呼んだんですのよ。父が胃酸過多なものですから。調味料とスパイスがどれもだめなんです。ひどくゲップが出るんですって」彼女はくすくす笑った。

マディが喉の奥でなにやら音を発した。だがクインが見ると、彼女は草むらを一心不乱に見つめていた。「大丈夫かい、ミス・ウィリッツ？」

彼女はびくりとして彼を見た。「もちろんです、閣下。ただ、わたしはミス・マーガレットがキャベツを全部食べつくす前に、ようすを見に行ったほうがいいと思うので」

つまり、ぼくをファウラー姉妹に押しつけて逃げるつもりだな。「そうだ、そのとおりだ」クインは急いで身をかがめてブーツを拾いあげると、片足を引きずってアリストテレスに近づいた。「出かけたほうがいい」

「侯爵さま、ほんとうにわたしどものレンデン・ホールにはいらっしゃいませんの？」リディアが期待を込めてきいた。

「申し訳ないが、そういうわけにはいかないんです」彼はブーツを片方履いた。濡れた靴下が不快な音を立てた。

「では明日、お茶に来てくださいましな」サリーがせがんだ。

クインはしばし彼女を見た。どうやらこの娘は、そうした誘いは一家の長がするものだということを知らないらしい。とりわけ社会的に地位が高い人間を招く場合は。だが、同じ無作法で応じることははばかられた。「もちろん、うかがいます」彼は内心たじろぎつつ答えた。ちらとマディを見て、ふと名案を思いつく。「厚かましいようですが、ミス・ウィリッツに案内役としてご一緒願ってもかまいませんか？　彼女もミセス・プラマーのタルトが好きなようだから」

「それはすばらしいわ！」サリーは同意した。「ねえ、リディア、地方地主のジョン・ラムゼイと妹さんもご招待しましょうよ。そうしたらホイストができるわ」

クインは目の隅でマディを観察した。その地主の名前が出ると、彼女の顔から怒りの表情が消えた。

「では明日、またお会いしましょう」マディは舌を鳴らして、雌馬を呼んだ。「いらっしゃい、ブロッサム。ミス・マーガレットを探しに行くわよ」

地方地主に対するマディのあきらかな好意を叔父は知っているんだろうかと思いながら、クインはすばやくもういっぽうのブーツも履くと、垂れたままのアリストテレスの手綱をつかんだ。「それでは」うわの空でいい、帽子の縁に触れようと手を持ちあげたが、帽子がいまやブリストル海峡と大西洋へ向かって川を下っているにちがいないことを思い出した。まったく、あの帽子は気に入っていたのに。「また、明日」

「ええ、明日。閣下」

「お待ちしております、ウェアフィールド侯爵」

まもなくクインはマディに追いついた。彼女は後ろを一度も振り返ることなく、先に進んでいた。「ファウラー家ではなにを楽しみにしたらいいのかな?」

「わかりません、閣下」彼女は答えた。刺々しい苛立った女性に戻っていた。いまの出会いを少しも楽しんでいなかったかのようだ。「あの家が貴族のかたをもてなした経験があるとは思えませんので、閣下」

彼女の口調にあるなにか、そしてあくまで彼を〝閣下〟と呼びつづける意固地さが、クインにふと疑問を芽生えさせた。彼女の嫌悪感は自分個人に向けられたものなのか、それとも、それ以上のものなのか。「きみは貴族をもてなした経験があるのか?」

彼女はちらと彼を見た。「わたしには家族も、地位もありません、閣下」

どちらも質問の答えにはなっていない。「マルコム叔父も一緒なら、彼女たちも少し気が楽だと思うかい?」

「ミスター・バンクロフトは歩くことができません、閣下。それに長時間まっすぐ座っていることすら耐えられないでしょう」またしてもちらと彼を見る。表情は不可解だったが、まなざしは射るようだった。「けれどもファウラー家は、彼らを気にかける閣下のお気遣いに感謝すると思います。もちろん、ミスター・バンクロフトも」

今回はあてつけはベールに包まれてすらいなかった。これまで弟以外の人間からこうもあからさまに侮辱された経験はなかったが、クインは立腹するよりも、好奇心をそそられた。

「おやおや、ミス・ウィリッツ」穏やかに返す。「きみの舌は、これまでだれかに怪我をさせたことはないかい」

彼女の繊細な顎がこわばった。「知るかぎりありません、閣下。なんらかの形であなたのお気に障ったのでしたら、心からお詫びいたします」

「謝罪の必要はない」小さな農家とキャベツ畑をほじくり返す豚が前方の視界に入ってきた。

「それよりききたいんだが、ぼくがなんらかの形できみの気に障ったか？」

マディは鐙《あぶみ》を蹴り、優雅な身のこなしでふわりと地面に降り立った。「まあ、閣下。からかわないでください」大げさに驚いた顔で、彼女はいった。

彼女が男なら、いまごろ決闘に使う銃を選んでいるところだとクインは思った。「ぼくを間抜けと思ってるのか」彼も馬を下りて、ミス・マーガレットがキャベツの被害を拡大しない前にと、畑に向かって駆け出した。

「なにをおっしゃいます」しぶとい豚を彼のほうへ追い返そうと、マディは畑の反対側へ走った。「でも、わたしがどう思っているかなんて、どうして気にされるんです？」

「どうして気にしちゃいけない？」

マディはためらった。顔に困惑の表情が浮かぶ。

ちょうどそのとき、豚がキイキイ鳴きながらクインのすぐ脇を駆け抜けた。彼は仰向けに倒れそうになった。「くそ！」

振り返って、全速力で豚を追いかけた。ふいに怒りが湧きあがっていた——川に転落させられたためでも、踏みつぶされそうになったためでもなく、ミス・ウィリッツとの初めてのまともな会話を邪魔されたことへの怒りだった。

走っていると、泥や草、キャベツが濡れたブリーチズに張りついた。だが、あのいまいましい豚をまたもや逃がすわけにはいかない。彼は小声で悪態をつきながら、右へ左へと走った。マディが後ろから呼びかけてきたとき、声は予想以上に遠くから聞こえた。

「やめて、ミスター・ホイットモア！」彼女は叫んだ。「ウェアフィールド侯爵、伏せて！」

その緊迫した口調に、クインはぬかるんだ草地に迷いなく身を投げ出した。が、着地する前に、彼女はこちらの利益を軽視しがちなことを思い出し、自分の懲りない愚かさをののしった。その直後、マスケット銃の銃声がとどろき、弾が頭上をかすめていった。

荒い息をつきながらクインはよろよろと立ちあがり、振り返った。見ると、マディが老人の手からマスケット銃をもぎとろうとしていた。先日ミス・マーガレットを追いかけているところを目撃した、怒れる農夫のひとりだった。

「大丈夫か、ミス・ウィリッツ？」彼はキャベツ畑へ駆け戻った。

彼女はぱっと彼のほうを向いた。「ええ、大丈夫です。閣下は？」

「穴は開いてない。おかげさまで」少なくとも彼女とて、ぼくの死を望んでいるわけではないらしい。これでひと安心だ。クインは赤ら顔の農夫の前で足を止めた。「きみがミスター・ホイットモア?」

マディは咳払いしてマスケット銃を持ち主に返した。「閣下。ミスター・ホイットモアを紹介させていただきます。あなたの叔父さまの小作人のひとりです。ミスター・ホイットモア、こちらがウェアフィールド侯爵です」

「侯爵――なんてこった。すんませんでした、閣下」ミスター・ホイットモアは青くなって口ごもった。「ほんとにすんませんでした」

彼は空いた手を前へ突き出した。クインは片眉を上げて、握手した。「どうも、ミスター・ホイットモア」

「あなたさまを狙ったわけじゃないんで、閣下。そんな、滅相もない。あのいまいましい悪魔のような豚を狙ったんでございます。あいつがうちの野菜を荒らすのは今月で三度目ですからね!」

クインは張りついたままの泥や草木を払った。「ぼくもあの豚にとくに好意を持っているとはいえない。次の食事に豚の脇腹肉をいただくっていうはどうだろう?」

農夫はにやりとして銃を掲げた。「がってんです、閣下」

マディが前に進み出て、農夫の肩に手を置いた。「別の提案をさせていただけませんか、閣下？」彼女は急いでいった。「五月には子豚が生まれるはずです。ミスター・ホイットモアがミス・マーガレットの子を一匹もらっても、だれも文句はいわないと思います」

農夫は顔をしかめた。「じゃあ、それまでどうやって、残ったうちの穀物を守ったらいいんです？」

「ミスター・バンクロフトがハートルベリー家に新しいフェンスを建てさせます。あの豚がいるべき場所から出ないように」

ミスター・ホイットモアは訴えるような顔でマディを見やった。いっぽうクインはますます好奇心をかきたてられていた。ラングレーは、差し迫った援助も修復もとくに必要な土地とは見えない。しかもその理由はきわめて明白といってよかった。いまもマディ・ウィリッツはその場で叔父の代弁をし、農夫はそれを当然のこととして受け入れた。しかも昨日、クインがうんざりしながら帳簿を繰っていくと、最後の数ページは叔父の判読不能な筆跡ではなく、もっときちんとした、あきらかに女性の筆跡で書かれていた。マディはどうやらただの愛人とはちがうらしいことがわかってきた。

「わかった、ミス・ウィリッツ。そういうことにしときやしょう。あいつがもう二度と脱走しないってことなら」

マディはほほ笑んだ。「大丈夫よ」

ミス・マーガレットがいまも荒野のどこかをさまよっていることを考えてみれば、これはとてつもなく大胆な発言だった。だが、農夫はクインにお辞儀をすると、向きを変えてキャベツ畑の損害を調べに立ち去った。

マディはクインを見あげた。「視察を続けますか、閣下?」

「もちろんだ。だが、先にラングレーに戻って着替えたいんだが」

「だと思いました、閣下」彼女は穏やかにいって、水と、泥と、草におおわれた彼の格好を面白そうにしげしげ眺めた。それから、ブロッサムを探して振り返った。

マディが馬に乗るときの手助けを農夫に頼む前に、クインは彼女の後ろについた。「このまえ手をふれたときの反応を思い出し、まず咳払いした。「よかったらぼくが、ミス・ウィリッツ」

彼女は振り返って、不快感を隠すでもなく大げさに苛立たしげな溜息をもらすと、うなずいた。「ありがとうございます、閣下」

クインはゆっくりと手を伸ばし、ほっそりとした腰にふれた。手袋も全身と同じく汚れていたが、今度ばかりはマディも文句はいわなかった。彼女の瞳を見下ろしつつ、ゆっくりと体を持ちあげて鐙に足をかけさせる。彼女もじっと彼の目を見つめていた。一度でいいからほほ笑みかけてくれないかという思いを、クインは抑え込んだ。

不承不承マディを離し、アリストテレスの手綱を取った。はらりと馬に乗り、彼女のほうを見る。彼女もこちらを見つめていたが、目が合うと、すばやく顔をそむけた。

「うまくおさめたものだな、ミス・ウィリッツ」ラングレーに向かって来た道を戻りながら、クインはいった。「ミス・マーガレットの処刑に執行猶予を与えたわけだ」

「あれはハートルベリーの大事な豚なんです」彼女はいった。「生まれてくる子豚からの収入がなければ、彼らは生活できません」

クインは決まってついてくる〝閣下〟が続くのを待った。が、今回はなかったので、マディにほほ笑みかけた。彼女は今朝、さんざんぼくを笑いものにしたが、糠《ぬか》に釘といった気分だろう。こちらはなぜか、まるで侮辱と感じていないのだから。

4

マディはかぶりを振って雇い主を睨み、抗議した。「わたしのせいじゃありません」

「クインランはここに来てまだ一日だぞ」マルコムは同じく憤慨した表情でいい返した。

「きみが貴族をどう思っていようと、彼は非常に立派な家柄の出だ。しかも、わしはあいにく彼に好意を持っておる。溺れたり、撃たれたりさせるわけにはいかん。そんなことは許さん。わかったか？」

「ミス・マーガレットがまた脱走するなんて、どうしてわたしにわかるんです？　無理に追跡を続けたのは、わたしではなく、ウェアフィールド侯爵です。銃を発砲したのもわたしじゃありません！」

彼はマディをじっと見た。「どうだかな」

「わたし――」

「事情が事情だから、謝れとはいわん。だが、今夜のディナーと明日のファウラー家訪問の際には、丁重にふるまう努力をしてほしいものだ」

マディは辛辣《しんらつ》な答えを呑み込んだ。ラングレーで暮らした四年のあいだに、彼が冗談混じりの不満以外のものをあらわにしたのはこれが初めてなのだ。ふいに、この調子で怒鳴りつづけていたら、また発作が起きないかと不安になった。でなければ彼は、これまでじゅうぶん厚遇してきたのだから彼女にはもう出て行ってもらおう、と考えるかもしれない。以前別の家でそういうことがあったのだ。はるかにささやかな理由で。

「申し訳ありませんでした、ミスター・バンクロフト」彼女はありったけの威厳をかき集めていうと、向きを変え、部屋を出ようとした。とはいえ、負けるのは癪だった。ことに甘やかされた侯爵相手には。そこで戸口で立ち止まると、いった。「でも、やはりあのかたは見栄を張ったんだと思います。それで馬鹿を見たんです。どう考えてもわたしの落ち度ではありません」

「かもしれんな」マルコムは溜息をついた。「だが、彼を殺そうとはせんでくれよ、頼むぞ」

マディは振り返って、お辞儀をした。雇い主の声に不本意ながらもユーモアが戻ったことにほっとする。「気をつけます」厳粛な口調でいい、階下へ向かった。

ウェアフィールド侯爵は馬丁のウォルターに付き添われて、二時間以上前、周辺の土地の視察を続けるべく出発した。ありがたいことに、引き続き案内役を頼まれることはなかった。それどころか馬で屋敷に戻るあいだも、案に相違してほとんど口をきかなかった。ただ翡翠色の瞳――全身で草と泥と水におおわれていないのはその瞳だけだった――は、一度ならずこちらを見た。けれども彼女は気づかないふりをしていた。あれもこれも、けっしてわたしの落ち度ではない。もっとも、彼にラングレーを紹介するのに、あれ以上のやりかたは望めなかっただろう。

マディはくすりと笑った。わたしがウェアフィールド侯爵なら、いまごろ荷造りにかかってるわ。ウォルターと午後を過ごしたあとでは、ひと晩泊まる気があるかどうかも疑わしい。

マルコムは午後の早い時間に決まって午睡を取るので、彼女は一時間ほど本を読もうとそっと階下の書斎に入った。もっともそこも、普段の静かな隠れ家とはほど遠かった。近くの台所や食堂からかちゃかちゃと食器の触れあう音が響いてくるのだ。戦いを前にした軍隊もかくやの決意で、ミセス・イディングスとギャレットを筆頭に使用人たちが夕食の準備にかかり、銀器棚の中身を磨きあげていた。ほんの四日前に磨いたはずだが、ウェアフィールド卿が食器のどれかにくすみでも見つけたにちがいない。

マディは壁を凝視し、溜息をついて、座り心地のいい椅子に身を沈めた。これといった理由もないのに、屋敷じゅうが天地をひっくり返したような大騒ぎ。まったく、泥まみれのウェアフィールド侯爵は庶民と変わらず滑稽だったじゃないの。いえ、庶民以上に、だったかも。

それでもほかの者はあいかわらず、太陽神アポロであるかのように彼を崇めている。彼が癇癪かなにかを起こしていれば、この朝は完璧なものだったのに。まあ、身分の低い者の前で感情的になるのは彼の沽券《こけん》にかかわるのだろう。ひょっとすると服を着替えに戻ったとき、こっそりべそをかいていたかもしれない。

その姿を想像して彼女はにんまりしたが、侯爵が川に落ちたのも撃たれたのも、いたって冷静に受け止めたことを考えると、その悲嘆ぶりは事実というよりは想像の産物である可能性のほうが高かった。もっとも彼が、ラングレーとミス・ウィリッツの提供する最悪のものを乗りきったと思っているなら、まだまだ驚かされることになる。しかも、一度や二度でなく。四十年ほど前の独立戦争のときにアメリカ人ジョン・ポール・ジョーンズがいったことばではないけれど、まだ戦いは始まってもいないのだ。

「ひとりで大丈夫だ」

侯爵の声にマディははっとした。声に続いてすぐに書斎のドアが開き、本人が入ってきた。

「ありがとう、ギャレット」彼は肩越しに振り返りつつ続けた。「郵便が来たら教えてくれ」

「かしこまりました、閣下」

ウェアフィールド侯爵はドアを閉め、前に向きなおった。そしてはたと足を止めた。「ミス・ウィリッツ」彼は書斎にいる彼女を見て、あきらかに驚いていた。翡翠色の瞳がマルコムのお気に入りの椅子の上で丸くなり、閉じたままの本を膝に載せた彼女をとらえた。

「閣下」マディはきまり悪さと邪魔されたことへの苛立ちを感じながら、背筋を伸ばした。

彼が驚くのも当然だ。使用人は雇い主の家具の上でくつろいだりはしない。いまごろ台所にいるか、銀器磨きを手伝っているか、彼のブーツが通る前にと床にモップをかけているものと思っていたにちがいない。

侯爵はうなずいて、ドアのほうへ戻りかけた。「すまない。書斎に人がいるとは思わなかった」

マディはすばやく立ちあがると、本を脇に置いた。「あら、いけません、閣下。読書の楽しみを邪魔するつもりはありませんでした。あなたの叔父さまもそろそろお目覚めのころです。わたしは、お茶を持っていかなくてはなりません」

「そんな必要は——」

「どうか、お気になさらないで、閣下」小さく笑みを浮かべると、マディは彼の横をすり抜けた。まったく、せめて夕食までは顔を合わせずにすむと思っていたのに。

「ミス・ウィリッツ、待ってくれ！」

残り少ない自制心をかき集め、マディはもう一度彼のほうを向きなおった。「なんでしょう、閣下」威勢のいい悪態がぽんぽん頭に浮かんでいたが、歯を食いしばるようにして答えた。

「ぼくのために書斎を出ないでくれ」彼はゆっくり、一語一語はっきりといった。「紙を探しに来ただけだ。持参するのを忘れたものでね。溜まった手紙の返事を書かなくちゃならない」

さっそくラングレーの惨状をハイブロー公爵に注進するつもりなのだろう。「まあ、閣下」彼女は小さな書き物机に駆け寄った。「そうおっしゃってくだされればよかったのに！　わたしにご用意させてください。今朝あんな恐ろしい目にあわれたんですから、これ以上お手をわずらわせませんように」

侯爵は疑り深げに目を細めた。「豚に出し抜かれたことを〝恐ろしい目にあった〟とはいわない」皮肉めいた口調でいった。「ばつの悪い思いをした、というところか」ことばを切ってから続ける。「弟が聞いたら大喜びする話だよ。そうならないよう、だれに賄賂を贈るべきか考えておかないと」

そうでしょうとも。彼みたいに尊大な貴族は、どんなトラブルもお金で解決できると思っているもの。きっといつだってそうしてきたのだ。マディは引き出しから便箋の束を取り出した。どんなに魅力的に見えても、わたしはその肌の下にあるものを知っている。心を許してなるものですか、その悪魔のように魅惑的な笑みといつわりの思いやりにも。

「冗談だよ、ミス・ウィリッツ」彼がいった。

便箋を手に近づいたマディは、驚いて顔を上げた。侯爵と目が合った。面白がっているような表情だった。

「そうですか、閣下」

「笑いたければ笑っていい。もちろん完全にきみの自由だが」

「ありがとうございます、閣下」つまり今度は、自分を愉快で魅力的と考えているわけね。彼のことは笑うかもしれないけれど、彼と笑う気は毛頭ないわ。「土地の視察は順調だったのでしょうね？」

侯爵は片眉を上げた。表情にさらに茶目っ気が加わる。「ああ、実に順調だったよ。ところで、きみにきこうと思っていたんだが、叔父の馬丁はいささか……変わっていないか」

マディは冷やかにうなずいた。「ええ、わたくしどももそう思います、閣下」

「サマセット州南部については実に詳しい。だが、彼の貴族に対する独特の見解には、正直驚かされた」

マディは唇を歪めて窓のそとを見た。「そうですね、閣下」彼の視線を感じる。人をどぎまぎさせるような、不快な熱い視線。笑っちゃだめ。彼女は自分にいい聞かせた。彼、面白いことなんかいってないもの。「ウォルターは数年前馬に頭を蹴られて以来、自分のことを身分を隠した王子と信じているようなんです」

「だと思った」侯爵が一歩、彼女に近づいた。「狂王の子だな、間違いない」手を伸ばして、彼女の指からそっと便箋を受け取る。「どうもサマセットの住人は貴族に不慣れなようだ」

「ええ。わたしたちは……」彼女はことばを切った。わたしときたら、なんの理由もなく会話を長引かせている。「行ってもよろしいですか、閣下」

「出る必要はないといったはずだよ、ミス・ウィリッツ」

「ええ、閣下。でも、わたしは出たいのです」

彼の探るような視線に、マディは思わず顔をそむけたくなった。もっといいのはその目に唾を吐きかけてやること。でなければ、キスすること。

「なら、行くといい」ようやく侯爵がいった。

マディは瞬きした。そんなことを考えた自分に愕然とする。「ありがとうございます、閣下」


従者のベルナールが昼用の上着をしまうあいだに、クインは最後にもう一度鏡で自分の姿を点検した。汚れた服の山以外に、朝の大失態の名残りはすでになかった。服はベルナールが洗濯に出すか、それが無理なものは破棄した。それでもクインは、鏡のなかの自分にどこか違和感を拭えなかった。

「ほかになにかございますか、閣下」ベルナールが旅行かばんを閉めながらきいた。

「ん？」クインはわれに返って従者のほうを向いた。「なんだ？」

「ほかになにかご入用なものはございますか、閣下」

「いや、ない。ありがとう」クインは自分の顔を睨み返した。「ベルナール？」

部屋を出ようとしていた従者は足をとめた。「はい？」

「ブラウンの上着は持って来てたかな？　ボタンもブラウンのやつだが」

「いいえ、閣下。申し訳ありません。最初に伺ったときのお答えがあまり色よいものでなかったものですから、お荷物に入れることは考えませんでした。すぐにこちらに送らせます」

侯爵はうわの空でうなずいた。「そうしてくれ。それと、ついでにブーツをもう一足。あの乗馬靴がきれいになるとは思えない」

「もちろんでございます、閣下」

従者が静かに部屋を出ると、クインは最後にもう一度鏡を見た。水泳と泥遊びのせいで頭がどうかしているのだろう。ボタンはすべて正しく留められている。派手すぎず、地味すぎず、ほどよい装いだ。クインは自分の顔に向かってしかめ面をすると、向きを変えた。いつまでも鏡とにらめっこして、これではまるで気障男だ。

西棟の叔父の寝室に向かった。半ば開いた寝室のドアから話し声が聞こえてきた。彼はノックをしかけた手を止めた。思わず耳をそばだてる。

「ミスター・バンクロフト」マディだ。「わざわざサリー州から取り寄せたんですよ」

クインは壁に身を寄せた。彼女の声に珍しく心から楽しそうな、引き込まれそうな笑いが混じっていた。

「間が抜けて見える」

「そんなことはありません。モダンなんですよ。試してごらんなさい、どんなに楽になるか――」

「首の骨を折りかねん!」

マディは笑った。「どれほど簡単か、お見せしますわ」

なんだろうと思って、クインは戸口からのぞいた。マディが木製の車椅子に座って両側についたやたらと大きな車輪を引き、しきりと前後に動かしていた。

「車椅子か」クインはいい、部屋に入った。「ミセス・バルフォーがいま、出歩くのに使ってますよ」

マディは動きを止め、はじかれたように立ちあがった。グレーの瞳からユーモアの色は消え、彼女は彼を睨んで、数回荒い息をついた。それにつれてグリーンのモスリンに包まれた胸が悩殺的に上下した。「こんばんは、閣下」

「叔父上、ミス・ウィリッツ」やはりマディはぼくを嫌っているらしい。落胆しつつ、クインはうなずいた。

「どなたか、亡くなられたのですか、閣下?」彼女が丁重にきいてきた。

彼は眉をひそめた。「亡くなった?」

「ええ、閣下の上着……」そこでことばを切り、官能的なふっくらした唇に手をあてる。「あら、失礼しました。またやってしまいました。黒のイブニングはいまロンドンの流行りなんでしたね」

クインはさきほどから自分を悩ませていたものがなんだったか、やっとわかった。マディの毒舌だ。彼は自分の服装を見下ろし、また彼女の目を見た。「実はそうなんだ」

「しかもよく似合っとるぞ」マルコムはベッドの脇の小さなテーブルにつくよう、身ぶりで彼に示した。「ここではそうかしこまったことはせんが、しきたりを無視する理由もない」

　クインはしかめ面をかろうじて抑え、笑みをひねり出した。「どうも、叔父上」

　テーブルに近づいたが、そのときなぜかマディは窓際の花瓶の花を生けなおす差し迫った必要を感じたようだった。彼は立ったまま、彼女が先に席につくのを辛抱強く待った。同じ辛抱強さで、マディは赤い薔薇をこっちへ向けあっちへ向けしながら、その合間に手をとめ、体をそらして作品を眺めた。目の隅でこちらを盗み見ては、また作業を続ける。

　やはり自分は正しかったとクインは悟った。マディ・ウィリッツは故意に自分を愚弄し、からかい、困惑させ、苛立たせ、恥をかかせようとしている。しかもこれまで実にうまくやっているといっていい。理由は想像もつかないが、いまに探り出してみせよう。

　ちらと叔父を見ると、彼は膝の上に載せた雌鶏のローストを眺めることに熱中しているふりをしていた。クインはテーブルをまわって、彼女の椅子を引いた。「ミス・ウィリッツ？」

　マディは振り返った。「まあ、わたしを待っていらしたんですか、閣下？」

　彼はほほ笑んだ。「サマセット一美しい一輪の花を愛《め》でていたところだ」彼は優しく訂正した。「待つのも楽しいさ」

　数秒ほどのあいだ、彼女は彼を見つめていた。「ありがとうございます、閣下」

クインはすばやく叔父を見た。だが、マルコムは愛人の戯れを面白がっているだけのようだ。「どうぞ」

マディはしぶしぶ引かれた椅子に座った。クインは軽く彼女の肘にふれてから、向かいの椅子に腰かけた。が、そのときには彼女はすでに立ちなおり、次の攻撃を用意していた。

「僭越ながら、閣下を待たずに夕食を運ばせたこと、どうかお許しください。この部屋には召使のためのスペースがあまりないものですから。それでもしばらくお待ち申しあげたのですけれど」

「マディ」マルコムがうなった。

クインは笑いを隠すためにワインをひとくち飲んだ。棘のあるウィット、棘のあるものいい、棘のある態度。自分がまだ生きているのが不思議なくらいだ。「遅れたことで謝らなくてはいけないのはぼくのほうだ。許されない無礼だった」

マディは雌鶏のロースト越しに彼を睨んだ。「とんでもありません、閣下」甘い声で返す。

「クインラン、わしらに聞かせる噂話があるんじゃなかったかな?」叔父が割って入った。話題を変えようという意図が見え見えだった。

「ええ、でも、ラングレーの日常を経験したいまとなっては、ぼくの話が面白いかどうか、自信がありませんね」

「きみが首の骨を折らなかっただけよかったよ。実に幸運な男だ、きみは」

マディがマルコムにうなずいた。「ほんとうに。雨が降ったことに感謝ですわ。でなければウェアフィールド侯爵は大怪我をなさっていたかもしれません」

「おそらくミス・マーガレットも」クインがつけ加えた。

マディが片眉を上げた。露骨な軽蔑の表情だ。「そして、ハートルベリーは泥まみれの侯爵のおかげで主要な収入源を失っていたでしょうね」笑い声にさえ嘲《あざけ》りの響きがある。

「笑い話《ジェスト》ですわ！」

「でなければ一騎打ち《ジョウスト》か」クインが小声でつぶやいた。

「なんとおっしゃいました、閣下？」

彼は顔を上げた。「ん？　ああ、今朝のできごとはウェスタリー伯と最後に会ったときを思い出させるといっただけだよ」

その後一時間ほど、クインは前回のロンドン滞在の話で聞き手を喜ばせた。マルコム叔父は話題が変わったことに安堵と興味を覚えたようだったが、話を聞いていたのはもっぱら彼だけだった。マディのほうは、石を眺める程度の関心と熱意しか示さなかった。

そして、あてつけがましくチェストから本を取った。もっともクインが見たところ、彼女は異常に読むのが遅いか、ウォルター・スコットよりも彼の話に気をとられているかのどちらかだった。これはささやかな勝利と見てよさそうだ。

「さて、畑についてはどう思った？」マルコムがようやくきいた。

クインはギャレットがさきほど持ってきたポートワインをひとくち飲んだ。

「種はもう準備されているようですね」横目でマディを見ながら答える。

「貴重な時間を無駄にするのは馬鹿らしいからな」叔父がいった。「きみが昨日いったように」

作付けの手配をしたのはマディにちがいないとクインは踏んでいた。すべてが公正に分配されており、小作人のひとりが決めたとは思えないからだ。「いずれにせよ、南端の三畑は明日にも仕事にかかれるでしょう。ほかに比べ、乾いているようでしたから」再びちらりとマディを見る。「それと、ミスター・ホイットモアは、今朝キャベツをかなりだめにされたあとですから、ささやかな優遇措置があれば感謝すると思います」

マルコムはうなずいた。「わしもそう思う」

「植えつけと刈り入れに際しては小作人に共同作業であたらせているんでしょう？」

「それが収穫を得るいちばん速い方法ですから」マディがつぶやいた。

クインはまたも侮辱されたのをはっきり感じた。「きみもそういうと思っていたよ」彼女の不機嫌な表情を楽しみながら答える。「仕事を各農夫に割り振るのを手伝ってもらえないだろうか。きみは彼らの癖や性格をぼくよりもよく知っているだろう」

彼女はさらに不機嫌な表情になった。「わたしはミスター・バンクロフトのお世話をしなくてはなりません、閣下。それに明日は、あなたが約束なさった昼食会があります」

「マディ、クインのいうとおりだよ。きみが編成を手伝えば、一日以上時間の節約になる」マルコムは彼女の怒りの眼差しを受け止めた。「それでもファウラー家との昼食会に行く余裕くらいあるさ」

「わかりました」マディは立ちあがり、読んでいない本を椅子に置いた。身をかがめてマルコムの頬にキスをし、侯爵に向かって冷ややかにうなずく。「おやすみなさい、ミスター・バンクロフト、閣下」

「おやすみ、マディ」

「ミス・ウィリッツ」

彼女が部屋を出るのを見て、クインは驚いた。もっとも驚くことではないのだろうが。病の身では、マルコムはほとんど彼女の相手はできないはずだ。それでも気性が激しく、意志の強い彼女が、わざわざ別の部屋で寝るかのような芝居を打つとは思いもよらなかった。彼女にはいい印象を与えようという気がさらさらないらしい——なにか下心でもないかぎり。

「ところで、クインラン、小川とミス・マーガレットは別にして、ラングレーをどう思った？」

「実にすばらしい土地ですね、叔父上。本音をいえば予想していたものとはちがっていました」ここではすべてがそうだ——ミス・マディ・ウィリッツを筆頭に。

「ルイスが予想していたもの、という意味だろう。バンクロフトの人間が土地を管理しなくても、焼け落ちた小作人の家もなければ、洪水も飢饉《ききん》もない。ひどく失望するだろうよ」

「それはどうでしょう」家族の批判を避けるため、クインは伸びをしてみせた。「さて、ぼくもお暇《いとま》して、そろそろ寝るとします。従者を呼びましょうか?」

マルコムは首を振った。「マディがしてくれるだろう。明日は幸運を祈るよ」

クインは笑った。「ありがとうございます。ぼくには幸運が必要になりそうだ」


ウェアフィールド侯爵はなにか企んでる。

マディは午前中いっぱい、彼を観察していた。かしこまっている農夫たちとおしゃべりし、親しげに交わるようすをじっと見ていた。なんと彼は、土から石をひとつふたつ拾いあげ、耕地のそとに放り出すということまでしたのだ。

無駄な肉のない日に焼けた横顔と、襟にかかる黄金色の巻き毛を睨みながら、マディは思った。彼が、想像していたような間抜けではないことは認めざるをえない。そして貴族というものはそうそう愛想よくふるまうものではない。それはたしかだ。したがって平民に対するこの気さくな態度は、なにか目的があってのことにちがいない。それがなにか探り出さなくては。サマセットの素朴な人々が取り返しのつかないダメージを受ける前に。

彼女はビル・トムキンスやほかの使用人に指示して、気温が高くなりすぎたときにウェアフィールド侯爵が陽射しを避けられるよう、ホイットモアの農家の片隅に日よけを作らせた。

ウェアフィールド侯爵はひさしと、その下のクッションつきの椅子をちらと見て、健康への気遣いを彼女に感謝すると、畑の反対側に戻った。そして昼まで畑に出ていた。なにやらしゃべって農夫を感心させていたが、マディのところまでは声すら聞こえてこなかった。

「臆病者」彼女は小声でつぶやき、彼を睨んだ。

農夫たちが侯爵を崇拝し、命令ひとつひとつを拝聴しているので、マディは自分がほとんど用なしに思えてきた。結局のところ彼が付き添いを要求したのは、これ見よがしの自己満足的行為に観客が必要だったからではないかと疑いたくなってくる。彼女は日陰に置いた椅子のひとつに座って、腕を組んだ。わたしは彼の有能さに感心したりしない。彼が突然現われたりしなければ、わたしだって同じくらい、いえさらに能率よくやれたはずなのだから。

「ミス・ウィリッツ」ようやく侯爵は、鋤《すき》小屋を回ってこちらへ近づいてきた。「ファウラー家に遅れて行きたくなければ、そろそろラングレーに戻ったほうがよさそうだ」

マディは立ちあがって、お辞儀をした。「もちろんです、閣下。でも、あなたがいらっしゃらないあいだ、いったいだれが指示を出すのでしょう」

ふたりはブナの木立の陰で待つブロッサムとアリストテレスのほうへ歩いた。「サム・カーディナルに任せることにした。彼は穀物で頭がいっぱいらしいから」

彼女は笑いをこらえながら、さりげない表情を保つことに腐心した。「わたしもそう思います、閣下」

「いいかい、ミス・ウィリッツ。笑わせるつもりだったんだが、面白くなかったなら許してほしい」

そう下手に出られると、やり込めるのがひどくむずかしくなってくる。きっと、これも計算なのだ。「わかりました、閣下」

冷淡な答えにもめげることなく、彼はほほ笑んで、マディに近づいた。「よかったら」

腰に手が回された。予想はしていたが、それでもその手の温かさ、たくましさに思わず息が止まった。侯爵はマディの目を見下ろしてしばしためらい、やがて軽々と彼女を抱きあげると、横鞍に載せた。

女という生き物が、がっしりとしたたくましい男性にいやおうなく惹かれてしまうとはなんと忌まわしいことだろう。うぬぼれた役立たずとわかっている男であっても。マディはしばしブロッサムの手綱を弄《もてあそ》び、それからもう一度侯爵を見て、ぎこちなくほほ笑んだ。

「ありがとうございます、閣下」

「どういたしまして」

彼はアリストテレスの向きを変え、農夫に軽く手を振ると――彼らはすでに手を止めて、侯爵に関するおしゃべりをしていた――先に立ってラングレーに戻った。マディは彼の背中を睨んだ。もう間違いない。彼はこちらの意図に気づき、なにかとからかうわたしに罪悪感を持たせようとしているのだ。だからみんなに親切だった。でももちろん、そんなのは無駄な努力。わたしは彼のような人種の実体を、知りすぎるほど知っている。こちらはほんの少し戦略を変えればいいだけのことだ。

ラングレーに戻ると、彼女はモスリンの、黄色と白の小枝模様のドレスに着替えた。二年前にも流行りのデザインとはいいかねたが、いまでは絶望的に流行遅れだった。もっともファウラー家の人々にはわかるまい。ほかに自分を印象づけたい人もいない。

ウェアフィールド侯爵は叔父の二輪馬車に乗っていくことを提案した。また彼に自分を抱えあげる機会を与えたくなかったので、マディは厩舎へと急いだ。馬車を待機させていたウォルターの手を借りて、狭い座席に腰を下ろす。

「いわせていただきますと、ミス・マディ」馬丁はいった。「たまにサマセットに貴族のかたを迎えるというのはすばらしいことでございますね。あのかたは真の紳士です。ジョージ王にわたしの居場所を知らせないと、すぐさま約束してくださいました」

マディはうなずいた。「真の紳士ね。宮廷であなたが正当な地位に就くと決めた暁には、彼が第一の側近となるでしょうね」

「ぼくへの信任投票、感謝するよ、ミス・ウィリッツ」背後から、侯爵の声が聞こえてきた。「そう願いたいものだ」

まったくいまいましい人。いつも後ろからこっそり忍び寄ってくる。しかも、彼の声を聞くと、自分の脈が速くなる。「わたしはいつも、大いなる信頼を……」彼が隣りに乗り込んできたので、マディはことばを切った。過度にフォーマルな黒の衣装を予想し、批評のことばまで用意していたのだが、意外にも飾り気のないグレーの上着を着ている。バックスキンのブリーチズを泥でくすんだヘシアンブーツにたくしこんでいた。さらに意外なことに、腰かけたときには愉快そうな笑みを浮かべていた。

「信頼を？」彼が促した。

「貴族のかたに寄せておりますから」

侯爵はウォルターから手綱を受け取りながら、片眉を上げた。「それは驚いたな」

「まあ、どうしてでしょう？」

彼が手綱をぴしゃりとやると、馬は速歩で駆けだした。「ときどき、きみの口調に微妙な批判が感じられるものでね」

「まあ、それは完全な勘違いです、閣下」顔にショックの表情を貼りつけ、すばやく切り返す。「誓って、そんなことは考えてもおりません、閣下。ウェアフィールド侯爵を批判するなんて、わたし、何者なんでしょう？」

「そうだな、ミス・ウィリッツ、きみは何者なんだ？」

一瞬、見せかけの謙遜に同意されたのだと思い、マディは痛烈な返答をしようと口を開きかけた。ところが、彼を睨むと、その顔には好奇心があるだけだった。「わたしはあなたの叔父さまのお相手役です」口にしかけたかなり侮辱的なせりふを修正して答えた。

「そうだな。四年間。この仕事を希望したから。で、その前はなにをしていた？」

マディは狼狽し、ただ彼を見つめることしかできなかった。「わたしを覚えてらっしゃると……？」

「一度でも会ったら、覚えているはずだ」彼があっさりいった。

マディはごくりと唾を呑んだ。この道中のためにあたためておいた当てこすりや侮辱はたちまちどこかへ消え失せた。いまいましい男。見え透いたお世辞をいって。そんなもの必要ないし、欲しくもない。マディは自分を叱咤《しった》した。こういう人たちにどう対処すべきかは知っている。逆襲。いますぐに。得点を挙げたことに本人が気づかない前に。「どうしてわたしの機嫌をとろうとなさるんです？」

「質問をすることが、ご機嫌取りになるのかい？」

「儀礼上興味があるふりをするのは、ご機嫌取りだと思います」

「ふむ」彼はうなずいた。「つまり、ぼくが儀礼上きいているだけだと？」

「ええ、もちろん」

「なるほど」

彼はそれ以上なにもいわなかった。マディとしては、自分の無茶な論理が相手を混乱させたことを願うばかりだった。わざと彼を無視し、道端に咲きはじめたさまざまな野花を観賞しているふりをする。コマドリやツバメが芽吹きはじめた木々で巣作りに励んでいた。

「まだ、ぼくの質問に答えてもらっていないが」

マディはしばし目をつぶった。「どんなご質問だったでしょう、閣下」

「叔父のところで仕事をする前はなにをしていた？」

「わたし……いくつかの家で家庭教師をしていました」彼女はゆっくりと答えた。嘘をつくことに、なぜ葛藤を感じるのか不思議だった。彼にはなにひとつ恩義はない。たんにこちらが彼や彼の同類を見ているのと同じ目で、自分を見られたくないからだろうか。

「どこで？」

「わたしの経歴を調べようとなさっているのですか、閣下？」

侯爵はまた彼女のほうを見た。「もちろんちがう」

マディは西へ向かう轍だらけの泥道を指差した。「あちらです、閣下。あと半マイルほどです」

ウェアフィールド侯爵はその方向へ馬車を向けた。「いいかい」彼は穏やかにいった。「ぼくはここ、ラングレーでのきみの仕事ぶりを高く評価している。ここに来たのはたんに父の意向だ。きみの仕事を奪うつもりはない」

この手の誠意の誓いは幾度も聞いてきた。「そう請け合ってくださってありがとうございます、閣下」マディは堅い口調でいった。「でも、その必要はまったくありません」

「どうして？」

彼女は振り向いて、まっすぐに彼を見た。「わたしの雇い主はあなたではありませんから、閣下」

彼も彼女の目を見た。そして、唇をすぼめると、また道に目を向けた。「たしかにそうだ。立場をわきまえさせてくれて、感謝するよ、ミス・ウィリッツ」

マディは追い打ちをかけようとした。「どういたしまして――」

「なんてことだ」彼はつぶやいた。

「なんです？」

馬車は敷地を囲む生垣を回ったところで、マディはすぐさま彼に悪態をつかせたものを目にすることになった。ラングレーとほぼ同人数のファウラー家一同が、カーブを描く私道から階段を上って玄関まで、気をつけの姿勢で整列している。マディの胸に笑いがこみあげ、抑える間もなく喉から噴き出した。

「笑ってるのか、ミス・ウィリッツ？」

マディはぱっと口に手をあて、咳をした。「とんでもありません、閣下」なんとかごまかす。「そんな不謹慎な」

彼は顔をしかめた。「まったく不謹慎だ」

ファウラー家の執事の手を借りて馬車を降りながら、マディはさきほどまでとは打って変わってにこやかにほほ笑んだ。「ありがとう、メイソン」

「ミス・マディ」

馬車を降りたウェアフィールド侯爵が自分の隣りに来ると、彼女は先に立って、列の先端で待つファウラー一家のほうへ向かった。「閣下。ミスター・ファウラーとミセス・ファウラーを紹介させてくださいませ。ミスター&ミセス・ファウラー、こちらがウェアフィールド侯爵です」

上背のあるジェイムズ・ファウラーは体を折り曲げんばかりにしてお辞儀をした。いつものしかめ面を伸ばし、びっくりするような笑顔をつくっている。その横ではジェイン・ファウラーが地面につくほど頭を下げており、体を起こすのに娘のサリーの手を借りなくてはならない始末だった。「閣下」ささやくような声で、それぞれがくり返す。

「レンデン・ホールにお越しいただいて、まことに光栄に存じます」ミセス・ファウラーはうやうやしくいった。「娘のリディアとサリーにはすでにお会いいただいたそうで」

「ええ、お会いしました」侯爵は進み出て、ミスター・ファウラーの手を握った。「すばらしいご家族ですね」

「ありがとうございます、閣下」ミスター・ファウラーは家のほうを示した。「なかを案内させてください」

無視されたことをありがたく思いながら、マディはファウラー家とウェアフィールド侯爵のあとをついて、ずらりと並ぶ使用人たちの前を通った。玄関に着く直前、侯爵はわざとらしく振り返って、彼女を迎えに戻った。

「きみを迷子にするわけにはいかない、ミス・ウィリッツ。そうだろう?」彼女の手を自分の腕にかけ、脇に挟むようにする。

「どこへ行けばいいかはわかっていますわ、閣下」マディは小声でいい、手を自由にしようとしたが、そうはいかなかった。驚くほど強い力だった。

「それこそ、ぼくが恐れていることだ」侯爵はつぶやき、彼らのあとにいっせいに階段を駆けあがって屋敷に入ろうとする使用人の列にうなずいた。

「食堂はこちらでございます、閣下」ミセス・ファウラーが重々しく告げ、使用人を追い払って娘たちを前に押し出した。「料理人のミセス・プラマーは今日は腕によりをかけましたんですよ。閣下のおかげで張りきりまして」

「お役に立てて光栄です」彼はマディをしっかりと脇に引き寄せたまま、ちらとまわりを見た。

食堂に入ると、そこは焼きたてのパンやプディング、ハム、チキンで天井まで埋め尽くされていた。マディは唖然とした。恒例のファウラー家の聖誕劇——サマセット南部一帯に知らぬ人はない行事——のときでさえ、これほど大量の料理は見たことがない。田舎の昼食会としては、耕作に出ている農夫全員にふるまおうというのでないかぎり、どう見ても過剰だった。

「離してください」テーブルやサイドボードに載った料理を見てまわりながら、マディは温かく自分の手を包む侯爵の手をもう一度引っ張って、ささやいた。

彼が意外にも目にユーモアを浮かべてこちらを見下ろしたので、彼女は抵抗をやめた。まったく腹が立つ。これじゃ計画が台なしじゃないの。彼はファウラー家のもてなしを面白がるはずじゃなかったのに。自分の務めと受け止めるはずだったのに。

「きみをぼくの目の届かないところにやるつもりはないよ」彼がささやき返す。「これはきみの発案だ」

「この人たちはわたしを招待したわけじゃありません」マディは指摘した。認めたくはないが、彼の視線にどぎまぎしている。「ウェアフィールド侯爵はあなたです。これはすべて、あなたのためなんです、閣下」

「で、光栄に思えと？」

マディは彼を睨んだ。ファウラー家の人々に特別好意を持っているわけではないが、馬鹿にする理由もない。手を振りほどいていった。「はるかにすばらしいもてなしに慣れていらっしゃるのでしょうが、閣下」声をひそめていい返す。「これが、この人たちにとっては最高に優雅なもてなしなんです」

侯爵は長いこと彼女を見つめていた。真剣な、なにを考えているかわからない表情だった。

「わかった」

マディは意図的にできるかぎり侯爵とは距離を置き、リディアとサリーのあいだに座った。相手をおだてつつ、さりげなく勝利を狙おうと決めた矢先、また彼に煽《あお》られて露骨に無礼なことをいってしまった。ときおりこちらを見る視線から、彼が自分の最後のひとことを愉快に思っていないのはわかった。当然の報いだけれど。

「ウェアフィールド侯爵、ロンドンのお話を聞かせてくださいましな」サリーがくすくす笑いながらねだった。「オールマックスの舞踏会には行かれたことがありまして？ 選ばれたかたがたしか参加できない、それは華やかな舞踏会なんでしょう」

「もちろん、行かれたことがおありよ」リディアが苛立たしげな口調でいい返した。「国王陛下とお食事だってなさるんだから」

「陛下って、噂どおりふとってらっしゃるんですの？」

「サリー！」ミセス・ファウラーは顔の前でナプキンを振った。「お願いだから、ことばに気をつけてちょうだい」

「でも、お母さま。ジョージ王はふとっているんでしょう、みんなそういうわ」

「サリー、お黙りなさい！」ジェイン・ファウラーはテーブル越しに手を伸ばし、侯爵の手をつかんだ。おかげで彼はフォークに載せたハムを落としそうになった。「娘のこと、お許しくださいませ、閣下。少し緊張しているのかもしれませんが、芸事には優れておりましてね。ふたりの娘には家庭教師をつけておりますの。わざわざサリーから呼びましたんですよ」

ウェアフィールド侯爵はマディをちらと見ると、フォークを皿の上に戻した。「その点は疑う余地もありませんよ、ミセス・ファウラー。ミス・サリー、ぼくはときおり国王陛下と狩猟をするんだが、あのかたはどちらかといえば……ふっくらした体をしているね。ただし、本人にお会いすることがあったら、そのことは口にしないほうがいいと思う。気にしておられるので」

「ほらね?」サリーははしゃいだ声でいい、テーブルの中央に置かれた鉢からもう一枚ビスケットを取った。

「どうぞ召しあがって、閣下」

侯爵はまたフォークを取りあげ、礼儀正しくひとくち食べた。彼がビスケットを咀嚼《そしゃく》し、嚥下《えんか》するさまを家族全員が見守っている。マディは彼を気の毒に思うまいと決意を固くした。

「実においしい」彼はしばらくしていい、ワインを飲んだ。

「塩は使っていません」ミスター・ファウラーは得意げにいった。「スパイスも一切」

執事が食堂に現われ、まわりの注意を引いた。「ミスター&ミセス・ファウラー、それからウェアフィールド侯爵。ミセス・ビーチャムのご到着をお知らせするよう、いいつかったのですが」

「なんですって、彼女がなにを――」

ミセス・ビーチャムはその豊かな胸には二サイズほど小さすぎ、ふた昔ほど流行遅れの、胸元が広く開いたドレスをまとって部屋に入ってきた。ウェアフィールド侯爵はいくらか驚いた顔をしたものの反射的に立ちあがり、ミスター・ファウラーもそのすぐあとにしぶしぶ立った。ミセス・ビーチャムは深々とお辞儀をした。

「閣下」体を起こしながらささやくようにいう。

数秒ほどマディはこの途方もない幸運に呆然として座ったままだったが、われに返って立ちあがった。「ウェアフィールド侯爵、こちらもラングレーにお住まいのミセス・ビーチャムです」

侯爵はうなずいた。「これは、ミセス・ビーチャム」

夫人は前に出て、ウェアフィールド侯爵の差し出された手をしっかかと握り、またお辞儀をした。「お会いできてうれしゅうございますわ、閣下」

ミセス・ファウラーは身を乗り出して隣人の顔をとくと見た。「イヴリン、頬についているその黒い点はなに？」

「まあ、知らないの」ミセス・ビーチャムは小さな黒点をいじりながらくすくす笑った。「パッチよ。ロンドンで大流行なの」握手した手はそのままで、下顎にたっぷり肉のついた顔を侯爵の耳元に近づけ、秘密めかしてささやきかける。「モンテーゼ男爵はわたしのいとこなんですの。ご存じでしょう」

侯爵は唇を引きつらせ、咳払いし、考えこんだ。「モンテーゼ男爵。バークシャーの?」

「あら、いいえ。ヘレフォードシャーのですわ。閣下」

「では存じあげているとはいえないようですね。でも、ぼくはあまりロンドンにいないものですから」

ウェアフィールド侯爵がなんとか彼女を引きずり倒すことなく手を振りほどいたのを見て、マディは眉をひそめた。「妙ですわね」彼女は使用人の耳に入ることを期待してか、大声で続けた。「あなたがサマセットにいらっしゃると手紙を書いたんですのよ。そしたら彼、あなたと面識があるようでしたわ。でも傷があるようなことをいっておりましたっけ。傷などございませんものねえ。たぶん勘違い——」

「傷?」侯爵がさえぎり、やがてほほ笑んだ。「それで説明がつきました。そのかたはぼくの弟のラファエルと知り合いにちがいない。ワーテルローで負傷したんですよ。ぼくたちは似てますからね」

ミセス・ビーチャムは顔を輝かせた。「そうね、きっとそうに違いありませんわ」召使のひとりに椅子をもうひとつ持ってくるよう横柄に身振りで命じ、憤慨するミセス・ファウラーを尻目に、侯爵の隣りに腰を下ろした。「共通の友人がいると思っておりましたわ。貴族のかたがたというのはみな、たがいにお知り合いのようですもの」

「お母さま」特等席を奪われたリディアが低く不満をもらした。

「まあ、まあ、リディア」母親はなだめ、椅子に座りなおした。「あとでチャンスはあるわ。ウェアフィールド侯爵のために演奏するときに」

マディは咳払いして、トーストにバターを塗った。またもや侯爵の視線を顔に感じたが、見ないようにしていた。困らせておけばいい。少なくともわたしは楽しんで……。

別の召使がミセス・ビーチャムのために皿を運んでくると、彼女は例によって盛大に食べはじめた。ウェアフィールド侯爵のほうは料理に手をつける暇もろくになかった、質問や無意味なお世辞がひっきりなしに飛んでくるためだ。ファウラー家とミセス・ビーチャムが競って彼におもねるのを、マディは呆れて見ていた。もっとも公平にいえば、彼女自身そうした空虚な世界に育ち、それを当然と思ってきたのだ。

サリーはテーブルに身を乗り出し、ナイフでミセス・ビーチャムの皿を差した。「あら、ミセス・ビーチャム。パッチが落ちてましてよ」

抑える間もなく、マディの口から笑いが噴き出した。ナプキンで顔を隠し、できるかぎり咳でごまかして立ちあがる。「ちょっと失礼します」なんとかそういうと、逃げるように廊下を横切って、居間に飛び込んだ。せかせかと歩きまわり、なにか――なんでもいいから陰気なつまらないことを想像しようとした。

「ミス・ウィリッツ、大丈夫かい?」

手を口にあてたまま、マディはくるりと振り返った。侯爵が戸口に立ってこちらを見ていた。背後の食堂では抗議の声が上がっている。驚きを隠そうとしつつ、マディはソファに寄りかかった。「ええ、大丈夫です」

「みんなにはきみが風邪気味だといっておいた。ただ、大丈夫か確かめたくてね」

「ありがとうございます。言い訳など必要なかった——」彼女はことばを切った。彼が部屋に足を踏み入れ、後ろ手にドアを閉めたからだ。思わず動揺して、脈が速くなる。ベンジャミン・スペンサーの姿がはからずも頭によみがえったが、彼女は毅然としてそれを押しのけた。わたしはもうかつてのような愚かな小娘ではない。男性の扱いもよく知っている。「閣下?」

侯爵は深く息を吸うと、ドアに寄りかかった。「頼む、頼むから、笑っていいといってくれ」

マディはぽかんと彼を見つめ、いまさらのように口からナプキンを下ろした。襲われることを覚悟したのだ——内緒話ではなく。「そんなこと……わたしの許可は必要ないでしょう、閣下」

ウェアフィールド侯爵は腕を組んだ。「これ以上きみに、ぼくを睨む理由を与えるのはごめんだからね」

「睨んでなんかいません」彼女はいま一度怒りをかきたてようと努力しながらいい返した。

「睨んでるさ」彼は体を起こし、一歩前に出た。

マディは後ずさりした。「あなたの存在に委縮し、どぎまぎしているだけです」われながら苦しいいい逃れだった。

「嘘だ」

「お願いです、閣下、そう困らせないでください。耐えられません」

「耐えられるさ」侯爵はまた一歩、彼女に近づいた。「それにきみはどうして、ここの昼食会が最高に優雅なもてなしとはいえないことを知ってる？」

まったく。「知りません、閣下。ただあなたの反応から判断して――」

「ウェアフィールド侯爵、食堂にお戻りになりませんの？」サリーがドアを叩いた。

彼は後ろを見もしなかった。「すぐに戻ります。ミス・ウィリッツが息を継ぐのも苦しそうなので」

「苦しくなんかありません！」マディはソファを回り、ドアに向かった。「わたしを自分の不作法の言い訳にしないでください。わたしたち、ここにふたりきりでいるわけには――」

思いも寄らないすばやさで侯爵は横に動き、彼女の脱出を阻止した。「この昼食会はファウラー家にとっては最高に優雅なもてなしだときみはいった。きみにとってではないということだ」

マディは彼に衝突する寸前で立ち止まった。「わたしはいろいろな家で家庭教師をしてきました、閣下。それにあなたの叔父さまはハイブロー公爵の弟さんです」彼女は息を継ぎ、ばらばらになったウィットや怒りをかき集めて、彼の上気した顔を見あげた。やっぱり、いい寄ろうっていう魂胆なんだわ。「田舎で出会う人間は、だれひとり上流階級のしきたりには疎いものと思っていらしたのですか、閣下?」

彼は口を開きかけ、また閉じた。「いや、そんなことはない」それから長いこと、彼女を見つめた。「間違いなくきみを驚かせ、怒らせるようなことをいってもかまわないだろうか?」

ますますどぎまぎして、マディは唾を呑んだ。「お好きなように、閣下」

「ときおり——たとえばいまもそうだが——ぼくはたまらずきみに……キスしたくなる」

マディの顔が真っ赤になった。突然、脈が激しく打ちはじめた。「わたし——どうか自制なさってください、閣下」そういうのが精いっぱいだった。ほんとうなら、ラングレーに飛んで帰り、すべてのドアに鍵をかけたいところだ。自分もときおり彼を押し倒したい欲求に駆られることがあると、本人に気づかれる前に。

彼はかすかに口元をほころばせ、官能的な笑みを浮かべて、うなずいた。「努力するよ」長い優雅な指でドアを示す。「よろしければ、ミス・ウィリッツ」

マディはスカートを直し、近づいた。「ありがとうございます、閣下」

「ただし、きみがこうもぼくを嫌う理由は、はっきりさせるつもりだから、マディ」

彼女はためらい、やがてドアを開けると、部屋を走り出た。サリーが好奇心むきだしの目を向けてきたが、気づかないふりをした。あとに続いたウェアフィールド侯爵は席に戻ると、テーブルを立ったのが嘘のように、食事と会話を再開した。

マディは一度だけ彼のほうを見た。彼がまっすぐにこちらを見ていることに気づき、急いで目をそらす。彼の目に満たされない好奇心を見て、驚きと動揺を覚えた。怒りなら覚悟していた。けれどもこんな強烈な、はた迷惑な関心は予測していなかった。ましてや彼が自分に——いや、自分が彼に惹かれるなんて思ってもみなかった。

もっと慎重にならなくては。ウェアフィールド侯爵をラングレーから追い払うのはいい。けれども自分の真の身分を知られることはけっしてあってはならないのだ。

5

昼食のあと、会は苦痛から拷問へと螺旋《らせん》降下を続けた。一同は狭い客間に移動し、そこでリディア・ファウラーがピアノの前に座り、ベートーベンの〝エリーゼのために〟の恐るべき演奏を披露した。

クインは気がつくとミセス・ファウラーとミセス・ビーチャムに挟まれていた。マディのほうは隅に腰かけ、のんびり窓のそとを眺めている。こんなふうに体をもじもじさせたくなったのは子供のころ通った教会以来だったが、なんとか曲が終わるまで持ちこたえた。そして終わると、拍手もそこそこに立ちあがった。

「失礼します、ご婦人がた」彼は愛想よくいった。「暖炉の火が少し暑すぎるようだ」

ミセス・ファウラーは飛びあがり、使用人を呼ぶベルをつかんだ。「すぐに調節させますわ、閣下！」

「その必要はありません。しばらく窓際に座るだけで」彼はファウラー家の姉のほうを振り返った。「ミス・ファウラー、もう一曲お願いします」

ミセス・ファウラーはうれしそうに顔を輝かせ、リディアは快く次の曲を演奏しはじめた。なにを弾くつもりにせよ、すっかり舞いあがっている。クインはぶらぶらとマディのいるほうに近づくと、彼女に逃げる隙を与えず、隣りに腰かけた。

さきほどの発言――キスしたいという、あの馬鹿げた告白――は彼女を敗走させたが、クインとしては追い打ちをかける誘惑に逆らえなかった。ここに来てからというもの、自分の名誉、爵位、人格に対する無数の攻撃にさらされ、防戦いっぽうだったのだ。しかも、いまだに真の理由はわからない。

「楽しんでるかい、ミス・ウィリッツ？」小声できいた。

彼女は窓のそとに目を向けたままだった。「もちろん。ハイドンは好きですから」

そういうことだ。どうしてこの曲がハイドンだとわかる？　家庭教師だったとしたら、かなり教養のあるほうだろう。田舎地主の愛人としては異例というしかない。視線を下ろし、彼女の喉の曲線を眺める。そのとき肌の下で血管が脈打った。キスはマディ・ウィリッツにしたいことのほんの手始めにすぎない。

クインは息を吸った。「ミセス・ファウラーがぼくのために舞踏会を計画していることは知ってるかい？」

ようやく彼女はこちらを向きなおった。「ええ、数日前、そんなことをいってました」

「マルコム叔父が車椅子で外出するいい機会になると思わないか？」

「あのかたがその気になれば、そうですね」彼女はしぶしぶ認めた。

「となると、きみも来るんだろうね」

マディはちらと彼を見やり、また目をそらした。「わたしはミスター・バンクロフトのお相手役です。あのかたにお伴を望まれれば、お伴します」

クインはマルコムがそう望むよう仕向けるつもりだった。まだ一度も〝閣下〟がないところをみると、彼女はまだ総退却中らしい。「そのときは、ぼくと踊ってくれるかな？」と、追撃に出る。

「あなたはわたしよりはるかに作法に詳しいはずです、閣下」

クインは思わず眉をひそめた。マディは早くも態勢を立てなおしたようだ。

「侯爵として、叔父さまのお相手役と踊ることを妥当とお考えになるなら、おっしゃるとおりにします」彼女は続けた。

クインは彼女を見た。「きみにダンスを強要するつもりはない」

「ありがとうございます、閣下」

これで互角というところか。「でも、ぼくはしたい」

彼女がまたこちらを見た。グレーの瞳が窓越しの午後の光を受けてきらめいた。「なにをですか、閣下」

「きみと踊りたい」ミスター・ファウラーとサリーのほうをちらりと見たが、ふたりはリディアの演奏を無視しておしゃべりに熱中していた。クインは膝がスカートに触れるくらいマディに身を寄せると、声をひそめた。「キスは禁じられたし、きみはぼくを怪物かなにかと思っているようだ、ミス・ウィリッツ。ぼくはそういうものじゃないと証明するチャンスがほしい」

「わたしはあなたのことをなんとも思っていません、閣下。そんな立場にありません」

彼は溜息をついた。「容赦ないな」

マディは唇を引きつらせて、ピアノのほうを向いた。「ありがとうございます、閣下」

彼女はまたしてもこちらをやり込めて面白がっている。生まれてこのかたこんな仕打ちを受けたことがないにもかかわらず、怒りではなく興味や関心ばかりが湧くのはなぜなのか。クインは昔からよくできたパズルが好きだった。マディ・ウィリッツはまさにスフィンクスの謎かけだ。

もっとも、彼女がなんだろうと自分の常軌を逸した行動の口実にはならない。二十三年間知っている非の打ちどころのない美女と実質的に婚約している身ながら、同時に知り合ってたった三日のほかの女性を求めている。しかも相手は叔父の愛人だ。

失礼にならず辞去できる頃合いになると、クインはすぐさま暇乞いをし、ラングレーに戻った。マディはもとの冷淡な女性に戻っていたが、その態度に以前よりもユーモアが感じられるような気がした。少なくとも彼としてはそう願った。厩舎の庭に馬車を乗り入れるやいなや、彼女は屋敷のなかへと消えたので、確かめることはできなかったが。

クインは着替えのために部屋に向かった。農作業の進み具合を見に行きたかったのだ。マディという、心をかき乱し酔わせる存在から逃げる必要もあった。ところが、その前に、階段のたもとでギャレットに呼び止められた。

「閣下。お手紙が届いております」執事は書状の載った銀のトレイをクインに見えるよう掲げた。「お知らせするようにとのことでしたので」

「ありがとう、ギャレット」クインは手紙を持って二階に上がった。住所の、凝ったこぎれいな筆跡はすぐにわかった。エロイーズ・ストークスリーがさっそく手紙を書いてきたのだ。そうしたことにかけては、彼女は昔からけっして時間を無駄にしなかった。

従者を呼んでから、手紙を開けた。

愛するクインラン

先の手紙を読んで、わたくし、胸が張り裂けそうでしたわ。サマセットに追放だなんて。かねてからの計画どおり、あなたがスタフォード・グリーンのわたくしたちの屋敷を訪ねていらっしゃれることを、祈っています。

「ぼくもだよ」彼はつぶやいた。もっともラングレー滞在も思っていたほど苦痛ではない。

こんなことをいってはいけないのでしょうが、あなたに会えないと思うと寂しいわ、クインラン。ロンドンでお会いできる日を指折り数えています。いえ、それよりもわたしたちが結婚できる日を。サマセットでの冒険談を聞かせてくださいな。お返事を、楽しみに待っています。

永遠にあなたのエロイーズより

ベルナールが入ってきたので、クインはドレッサーに手紙を置いた。エロイーズのためにも、ともかく植えつけと帳簿をさっさと終わらせ、ウェアフィールドに帰ることだ——できればスタフォード・グリーン経由で。

もう一度畑へ出るのに、マディに付き添いを頼むつもりはなかった。けれども、完全な逃亡を許したら、彼女に勢力を盛り返して次なる攻撃をしかける余裕を与えることになる。

彼女がラングレーで退屈しているのなら——なんといってもいまはマルコムに全面的なサービスを要求されているわけではないのだ——ひょっとすると彼女のさまよえる関心を引ける機会もあるかもしれない。その仮説はいまひとつ説得力に欠けるが。彼女のふるまいはどう見ても、男性をベッドに誘おうという女性のそれではないからだ。それでも試してみる価値はある。

クインはふとわれに返って、眉をひそめた。まったく、ぼくはほかの男性の——しかも自分の叔父の——愛人を盗もうともくろんでいるわけか。たぶん、サマセットという土地がぼくを狂わせているのだ。そうした影響力を持つ土地があると聞く。

階下に下り、そとに出て厩舎に向かったところで、庭から声が聞こえてきた。

「だめよ、ビル。やりかたが間違ってるわ」

「そんなこと、ありませんよ、ミス・マディ」

「いいえ、間違ってる。それじゃ、ご主人さまを地面に放り出してしまうわよ」

「そんな！」

クインが建物の角から身を乗り出すと、ビル・トムキンスが道端に立っているのが見えた。召使の前には、プロイセンの真冬にも第三連隊全員が暖をとることができるほど大量の毛布でぐるぐる巻きにされたマルコムが、車椅子に座っていた。憤慨した顔のマディがその横だった。

「マディ、大丈夫だよ」

「大丈夫じゃありません、ミスター・バンクロフト。あなたに必要なのは陽射しであって、池に突っ込むことじゃありません。ビル、行っていいわ。わたしが押していきます」

マルコムは笑った。「彼女のいうとおりにしたほうがいいだろうな、ビル」

召使は重い溜息をつくと、椅子の背に置いていた手を離した。「わかりました、ミスター・バンクロフト。階段を上がられるときは、大声でお呼びください」

「ありがとう、ビル」召使はぶらぶらと屋敷のなかへ戻っていった。マディは椅子の舵取りを引き継いだ。「道に沿って行ったほうがいいぞ」

「なにをいってるんです。新しい薔薇をお見せしたいのに。本は持ってきました？」

「いまこの膝が役に立つのはそれくらいだよ、マディ」

彼女は車椅子を押して柔らかな芝生に入った。車椅子ががくんと止まった。「もう！」

「わしは沈んでいくようだ」マルコムが冷静に指摘した。

クインは救出のため壁から体を離した。

マディが椅子の背を思いきり押すと、ぴしゃっと音がして、車輪はぬかるみを抜けた。

「大丈夫でしたでしょう？」そういって、そのまま庭の隅にある薔薇の茂みまで進む。「さて、どこまででしたっけ？」

マルコムは体をおおう毛布の山から小さな本を取り出して、広げた。「待っておくれ。ベアトリスがベネディクトに、顔を引っかいても、それ以上まずい顔になることはないというところだ」

彼女はにっこりした。「ベネディクト。〝へえ、きみは立派な先生になれるよ、オウムの学校に行けば〟」車椅子を離し、両手を腰に当ててマルコムの前に飛び出した。「ベアトリスがとっさに切り返す。〝わたしの口真似をするオウムのほうが、あなたの真似をする獣よりましでしょうよ〟」マルコムがぎこちなく拍手すると、彼女はまた向きを変え、今度はもっと男っぽい姿勢と声で続けた。「〝おれも馬もあなたの舌の回転に劣らず……〟」

マディに姿を見られて、クインは悪態をついた。即座に彼女は暗唱をやめ、車椅子の後ろに戻って薔薇の茂みへ向かった。クインは大股であとを追った。「〝おれの馬もあなたの舌の回転に劣らず脚が早く、息が続けばいいんだが〟」

「おや、クインランか」マルコムが体をひねって、甥に挨拶した。

「ミス・ウィリッツ、きみがシェイクスピアを愛読しているとは知らなかった」いったいどこでかの詩人の暗唱ができるようになったのか、ききたいところだ。

マディが頬を紅潮させて振り返った。「もちろん、ご存じないはずです、閣下」困惑げな顔で、ぴしゃりといい返す。「あなたの叔父さまがお好きだということもご存じないんでしょうね。四年ぶりにあなたにお会いするのをとても楽しみにしていらしたことも。でなかったら、この三日間で叔父さまと過ごす時間がたったの二時間ということはないはずですから」

「マディ、もういい」マルコムが鋭くいった。「わしはひとりで大丈夫だ、ありがとう。だが、クインランにそんな口のききかたをしてはいかん」

「ええ、ほかにはこういう口のききかたをする人間はいないようですものね」彼女はクインのほうを向いた。「ミスター・バンクロフトを安全に寝室までお連れ願えますか?」

「わかった」彼女のことばはどうして自分をこう……無能と感じさせるのだろう。

「ありがとうございます。ミスター・バンクロフト、わたしはジョンに会いに行ってきます」スカートをひるがえして彼女は屋敷の横手に消えた。

クインはマルコムを見下ろした。その顔には笑いと苛立ちがごちゃまぜになった表情が浮かんでいた。「自分があなたを軽んじているとは思っていませんでした」彼は叔父の横にしゃがみ、静かにいった。

マルコムはちらと甥を見てほほ笑み、軽くその頰を叩いた。「きみはわしの子守りをしにきたわけではあるまい。ラングレーの畑がこれまでどおり利益を生むよう、監督しにきたんだ」

「ええ。体裁だけは整えないとなりませんからね」クインは立ちあがり、椅子の取っ手を握った。「なかに入りますか、それとも薔薇を見ますか?」

「きみは作業のようすを見に、畑へ出かけるところだったんじゃないのかね?」

「気が変わりました。どちらへ行かれます?」

マルコムの肩からいくらか力が抜けた。「じゃあ、薔薇にするか。きみがかまわなければ。二カ月近くそとに出ていないんだ。それにマディは植物に関してはことのほか詳しいようでね」

クインは車椅子をゆっくり進めた。「棘のある植物全般ということでしょう」

叔父は笑った。「かもしれんな」ふと真面目な顔になって、クインを見あげる。「棘がいかに美しい花を守っているか、忘れてはならん」

「彼女が例の地主を訪ねていくことは気にならないんですか？」

「ジョン・ラムゼイか？　別に。彼はいいやつだ。わしは彼と妹を生まれたときから知っておる」ふたりはいちばん手前の茂みのそばで止まった。「そういえばきみも、ここを訪ねてきたとき、彼と遊んだことがあるはずだぞ」

クインは片目を閉じ、記憶を探った。「ジョン・ラムゼイ……蛙が好きな子だったかな？」

「ちがう、それはレイフだ。ジョンはいつもボートをつくってた子だよ」

「ああ、思い出した。小柄でもの静かな子だった」

「そう、それだ。その彼が新しい灌漑《かんがい》設備をつくったのだよ。彼とエジンバラから来た数学者で考えた。マディはそれをうちの北の畑に試してみたくてならないらしい」

「どうしてそのことをぼくにいわなかったんだろう？」

「興味がないと思ったんだろう。きみの滞在を少なくとも一週間は延ばすことになるしな。取りつけるとしても来年だ。わしもそのころには起きあがって歩いてるだろう」

またた。皮肉。どうせこんなところにはいたくないんだろう、義務を果たしているだけなんだろうという決めつけ。「明日の朝、その男に畑に来てもらうことにしますよ」
マルコムはうれしい驚きといった顔でほほ笑んだ。「すばらしい」

翌朝、ウェアフィールド侯爵にまたしても畑についてくるよう求められ、マディは呆れた。馬車で四つ辻まで行くだけの短いあいだとはいえ、癇癪を抑えられる自信はないと思った。彼だって、いまではわたしに嫌われていることくらいわかっているはずだ。なのに、まるでめげないとは。昨晩まるまる叔父と過ごして、ピケットに興じ、大体において感じよくふるまっていたからといって、それとこれとは関係がない。

昨日の訪問の際、ジョンにも妹のルーシーにも侯爵のことは口にしなかった。彼らも、侯爵のラングレー滞在は知っていたにちがいないが、気を利かせてその話を持ち出さなかった。だから四つ辻に来て、ジョンが去勢馬のダラードに乗って馬車を待っているところを見たときには驚いた。

「おはよう」ウェアフィールド侯爵は明るくいい、二輪馬車から身を乗り出して手を差し出した。「ジョン・ラムゼイ。何年も前、きみのボートを一艘沈没させたこと、謝らなくちゃならないな」

「謝っていただく必要などありませんよ。ただ、ぼくの記憶によれば、つくったボートをほぼ全滅させられたように思いますが」地主は侯爵の手を握った。「お呼びいただいてありがとうございます。このあたりで近代化に興味があるのはマディだけかと思いはじめていたところでした」

彼らは新しい灌漑設備を見学するため、ジョンの農地まで行った。当初の疑念とは裏腹に、侯爵の興味は本物だとマディも認めざるをえなかった。さらに驚いたことにそのあと、彼女がハースグローブへ脱出を試みると、彼も同行すると言いだしたのだ。

「さっそく木材を注文したいんだ。ラングレーにその装置を設置するとなったら、必要になってくるだろう」

「でもわたしは小作人のひとりにパンと野菜を持っていくだけです」ウォルターの手を借りて、馬車の後ろにバスケットを積みながら、マディは抗議した。

「叔父の代理としてぼくも行く」彼も自ら次のバスケットを載せた。

「わたしがあなたの叔父さまの代理です」

彼は降参というように両手を上げた。「わかったよ、ミス・ウィリッツ。ただの人ということで、ハースブローブについていってもかまわないかい?」

マディは歯を食いしばった。「お好きなように、閣下」

マディはさっさと座席によじ登ると、手綱を取り、座るやいなや馬に向かって舌を鳴らした。反対側から乗り込もうとしていた侯爵は、あやわ仰向けに地面に転落するところだったが、なんとか踏みとどまり、彼女の横に腰かけた。「きみに背を見せちゃいけないってこと、肝に銘じておくよ」彼はいった。

マディは思いがけずこみあげる笑いを嚙み殺し、ハースグローブまででこぼこ道を選んで走ることに専念した。野菜は間違いなく少々傷むだろうし、自分の背中もつらかったが、少なくとも侯爵も体を支えるのに精いっぱいで、会話を試みる余裕はなかった。

村に着くと、彼女は馬車を止めた。「店はあちらにあります」指差していう。「わたしが行くコテージはこの小道の先です。一時間後に落ち合いませんか、閣下?」

彼はひらりと馬車を降り、反対側に回って彼女に手を差し出した。「ぼくは急いでいない、ミス・ウィリッツ。それにラングレーの人々にもっと会いたい」

彼女はしぶしぶ彼の手を取って、馬車を降りた。「どうしてです?」

ウェアフィールド卿は肩をすくめた。「バスケットをいくつか持てば、少しはきみの役に立つだろう」

「どうして閣下がよりによってわたしの役に立ちたいと思うんです?」バスケットを下ろしながらも、傍らにある背の高い、存在感のある温かな肉体を意識せずにはいられない。

「いけないかい?」彼は残りの荷物を取った。

マディはグリーンのモスリンのスカートで小さな砂埃を上げながら、すたすたと小道を歩きはじめた。が、次の瞬間には、長い脚でやすやすと速度を上げた侯爵が隣りに現われた。

「ほかにもっと有益なことをしたらいかがです?」彼女はやけになっていった。「木材とか、灌漑設備とか」

侯爵は彼女を見下ろしてほほ笑んだ。「ぼくを追い払いたいのか？」

マディは鼻を鳴らして歩きつづけた。道を歩く人々が足を止めて、埃っぽい田舎の通りを歩くウェアフィールド侯爵を見つめている。通り過ぎたあとに会釈やお辞儀が続くので、マディはパレードかなにかを率いているような気分になった。もちろん、自分はだれからも無視されていたが。シモンズのコテージに着くと、彼女は足をとめ、ドアを叩いた。

普段なら子供のひとりがドアに駆け寄り、勢いよく開ける。だが、今朝彼女を出迎えたのは、控えめな「どうぞ、お入りください」という声だった。

わずかに眉をひそめて掛け金を引き、ドアを押し開けた――そしてあっけにとられた。病気の母親の介護のためドーセットシャーにいるミスター・シモンズをのぞく、シモンズ家一同が壁に沿って整列している。マディのあとから侯爵が薄暗い部屋に足を踏み入れると、ミセス・シモンズを中心に七人の子供が高さの揃わない頭をいっせいに下げ、小声でいった。

「閣下」

またもや大いに愉快になって、マディはひとりひとりをウェアフィールド侯爵に紹介しにかかった。そのあいだにバスケットを小さな石造りの炉床に置き、先週分の空のバスケットを回収する。子供たち、とりわけ幼い子たちはすっかり畏《おそ》れ入っていた。侯爵はさながら、キーキー鳴いて飛びまわるネズミの群れと同じ檻に入れられた、すらりとした黄褐色のライオンだった。近隣の一軒一軒をまわり、同じことが十二回くり返されたあとも、彼はひれ伏さんばかりの人々を前にほんの少しきまり悪そうにしただけで、少しも不快感は見せなかった。

「みんなからもらった花をどうしたらいいだろう?」馬車に戻りながら彼がきいた。

「いつもはブーケにして、あなたの叔父さまの部屋に飾っていますけど」マディは空のバスケットを馬車の後ろに置きながら答えた。

侯爵は抱えきれないほどの春の野花をしばし眺め、それから彼女の目を見た。「つまり、いつもは、きみへの贈り物ということか」そういって、花束を差し出した。

「なにをおっしゃいます」彼女は困惑して、商店のほうへ馬車を向けた。これまで男性から花をもらったことなどない。かっての婚約者チャールズからも。だいいちウェアフィールド侯爵から贈り物を受け取る気はない。「それより、木材を注文に行きましょう」

「だが、きみに受け取ってほしい」彼はなおもいい張った。

マディは狼狽を隠して重い溜息をついた。まったく、どうしてこの人には、こう落ち着かない気持ちにさせられるのだろう。おおげさに苛立ちを示しつつ、彼女は振り返って彼の手から花束を受け取った。「ありがとうございます」バスケットのひとつに入れてから、また彼のほうを向きなおる。「行きましょうか?」

侯爵がにっこりした。なにがそんなにうれしいのか、マディにはさっぱりわからなかった。

ラングレーに戻ったら、マルコムに差しあげるだけのことだ。

「もちろんだ」彼は先に行くよう、身振りで示した。「木材を注文しよう」

翌朝、マルコムの寝室には摘んだばかりの薔薇の花が飾ってあった。ということは、マディは野花の花束を自分用に持っているか、捨ててしまったかなのだろう。ともかく彼女はあの花束を受け取った。否定的なせりふ抜きで。

彼女の示す敵意を考えると、クインとしてはワーテルローの戦いでナポレオンを破ったウエリントン公の気分だった。決定的な勝利ではないし、華々しさもないが、それでも彼は馬車で畑に向かう途中、思わず口笛を吹いていた。彼女は午前中いっぱい姿を見せなかった。朝食の席にも現われなかった。おおかたいまごろ傷口を舐《な》め、次の攻撃に備えているのだろう。だが、クインのほうもそれなりの戦略を練っていた。

彼女にはなにかがあった——追い求めずにはいられないなにかが。好奇心のなせる業か、結局のところ自分が男で、彼女が美しい女性だからなのか、それもよくわからない。ただ、彼女に懐疑的な目を向けられるたび、顔からその表情を拭い去ってやろうという決意が新たになるのだ。

クインは馬を下りると、アリストテレスは好きに草を食《は》むよう草地に残して、農夫たちのほうへ向かった。マディ・ウィリッツに、貴族だって彼女が思っているようなもったいぶった人間ばかりじゃないということを示す機会があればよかったのだが。自分がどこでそれを示したいかもわかっている。ベッドのなかだ。長い赤褐色の髪が白い枕の上に広がり……。

「気をつけて、閣下！」

クインは瞬きし、後ろに飛びのいて、間一髪で巨大な耕作馬の下敷きになるところを逃れた。近くにいた農夫らが見ていたが、彼がそちらに目を向けるなり、畑を耕す仕事に戻った。

クインは気を取りなおして、耕された土地に残っていた石をかがんで拾った。

種の入った袋を降ろしているとき、ふと、エロイーズに返事を書くのを忘れていることに気づいた。手紙を受け取った日に返事を書いたことはめったにない。日ごろから多忙の身だし、そうするのもなんというか、女々しい感じがするからだ。結局のところ、熱烈な恋愛中というわけでもない。彼女とは子供のころから暗黙の了解があった。とはいえ、完全に忘れているというのも自分らしくないことだった。

叔父への心遣いをマディに手厳しく批判されたことを思い出し、クインはマルコムと昼食を摂るべく、屋敷に戻った。マディはやはり姿を見せなかった。「今日の午後、ミス・ウィリッツはどこにいるんです？」何気なくきいてみた。

「鉢植えだ」

クインは顔をあげた。「どこですって？」

「庭にある鉢植え小屋だよ」マルコムは説明した。「マディの薔薇はサマセットで人気が出てきておってな。春には引っ張りだこになる。で、彼女は挿し木を植え、このあたりの人に贈ってるんだ」

ということは、彼女は人嫌いではないらしい。侯爵だけ——でなければ、ウェアフィールド侯爵だけが嫌いなのだ。クインは唇をすぼめ、自分のつのる好奇心を悟られることなくどこまでマルコムにきけるか、思いめぐらせた。「叔父上、ひとつきいてもいいですか?」

「かまわんよ」

「ミス・ウィリッツはどうしてぼくをああ……毛嫌いしてるんでしょう? べつに彼女の気に障るようなことは、していないと思うんですが」

マルコムはにやりとした。「本人にきくといい。わしにじゃなく」

クインは溜息をつき、立ちあがった。「叔父上は彼女に注意するよう、ぼくに忠告しましたね。鎧《よろい》を持ってくるよう忠告してくれるべきでしたよ」

叔父は声をあげて笑った。

鏡台の上にエロイーズの手紙が立てかけてあるのを見て、クインはまたしても、ラングレーに来てから、一度も手紙を書いていないことを思い出した。苛立たしげに窓から庭のほうを見ながら、座って、ペンとインクを取り出した。

マルコム叔父の具合はよさそうだ。ただ、残念ながら当初の予定より長くこちらに滞在することになると思う。作物と勘定のほかに、ラングレーでは新しい灌漑設備が必要になっている。わざわざ書くほどの面白い冒険はないが……

クインは椅子の背にもたれた。最後の一文は厳密には真実ではない。だが、溺れかけたとか撃たれかけたとかいう話を持ち出したくはなかった。エロイーズがミス・マーガレットとの追いかけっこを面白がるとも思えない。ミス・ウィリッツとの奇妙なウィット合戦も喜ばないだろう。

彼はまたペンをインクに浸した。

……だが、ラングレーはやはり田舎だ。シーズンが始まる前にきみを訪ねてスタフォード・グリーンに行きたいと思っている。お父上によろしく伝えてほしい。

クインラン

大して長い手紙ではないが、いまのところはこれでよしとするしかない。次の手紙で詳細を知らせよう。どれだけ滞在を延ばすかはっきりしてから。彼は手紙に封をし、表にエロイーズの住所を走り書きして、郵便に出してもらうようギャレットに預けた。

それからしばらく屋敷をそわそわと歩きまわった。畑に戻る前に、マディが離れから戻ってこないかと思いながら。業を煮やして居間の窓からそとを見ると、ちょうどグリーンのスカートが小屋に消えるところだった。クインはそとに出ようとして、ふと足をとめた。いきなり現われたら、あとをつけているとか、マルコムやラングレーに対する義務をおろそかにしているとか責められるのがオチだろう。その手のたわごとはさすがに聞き飽きた。なにひとつおろそかにしないよう、心しておかなくてはならない。

名案が浮かんだ。「そうだ」彼はつぶやき、ほほ笑みながら、廊下の突き当りのオフィスに向かった。そして、引き出しから最新の帳簿を取り出し、筆跡の変わるページまでめくった。

その帳簿を脇に挟んで、クインは戦いに赴いた。「ミス・ウィリッツ？」庭で彼女を探しているふりをしながら呼びかける。「ミス・ウィリッツ、ここかい？」

しばらく返事がなかったが、クインが〝偶然〟鉢植え小屋をのぞいてみなくてはならないかと思いはじめたところに、マディが現われた。

「なんでしょう、閣下」乱れた赤褐色の髪を耳の後ろにかけながら答える。

「ああ、ミス・ウィリッツ。きみにききたいことがあるんだ」

帳簿を広げる彼を見て、グレーの瞳に不信の色が忍び込んだ。彼は彼女に見えるよう帳簿を持って近づき、隣りに立った。土とラベンダーの香りがした。指と片頬には泥がついている。彼の血管を駆けめぐりはじめた熱いものは、間違ってもたんなる好奇心とは呼べないものだった。

帳簿に注意を戻そうと努力しながら、クインは最後の書き込みを指差した。ほんの二日前だ。彼が仕事で出ているあいだに、こっそりオフィスに入り、勘定をつけたのだろう。帳簿に手をふれることは控えるよう言い渡されたあとに。「これはなんだ?」

マディは少し身を寄せ、開かれたページを見てから、彼の顔を見あげた。「どうしてわたしにおききになるんです、閣下?」

「きみはぼくをまったくの間抜けと思っているのか、ミス・ウィリッツ?」彼女が答えようと口を開くと、クインは笑いをこらえた。「いや、答えなくていい。ぼくに説明させてくれ。これは」といって、数ページ戻る。「叔父の筆跡だ。これよりひどい字を書くのはバンクロフト家ではぼくの弟くらいだ」次に別の、もっと最近の記載を指差した。「これはぼくの筆跡。たいしてきれいじゃないが、少なくとも〝t〟と〝w〟くらいは区別がつく」それから最初のページに戻り、きちんとした字の列を示した。「この筆跡は、思うにきみのものだろう」

マディは苦々しげにページを見た。「わかりました、閣下。告白します。わたしは計算のしかたを知ってるんです」行のひとつを指差して続けた。「お気づきかどうかわかりませんが、閣下。わたしの字があなたの字と重なっているところはありません」

それは無視し、クインは本を下ろして、彼女を見た。「きみがラングレーを切り盛りしていると、どうしていわなかった?」

「あなたのお父さまにはそのように手紙でお伝えしました」マディは彼の視線を受け止めた。

「あなたがたが関心をお持ちにならなかっただけです」

ぼくは大いに――自分でも認めたくないくらい、大いに関心を持っている。「ぼくはその事実を知らされなかったようだな。きみはここで実によくやってくれている。叔父のため、バンクロフトのために」

「そのために雇われているから、そうしているんです」彼女は短く答え、小屋に戻りかけた。

「おききになりたいのはそれだけですか、閣下?」

「叔父の世話をしてくれていることで、きみに礼をいいたかっただけだ」

彼女は肩越しに彼を見た。「ここには、だれかがいなくてはならないんです、閣下」

昨日から同じ思いが頭に浮かんでいた。マディがマルコム叔父のお相手役でなかったら、ラングレーとマルコム本人の状況は、公爵さえ予想しないほど悲惨だったろう。プライドを傷つけられて怒りを覚えながら、クインは彼女のあとを追った。「そうか、つまり今度は、もっと早くラングレーに来なかったことで、ぼくを批判しているわけか」

「わたしはあなたの落ち度を批判する立場にありません」

「なら、指摘しているだけか」

彼女はお辞儀をした。「なんとでも、閣下」

我慢にも限度がある。「待ってくれ！」彼はうなって、彼女のあとを追った。

マディは足をとめ、振り返った。「はい、閣下？」目にほんのわずかなためらいが浮かぶ。

「ミス・ウィリッツ、いったいぼくが……」クインはことばを切った。彼女が挑戦的に顎を上げたからではない。背中に隠す前、彼女の手が震えていたからだ。「ぼくが」ことばを選びなおして続ける。「きみを困らせるような、なにをした？」

マディは長いこと彼を見つめていた。「なにもなさっていません、閣下」ゆっくりといった。「なにもなさらないでくださればと思います」

本音が出たな。「ぼくが、きみや叔父、ラングレーに対して善意以外のなにものも持っていないと請け合ったらどうだ？」クインは胸に手を当てた。「きみたちの不利益になるようなことはしない。ミス・マーガレットも含めて」

マディは目を細くした。あまりに露骨な疑いの表情に、クインは笑いだしそうになった。いまの発言と、なんにせよ彼女が知っていると思っている彼を秤《はかり》にかけているのだろう。どちらの勝利になるか、その時点では予測がつかなかった。やがて彼女がつんと顎を上げた。

「あなたがミスター・バンクロフトのためにここにいらしたのなら」と、ゆっくりいった。

「これほど反発はしません」

「ぼくは彼を手伝いにここに来たんだ」クインは抗議した。「なんだと思って――」

マディは泥で汚れた指を彼に向けた。「あなたはここにあなたのお父さまのお手伝いでいらしたんです。作物を管理し、帳簿をつけるために。三週間姿を見せず、きっかり十五日にお着きになりました」

クインは深く息を吸った。まったく、この女性は頭にくる。「ぼくはウェアフィールドにいた」ぴしゃりといった。「父から知らせを受けるまで、マルコム叔父になにがあったかまったく知らなかった」彼は彼女のほうへ身をかがめた。久しぶりに癇癪が爆発しそうだった。

「どうしてもっと早く手紙を書かなかった？」

マディは彼を睨んだ。「あのかたがそうさせてくださらなかったんです、最初は。ミスター・バンクロフトはあなたがた一家がお好きじゃありません」そういって、胸で腕を組んだ。

「それをいうなら、わたしもです」

クインはさらに顔を近づけた。彼女の顔とはもう数インチしか離れていない。ふと、唇に目を奪われた。体じゅうを駆けめぐっていた怒りがまったく別のものに変化した。同じくらい熱く、不穏なものに。「きみはぼくを知らない」彼はつぶやき、再び彼女の目を見た。

彼女はまだ怖れるようすもなく、彼の眼差しを受け止めている。「あなたもわたしをご存じない」

「だが、知りたい」彼は低い声でいった。

マディの唇が開き、また閉じた。「あなた――わたしは――」ごくりと唾を呑む。「馬鹿な」最後にぴしゃりというと、彼に背を向けた。

憤然と屋敷へ戻っていくマディをクインは見守った。ゆっくりと唇に笑みが浮かんだ。これはほんとうに面白くなってきたぞ。

6

「信じられない」マディはうなった。ばたんとドアを閉め、ベッドに体を投げ出す。「信じられない。彼、本気でわたしを誘惑する気なんだわ」

今度は飛び起きて、窓まで歩いた。彼はまだ庭にいた——首を伸ばしてひんやりしたガラスに頭を押しつければ、片足と腕の一部は見えた。こちらがあれだけ侮辱したにもかかわらず、ウェアフィールド侯爵はいまでもあの魅惑的な目で見つめ、愛想よく話しかければわたしがなびくものと思っているらしい。

「冗談じゃないわ」彼女は窓から見える彼の肘に向かっていった。「甘いことばはこれまでにも聞いてきたわ。もっと甘いことばも」驚きのあまりいっとき度を失っていなければ、こういってやるべき——いや、こういってやりたいところだった。わたしの前から消えて、そっとしておいて、と。

マディは眉をひそめた。実際にはそういってやる機会はいくらでもあったのに、わたしはいっていない。まんまる目玉のうすのろみたいに彼をぽかんと見つめ、さらに悪いことには尻尾《しっぽ》を巻いて逃げたのだ。

頭をガラスにごつんとぶつけた。「馬鹿、ほんとに馬鹿な女」彼女はつぶやいた。「彼がハンサムだからって、それがなんなの？　シェイクスピアを暗唱できるからって、なんなの？　それくらい、ほとんどだれだってできるはずよ。彼が非の打ちどころのない上等な服一式をだめにして泥道で豚を追いかけることを気にしないからって、それがなんなのよ？　それに……」

下の庭で、侯爵がいきなり振り返り、彼女を見あげた。

「まったくもう！」マディは後ろに引っ込んだ。そして苛々と手を打ち合わせながら、長いことカーテンの陰に身をひそめていた。明るい外からでは、窓越しに彼を見ていた自分の姿は見えていないかもしれない。十数えて、ひと息つき、また前に出た。

侯爵が窓の真下に立っていた。片手に白い薔薇を持っている。ほほ笑んで、彼は薔薇の花を掲げると、やたらと大仰なお辞儀をした。

「どういう神経なの」マディはつぶやいた。巧妙な計画はもはや総崩れ。彼は自分を勝者と思っている。でもじき驚かせてやるわ。彼女は彼に向かって舌を突き出した。

彼が投げキッスをしてきた。

胸が高鳴り、マディは掛け金をはずして窓を押し開け、叫んだ。「薔薇をだめにしないで！」

「〝待て〟」彼の顔に笑みが広がった。「〝あの窓から差し染める光はなに？　向こうは東、とすればジュリエット――〟」

押し殺した怒りの声をあげ、マディはばたんと窓を閉めた。もう二度と話しかけない、見ない、なにひとつ手伝わない。そうすればわかるはず！　彼女は床を踏み鳴らして戸口に向かい、勢いよくドアを開けた。わたしはけっしてファウラー家の舞踏会には行かないし、あの傲慢で自己中心的な貴族殿とは踊らない。

廊下を歩いていくと、車椅子で角を曲がって来たマルコムと危うくぶつかりそうになった。

「ミスター・バンクロフト！」憎たらしい甥に対する怒りは呑み込んで、マディはいった。「まあ、すばらしい」

「この奇妙な機械も結局のところ、そう悪くないかもしれんな」マルコムは認めた。「同じところをぐるぐる回ってしまう傾向があるが」

「きっとお気に召すと申しあげましたでしょ」彼女は咳払いした。「ミスター・バンクロフト、思うに、外出の際わたしは必要ない――」

「これだけ動きまわれるようになったんだから」彼はうれしそうにさえぎった。「金曜日のファウラー家の舞踏会はわしが公けの場に顔を出す、絶好の機会になると思う」

マディは口を閉じた。

マルコムは手を伸ばし、彼女の手を取った。「エスコート役を頼めるな、マディ？」

「着るものがありません」逃げ腰なのが声に出てはいないかと思いつつ、マディはかわした。

「なにいっとる。ダーディナル家のクリスマスの夜会につくったドレスはどうだ。きれいだったぞ」

「でも、あれは冬用です」彼女は抗議した。「二年前ですし」

「ここの人間はだれもわからんよ」

わかる人もいるわ。自分がウェアフィールド侯爵の反応を気にしていることに気づいて、落ち着かない気持ちになる。「そうでしょうけど……」

「なら行こう。いまはダンスというわけにはいかんが、わしだってパンチのグラスを持つくらいの役には立つぞ」

マディはうわの空で笑った。「わかりました、ミスター・バンクロフト。喜んでお伴します」

もっとも出席するというのと、実際に舞踏会の準備をするのは、まったくの別物だった。ウェアフィールド侯爵が畑に戻るなり、彼女は乏しい手持ちの衣装をひっかきまわしはじめた。ドレスを着てみると、体にはぴったり合ったが、ワイン色のペリースはどう見ても春の夜会には不向きだったし、緩いウエストはどうしようもなく流行遅れだった。しかも靴はラングレーに来て以来あらゆるフォーマルな、もしくはセミ・フォーマルな集まりに履いている黒の上靴だ。

マディは眉をひそめた。まだ三日ある。さっそく縫物にかからなくては。

「ミス・マディ?」

「どうぞ、ミセス・ホッジ」彼女は鏡の前で体をひねり、スカートの裾線を不安げに眺めながら答えた。持てる技術と忍耐を総動員して、ウエストを詰め、長さを合計四度直したが、それでも、かろうじて合格といったところだった。

「まあ、おきれいですこと」家政婦はドアを開けると、感心したようにいった。「ジョンをうっとりさせること、間違いなしですよ」

マディはほほ笑んだ。「ジョン・ラムゼイは友達よ、ミセス・ホッジ。それ以上ではないわ」

「そうですかね。まあ、主役のファウラー家のお嬢さんがたも、あなたの前じゃすっかりかすんでしまいますよ。だれかに気づいてもらえれば幸運ってところでしょう」彼女は銀色のヘアリボンを鏡台に置いた。「そのドレスなら、侯爵閣下だって文句があるはずありません」

ふいに指がぴりぴり震えだし、マディはリボンを取りあげて震えを隠した。どうやら侯爵を追い払うのには成功したらしく、彼は恐れをなしてかこの三日間、ほとんど話しかけてこなかった。もちろん向こうは農作業で忙しかったのだと主張するだろうが、それだけでないことくらいわかっている。臆病者め。「ヘアリボンをありがとう。自分のがどれもこれもすっかり古びてるって気づかなかったわ」

「わたしどもと一緒にハースグローブに行って、ロンドンのファッション・カタログを見てないからですよ」

「ロンドンからかけ離れたこんな場所にいて、ロンドンの流行を追う暇なんてある?」つい口調がきつくなる。

「少なくともわたしは、流行に疎い人に貸してあげる新しいヘアリボンを持ってますよ」ミセス・ホッジはことさら尊大に鼻を鳴らしてみせると、ドアへ向かった。

マディはほほ笑んだ。「ありがとう。貸してくれて、ほんとに感謝するわ、ミセス・ホッジ」

家政婦はマディのそばに戻ってきて、頰にキスをした。「どういたしまして、ミス・マディ」

ギャレットが苦労のすえ車椅子を階下へ下ろし、ビル・トムキンスがマルコムを抱えて階段を下りた。マディはそのあとに続きながら、まだ髪をいじっては心のなかで祈っていた。馬車までたどり着く前に四月の吹雪がサマセットを襲って、舞踏会に行けなくなればいいのに。

「実に美しいぞ、マディ」マルコムがほほ笑み、惚れぼれとしていった。

マディは肌に緊張が走るのを感じ、背後の階段を見あげた。「いつまでウェアフィールド侯爵をお待ちしなくてはいけないのかしら？　ロンドンで粋とされているように遅れて行ったら、舞踏会はわたしたちが着く前に終わっています」

「秋の聖ミカエル祭までには来るだろうよ。マディ、今夜は彼の衣装を批判しないようにしてくれんかね。あの可哀そうな男をそう泣かせるな」

マディはしぶしぶ笑った。「そうしなかったら、どうやってあのかたは学ぶんです？」

その直後、ゆったりとしたブーツの足音が二階の廊下から響いてきた。マディは壁に寄りかかり、腕を組んだ。視線を置き時計から離さず、うんざりしたような侮蔑の表情を顔に貼りつけた。彼は一度か二度、不意打ちに成功したかもしれないが、戦いはまだ終わっていないのだ。

「やあ、こんばんは、クインラン」マルコムは甥を出迎えるため、車椅子で階段のたもとまで進んだ。

「こんばんは、叔父上。遅すぎたでしょうか」

「そんなことはない」

マディは時計が七秒打つのを待ってから、振り返った。十秒待つつもりだったが、待ちきれなかった。「こんばんは、閣下」そういってお辞儀をする。目を上げて彼の目を見たときには、思わずめまいがしそうになった。

「ミス・ウィリッツ」

クインは細面のハンサムな顔にわずかに愉快そうな表情を浮かべて、こちらを見ていた。フォーマルすぎる黒の衣装を着込んでくるかと思ったが、さすがに教訓を得たらしい。粋なスタイルに仕立てた濃いブラウンの上着が広い肩を包み、クリーム色のチョッキと黒いブリーチズが、彼女の視線をいやおうなく筋肉質な腿に引きつけた。

何日かぶりに彼のヘシアンブーツは完全に泥が取れ、マディの心ならずも魅了された表情が映るほど、ぴかぴかに磨かれていた。

「まあ、閣下。そんなすばらしいお姿を前にしたら、だれもダンスに集中などできませんね。わたしも気を失いそうでしたもの」

「マディ」マルコムが警告した。

「みんなきみに気を取られて、ぼくのことなど忘れてしまうと思うよ、ミス・ウィリッツ」クインが穏やかにいった。「少なくとも男性はみんな」前に進み出て、彼女の手を取り、唇に近づける。視線がドレスに沿って下り、また上がってきて、深い襟ぐりで止まった。「きみは美しい」

マディは息を呑み、急いで手を引っ込めた。熱い、心地よい興奮がつま先から這いあがって顔を染める。呼吸を整えて、溶けて散らばったウィットをつなぎ合わせようとした。「あなたには到底およびません、閣下」

マルコムは鼻を鳴らした。「ところで、だれかわしを褒めてくれんものかな。そうしたら、出かけられるんだが」

すぐさまマディは雇い主に駆け寄り、頬にキスをした。「あなたがこんなによくなられたのを見てわたしがどんなにうれしいか、とてもことばにできません」ほほ笑んで、彼の手を取った。「来月にはきっと、ダンスをしてますわ」

体を起こしたとき、クインはふたりを交互に見ていた。表情は読み取れなかった。「ぼくがいいたかったことをいってくれた」視線がマディで止まった。「さあ、出かけようか」

車椅子を馬車の背にくくりつけ、侯爵が叔父を抱えあげて、なかの柔らかな革の座席に座らせた。馬車が出発した。マディはクインが向かいの席からまた自分を見ていることに気づいた。その妙に澄ました顔を見ると、心穏やかではいられない。

「閣下」できるかぎり丁重な口調で切り出した。「どうして先日の晩餐《ばんさん》に着ていらした豪華な上着をお召しにならないんです？　あの完璧な装いには、だれもケチのつけようがありませんでしたのに」

侯爵は一瞬目をそらした。あきらかに気まずげな表情だ。マディは高笑いが出るのをかろうじて抑え、身を乗り出してブーツを指差した。「それと、あなたの従者はほんとうに天才ですね。ええと——八日がかりでそのブーツから最後の泥を落としたとは。いったいどうやったのかしら？」

「そうだな」マルコムも同意した。「サマセットではその秘訣は役立つぞ、それは間違いない」

「いや……秘訣は秘密にしておいたほうがいいでしょう」クインはそっけなくいい、窓のそとを見た。

マディとマルコムは目を見合わせた。「すみません、閣下」面白がっていることは注意深く隠して、彼女はいった。「上着とブーツにはほんとうに秘密があるということですか?」

クインが彼女を睨んだ。「そういうことだ」

マディがそれ以上尋問を続ける前に、馬車はファウラー家の屋敷に着いた。窓という窓、そしてすでに馬車で込み合った私道のあちこちに置かれたランタンが、煌々《こうこう》と明かりを放っていた。ミセス・ファウラーはことばどおり、侯爵の大々的な初お目見えに一帯の地主を全員招いたと見える。

召使が近づいてきて、マディを馬車から下ろし、侯爵が車椅子をほどくのを手伝った。マルコムを座らせると、マディは車椅子の後に立って取っ手を握った。

「ぼくがやろう、ミス・ウィリッツ」クインがいった。

「まあ、滅相もない!」彼女はぎょっとしたように目を丸くした。「ミスター・バンクロフトの車椅子を押していたら、みなさんとどうやって握手をなさるんです?」

「ミス・ウィリッツ、きみが押すのはこの場にふさわしくない――」

「なにがふさわしくて、なにがふさわしくないかは、わたしもよくわかっています」彼女はいい返した。ふいにこみあげた怒りが声に出るのを抑えきれなかった。「あなたよりははるかに――」

「マディ」マルコムが静かに制した。

彼女はことばを呑み込んだ。「ミスター・バンクロフトはわたしの雇い主です」落ち着きを取り戻して続ける。「仕事をさせてください」

クインはじっと彼女を見ていたが、やがてうなずくと、後ろに下がった。「もちろん」でこぼこの私道を進むのはけっして楽ではなかったが、頑なな決意はときに奇跡も起こすというわけで、マディはなんとか車椅子を階段のたもとまで押していくことができた。あとは、それが自分たちの務めと心得て待ち構えていたらしい使用人ふたりが引き継いで、マルコムと車椅子を持ちあげて屋敷に入り、二階まで運んだ。マディと侯爵は並んでその後ろを歩いた。彼女はまた、彼の視線を感じた。

「きみの気分を害するつもりはなかった、マディ」彼はいった。

「あなたのような紳士にならば、気分を害されるのも光栄というものです」彼女は冷やかに答え、三人組のらっぱ吹きが舞踏室の入口に控えているのに目を留めると、彼らが侯爵の到着を告げるのを待った。

「やれやれ」クインも、三人組に気づいてつぶやいた。「あれもきみの差し金か、ミス・ウイリッツ？」

マディは片手を胸に置いた。「わたしがですか、閣下？　考えもしませんでしたわ」

クインの視線がそのしぐさを追い、また彼女の顔に戻った。ゆっくりと手を伸ばして彼女の袖を直す。指がむきだしの腕にふれた。「なんともったいない」

マディは訝しげに目を細めた。「なにが――」

いい終わるまえに、甲高いファンファーレが響き渡った。クインの度肝を抜かれた顔を見て、マディは笑いをこらえるため、手で口をおおわなくてはならなかった。

どうやら侯爵は遅れて着くものと思われていたらしい。マディがこの地で見たこともないようなとびきりの衣装に身を包んだ一団が、戸口の片側に整列した。そして舞踏室では、客、使用人、演奏者たちが部屋の奥からほぼいっせいに礼をした。ミセス・ファウラーが夫を従えて進み出、にこやかに腕を広げて出迎えた。

「閣下」ささやくようにいい、深々とお辞儀をする。「またお越しいただだいてまことに光栄に存じます」

クインはまばゆいばかりの笑みを浮かべて彼女の手を取った。「ありがとう、ミセス・ファウラー。ぼくもここに来ることができてうれしく思っています」

「どうか、みなさんにご紹介させてくださいまし、閣下」

人々がさっと近寄ってふたりを取り囲み、いささか不穏な騒ぎになった。戸口に取り残されたマディは、マルコムの背中越しに身を乗り出した。「パンチをお持ちしましょうか、ミ

「スター・バンクロフト？」

「ありがとう、そうだな、もらうとするよ」

飲み物の置いてあるテーブルまで車椅子を押していった。「ここの人たちも、せめてあなたに歓迎の意を表するくらいのこと、してもよさそうなものですわ」彼女は背後の人込みを見やった。「彼らのために、ウェアフィールド侯爵なんかたぶん夢にも思わないようなことをしてきてるんですから」

「たぶんな。だが、クインランは貴族だ。わしは地元の年寄りにすぎん」

「それは謙遜しすぎです」彼女はまた侯爵をちらりと見やった。話しかける度胸のある人間には、だれかれかまわず温かな笑みと翡翠色の瞳を見せびらかしている。侯爵の位にある紳士の役をこれ以上ないほど完璧にこなしていた。けれどもそれほどできた人間なんていない──とりわけ貴族のなかには。「まあ、それにしても大した呼びものですね」

マルコムはパンチのグラスを受け取った。「きみは、自分が仕掛けたこのささやかなゲームが思いどおりに運ぶと、ほんとうに思っているのかね？」

マディは彼を見た。「どのゲームです？」

「およし、マディ。わしらは知り合ってもう四年だ。そのかわいい顔で彼を追い出そうとしているのが、わしにわからんと思っているのかね？」

マディは片手を胸に置いた。今夜は自分の無実を証明するためにずいぶん時間を割いていると、ふと思う。「誓っていいますが、わたしにはなんのことか——」

「彼がおめおめと追い出されるように見えるかね、マディ?」彼が静かにいった。

マディはもう一度侯爵のほうを見た。彼はミスター・フィッツロイの頭越しにまっすぐこちらを見ていた。そしてにっこり笑った。

「ああ、まったく!」彼女は苛立たしげにつぶやき、目をそらした。またしても頬に熱いものが這いあがってくるのを感じる。しかも今回、彼は歯を見せただけだというのに。

「クインは自分の思いどおりにすることに慣れている。ただし、馬鹿ではない。きみが大した理由もないのにことあるごとに攻撃してくることを、どう思うと思う?」

「大いに理由はあります」彼女はいい返した。「それにわたしは、けっして彼の関心を引こうとしているわけではありません」

「本人にそういったほうがいいだろうな」

速まる鼓動を抑えることもできず、彼女はむっとして腕を組んだ。「喜んでそうします」

オーケストラがカントリーダンスを演奏しはじめ、マディはびくりとした。侯爵が姉のリディア・ファウラーを誘い、狭いダンスフロアに導いた。妹のほうはしかめ面、ミセス・ファウラーは得意満面だ。自分がどれだけ緊張していたかに気づき、マディは少し肩の力を抜いた。当然ながら彼はわたしとダンスをするつもりなどない。客のなかに貴族はいないが、財産のある紳士の娘は何人もいるのだ。わたしはただのお相手役。

「マディ、踊っていただけますか？」

目を上げると、ジョン・ラムゼイが前に立っていた。「もちろんよ、ジョン」彼の手を取る前に、彼女はマルコムのほうを振り返った。「おそばにいたほうがいいでしょうか？」

「いや、いや。踊っておいで、マディ」

幸い、フロアのなかで空いていた唯一のスペースは侯爵から部屋半分くらい離れていた。つまり、すれ違ってもせいぜい数秒踊るだけですむということだ。彼女はジョンにほほ笑みかけた。今宵、自分を忘れない人がせめてひとりいたと思うとうれしかった。

「ウェアフィールド侯爵は楽しんでいるようだね」くるりと回りながら彼はいった。

「それより、ラングレーにあなたの灌漑設備が採用されることになってよかったわ」彼女はいった。「ミスター・バンクロフトはすごく満足してる」

「ぼくもうれしいよ」ジョンは認めた。「この前の朝、ウェアフィールド侯爵に呼び出されたときには、よけいな口出しせずにバンクロフト一族に任せておけ、といい渡されることを半ば覚悟していたんだ」

「じゃあ、あなた、侯爵が好きじゃないのね？」

ジョンは笑った。「好き嫌いをいえるほど、彼のことはよく知らない」

「でも、子供のころ、知っていたんでしょう？」

彼は肩をすくめ、彼女の手を取って前に進んだ。「昔、夏に何回かマルコムのところに遊びに来ててね。一緒に遊んだけど、なにをしたかといえば、おおかた彼と弟が待ち伏せしてぼくがよくつくってたおもちゃのボートを沈没させたくらいだったな」

彼女は鼻を鳴らした。「やりそうなことね」

「八歳のときから会ってないんだ。いまごろテームズ川に石を投げて軍艦を沈没させているんじゃないかと思ってたが」ことばを切り、ひと回りしてサリー・ファウラーとジェイムズ・プレストンをやり過ごすと、また彼女の手を取った。「きみも高貴な客を迎えた喜びを、みなと共有していないように見える」

「彼、少々もったいぶっているのよ、わたしにいわせると」

「へえ。でも、マルコムの手伝いに来たんだろう?」

大した手伝いね。「ええ、そうだと思うわ」しぶしぶ認めた。

ジョンと離れ、マディはジェイムズ・プレストン、ミスター・ファウラー、ミスター・ダーディナル、そしてウェアフィールド侯爵と順に腕を組んで回った。彼は彼女の指を少しだけ長く握っていた。「ジョン・ラムゼイとは親しいんだね」

マディはまっすぐに彼を見て、指を引き抜いた。「ええ」

どうもおかしなことになってきた。いまではマルコムさえクインのあきらかな関心に気づいており、彼は彼で嫉妬しているような口ぶりだ。いや、ひょっとすると、身分が上の男性と踊ったことでわたしを責めているだけなのかもしれない。そう考えるのがいちばん理にかなっている。

カドリールになると、彼はサリーを誘った。マディはジェイムズ・プレストンに手を取られつつ、自分の考えは正しかったという結論に達していた。わたしが作法にうるさい侯爵に反発してばかりだから、向こうもこちらのマナー違反を指摘せずにはいられなかったのだ。

夕食の用意ができたと執事が告げると、居合わせた女性全員が――ひとりをのぞいて――食堂にエスコートされるひとりに選ばれようと、われ先に侯爵のまわりに群がった。マナーもなにもおかまいなし、おしゃべりや笑い声は耳を聾《ろう》さんばかりだった。もっともウェアフィールド侯爵のほうはマナーを無視することなく、女性たちのなかから無難にミセス・ファウラーを選び、彼女の腕を自分の腕に回して、真っ先に舞踏室を出て行った。

ミスター・ファウラーがひどくかしこまってマルコムの車椅子をテーブルの下座に押していった。侯爵はもちろん上座に座った。マディはぐるりと目を回し、雇い主の隣りに座った。

「食欲がなくなった気がします」小声でいった。

マルコムはほほ笑んだが、なにもいわなかった。顔が青ざめていた。糊のきいた白い蝶ネクタイとさして変わらない色合いになっている。マディはたちまち苛立ちを忘れ、彼に体を近づけた。

「大丈夫ですか?」

「大丈夫」彼は答えた。「少し疲れただけだ」

「こうすぐに無理をなさってはいけなかったんです。帰りましょう」マディは立ちあがりかけたが、マルコムが首を振って、彼女の手に手を重ねた。

「心配せんでいい、椅子に座って眠ってしまうかもしれんが、今晩死ぬことはないさ」彼はほほ笑んだ。「約束する」

温かな手がマディの肩を滑り下り、腕で止まった。「叔父上?」

びくりとして、マディはクインを見あげた。彼女の肩越しに身を乗り出し、彼女に劣らず心配そうに叔父を見ていた。

「きみらふたりはわしを老いぼれという気にさせる」マルコムはぼやいた。「戻って、席に座りなさい、騒ぎになる前に」

クインはマディを見下ろしていった。「叔父上から目を離さないように」

彼女はつんと顎を上げた。「いつだって、そうしています」

クインは彼女の目を見つめた。「知っている」

彼が席に戻り、数えきれないほどの乾杯やスピーチがあったあとで、ようやく召使が料理を運んできた。マディはマルコムを注意深く見守っていたが、食欲も衰えていないようで、疲れただけというのは本当なのかもしれないと思った。もっとも、自分がウェアフィールド侯爵のあら探しに夢中で、本来の務めを忘れかけていたのは事実だった。

「みなさん」

クインがワイングラスを手に、テーブルの上座に立った。マディはうめいた。今晩だけでもう千回も乾杯した。今度はウェアフィールド侯爵がそのすべてが色褪《あ》せるようなウィットに富んだせりふでも思いついたというわけだ。

「今夜は」みなの視線を集めてクインは続けた。「もうじゅうぶんすぎるほどの乾杯があったのはわかっていますが、あとひとつつけ加えなくては怠慢のそしりを免れないと思います」

「どうぞ、お願いします、閣下」ミセス・ファウラーが懇願した。

「実をいえばふたりに捧げる乾杯です」彼はグラスを掲げた。「ぼくの叔父、マルコム・バンクロフトに。その勇気と強さ、そしてサマセットの人々の幸福を願う、常変わらぬ心遣いに」

「マルコム・バンクロフトに」全員が声を揃えた。このときばかりはマディも喜んで加わり、雇い主にほほ笑みかけた。

「そして、マデリーン・ウィリッツに。ぼくの叔父に対する親身な介護、そしてラングレーに現われた厄介な侵入者に対する忍耐に」クインは彼女にほほ笑みかけた。

「マディに」再び声が続いた。クインはグラスを傾け、彼女の目を見つめたままで飲み干した。

「まったく」マディはつぶやいた。熱いものが血管を流れていった。

どうやらマルコムのいったことは正しかったようだ。ハイブロー公爵の御子息ともあろう人が、敵意を関心と解釈するとはよもや思わなかった。その気にさせたのだとしても、意図的にではない。ともかく、そんなつもりではなかった。けれども彼の眼差しや表情にいちいち自分の体が反応するところをみると、なんだってありうるのかもしれない。

マディはクインを見ながら考えた。正確にはいつから、わたしは彼を嫌いでなくなったのだろう。これから、この気持ちをどうするつもりなのだろう。

7

クインは彼女から目を離せなかった。

サマセット州にはなかなか好ましい妙齢の女性が揃っていると、彼は思った。地主やナイトの娘、男爵の次男の次男の娘。ロンドンやパリの最新ファッションに身を包み、それでなかなか美しく見える女性も幾人かいた。短い巻き毛はファッション・リーダーとしてロンドン社交界に君臨するボー・ブランメルが流行らせた髪型だが、ここでも人気のようだ。

そして、マディ・ウィリッツ。赤褐色の長い髪は、銀色のリボンから細い巻き毛となってこぼれ落ち、ゆうに二年は流行遅れの濃いワイン色のドレスが、グレーの瞳を際立たせている。踊っているときの優雅な、熟練ゆえの軽やかさは、思わず抱きしめたくなるほどだ。彼女は、耕作馬がハイブロー城の厩舎にそぐわないのと同じくらい、この田舎にはそぐわない。クインがラングレーにそぐわない――少なくとも彼女がそう思い込んでいる――のと同じくらいに。

晩餐が終わるころには、彼は疲労困憊《こんぱい》していた。フォークを口に運ぶたび、まわりから優雅な手の傾けかたを称賛され、ワインをひとくち飲むたび、洗練された手首の返しかたを感心される。医学校の解剖学の授業でばらばらにされるほうがまだましだ。少なくともそれなら自分は死んでいるわけで、間の抜けた注釈を聞く必要はない。

食事がすむと、クインはパトリシア・ダーディナルとカドリールを踊った。というのもミセス・ファウラーがひと晩じゅう彼女と自分を近づけまいとしていたからだ。「ダンスが上手ですね」彼は褒めていった。ファウラー家の娘たちのおかげで、すでにかかとは朝には痣《あざ》になっていること請け合いだし、つま先は二度踏まれていた。

ミス・ダーディナルは、カールした黒い睫《まつげ》の下からブルーの瞳で彼を見あげ、ほほ笑んだ。

「ありがとうございます、閣下。わたしの家庭教師はロンドンから直接、招いたかたですの」

「彼女も鼻が高いでしょう」

クインは白け顔の連れを探してまわりを見渡し、ようやく別の踊り手グループのなかに見つけた。ひと晩じゅうパートナーにはこと欠かなかったようで、いつも彼とは違う組に入るか、列の反対端にいた。カドリールではジョン・ラムゼイと二度目のダンスをしていた。

「どれくらいの期間、サマセットに滞在なさるおつもりです、閣下?」再びふたりが近づくと、ミス・ダーディナルがきいた。

「今週末までの予定でしたが、もう少し延ばすかもしれない。新しい灌漑設備が整うのを見届けたいので」

「まあ、そうですわね」彼女はうなずいた。「父とジョンとマディで、一年前から東の牧草地に水を運ぶ方法を探していたんです。ようやく見つかったんですわ」

クインはまた、あの小癪な女性のほうをちらりと見た。「ミス・ウィリッツは数学が得意らしい」さしずめサマセットのレオナルド・ダ・ヴィンチか。

「母はミス・ウィリッツをミスター・バンクロフトのところから引き抜いてわたしの家庭教師にしたかったんですけど」パトリシアは認めた。「承諾してもらえませんでした。でも、週に二度、ラテン語を教えに来てくれています」石膏のように白い額につかのま皺が寄り、また戻った。「とてもむずかしくて」そういってほほ笑む。「わたしはフランス語のほうが好きですわ。ずっとロマンティックな感じですもの、そうお思いになりません？」

クインはぼんやりと彼女を見つめた。「ええ、たしかに」

つまり、叔父のお相手役はフランス語を話し、ラテン語を書き、シェイクスピアを空で暗唱できるほどよく知っており、勘定元帳をつけ、灌漑設備の設計にも携わるということだ。

「サマセットではワルツは踊りますか？」彼はパートナーにきいた。

「ええ、踊ります」彼女はまわりを見渡し、腕をからめるところで少し身を寄せた。「今晩、ミセス・ファウラーがリクエストしているかどうかはわかりませんけど。リディアのワルツはひどいものですから」くすくす笑っていう。

リディアとワルツを踊るつもりはなかった。

カドリールが終わると、彼は女主人にぶらぶらと近づいた。「ミセス・ファウラー、オーケストラにリクエストをしてもかまいませんか?」

「もちろんです、閣下。彼らは最新の曲やダンスもすべて知っておりますからね。いまロンドンで流行っているものを聴いてみたいものですわ」

「それはいい」彼は十人余りのオーケストラのほうを向いた。「ワルツをお願いできるかな?」

ヴァイオリニストがうなずいた。「喜んで、閣下。ご希望の曲はありますか?」

「いや、なんでもいい」クインが振り返ると、早くも女性たちの大群が彼のほうへ向かってきていた。「ミス・ウィリッツ?」マディがさきほどのリクエストを聞いて脱走していないことを願いつつ、呼んだ。

しばらくしてマルコムの車椅子の後ろから彼女が現われた。「なんでしょう、閣下?」

「たしかワルツを踊って見せてくれる約束だったね」嘘だったが、罪の意識はこれっぽっちもなかった。「いま、見せてくれるかい?」

マディは怒りもあらわに彼を睨んだ。断ったら、まわりの人々がフランケンシュタインに襲いかかる村人さながら、彼女を吊るしあげにかかるとわかっているのだ。「もちろんです、閣下。光栄に存じます」

「ありがとう」

近づいて彼女の手を取った。怒りの裏に困惑と不安が読み取れた。あからさまな敵意よりは期待が持てる。彼女の手首で脈が速く激しく打っているのが、親指に感じとれた。感情をコントロールしきれていないしるしだ。音楽が始まると、クインは彼女をフロアの中央に導いた。「さあ、踊ろう」

「わたしはあなたが嫌いです」手を取られ、腕を腰に回されながらマディがささやき返した。

彼はほほ笑んだ。「どうして?」

ふたりはゆっくりとワルツのステップを踏みはじめた。思ったとおり、マディは見事に踊った。これで彼女の教養、能力がまたひとつ示されたことになる。クインがこれまでに会ったことがないほど、美しくかつ才能豊かな家庭教師であり、お相手役であり、愛人だ。彼女がまわりに目をやるので、その視線の先を追うと、いまさらながらフロアで踊っているのは自分たちだけということに気づいた。ほかの客はワルツのリクエストを勅命とみなしたらしい。それはそれで結構なことだ。

「わたしなんかと踊ってはいけません、閣下」マディは彼の視線を避けていった。

彼女がこちらに肉体的危害を加えだす前にどこまで攻められるか、クインは思いめぐらせた。「だれだろうと踊りたい女性と踊ることができるさ」彼はいい返した。「ぼくはウェアフィールド侯爵だ」

マディはクインを睨んだ。「あなた自身の功績はなにひとつなくても。上等な服を着て、立派な馬車に乗っているだけでわたしを感心させられると思わないでください」

酷評されたあのスーツのことはいいかげん持ち出さないでほしいものだ。実はウェアフィールドに使者を送ったことが彼女に伝わったらどうなるか、その結果は知りたくない。「わかっている」

「それから、あなたがそのすばらしい衣装のために、わざわざウェアフィールドに使者を送ったことを、わたしが聞いていないとは思わないでください。四日間かけて上着一着とブーツ一足を持ってこさせたそうですね」

ちくしょう。「きみがそんなに気むずかしくなければ、そこまでする必要はなかった」クインはいい返した。

「わたしは気むずかしくなんかありません。あなたは自分の虚栄心を満足させるためにそうしたんです」

「ぼくは自衛本能からそうしたんだ」攻撃に気を取られ、マディは大勢の人の注目の的になっていることを忘れているようだ。機に乗じて厚かましくも彼女のしなやかな体を引き寄せる。「ところで、マディ、どうしてきみはぼくをそう嫌う？」

彼女は視線を下ろして、彼の蝶ネクタイを見た。「わたしの感情など、気にするまでもありませんでしょう、閣下」

「そればかりだな。ともかくいってみてくれ」

「あなたがウェアフィールド侯爵だからだと思います」ようやく彼女は答えた。気のない小声で、ふたりのあいだは数インチしか離れていないにもかかわらず、聞き取るのに苦労した。「だが、貴族の生まれという事実はぼくの功績ではないと、さっきいったじゃないか」彼は穏やかにいった。「それがほんとうなら、侯爵だからといってどうしてぼくを責める?」

追いつめたと思ったが、彼女はつんと顎を上げ、まっすぐに彼の目を見た。「わたしがそうしたいからです」

「それはフェアとはいえないな。ぼくはきみのルールにのっとって戦おうとしているのに、きみはルールを変えてばかりだ。それじゃあなおのことむずかしくなる」

マディはためらった。「なにがむずかしくなるんです?」

クインの視線がさまよい、ついにひと晩じゅうたどり着きたかったところへたどり着いた。ふっくらとした柔らかな唇。その唇をじっと見つめる。「きみに好意を持ってもらうことがさ」それを聞いて彼女は手を引っ込めようとしたが、クインはしっかりと指をつかんで離さなかった。「ぼくたちがこれまで会ったことがあるとは思えない。きみは家庭教師だったというし、ぼくが小さな子供のいる家庭を訪れることはあまりない。となると、ぼくの家族か?」彼女が答える前に彼は首を振った。「ちがう。きみは叔父のために働いている」

「そんなこと、気になさらないでください。あなたの頭脳は普段、もっと高尚な問題を考えるのに慣れてらっしゃるんでしょうから」

「悪魔め」彼は小声で毒づいた。無礼に対するこれほどの寛容さをどこで身につけたのやら、われながら不思議だった。以前ならけっして許せなかった。「きみに丁重な返答をしてもらうにはなにをしたらいいのかな？」

「わたしは丁重なつもりです」

クインは彼女を見下ろした。その毒舌でこちらの生皮を剝《は》ごうとしつつ、腕のなかで穏やかに、優雅に踊っている。自分としてもキスしたい思いが、首を締めてやりたい思いとせめぎ合っているという状況だ。「ミス・ウィリッツ、降参だ。勝者はきみだ。こちらはきみの前では手も足も出ない。情けをかけてほしい」

マディの唇が引きつった。「いやです」

「取引はどうだ？」クインはなおもいい張った。背後のダンスフロアの縁からは会話のざわめきが聞こえていたが、それは無視した。今夜、ぼくはマディと踊っている。こんなに楽しんだのは、覚えているかぎり久しぶりだ。「ぼくはウェアフィールド侯爵でないふりをする。きみもぼくを嫌っていないふりをしてほしい」

「わたしは……」マディはことばを切った。「どうしてあなたは、わたしの好意を求めるんです？」彼の目を見て、いいなおす。

「ぼくがきみに好意を持っているからだ、マディ。叔父はきみを高く買っている。きみの意見は聞くし、一目置いている。ところが、この美しい率直な女性は」ワルツの真っ最中に彼女にキスしないよう懸命に自分を抑える。「ぼくを嫌っているらしい。ぼくは自分がきみになにをしたのか知りたいだけだ。それがなんにせよ、信じてほしいが、意図的なものではない」

長いこと、マディは彼の目を見つめていた。やがて、いささか落ち着かなげに溜息をついた。「わかりました。休戦ですね。あなたがここを発つまで。一秒も延長はなしです」

よし、とにもかくにも勝利といっていい。「じゃあ、もうぼくは毎晩棘か毒グモはないかとベッドシーツを調べなくてもいいわけだな」

思いがけず彼女が笑った。「そんなこと、考えてもみませんでした」

彼女の笑い声はすてきだった。「ありがたい」

夜会が終わるころには、クインはマルコムが疲れて見えるのと同じくらい、疲れを感じていた。ラングレーに戻る馬車のなかでマディは無言を通し、彼がわざと侮辱する格好のきっかけを数回つくってやったにもかかわらず、餌に食いついてこなかった。名誉を重んじ、休戦の約束を守るつもりなのかもしれない。ちらとマルコムを見る。もっともこの戦いは名誉とは無縁だ。自分は叔父の手伝いをすべき立場にあるのに、考えていることといえば、どうやってマディをベッドに誘い込むかばかり。完全に狂気の沙汰だ。だが、狂気がこれほど楽しいものとは思ってもみなかった。

この四年間に口をきいたたったひとりの貴族が、爵位にこだわらずものを見ることのできる男性で、表裏なくだれにでも優しいなんて、そんなことがありえるのだろうか。もっともマディとしても、クインにいささか厳しすぎたことは認めざるをえなかった。貴族とは名ばかりのチャールズ・ダンフレイのような男は、どこかの川に落ちたら、そのまま溺れ死んだほうがいい。浮かびあがって嘲笑を浴びるよりも。

マディは手をとめ、摘もうとしていた目の前の白い薔薇を眺めた。たじろぐことも、思いきりなにかを叩きたくなることもなくチャールズ・ダンフレイのことを考えたのはずいぶん久しぶりだ。いいことだわ。彼はハンサムではあったけれど、婚約者としては、信頼や誠意といった資質に著しく欠けていた。明白な事実の先にあるものを見る視野にも欠けていた。わたしが友人や知人と思っていた人々同様に。だから彼と同じ身分の人間はみな同じと決めてかかったのだ。どうやら全面的に正しかったわけではないようだけれど。

「マディ？」

びくりとして振り返った。クインが庭を横切ってこちらに歩いてくるところだった。上着はなしで、シャツの袖も肘までまくりあげている。神話の英雄を模したギリシャ彫刻みたいだった。「なんでしょう、閣下」

「今朝はひどく暑いな」彼はいい、彼女の前で足を止めた。「ハースグローブから戻ったところだ。今日の午後、最後の板材が届く予定らしい」さらに近づき、身をかがめて、彼女が腕にかけたバスケットから薔薇を一輪取りあげた。「実に美しい」そうつぶやいて、繊細な白い花びらの縁をそっと指でなぞる。

マディは息を呑み、花を選びつづけた。「それはいい知らせだわ。今週末にはあなたもここでのお仕事から解放されますね」意外にも、それが少しもうれしくない。

クインは笑った。「休戦しなきゃならないとなったら、追い払うしかないというわけか?」

マディは彼の視線を受け止めた。実際よりも落ち着いて見えることを願いながら。もっとも、彼がいくら自分を愉快な人間と思っていても、いくらハンサムでも、わたしは昨晩彼のいったことが理にかなっているから休戦に同意しただけ。負けを認めて降伏したわけではない。ちょっとでも彼が——そう、貴族ぶったふるまいをするなら、こちらだって攻撃を再開するつもりだ。「そう思ってました」もう一輪花を摘み取った。

「そして、それを隠そうともしなかった」ややあって、陽射しに暖まった花びらが彼女の頬を撫でた。

どきりとして、マディは隣りの茂みに移った。深紅の蕾が暖かなそよ風に揺れていた。

「ミスター・バンクロフトにその知らせは伝えたんですか?」

クインもあとを追ってきた。「いや、まだだ」

「お伝えすべきですわ。気を揉んでらっしゃいますから」

薔薇と彼の指先が首の後ろをかすめた。「そうするよ」

マディは震えた。「やめて」

「どうしてきみのように美しくて知的な女性がまだ結婚していないんだろう?」クインは彼女の要請は無視して、静かにきいた。

マディはしばし目を閉じ、ゆっくり呼吸しようとした。

「わたしがそう望んだからです」

嘘だった。

「ところで」クインは同じ、静かな口調で続けた。「きみは実は、ぼくを嫌ってはいないんだと思う」彼の指が腕から手首へと下り、やがてゆっくりと彼女を自分のほうへ向かせた。

「いいえ、嫌いです」

翡翠色の瞳が彼女の眼差しをとらえた。「たしかに、きみはぼくを嫌いたいと思っている」彼は認めた。ふたりの唇を隔てているのはその小さなつぶやきだけになった。

クインは正しい。彼のいうとおり。そして、これは間違っている。マディは彼のほうへ伸びあがり、目を閉じた。彼の唇が優しく触れた。お茶と蜂蜜の香りがした。暖かな春の朝、彼女をほほ笑ませるすべての香りがした。

抑えきれずにマディは腕を彼の首に回し、体をぴったりと押しつけて応えた。クインランが深く唇を合わせながら喉の奥で音を立てる。その声に反応して、彼女は震えた。こんなに長いキスは初めて。この前のとは……

「クインラン!」

マルコムの怒声が響き、屈辱感が白熱した矢のごとくマディを貫いた。彼女はあえいで、クインの唇から唇を引き剥がすと、彼のことも雇い主のことも見ることなく、家の裏手へと走った。

「なんてこと、なんてこと！」手で顔をおおってすすり泣き、使用人用の階段に続くドアを開け、自室へと駆け上った。

またやってしまった。今回はもっと悪い。クインの意図をはっきり知っていたにもかかわらず、キスを許してしまったのだ。しかも、促すようなことまでした。ロンドンの人たちはみな正しかった。わたしは愚かでふしだらで身持ちの悪い女なのだ。

階下のオフィスで怒鳴り合いが始まっていた。声はくぐもっていたが、激しい怒りがこもっているのはあきらかだった。最初にマルコムの憤った低い声がとどろき、次にクインランの鋭い声が答える。マディは目を拭い、ドアに戻った。いつのまにかなにもかも収拾がつかなくなってしまった。手遅れであることにだれひとり気づかないうちに。あれは事故だった。

彼女は深く息を吸い、ドアを開けた。事故。マルコムにはいま、自分よりも甥が必要だ。自分が愚かだったのであって、非は完全に自分にあると説明しよう。いずれにしても破滅した身なのだ。実際のところもうどうでもいい。

クインは叔父のオフィスの窓の前を苛立たしげに行ったり来たりしていた。「いいですか」

つい語気が荒くなる。「謝れというなら、自分の領分を超えたことは謝ります。でも、頭の足りない学生みたいに、怒鳴られるいわれはありません」

マルコムは甥のあとを追うように車椅子を動かしつづけた。「わしは自分の好きなように怒鳴るぞ」彼はうなった。「まったくな、クインラン、もっとましな人間かと思っとったのに」

癇癪を抑えようと、クインはひとつ深呼吸をした。「ただのキスじゃないですか」何日も前から彼女にキスしたかったこと、キスがもっと親密な行為の序曲になることを望んでいたことは口にしなかった。「彼女だってぼくをはねつけたわけじゃない」

「クインラン――」

クインは怒りと不満から両腕を広げた。叔父が間の悪いときに現われてすべてをぶち壊すまで、彼女を腕に抱いているのがどれほど心地よかったかを頭の半分で思い出しながら。

「あなただっていまは、彼女の相手をできないわけでしょう。ほかの男に挑戦させたっていいじゃないですか」

「なんだと？　いったい――」

「失礼します」

クインは振り返って戸口のほうを向いた。マディが真っ青な顔をし、涙で頬を濡らして立っていた。顔から血の気が引いた。いまのせりふを、彼女が聞いていなかったことを願った。

くそ、ぼくはなんて馬鹿なんだ。「マディ、ぼくは――」

「わたしはただ、あれは誤解であり、事故だったと申しあげに来たんです」彼女はクインの視線を避け、沈んだ声でいった。「ウェアフィールド侯爵を責めないでください。申し訳ありませんでした、ミスター・バンクロフト。恩を仇で返すような真似をしてしまいました」

マルコムも蒼白な顔で、車椅子を進めた。「マディ、頼む――」

彼女は踵を返し、姿を消した。

「なんてことだ、おまえのせいだぞ！」マルコムとハイブロー公爵の類似点がとたんに顕著になった。

「ぼくはなにもしてません。キスだけです、叔父上」

マルコムは長いこと彼を睨みつけていた。「ドアを閉めろ」ややあって、先ほどよりは落ち着いた声でそう命じた。

クインは従ったが、叔父の示した椅子に座ることは拒否した。「今度はなんです？」胸の前で腕を組み、きいた。

「彼女をなんだと思ってる？」

「どういうことです？　彼女がなにかって――」

「わしの愛人かなにかと思ってるんだろう、クインラン？」

クインはいぶかしげに目を細くした。なにが始まるんだ？

「まあ、ほかにどう思えというんです？　美しくて知的な女性がこんなサマセットのど真ん中で、あなたの……世話をしてると？」

「体の不自由な老いぼれの世話をといいたいわけか？」

「いいえ」

「マディ・ウィリッツはハルバーストン子爵の長女だ」マルコムはいいにくそうに打ち明けた。「わしの愛人ではない。だれのものでもない」

クインは座った。マディに関してはさまざまな疑問や、興味深いヒントがあったにもかかわらず、貴族かもしれないとは考えてもみなかった。「いったい彼女はここで、あなたとなにをしているんです？」

「彼女は五年前、婚約していた。相手の男の友人が酔って、よりによって彼女にキスした。悪い人間にそれを見られ、破滅したんだ」

「原因は……」クインは椅子の背にもたれた。「キス」半ば自分にいい聞かせるようにいった。彼女が激しいショックを受けたようすだったのも無理はない。

「そうだ。マディはなかなか……勝気だからな。彼女によれば、なにも悪いことをしていないのに理不尽な非難を浴びたくないと、ロンドンと家族のもとを去ったそうだ」

クインはしばし叔父を見つめた。「それで家族や友人の紹介状や口添え一切なしで仕事を見つけ、五年後には自活できるようになったわけですか」

「そういうことだ」

彼は首を振った。「大したものだ」

マルコムはため息をついた。「彼女は大した娘だよ」

「どうして話してくれなかったんです?」

「わしが話すべきことじゃないからだ。彼女が何者かわかっているつもりだったが、それでも話してくれるまで三年かかったよ。しかもわしは爵位を持たない。ありがたいことに」

「なら、ぼくにどうしろというんです、叔父上?」

ドアが開いた。またマディだった。今度はだいぶ落ち着いたようすで、大きな旅行かばんをふたつ持っていた。

クインはすばやく立ちあがった。どうしていいかわからず、胸が締めつけられるようだった。「ミス・ウィリッツ」

「たびたびすみません。ただミスター・バンクロフトにお別れの挨拶をしたくて」

「きみには正しいことをしてほしい」マルコムはクインを睨んでぴしゃりといった。

「正しいこと……」クインは口を閉じた。愕然として、残っていた落ち着きも吹き飛んだ。

「彼女と結婚しろということですか?」

「冗談じゃありません!」マディはかばんを床に落とした。顔には苦痛とやるせない怒りが浮かんでいた。「馬鹿いわないでください!」

「いいか、マディ、これは――」

「わたしはとうに破滅した女です、ミスター・バンクロフト」彼女は激しい口調でさえぎった。「いまさら同じことです」

「じゃあ、どうして出て行こうとする?」マルコムが怒鳴った。

彼女はためらって、雇い主を見た。クインは彼女の顔を見つめ、その繊細な顔立ちがさまざまな感情を映し出すさまに魅了された。彼女には、最初に想像した以上のものがある。エロイーズが、そして父がいなければ、マデリーン・ウィリッツと結婚するというのもさほど無茶な考えではない。また意外にも悪くない考えに思えた。

「マディ」小声でいうと、彼女の視線がさっとこちらを向いた。「あれはぼくのあやまちだ。きみのあやまちじゃない」クインはためらい、彼女の目を見て続けた。「ぼくはすでに婚約している。というか、婚約するところだ。そうでなかったら……」

「わたしは自分の愚行の責任は自分で取ります、ありがとうございます」マディはよそよそしい声でいった。「あなたはすでに貴族です。立派な人間であるかのようなふりをなさる必要はありません」

クインはむっとしたように目を細めた。癇癪持ちと結婚するのは無茶ではないが、危険が伴う。「きみにぼくの人間性をうんぬんする権利があるとは――」

「やめないか!」マルコムが怒鳴った。

クインはびくりとして叔父のほうを見た。彼の存在をすっかり忘れていたのだ。マディの反応からして、彼女も同じだったようだ。

「ありがとう」マルコムはいくらか口調を和らげた。「クインラン、きみとエロイーズのその……約束については知っている。わしには別の考えがあるのだ」

「別の考えって、なんです？」マディが怪訝な顔できいた。

「実をいうと数日前から考えていたんだが」マルコムは甥のほうを向いた。「きみや、ほかの爵位を持つバンクロフトの面々がマディを社交界にもう一度紹介するなら、きっと――」

「いやです！」マディは蒼白な顔で叫んだ。

「彼女も傷ついた評判を回復し、夫を得ることが可能になるかもしれない」彼はひるまず続けた。そしてもう一度彼女を見た。「きみはスキャンダル以前の生活を取り戻すことができるのだよ」

「絶対にいやです」彼女は大声で抗議した。「ロンドンには戻りません。ましてやこの人とは！」

クインは苦笑いした。どうやら休戦協定は破られたらしい。

「いっときはぼくを気に入っていたようだったが」

「賛成だな、クインラン？　きみの無作法のおかげで、これが現実になったわけだ」

「わたしの無作法です、まったく！」マディは反論した。「わたしの問題を勝手に解決しようとしないでください。お願いですから、そっとしておいて」

クインは眉をひそめた。公爵は烈火のごとく怒るだろうが、マルコムは正しい。そして、マディがどう思っていようと、そして庭では――いや、彼女を初めて見たときから正気を失っていたとしても、ぼくは自分を名誉を重んじる男だと考えている。「賛成です」

彼女は彼に食ってかかった。「あなたが決めることじゃないわ」

彼は眉を上げた。「そうだと思うが」

マディは足を踏み鳴らした。「こんなのめちゃくちゃよ。わたしは出て行きます!」

クインは前に出て、彼女に先んじてかばんを取りあげた。「そう、出て行くんだ。父に連絡しなくちゃいけない。すぐにハイブロー城に向けて出発しよう」すでに計画、戦略は頭のなかで形をなしつつあった。喜びが体を駆けめぐるのを感じて驚く。どうやらマディ・ウィリッツとの縁はここで終わりではないらしい。彼は叔父のほうを向いた。「ジョン・ラムゼイに会って、残った灌漑設備の仕事を彼に任せる手筈《てはず》を整えてきます。植えつけは今日にも終わるでしょう」

マディはかばんをつかもうとしたが、彼にやすやすとかわされた。「それ、いますぐ返してちょうだい!」彼女は叫んだ。

「マディ、クインランのいうことをお聞き。それがいちばんだ」

「きみはいつも、逃げることで問題を解決してきたのか?」クインは嘲るようにいった。

「臆病者とは知らなかったな」

「臆病者なんかじゃありません！」

マルコムが額に手をあて、椅子にもたれかかった。クインは心配になって旅行かばんを置き、彼に近づいた。「叔父上？」

マディが彼を押しのけ、雇い主の前にひざまずいた。「すみませんでした」膝に手を置き、マルコムの顔を真剣な顔で見あげる。「大丈夫ですよ。深呼吸して」

「言い争いはやめてくれんかね」マルコムは額をさすりながらつぶやいた。

「やめますから。静かに。話をしちゃいけません」

マディがうつむくと、マルコムはクインの視線をとらえ、ウィンクをしてみせた。クインはつかのまぽかんとして、叔父の顔を見ていた。老人の二枚舌に呆れると同時に、笑いがこみあげる。彼は身をかがめて、マディの肩に手を置いた。「叔父上のいうとおりにしよう。きっとうまくいく」

マルコムはマディの顎の下に指を添え、顔を上向かせた。「約束しておくれ。クインランと彼の家族のいうとおりにすること。もう一度オールマックスでデビューするまでのことだ。あそこで受け入れられたら、ロンドンではどこへ行っても問題ない」

「ミスター・バンクロフト」グレーの瞳にいままた涙を溜めて、彼女は訴えた。

「そのあと、それでも家族や友人のもとに留まりたくないのであれば、ラングレーに戻ってくればいい」

彼女は肩越しにクインを見た。彼は真面目な表情を保ってうなずいた。彼女にかきたてられたらしい期待と同情心が奇妙に入り混じった胸の内は隠して。「ぼくも名誉挽回のチャンスがほしい。そして、きみの力になりたい」

マディは長いこと、目を閉じていた。「わかりました。オールマックスまでですね」

「どうしてハースグローブでひょいとだれかを雇って、ミスター・バンクロフトの世話を任せられるのか、理解できません」マディがつっけんどんにいった。

「〝ひょいと〟だれかを雇ったわけじゃない。マルコムと、例のきみの地主の熱心な推薦があったんだ」

「ジョン・ラムゼイは〝わたし〟の地主じゃありません。それにだれがあの男性を推薦しようと関係ないわ。ミスター・バンクロフトをお世話するのはわたしの務めです」

マディは馬車のなかで座席にもたれ、森が広がるそとの美しい田園風景と、向かいに座る、ハンサムで腹の立つ男を無視しようとしていた。やはり折れるべきではなかった。少なくとも、彼とふたりきりでハイブロー城へ旅することに同意すべきではなかった。正確には荷物を運ぶ二台目の馬車、御者ふたり、従者ひとりに召使ふたりをのぞいて、ふたりきりなのだが。

とはいえ、クインにまた臆病者呼ばわりされたのだ。抗議すると、以前の反論をそのまま投げ返してきた。すでに身を滅ぼした女なら、どうやってハイブロー城まで行こうと問題ないではないか？　三日後のいまならこう答えるところだ。大いに問題よ。あの愚かなキスを、それがいかに火のごとく血管に溶けていったかをどうしても思い出してしまうから。

「ミス・ウィリッツ、これをくり返すのは八千九百三十二回になるが、マルコムはきみなしでもちゃんとやっていける。自分でそういった。だから、よけいな心配はもうやめよう。めそめそしても、ぼくは馬車を回れ右させてきみをあそこへ連れ帰る気はない。それならとっくにそうしてる」

マディは胸の前で腕を組んだ。「わたしはめそめそなんてしてません」

クインはこの十分間に四度目だったが、窓のそとを見た。それから彼女に視線を戻した。

「結果を恐れないでいえば、きみが下手に出ているときのほうがぼくは好きだね」

マディは鼻を鳴らした。「そうでしょうとも。人が下手に出ることがあたりまえでないことにあなたが気づいたというだけでも、わたしには驚きです」

「きみはあたりまえの女性じゃない」彼がいい返す。

この三日ほど、彼はいつもこうだった。侮辱とも解釈できるなにげないお世辞をいう。あれ以降はキスを迫ることもなく、それどころか義務とみなすことをしていると――不幸なあやまちを償おうとしているという態度を明確にしていた。彼女にしても、あの抱擁とそれに対する自分の反応を一時の気の迷いと片付けてしまいたいところだが、それは、予想以上に努力を要した。

クインがまたそとに目をやると、彼女の胃のなかではためいていた蝶が巨大な鳥に変貌した。彼が咳払いした。「ほら、見てごらん」

大きく息を吸って、マディは身を乗り出した。とたんに、ハイブロー城がどうしてつねに正式名称で呼ばれるのか理解した。彼女自身ハルバーストン・ホールで育ったのだが、あの屋敷はこれとは比較にならなかった。広大な敷地の中央に広がる堂々たる建物から灰色の尖塔が青空に向かって伸びている。樺やブナの森が三方を囲み、背後では湖が穏やかな水をたたえていた。

「まあ……きれい」突然の緊張を呑みこみ、彼女はいった。

意外にもクインは笑った。「公爵には、その感想は聞かせないほうがいいな。四百三十八年の歴史を持つサクソン人の不屈の精神の象徴を〝きれい〟といわれるのは喜ばないだろうから」

「ええ、わかってます」ハイブロー城の灰色の石壁を見ながら彼女はうわの空で答えた。荘厳というだけではない。設計そのものに人々を圧倒し、怖気づかせる意図がある。けれども彼女は怖気づくつもりはなかった。「ミスター・バンクロフトから公爵についてはいろいろ伺っていますから」

クインは横目でちらりと彼女を見た。「けっこう」

森を通り抜け、なだらかな坂を上り、曲がりくねった道を進んで堀橋を渡り、ハイブロー城の正面にたどり着くには、さらに二十分かかった。湖から流れ出て敷地をひとめぐりする、この黒い穏やかな水の下にはなにがあるのだろう、とマディはふと思った。

クインがこれほどぴりぴりしているところは見たことがない。やはり不安なのだろう。マディもこのときばかりは彼を責められなかった。ハイブロー公爵についていろいろ聞いていて、公爵が自分の到着を喜ばないことくらい承知している。だからといってクインを気の毒に思うわけではないが。わたしはラングレーを去ろうとしたのに、彼とマルコムが残れといい張ったのだ。こうなったのは彼らが頑固だから。わたしのせいじゃない。

馬車が止まった。クインはしばし座ったままで、彼女を見た。「行儀よくしろとはいわない。でないと命が危ないといわれたって、きみがいうことを聞かないのを知っているから」

「そうとはかぎりません」マディはいい返した。「わたしだって馬鹿じゃないですから。でも、これは命うんぬんとは関係ないでしょう」

「きみの名誉に関係あるかもしれない。それは同じじゃないのか？」

彼女は彼の興味深げな視線を見返した。「以前はそう思っていました」

掛け金がはずれ、一分の隙もない服装の召使が馬車のドアを引き開けた。「ようこそ、ウエアフィールド侯爵」抑揚をつけていい、お辞儀をする。

クインは、彼女に先に降りるよう合図した。「ありがとう」

召使がマディに手を貸して馬車から降ろし、もの珍しそうにちらと彼女を見やってから、クイン自身が降りるのを見守った。マディは上を見あげた。巨大な屋敷は近くで見るといっそう威圧的だった。果てしない窓の列がサフォーク州を傲然と見下ろしている。

「公爵閣下はいるか？」

「はい。公爵閣下ご夫妻は南の客間でお茶を飲んでおられます」

「よかった」

執事は玄関の扉を支えながら、クインにうやうやしく挨拶した。クインはマディのショールと自分の帽子、手袋をあずけると、彼女の肘を取って、天井の高い、長い廊下を進みはじめた。片側の壁一面に肖像画が並んでいた。描かれているのはそれこそ最新ファッションに身を包んだ男女から、猛々しい目をした甲冑姿のサクソン部族の長《おさ》までさまざまだった。ラングレーが開放的で温かみがあったのに比べ、ハイブローはどこからどこまでマディをいま以上に緊張させる造りになっているようだった。使用人も戸口に現われては、ウェアフィールド侯爵のほうへ向かって〝ようこそ、閣下〟と静かにつぶやくほかは、音も立てずに消えていく。

廊下の突き当たりでクインは足を止めた。そしてマディの肘を離し、彼女を見下ろした。

「最初にぼくがきみのことを説明しておいたほうがいいだろうか？　それとも獅子の檻に一

緒に入るか?」

「わたしのためにきいているの? それともご自分のため、閣下?」彼の張りつめた面持ちに逆に勇気づけられ、マディは冷やかに切り返した。

クインは小さく笑った。「きみは、ぼくの墓でダンスを踊るんだろうな?」そういってドアをノックする。

彼女は肩をすくめた。「お墓にお参りすることがあれば」

「入って」柔らかな女性の声がいった。

マディがマルコムの語る公爵像に疑問を持っていたとしても、クインに促されて南の客間に入ったとたん、すべて消えた。ハイブロー公爵は窓の下に座っており、午後の陽射しが黒っぽい髪に混じる白髪を銀色に染めていた。まっすぐな黒い眉の下の冷たいブラウンの目が〈ロンドンタイムズ〉から息子に移り、直後にちらと動いて彼女を品定めした。

マディは突然、旅行用ドレスの安物の生地や、三度手直しした黄色のボンネットが恥ずかしくなった。それでもそのことを彼らに気づかせる気は断じてなかった。わずかに顎を上げ、クインの横で足を止めると、部屋全体をさっと見渡した。燭台からティートレイに載ったスプーンにいたるまで、銀器すべてが星の光より明るく輝いている。どこにも塵のひとつも見当たらず、マホガニーの家具は磨き抜かれ、滑らかな赤い木目に鏡のような外観を与えていた。

「もう戻ったのか」低い、冷ややかな声が響いた。マディは公爵に視線を戻した。

「またお会いできてうれしく思います、父上」クインも同じ冷ややかな口調で応じた。マディは不思議そうにちらと彼を見た。彼がこれほど、そう、貴族的な口調で話すのを聞いたことがなかったからだ。

「おかえり、クイン」はるかに温かみのある女性の声がした。暖炉の脇の小さな椅子から小柄な女性が立ちあがり、侯爵の手を握った。彼はほほ笑み、母の頰にキスをした。

銀色がかったブロンドの髪を頭のてっぺんでまとめ、ほっそりした体を緑と白の美しいモスリンのドレスで包んでいる。公爵夫人の目は息子と同じ翡翠色だったが、そこにあった優しさは、マディのほうを向いたときにはあらかた消えていた。

「で、そちらにいらっしゃるのは？」声にわずかに驚きが混じっていた。

「ミス・ウィリッツを紹介させてください。マディ、ハイブロー公爵と公爵夫人だ」

「公爵閣下」マディはいい、頭を深々と下げてお辞儀をした。サマセットや友人知人からははるか遠くに離れてしまったことを痛感する。クインに目をやった。ここでは彼がいちばん味方に近い存在なのだ。それでも頼るわけにはいかない。いいえ、彼に頼ることを自分に許すわけにはいかない——マディは心のなかでいいなおした。もう二度と、自分以外の人間を頼ってはだめ。

「どこから来た？」公爵は座ったままだった。立ちあがって彼女や息子を迎える気はさらさらないようで、足を組み、新聞のページをめくった。

「ラングレーです」クインは彼女にほほ笑みかけた。その目はおとなしくしていろと警告していた。「マルコム叔父のお相手役でした」

「ミスター・バンクロフトのお相手役です」無礼な公爵を睨みつけないよう努力しつつ、丁重にいいなおした。結局のところ、公爵はシャイなだけなのかもしれない。こじつけという気はしないでもないが。マルコムのためにも、疑わしきは罰せずだ。この茶番につきあうと約束したのだから、そうしなくては。輝かしきバンクロフト一族が約束を守るかぎり。

公爵は新聞をぱしんと叩き、また読みはじめた。「マルコムの女ということか」

マディは真っ赤になった。クインが隣りで身じろぎした。

「お相手役です」クインが口を開く前に彼女は穏やかに訂正した。「それからあのかたはだいぶよくなられました。お医者さまも麻痺は残らないだろうとおっしゃっています。お気遣い、ありがとうございます」

公爵夫人の顔に、驚きの表情が広がった。〈ロンドンタイムズ〉が閉じられて、床に落ちた。「なんとも生意気な女だな」

公爵が立ちあがった。クインのほうが背が高かったが、ルイス・バンクロフトは細身の息子に比べ幅があった。マディはクインに少しばかり身を寄せた。

「彼女はここでなにをしてる、クインラン？」

クインはなるべく怒りをあおらないことばを探してか、ほんのわずかためらった。「彼女はハルバーストン子爵の長女です。覚えていらっしゃるかもしれませんが」

「チャールズ・ダンフレイが捨てた女だろう、友人のひとりといちゃついているところを見つけて」ハイブロー公爵はせせら笑った。「愚かなあやまちだ。で、いまは体の不自由な哀れなマルコムで手を打たなきゃならなくなったわけか」ちらとクインを見る。「それともわしの息子を引っかけたか?」

「父上」クインは鋭い口調でいった。顔に困惑と警戒の色が濃くなった。

マディにとっては、これがよく知る貴族の態度だった。だから記憶や推測の一部はやはり正しかったと知って、かえって気が楽になった。そして、怒りが湧いてきた。「ちがいます、公爵閣下」

「実をいえば、非があるのはぼくのほうなんです」クインは穏やかな口調で切り出した。「不適切なふるまいをしました。で、彼女をここに連れてくれば、ふたつのあやまちを帳消しにすることができるとマルコムが勧めてくれたのです」

「孕《はら》ませたわけじゃあるまい? まったく、クインラン! 口のうまい売女《ばいた》に引っかかりおって、三カ月後にはエロイーズと結婚する身だぞ」

「ウェアフィールド侯爵はわたしにキスしたのです」マディはぴしゃりといった。「それだけです。わたしはここに来たくはありませんでした。すべて彼とミスター・バンクロフトの考えです。できるだけ早くここを出て行きます」

「よろしい」

「我慢ならない俗物だこと」マディはつぶやき、スカートの裾を引き寄せた。「よい一日を、公爵閣下」クインのほうは見ることもなく、彼女は身をひるがえして部屋を出ると、長い廊下を歩きだした。

クインが大股であとを追ってきた。そして彼女の腕をつかんで自分のほうを向かせた。

「頼むから、説明する時間をくれ」彼がささやいた。

「あと少しでわたし、あなたの父上に決闘を申し込むところでした」マディは小声でいい返した。「あなたよりはるかにひどいわ」

クインの唇が引きつった。温かく力強い指でしっかりと彼女の腕をつかんだまま、彼はうなずいた。「たしかにひどい。でも、ぼくは約束をした。あと一分だけくれ、マディ」

彼女は彼に向かって指を突き立て、腕を振りほどいた。「一分よ」

クインはひとつ深呼吸して、彼女をなかへ連れ戻した。公爵はすでに椅子に腰かけていたが、公爵夫人のほうは戸口に立ち、ふたりが戻るのを見守っていた。「父上」クインは再び切り出した。「ぼくはミス・ウィリッツに失礼なふるまいをしました。彼女は育ちのよい若い女性であり、いわれのない非難を受けているのです。ぼくは償いをしたい。マルコム叔父は、ぼくたち一族の協力があれば、彼女が社交界に復帰することも可能だろうと考えています。で、ぼくは協力を約束しました」

「ほう、おまえが約束したのか」

「ええ、しました。ぼくたちがロンドンへ出向く日まで、彼女はここに滞在します。ウェアフィールドに連れていけば、ダメージが大きくなるのは避けられません。ですからここに、客として滞在させます」

公爵は立ちあがった。「いいか、ラファエルならこういうたわごとをいうのもわからないではないが、おまえが愚か者だとはわしも今朝まで知らなかった。金を払って彼女を追い払え」ハイブロー公爵は大股で前に出ると、マディが彼を見あげなくてはならないよう、数フィート手前まで近づいて、足を止めた。「いくらいる、ミス・ウィリッツ？　十ポンド？　百？　息子の無分別について口を閉じておく代償はいくらか、いうといい。そして出て行け」

マディはマントルピースの時計を見やった。五十八秒、五十九秒。一分が過ぎた。これで約束は守ったことになる。「公爵閣下」怒りに震える声でいった。「わたしがあなたの息子さんの不作法をふれまわりたいと思ったら、あなたの全財産をもってしても、わたしを黙らせておくことはできません」

「じゃあ、どうしろと——」

「わたしはお金のためにここに来たわけではありません」彼女はさえぎった。「ミスター・バンクロフトはわたしが不当な扱いを受けたと感じ、この馬鹿げた計画を名誉回復のチャンスと見たのです。あのかたに申しあげたことをここでも申しあげます。わたしは自分の人生に完全に満足していますし、あと一秒たりとも、傲慢で自己中心的で思い上がった、あなたのようなかたのそばにいたいとは思いません」

「クイン、あなたはマルコムと約束をしたの？」マディが部屋を出る前に、公爵夫人が彼女の腕に手をかけてきいた。効果的かつ劇的な退場の機会ははばまれた。

クインはうなずいた。「ラングレーでは、ミス・ウィリッツが地所の管理を見事にこなしており、ぼくは行ったものの、ほとんどすることがありませんでした。なにはともあれ、感謝の気持ちから彼女の力になりたいのです」

「なにをいっとる！」公爵が真っ赤な顔で怒鳴った。「わしはこの女に屋敷を出て行けといっているのだ、いますぐに！」

「お待ちになって、ルイス」公爵夫人がいい返した。一秒ほどマディを見つめてから、夫に視線を戻す。「クインは約束したのです。あなたが迷惑だからといって息子に約束を破らせるわけにはいきません」

「ヴィクトリア！　わしは断じて――」

「もう決まったことです、ルイス」ハイブロー公爵夫人はきっぱりといった。

マディの腕に置かれた指は引きつっていたが、夫人は冷ややかに公爵を見据えたままだった。ハイブロー公爵はだれかを殴りつけたいというようにこぶしを固め、それからだしぬけに踵を返した。「はん、好きにするといい。わしはロンドンへ行く。この……娘がいなくなったらおまえも来るといい」

「ルイス！」

「いいかげんにしろ」公爵の怒声は彼とともに廊下を遠ざかっていき、遠くでドアがばたんと閉まると同時にぷつりと消えた。

クインは父親の消えたほうを見つめて、つぶやいた。「なんとかなったな」

「いずれにしても今週末にはロンドンへ発つ予定だったのよ。新しい通商協定のことで」夫人はマディの腕から手をのけると、今度は息子の腕にかけた。「ちょっと失礼、ミス・ウィリッツ」そういってクインとドアのほうへ向かった。

「どこにも行くな」クインは振り返って、マディに釘を刺した。

マディはしかめ面をつくろうと頑張ったが、うなずくのがせいぜいだった。クインはわたしを弁護してくれた。その必要もないし、期待もしていない――少なくともそう思っていたときに。それでも彼にちらとほほ笑みかけられるなりすべてがうまくいくような気がしてきたのだ。マディは思った。いったいいつから、わたしはクイン・バンクロフトを味方とみなすようになったのだろう。

二階では公爵がしきりと怒鳴り散らし、ものを叩きつけながら、家じゅうの者を出発準備に駆り立てていた。そのようすからクインは、父が南の客間に戻ってマディとの口論を再開することはないとほぼ確信した。マディは本気で父を怒らせた。そうそうないことだ。彼女はしかも、鮮やかにやってのけた。父に思い上がっているといってのけた人間は記憶にない。少なくとも面と向かっていった人間はいない。公爵も記憶にないようだった。

「数日前、ラファエルから手紙が来たわ」侯爵夫人は庭を見下ろす高い窓の前で足をとめていった。

クインは母の横で壁にもたれかかった。「で、あのならず者は今度はなにをやらかそうっていうんです？」

「この六カ月間、アフリカにいたらしいわ。ジョージ王の特使として」

「アフリカ？」クインは驚いてくり返した。「ロンドン塔の警備かなにかをするはずじゃなかったんですか？」

「アフリカに志願したんでしょう。ワーテルローでウェリントン公の連隊に志願したように。ともかくようやく帰国が許されたの。シーズンが終わる前にロンドンで合流したいといっているわ。アフリカでまた反乱が起きなければ」

「あいつ、任官辞令は売るつもりなんでしょうか？」母はあきらかに客間にいる娘のことを意識している。心の準備ができるまで質問を引き延ばしているのだろう。

「たぶんね。そうはいわないけれど」彼女はほほ笑んだ。「それから、アリストテレスのことをきいてきたわ」

「ぼくのほうも、あの馬に関しては少々話がある」

「あなた、どうしてミス・ウィリッツにキスしたの？」彼女は景色から息子へと視線を転じた。「どうしてその償いをしなくてはならないと感じているの？」

クインは肩をすくめた。「どうにかすると約束しなかったら、マルコムがまた卒中を起こしかねないと思ったからですよ。鞭《むち》で叩かれるかと本気で思いました」

「彼はあのお嬢さんを大切にしているの？」

「大いに好意を持っています。娘のようなものなんでしょうね、たぶん」

「どうしてキスしたの？」

クインはしばしうつむいた。マディ・ウィリッツを初めて目にしたときから感じている気持ちの葛藤は説明できないし、したくもなかった。「実は、自分でもよくわかりません。彼女は……貴族に対して非常に悪感情を持っていて、しかも思ったことをありのままに口にする。たぶんぼくは、あのあと、彼女を捨てたチャールズ・ダンフレイや、破滅に追い込んだろくでなしのような人間ではないと証明したかったんだと思います」

「彼女が破滅に追い込まれたのは、たしか、その男が彼女に近づくべきでないときに彼女にキスしたからだったわね」

「ええ、母上。状況が同じなのはわかっています。ご指摘ありがとうございます」彼は皮肉を込めていい返した。

公爵夫人はじっと息子を見た。「エロイーズと喧嘩でもしたの？」

「まさか。してません。どうしてです？」

「あなたはこれまで火遊びするようなタイプではなかったからよ、クイン。したとしても、少なくともそれを公爵やわたくしに報告する必要を感じていなかった」彼女は庭に視線を戻した。「火遊びをするにしても、お相手の女性はミス・ウィリッツよりももっと社会的に安定した地位にある女性か、まったく地位のない女性だと思っていました」

それは彼も同感だった。「わかってます」彼は客間のほうへ戻りかけた。「いずれにしても、ぼくは約束を守ります。さっきいったように、ウェアフィールドに連れて帰っては、彼女が社交界に復帰するチャンスをふいにしてしまうことになる。ですから、母上に協力をお願いできないかと……」

「お父さまはかかわりたくないとおっしゃっているのよ」

「ええ、でも父上はここにいません」彼は母の隣りに戻り、手を取った。「ぼくの名誉挽回に協力してくれますね？」

公爵夫人の目がきらりと光った。「あの娘、ルイスを傲慢で自己中心的といったのよ」

「それから思い上がってると」

彼女は笑った。「あなたが大事なことと感じているなら、もちろんわたくしは協力します」

ふと笑みが消えた。「でも、限界はあるわ。お父さまと同じでわたくしも、バンクロフトの名前に傷がつくことを許すつもりはありません。復帰してもなお、社交界が彼女に眉をひそめるようなことがあれば、彼女には消えてもらうしかないわ。いいわね?」

意外なほど安堵して、彼は深く息を吸った。ともかくあと数週間はマディといられる。

「わかりました」

8

「仕立て屋は必要ありません。自分の服は自分で縫えます」

マディはクインを睨んだ。彼は彼女の寝室となった部屋の戸口に立って、睨み返した。ドアの内側に立つメイドはなんとか逃げ出したいようすだったが、侯爵の横をすり抜けないことには、逃げようにも逃げられない。

「きみをロンドン社交界にふさわしい女性にするというのはマルコム叔父との約束の一部だ」クインは断固とした口調でいった。「二週間では、ロンドンで一日か二日分の衣装を縫うのが精いっぱいだろう。仕立て屋は今日の午後、ここに来る」

「断ります」

「そうはいかない」

彼になにか投げつけてやりたかったが、かわりに柔らかなベッドにどすんと腰を下ろした。

「なんにせよあなたに借りをつくることになるのはいやです」それは最初から決めていたことだった。施しを受けるくらいなら、破滅したままでいい。そもそも、だから家を出たのだ。

ほかのだれでもない自分が、自分の幸せと生活の安定に責任を持つために。頑固とか実際的でないとかいわれようと、それはわたしの権利だ。

「だからきみは道中の宿で、宿代を払うといい張ったのか?」クインは怒るどころか、好奇心をそそられているようだった。彼にとってマディはよほど興味深い存在らしく、しじゅう質問をぶつけてくる。答えたくない質問ばかりだったが、それでいて彼の口調には不思議と答えたいと思わせるものがあった。

しばらくしてクインはメイドに気づいたらしく、うわの空で下がっていいという身振りをした。娘はエプロンに火でもついたように、大急ぎで走り去った。

「そう。だから自分の分は払いました」

彼は近づいてきて、ベッドの高い足板に寄りかかった。「マディ、ぼくはかなりの金持ちだ。ハイブロー公爵になったらとんでもない金持ちになる。きみとは比較にならない」

「それはよくわかってます、閣下」彼女は堅い口調でいった「指摘されるまでもなく」

クインは首を振った。「ぼくがいいたいのはそういうことじゃない。叔父は、きみをだれも文句のいえない形で社交界に復帰させたいと考えた。そしてぼくには出費に気づくこともなくそれができる財力がある。きみは必死に働いて稼いできたんだ。それはなにか……自分のために貯めておくといい」

マディは彼を見あげ、ファウラー家の舞踏会の夜以降消えたきりの怒りをかき集めようとした。怒りがなければ、唇に浮かぶ愉快そうなかすかな笑みや、引きしまった顎の線、陽射しが蜂蜜色の髪を金色に染めるさまばかりに目がいってしまう。「ほんとうにわたしのためを考えてくれていたら」ややあって彼女は答えた。「わたしをラングレーから引きずり出さなかったでしょうに」

「マルコム叔父はきみのためを考えている。そしてきみの前で溺れかかったり、撃たれかかったりしたにもかかわらず、ぼくも考えている」

マディは自分の手に目を落とした。「わたしが一緒に来ると約束したのはひとえにあなたの叔父さまのためです。だから笑って絞首台に上れとまではいわないで」

驚いたことに、クインは彼女の隣りに腰かけた。「絞首台？　ロンドンがそんなふうに呼ばれるのはこれまで聞いたことがないな」

マディは小さく笑った。彼の軽いコロンの香りや、額にかかるひと房の髪を意識しまいとしながら。「わたしにとって社交界における処刑場でしたから」

「懐かしくないかい、少しくらいは？」

彼女は激しくかぶりを振った。「いいえ」

クインはスカートの裾をいじっていた。安物のモスリンが脚をこすり、心地よく神経を刺激する。なんてこと。わたしときたらまた彼とキスすることを考えてる。

「でも――」

「どんなものか、わからないでしょうね」マディはさえぎり、いま一度怒りをかきたてようとした。「あなたがなにをしても、あなたを無視する人なんていない。あなたもお父さまも財力と権力がありすぎて、だれもそんなことは考えもしない。わたしは二代目の子爵の娘にすぎなかった」彼女はことばを切ったが、彼はその翡翠色の瞳でじっとこちらを見つめたまだった。そのつもりもなかったのに、話を続けていた。

「最初はどこにでも招かれていました。とりわけ婚約してからは。でもあのあと……愚かな愚かなあの夜以降、友人と称していた人々でさえわたしを招かなくなり、目すら合わせなくなった。両親は三日間わたしを自室に監禁しました。修道院に送られるのだと思ったわ。想像できます？　わたしが修道院だなんて！」

「想像できないね」クインは片手を持ちあげ、彼女の乱れた髪を耳の後ろにかけた。「どうやって逃げたんだい？」

優しく触れられて、思いがけずマディの背筋を震えが走った。「天候の悪いときを待って、旅行かばんに荷物を詰め、窓から投げ落としたんです。それから薔薇の蔓棚《つるだな》を伝って降りたわ。チャリングクロス街まで歩き、ブライトン行きの駅馬車に乗った。船でアメリカに渡るつもりだったけれど、それだけのお金がなくて」

「なんてことだ」彼女の顔を食い入るように見つめて、クインはつぶやいた。

その視線に、マディは落ち着かない気持ちになった。だが、笑いものにしようというわけではないらしい。彼女は肩をすくめた。「それからブライトンで家庭教師として雇われました。二週間でお払い箱。スキャンダルが伝わるまでのあいだでした。雇い主はわたしが何か察したんでしょうね。四シリングもらって街に放り出されました」顔をしかめて、続けた。「その話を内密にしておくかわりにある種の……行為を要求したあとで」マディは顔を赤めた。あの男に体を撫でまわされたのはおぞましいのひとことだった。

「なんという男だ？」クインがきいた。

「関係ありません。ああいう人たちはみな同じです」

「ぼくらはちがう」

そう、そう思える。けれどもなぜか、認めるのはむずかしかった。「あなたはわたしにキスしました」彼女は指摘した。彼にというより、自分自身にいい聞かせるように。「それはわたしをミスター・バンクロフトの愛人だと、取るに足らない人間だと思ったからでしょう？」

クインははじかれたように立ちあがった。「断じてちがう！」いらいらと窓際まで歩き、それから振り返った。「あのキスは……まったくちがうものだ」

「じゃあ、なんなの？」知りたかった。彼にとって意味のないことと確かめるだけになっても。

「あやまちだ。あるタイプの」

マディは傷ついて、目を伏せた。「どういうタイプの？」

「心から後悔することはできないが、くり返すわけにはいかない、そういうあやまちだ」

「そうなの？」

クインはしばし、彼女の目を見つめた。「そうだ」小声で答え、やがて小さく息を呑んだ。

寝室にふたりきりでいることに、たったいま気づいたというように。「ミセス……、仕立て屋は二時にここに来る。絶対に――」

「かわいそうに、その女性の名前を覚えていらっしゃらないのね？」彼女はからかった。

「なんだったかな、ひまわり《サンフラワー》と韻を踏んでいたんだが」彼の唇がぴくりと動いた。

「まあ、それはヒントになりますね」

「母の仕立て屋なんだ、ぼくのでなく」

マディがそれを茶化した答えを考えつく前に、彼は部屋を出て、口笛を吹きながら廊下を歩いていった。マディは長いこと彼の後ろ姿を見送った。

ハイブローでは自分の不利を痛感せずにいられない。ラングレーでは落ち着けたし、使用人や隣人とも仲がよく、日課やこまごましたことすべてに通じていた。

五年前テュークスベリー侯爵の舞踏会で過ごした数時間をのぞくと、ハイブロー城で目にするほどの壮麗さ、ものものしさ、豊かさにふれた経験はマディにはなかった。気後れを覚えずにはいられないが、それでもロンドンに足を踏み入れた瞬間に経験するであろうものとは比べものにならないのだ。

ありがたいことに公爵は、昼前に馬車二台とお付きの者たちを連れて城を去った。マディとしては彼とさらに議論を交えるのもやぶさかではなかったが、悲しいことに味方は少なく、たかが公爵ごときのために夫人を怒らせる危険は冒したくなかった。

マディは、ラングレーの使用人一同がゆうに座れるくらい大きな、磨き抜かれたブナ材のダイニングテーブルにひとり座って昼食を摂った。クインは隣人を訪ねて馬で出かけたし、公爵夫人も先ほどは擁護してくれたものの、本気で侵入者とつきあうつもりはないようだった。

仕立て屋のミセス・ノイバウワーは午後二時に到着した。背の高い痩《や》せた女性で、信じられないくらい尖った顎をしていた。マディはその顎を見つめずにいられなかった。ましてや彼女がたっぷり一分かけて自分のまわりを回り、モスリンのドレスをつまんで鼻を鳴らしたあとでは。

「公爵夫人があなたに新しいドレスをとお考えになったのも無理ありませんね」今度はマディの袖口を検《あらた》めながらつぶやいた。「わたしの基準を大幅に下回っていることはたしかです。もっともその基準ゆえ、公爵夫人はわたしを呼ばれたのでしょうが」

「ありがたいことですわ」マディは怒るべきか笑うべきか決めかねていた。

「ふむ」ミセス・ノイバウワーはようやく回転を止め、胸の前で腕を組んだ。「ところでなんのために採寸すればいいんでしょう？」

怒りのほうへ大きく傾きつつ、マディも腕を組んだ。「実をいうと、わたしも知りません」

「朝用、昼用、そして夜会用のドレスね」ハイブロー公爵夫人がメイドをひとり従えて、静かに寝室に入ってきた。「ロンドン社交界にふさわしいもの」

メイドが鏡台の椅子を引くと、公爵夫人は腰かけた。マディはクインといるときとは比べものにならないほど緊張し、いくらか遅れてお辞儀をした。「こんにちは、公爵夫人」

「クインがあなたは作法を知らないといっていましたが、子供のころのしつけを少しは思い出したようね」

マディは歯を食いしばった。「思い出したくないことまで、思い出してしまいましたが」

なるたけ丁重に答える。

夫人はちらりと彼女を見てから、座りなおして仕立て屋に手を振った。「すすめて、ミセス・ノイバウワー」

「かしこまりました、閣下」

徹底的な採寸が終わったあとも、マディは公爵夫人と仕立て屋が色や生地、デザインを決めるのを立ったままで待っていなくてはならなかった。どのように胸を見せるのがいちばん効果的かが検討されているあいだも、ふたりは彼女には意見を求めなかった。

「見られたくなんてありません」マディは堅い口調でいった。あの悲劇の晩も、いやというほどまわりの視線を集めた。あのようなことがくり返されると思うだけで、胸がむかむかしてくる。「それから、ブルーは着ません。お願いします、病人みたいに見えるんです」

公爵夫人は彼女を見やり、仕立て屋と会話を続けた。「ブルーのかわりにグレーとグリーンの絹にしましょう。それとグレーの上靴」

「ありがとうございます、公爵夫人」マディは小さくほほ笑んだ。

「病人みたいに見えては困りますからね」夫人はそっけなくいった。

ようやくミセス・ノイバウワーは荷物をまとめて帰っていった。が、公爵夫人のほうはマディの椅子に座ったままだった。

「いま着ているのよりまともなドレスは持っていないの？　夕食に着られるような」

またしてもマディは癇癪をぐっと抑えた。きいてきたのがクインなら、思い切りやり込めてやるところだが。この高慢な女性は自分をかばってくれたのだ。侮辱のひとつやふたつは我慢しなくては。「もう少しまともなものはあります」彼女は認めた。「ラングレーではあまり正装することがない――なかったものですから」

「そうでしょうね」ラベンダー色のドレスを優雅にひるがえして夫人は立ちあがった。「ここではきちんとした服装をします。あなたもそうしていただきたいわ」そういってドアに向かった。

「わたしがここにいるのが迷惑なら、どうして弁護してくださったんです？」マディは後ろ姿に向かっていった。

公爵夫人は足を止めて振り返った。「息子を弁護したんです。家族の平和を保つには夫の希望に従うのがいちばんと、みな経験からわかっているのですが、今回クインはそうしなかった」夫人はまたじっとマディを見た。以前クインの顔に見たような考え深げな表情を浮かべて。「どうしてあの子が取るに足らない一族の癇癪持ちの尻軽娘のことで、お父さまのご機嫌を損ねる危険を冒すのか、その理由はさっぱりわかりませんけど」肩をすくめて廊下に出た。「そのうちわかるでしょう」

公爵夫人は踊り場で足を止め、耳を澄ませた。娘の部屋のドアが静かに閉まった。聞こえてくるだろうと半ば予期していたヒステリックな怒りの爆発はなかった。もうしばらく待ってから、一階へ下りた。

この一件は異例づくしだった。婚約間近になってクインがほかの女性を追いかけること自体は、褒められたことではないが、驚くことでもない。ただふだんの彼の分別と、良識に対する厳しい尺度を思うと、彼がその女性を両親の家に連れて来て、滞在させ、面倒をみるよう事実上要求したのは信じがたいことだった。

当然ながら公爵はこのできごとを自分の尊厳を傷つけるものとみなすことにし、傲然とロンドンへ発った。バンクロフト家が今シーズンの噂の種になる前にこの混乱を収拾する役目を、夫人に任せたのだ。ウェアフィールド侯爵が絶縁中の叔父の元愛人に関心を持っているというだけで、ロンドンじゅうを色めきたたせるにはじゅうぶんだろう。

廊下を歩きだしたところで、意外にもクインが玄関から入ってきた。気晴らしの機会もそうそうないため、ジャック・ダンスモアと釣りに出かけたときには日がとっぷり暮れるまで帰ってこないのが常なのだが、いまはお茶の時間をようやく過ぎたところだ。公爵夫人は足を止め、彼が追いついてくるのを待った。「ダンスモア卿はどうでした？」

「元気でしたよ。まだ釣りをやってます。今日の午後はまったく釣れなかった。ところで、寸法合わせはうまくいきましたか？」彼は鹿革のブリーチズから薄い埃をはたいた。

「ミス・ウィリッツも、明後日以降はまともな衣装を着ることになるでしょう」

「だれかを窓から放り出そうとはしなかったですか？　でなかったら、なんとかって女性に針を突き刺すとか」

公爵夫人は足を止めて、長男のほうを向いた。「育ちのよいとされている若い女性がことあるごとに癇癪を起こすのを、あなたは面白いと思うの？」

クインは壁に寄りかかった。「彼女は狂犬ってわけじゃありません、母上。たんにあくまで自分の生き方を貫く――」

「たんにマルコムの好意に頼って生きているということでしょう」夫人はさえぎった。

クインの笑みが消えた。「彼女がラングレーを管理していたといったのは、冗談ではありません。ぼくはいろいろな管理人を見てきていますが、そのなかでも優秀でした」

「それで?」

「マルコムの好意に頼って生きているということについていえば、彼女は叔父が出歩けるよう車椅子を購入しました。帳簿を見ましたが、それについての記載はなかった。昨日やっと、その金は自分の給料から出したと認めました。マルコムには話していません。贈り物にしておきたいそうです」

「つまり、彼女は彼に椅子を買ったわけね。ダイアモンドの懐中時計というわけじゃない。わけのわからないことばかりいって、あなたらしくないわ」

クインはまたちらりと母を見て、体を起こした。「われわれは彼になにもしていません」静かにいうと、向きを変え、廊下を歩きだした。「父上はラングレーで作物の植えつけが間に合わなくなりそうになるまで、マルコムの病気を認めようともしなかった」

「わたくしたちはあなたを行かせたわ」公爵夫人は指摘したが、息子はすでに角を曲がっていた。ブーツが大理石の床を打つ音が消えるのを待って、彼女は西の客間のほうへ歩きだした。ふたつのことがあきらかになってきた。あのキスはクインがいったような事故ではなかったらしいこと、そしてそもそもルイスは息子をサマセットに送り込むべきでなかった、ということだ。

「ハンガーストライキでも始めるんじゃないかと思っていたよ」マディがダイニングテーブルにつくのを見守りながら、クインは穏やかにいった。自分も腰を下ろし、召使に料理を運ぶよう身振りで示した。

「またひとりで食事をすることになるものと思っていました」彼女は膝の上で手を組み、慎ましく答えた。「お母さまはご一緒してくださるのかしら、閣下？」ローストチキンを盛り合わせた皿を差し出す使用人のひとりに、にっこりとほほ笑みかける。

「ほう、今度はぼくはなにをした？」召使に向けた愛らしい笑みが、自分と目が合ったとたん消えたことにクインは気づいた。

「なにも、閣下。どうしてそんなことを？」

「またぼくが〝閣下〟になったからさ。きみの語彙のなかではそれは侮辱語なんだろう」彼は片眉をあげた。「それともぼくの勘違いか？」

「適切な呼びかけですよ、クイン」公爵夫人が戸口からいった。「そんなことで彼女を責めてはいけません」

母が食堂に入ってくるのを見て、彼は立ちあがった。彼女の定位置である公爵の席の右隣りにはテーブルセッティングがされていたが、彼女はそれを無視してマディの隣りに座った。使用人が駆け寄ってきて彼女の食器類を移動させる。クインの頭のなかで警報が鳴った。ヴィクトリア・バンクロフトは夫よりはるかに思慮分別があったが、バンクロフトの家柄と地位には劣らぬ強い誇りを持っている。マディほど直情的ではないものの、彼女の毒舌がつくった傷もけっして少なくはなかった。

彼女はマディに関してかなりの疑念を持っていることを明白にしていた。ひとたび意見を決めたらめったなことではそれをひるがえさない人だ。クインは母にこの招かれざる客——いまは公爵夫人の向こうから非難と怒りの眼差しでこちらを睨んでいる——を好いてほしいと願っている自分に気づいて驚いた。マディが彼女自身の家族から拒絶されたように、自分の家族からも拒絶されるところは見たくなかった。

「ミス・ウィリッツを責めたりしていませんよ」彼はとぼけて訂正した。「ただハイブローでの生活を楽しんでいるかどうか、ききたかっただけです」

「楽しんでいないわけありませんわ、閣下」マディは歯を食いしばって、愛想よく答えた。

彼女と視線をからめ、クインは笑いを噛み殺した。そしてふと、やはり毒グモがいないかどうかベッドシーツを確かめたほうがよさそうだと思った。「それはよかった」

公爵夫人はワイングラスを取ろうと身を乗り出し、マディの姿をおおい隠した。クインは瞬きした。

「きこうと思っていたのだけれど、クイン」公爵夫人はいった。「エロイーズから連絡はあって？」

エロイーズ。しまった、手紙を書くのをまた忘れていた。彼女は、ぼくがまだラングレーにいると思っているだろう。クインは首を振った。「彼女の手紙は、ぼくとすれ違いになってしまったかもしれません」と、かわす。「最後の手紙では、元気で、ロンドンで母上に会うのを楽しみにしているとありました」

「やっぱり秋まで結婚を待つつもりなの？　前にもいったけれど、六月か七月に式を挙げたほうがはるかに出席者が多くなるのよ」

「わたしもそう思います、公爵夫人」夫人がワインを口に含むと、マディは明るくいった。

夫人は片眉を上げた。「あなたもそうお思いになる？」

「絶対ですわ。狩猟シーズンが始まると、人々を呼び戻すのは、たとえウェアフィールド侯爵の結婚式という特別の行事であっても簡単ではなくなるでしょう」

クインは疑わしげに彼女を見た。マディが変に気遣いを見せるときは決まって、なにかを企んでいるのだ。「今度はどうしてそう協力的なんだい？」

「今度は、ですって、閣下」彼女は訝《いぶか》しげに彼を見つめた。「これまで協力的でなかったことなんてありました？　記憶にありませんが」

「ぼくもだ」彼はゆっくりと答えた。疑念が深まっていた。「協力的でなかったとはいっていない」

公爵夫人は冷やかなグリーンの瞳でマディを見ていた。「あなたはこの結婚に賛成なのね」

マディはにこやかにほほ笑んだ。「反対などできるはずありません。それができる立場にあったとしても。お相手のかたは存じあげませんし、もうひとりのかたとも親しいわけではありませんから」

公爵夫人はまたじっと彼女を見た。「つまり、あなたはろくに知らない男性とよくキスをするわけ？」

マディは唇をきゅっと結んだ。それが表に現われた唯一の怒りの兆候だった。「それはどなたから噂話をお聞きになったかによると思います」

「でも息子とはキスした」夫人はなおもいった。

「バイロンも褒め称えるような朝でした」クインが割って入った。「なんともいえずロマンティックだった。ミス・ウィリッツにマルコムへの献身のお返しをするチャンスを与えてくれたわけですから、ぼくとしてはあのキスを幸運な……事故だったと思わずにいられません」

母の背後でマディがクインを睨んでいた。彼は平然と見つめ返した。この賢明でウィットに富んだ女性が、見え透いた追従《ついしょう》で自分をからかったことがあるのがまるで嘘のようだ。

マディはフォークを取りあげた。「実をいえば」穏やかな声でいう。「ウェアフィールド侯爵があやまちを犯したのが自分だと再三おっしゃっているのに、どうしていつも話題になるのがわたしの品性なのだろうと思っていました」

彼は手に顎を載せ、彼女を見た。「きみも悪い気がしなかったから？」

茶々を入れたことをすぐさま後悔した。マディは狼狽し、青ざめてフォークを勢いよくテーブルに置いた。「なんて傲慢で――」

「クイン！」謝罪のことばを探す間に、母がぴしゃりといった。「どういう感情がからんでいようと、ミス・ウィリッツに自分の軽率さを思い出させてばかりいたら、更生のチャンスもなくなってしまうのですよ」

「わたしの軽率さ」マディはくり返した。「彼の唇、でもわたしの軽率さ」彼女はクインを見た。「あなたがたがご自分の貴族の地位をどうしてそうも大切にするのかわかりました。その地位のおかげで、いかなるあやまちも身分の低い者の犠牲のもとに、自動的にその責を免れるからなのですね」彼女は立ちあがった。「失礼します。食欲がなくなりましたので」

「マディ」クインは眉をひそめてつぶやいた。

ハイブロー公爵夫人は彼女が逃げ出す前に、その手をつかんだ。「ぶしつけを覚悟でいえば、クインは将来のハイブロー公爵、比べて身分が低いのはあなたたなのよ」

「奥さま、そういわれて、これほど誇らしかったことはありません」

公爵夫人の鷹揚な笑みが凍りついた。

クインは思わず口をぽかんと開けたが、思いがけず胸の奥から湧いた笑いが音を発しないうちにあわてて閉じた。それから咳払いして立ちあがった。

「母上、ちょっと失礼します」彼はあわてていうと、テーブルを回って、マディの手をつかんだ。「わが家の客と、二、三はっきりさせておかなくてはならないことがあるようなので」

そういってマディをドアのほうへ引っ張った。「ミス・ウィリッツ、悪いが」

声の届かないところまで来ると、マディは手を振りほどいた。「ぐずった子供みたいに手を引かれるのはごめんだわ」グレーの瞳が怒りに燃えていた。「今度は抱え上げていく覚悟でいて」

そのことばにぱっと呼び起こされたイメージは、彼女の意図したものとはまったく無関係だった。この女性はたったいま、思いきり母を侮辱した。彼女が全裸で自分の膝に座り、長い赤褐色の髪を肩から裸の胸に波打たせている――そんな想像をめぐらしている場合ではない。

「ウェアフィールド侯爵！」マディはうなった。「いいですね、わたしは出て行きます」

クインはもう一度彼女の腕をつかみ、自分のほうを向かせた。「だめだ！」怒りの炎が突如として血管を駆けめぐり、われながら驚いた。腹の立つことをいわれたせいではない、断じて彼女を行かせたくないからだ。

「あなた以外のだれも、わたしにここにいてほしくないのよ！」マディはほっそりとした手でこぶしを固めた。「このうぬぼれ屋！」

こぶしが飛んでくると、クインはひょいと後ろによけた。「ぼくのことを、殴られても殴り返さないほど洗練された男だとは思わないほうがいい」彼女の腕を揺さぶって怒鳴る。

「ぼくにマルコム叔父との約束を破らせることはできないぞ。きみも約束を守れ。わかったな？」

長いことマディは彼を睨んでいた。速い激しい呼吸に伴って胸が大きく上下した。「あなたなんて嫌い、威張りくさって」もう一度腕を振りほどきながらつぶやいた。

「わかったな？」クインが念を押す。

「ええ、わかったわ」

クインは憤然と階段を上っていく彼女を見守った。ようやくドアが閉まる音がすると、詰めていた息を吐き、壁にもたれた。マデリーン・ウィリッツに感じているのがなんであろうと、憎しみでないことはたしかだ。それがどんな憤怒の爆発よりも彼を怯えさせるのだった。


ロンドンに発つ準備ができたとクインが宣言するころには、マディはかつてないほどさまざまな色、素材のドレスを大量に所持していた。過去五年間に編み出されたワルツ、カントリーダンス、カドリールをすべて覚え、それ以前、いや有史以来流行ったすべてのステップをテストされた。なにより苦痛だったのは、だれが結婚し、埋葬され、上流社会に受け入れられたかにいま一度精通するため、〈ロンドンタイムズ〉を昔にさかのぼって読み返させられたことだった。

先日の口論以来、マディはクインを避けるべく最大限の努力をしてきた。いまいましいレッスンや講習のときを別にして、彼も同じ意向とみえた。ハイブロー城のような巨大な屋敷では、それもさほど困難なことではない。ときおり、嫌いといったことにはいささか気がとがめたが、当然といえば当然だ。人を揺さぶって、頭ごなしに命令したのだから。こちらが彼を仲間と――そして、友人と思いはじめた矢先に。キスしたりさわったり、抱きしめたりすることばかり考えている男を、友人と呼べるならだけれど。

マディとしてはロンドン行きをなんとかして逃れたかったが、ハイブロー城の滞在を長引かせるのも気は進まなかった。八方ふさがり。こんな思いは五年前、両親に寝室に閉じ込められて以来だ。オールマックス後はすべてを捨てて去っていけるという一念で、耐えているようなものだった。

彼らはマディのためにメイドまで雇った。マディは腕を組んで、気の毒なメアリーがまたひとつトランクに舞踏会用ドレスを詰め込むのを見ていた。「うっかり一着置いていくなんてよくあることよ」彼女はにっこりして提案した。

メアリーは額の汗を手で拭った。「これはあなたの衣装のなかでも、公爵夫人がとりわけ期待されているものですから」

「そうなんでしょうね。ほんとうにわたしが手伝わなくて平気？」少なくともメアリーにはユーモアのセンスがあった。彼女を雇ったのはクインかしら、それとも彼にせよ公爵夫人にせよメイドを雇う仕事は家政婦に任せているのかしら、とマディはちらっと思った。

「いえいえ、お嬢さま、そんなことをしていただくわけにはいきません、おわかりでしょう」

　マディは溜息をついた。「ええ、わかってるわ」

　開いた戸口から咳払いが聞こえた。その声の主はすぐにわかった。マディは体をこわばらせて振り返った。「閣下」メアリーのお辞儀と同時にいう。

「荷造りはほぼすんだかい？」クインは穏やかにいった。

「ええ、ありがとうございます」マディは丁重に答えた。ここ二週間ほど彼は会話を避けていた。いま彼女を探しにきたというのは、いい前兆とは思えなかった。

「すばらしい。じゃあ、朝には出発の準備が整うな」

「すばらしい」マディはおざなりにくり返した。彼は戸口に立ったままだ。しばらくしてまた彼のほうを見やった。「ほかになにか、閣下？」

「ああ、少し話せるかい？」

　メアリーはすばやく頭を下げ、急ぎ足で戸口に向かった。マディは片手を差し出して、部屋を出ようとするメイドを止めた。「かまわないのよ、メアリー。わたしの脚もあなたのと同じくらい、ちゃんと動くんだから」

「はい、ミス・マディ」

　クインは体を起こし、口を開いた。「ミス・ウィリ――」

「閣下、出ましょうか?」マディはさえぎり、彼の横をすり抜けて廊下に出た。

彼もあとに続いた。「どうしてきみは使用人に〝ミス・マディ〟と呼ばせてる?」

彼女はつんと顎を上げた。「強要したわけではありません。マディと呼んでほしいと頼み、妥協案がそれだったんです」

「ふさわしい呼びかけではないだろう。きみは子爵の長女だ。ロンドンに着いたら、〝ミス・ウィリッツ〟を呼ばれることになる」

家族の話はいまだにマディを動揺させるにじゅうぶんだった。彼女はかぶりを振り、寝室に戻りかけた。「それについてはうちの家族と相談なさってください。わたしは自分が勘当されたものと思っています」

クインは無言で、長いこと彼女の後ろに立っていた。「マディ?」

マディはくるりと振り返った。「まあ、申し訳ありません、閣下。話をするときはあなたのお顔を見なくてはいけないんでした。忘れてましたわ」われながら刺々しい口調だったが、彼女は文句はあるかとばかりに挑戦的に背中で腕を組んだ。

「どうしてきみは、両親の話をしない?」かわりに彼はきいた。

「そうすれば気が変わります? もう行ってよろしいですか?」

クインは眉をひそめた。「いや、もちろん変わらない。だが、知っておけば、なにかと役に立つ。ハルバーストン子爵に手紙を書いて――」

「わたしの家族には手紙を書かないで！」

「やめて！」マディは彼のところまで戻った。不安に喉が締めつけられていた。「わたしの家族には手紙を書かないで！」

「じゃあ、どうしろというんだ？　きみが別の人間であるようなふりをするわけにはいかない。いずれわかってしまう」彼は一歩近づいた。翡翠色の瞳は真剣だった。「ぼくが社交界に復帰させると約束したのはきみだ。過去のない謎の女性じゃない」

マディは顔をそむけた。「最初からいっていたように、閣下、こんなことをする必要はないんです。あなたは単純で簡単なことと考えていらっしゃるようですが、そうはいかないんです」

「ぼくがなにを考えているか、わかるかい、マディ？」

マディは彼の多大な親切にも、なんにせよ彼が与えたと思っているものにも萎縮する気はなかった。再び彼を見あげた。「あなたはわたしの反応を見るためにキスをし、わたしが売春婦でも、あなたの愛人になる気もないとわかると困惑して、自分の気休めのために、こうして無茶をする羽目に陥ったんだと思います。ちがいますか、閣下？」

クインはしばし、彼女を鋭い目で睨んだ。が、驚いたことにやがてゆっくりと、顔をほころばせた。「愚かな決めつけでまわりを見て、かっかするのはやめたほうがいい」手を伸ばし、指でそっと彼女の頬を撫でる。「ぼくがきみにキスしたのはたぶんきみに惹かれていたから。そしてきみがキスに応えたのは、たぶんぼくに惹かれていたからだ」

ふれられてマディの脈が一気に速まった。彼が一本取ったことに気づく前に、彼女は身を引いた。わたしの弱みを面と向かってあげつらうのは、思い上がった間抜けだけだ。「それは間違いです、閣下」彼女は堅い口調でいった。「あなたといてわたしが楽しんだのは、あなたが泥のなかに顔を突っ込んだのを見たときだけです」彼が答える間もなく、彼女は寝室に駆け戻ってばたんとドアを閉めた。

「傲慢で、うぬぼれ屋の……」口のなかでつぶやく。

「なんでしょう、ミス・マディ？」肌着の山をトランクに詰め込んでいたメアリーが体を起こした。

「いいえ、なんでもないわ」マディは眉をひそめて鏡台の椅子に座り、マルコムにまたいいことばかりの手紙を書いた。すべて順調で、バンクロフト公爵一家とはうまくいっているし、自分も再びロンドンへ行くのが楽しみでたまらない、と。彼がそれをひとことでも信じるかどうかは疑問だったが。

「で、なんと書いてあるんです？」

マルコムはマディの手紙から顔を上げた。チェス盤の向こうからジョン・ラムゼイが手を顎に当ててじっとこちらを見ていた。ふたりが座っているところに、庭の木から落ち葉が一枚舞い降りてきた。マルコムはそれを盤から払った。

「兄のルイスは彼女と五分会っただけでロンドンへ逃げ出した。で、彼女は家族のほかの面々にも宣戦布告したらしい。ロンドン行きの馬車に乗せるために手錠をかけなくちゃならなくなったとしても、わしは驚かんね」

「なにがそう面白いんです？」ジョンは食ってかかった。「彼女はひどく惨めな思いをしてるにちがいない」

マルコムとしても、手紙の穏やかな文面からいかにしてマディの心情を読みとっているかは説明できなかった。ラングレーはしばらくぶりに静かで平穏だった。あの挑戦的な美人が現われて、自分を雇うようけしかけてきて以来だ。彼女が恋しくてならなかったが、その挑戦に応じたときから、彼女がこの地に永住しないことはわかっていた。マルコムは話し相手に首を振った。

「マディは闘士だ。彼女には挑戦が必要なんだ——押しのけるべきものが。わしの華々しい親類が彼女を蜂蜜とケーキでもてなしたら、ロンドンへ引きずってなどいけないさ。いまごろ手玉に取られてる」

「サマセットじゅうの男と同じように」ジョンは溜息をついた。

マルコムはもう一度手紙に目をやり、それから脇に置いてゲームに戻った。「そう、そのとおり」クインランも彼女にはじゅうぶん用心をしたほうがいい。でないととんでもないしっぺ返しを食うことになる。

「マディ、頼むから馬車を降りてくれ」クインはあやすように訴えた。好奇の目でぽかんとこちらを見ている執事や、バンクロフト一行の荷物を降ろそうと待っている大勢の使用人たちを気にすまいとしながら。

「いやです」暗い馬車の奥からこわばった声がした。

「馬鹿馬鹿しい」ハイブロー公爵夫人はぐるりと目をまわし、扇をぴしゃりと閉じると、つぎつぎに頭を下げる使用人のあいだをバンクロフト・ハウスの玄関へ向かった。

クインは馬車の開いたドアに寄りかかった。最後の数マイルは彼女の馬車に乗って行きたかったのだが、そうなると母とそのメイドも同乗することになり、ふたりでは話ができなくなってしまう。もっとも彼が会話を試みたところで、さして話ははずまなかったが、彼女を見るたび、クインは怒鳴りつけたいか、キスしたいかいずれかの衝動に駆られる。なんとも苛立たしかった。

「マディ、バンクロフト・ハウスは生い茂るブナの木々に四方を囲まれている。その下でピンクの花を咲かせるシャクナゲが生垣をつくっている。絵のように美しいだけでなく、通りから私道はけっして見えないんだ」

「家に帰りたいわ」彼女はいった。

頼りなげなその声に彼ははっとした。「家というのはどこのことだい？」静かに促した。

マディがきわめて現実的なものの見方をすることを思えば、いまのことばは注意を引くはずだった。思ったとおり、ほどなく暗がりから手が現われた。クインはすばやくその手をつかんだ。震えを感じ、彼女がどれほど緊張しているかに気づく。ロンドン郊外に入る前から、馬車の小さな窓のカーテンは閉じたきりだった。アリストテレスの背から、くり返し彼女に窓のそとをのぞかせようとしたが、答えもなかった。

ゆっくりと、クインはマディを馬車のそとに引き出した。彼女は目を閉じたままで、足が地面にふれると、身を固くした。「そのうちなにかにぶつかるぞ」おかしさと同情を同時に感じながら小声でいった。

「わかってるわ」彼女は食いしばった歯のあいだから答えた。「一秒ください」

「いくらでも」

マディは彼の手を握ったままだった。彼を嫌う以上にロンドンのすべてを嫌悪しているのだろう。敵から味方に昇格すると期待していたわけではないが、この状況は悪くなかった。彼女の青ざめた顔を見つめた。それにしても美しい。

ようやく、ゆっくりと深い息をついて、マディは無防備なグレーの瞳を開けた。大きな屋敷と私道、興味津々の使用人たちを見やり、クインに目を戻した。「きれいね」ぎこちなくいう。

「ふむ、それは最高の褒めことばなんだろうな、きみからすれば。行こうか？」彼は開いた玄関のほうを示した。

マディは動こうとも、握った手を緩めようともしなかった。「あなたもここに滞在するの？」

クインはそのつもりはなかった。シーズン中はいつもグローブナー街のホワイティング・ハウスに滞在する。かつて祖母一家のものだった屋敷だ。夏いっぱいバンクロフト・ハウスで両親と過ごすのは、十八歳になってオックスフォードに入学を許可されて以来、あえて耐える必要のない拷問となっていた。「もちろん、ぼくもここに滞在する。少なくともきみが落ち着くまで」

マディが投げてきた、棘のある眼差しの意味を読み取るのは簡単だった。わたしはロンドンに落ち着いたりしない。

「ぼくはこの夏、結婚することになっている」彼は答えていった。「エロイーズにここに住んでもらうわけにはいかない」

「つまり、わたしに惹かれたわけではなかったということね」彼女はさらりといった。頬に血の気が戻ってきた。「あなたのような地位にあるかたには、ある女性と約束していながら、別の人にいい寄るというのも珍しいことじゃないんでしょうね」

どうやら臆病風はどこかへ吹き飛んだらしい。「いい寄ったわけじゃない。あれは双方からの衝突だったと思う」

押し殺した笑みが一瞬、彼女の唇に浮かんだ。「うぬぼれないで」高飛車にいうと、彼の手から手を引き抜き、足早に執事のビークスの前を通って、家のなかへ消えた。

「きみの前で、どうしたらうぬぼれられる？」クインは彼女の背中に向かってつぶやき、それからあとに続いた。

9

最初の、そしてたった一度のロンドン滞在のとき、マディは有頂天になったものだった。ハイドパークやボンドストリート、暗いロンドン塔といった、話に聞くだけだった有名な場所をついに目にすることができたのだから。豪華絢爛な舞踏会は刺激にあふれており、名のある人々から同等に扱われ、会えて光栄といわれた。

いまはそうした場所をまた見たいとも思わないし、そうした人々にまた会いたいとも思わない。

「ミス・マディ、昼食のためにお着替えをなさいますか?」

マディは寝室のカーテンを指から離して閉まるに任せ、優雅なキングストリートの静かな眺めをさえぎった。「そうするべきでしょうね」

人に着替えや髪結いを手伝ってもらうことにはいまだ不慣れだったが、メアリーの手助けを断って気の毒な少女の仕事を奪うわけにもいかなかった。ウェアフィールド侯爵はそう予測しているにちがいないのだが。グリーンとイエローの新しい絹のドレスをまとい、マントルピースの上の時計をちらと見てから、しぶしぶ寝室を出た。五、六人の使用人の礼儀正しい会釈を受け、階下に下りて食堂へ向かう。が、食堂に入ったところではっと足を止めた。桃にナイフを入れていたハイブロー公爵が顔を上げた。「まだいたのか?」ぶっきらぼうにいうと、また昼食に戻った。

「こんにちは、公爵閣下」

召使が急いで進み出て、椅子を引いた。公爵に臆病者と思われたくなかったので、マディは座った。彼は無礼にもこちらを無視しつづけている。彼女は苛立たしげに部屋を見渡した。ロンドンに滞在中バンクロフト家は一時きっかりに昼食を始めるとクインはくり返しいっていた。いまは一時五分過ぎなのだから、全員揃っていてもおかしくないはずだ。

別の召使が新鮮なフルーツの皿を差し出した。マディは感謝の笑みを浮かべて桃を選んだ。この屋敷で目にするものはすべてそうだが、これも完璧だった。丸くて黄金色。マディは狙いすますように目を細め、クインの完璧な笑みと均整のとれたヒップを思い浮かべながら、桃をふたつに割った。

ルイス・バンクロフトを横目で見る。怒鳴っても、無礼なことばを吐いてもいないいま、改めて見ると彼はマルコムに比べてがっしりしていた。濃いブラウンの髪はてっぺん付近にかなり白髪が混じっている。弟に比べて赤ら顔だ。マルコムのほうは彼女がラングレーにいた最後の数週間ですっかり顔が青白くなり、これが生来の色かと思うほどだった。偏見が入っているかもしれないが、公爵の表情にはマルコムに比べ優しさがないと思えた。

「なにを見てる？」

マディは瞬きした。「ご兄弟と似ているところを探していたんです、公爵閣下」

「はん。わしがいまでも身内と呼んでいるだけでもマルコムは幸運だよ」

「ひょっとすると、公爵閣下、幸運なのはあなたのほう——」

クインがドアから滑り込んできた。「こんにちは、父上、ミス・ウィリッツ」彼は早口でいった。ネクタイを直してマディの向かいの席につく。「申し訳ありません。溜まった手紙の返事を書いていまして、時間を忘れていました」

公爵はむっとした目で息子を見据えた。「おまえもここに泊まるのか？　ホワイティング・ハウスのどこがいけない？」

クインは身振りで紅茶を頼んだ。「なにもいけなくありません。ただ数週間こちらに泊まることにしただけです」

公爵の眉が寄った。「なぜまた？」

「約束を守っているのですよ。そのように育てられましたから」公爵夫人が静かに部屋に入ってきて夫の向かいに腰かけた。「ミス・ウィリッツをホワイティング・ハウスに置くわけにはいきません。お目付け役が必要になります。わたくしということになりましょう」

「まったくくだらん。とうに傷ものになった女に」

もうたくさん。「わたしはなにも――」

「ともかく」マディを目で制し、クインが穏やかにいった。「ぼくは父上の協力があろうとなかろうと、やりますから」

「協力はない。それははっきりいっておく」公爵はテーブルを押しのけるようにして立った。「なにかしらトラブルの兆候があったら、母親の協力もないものと思え。わしはその娘と顔を合わせたくない。クインラン、おまえがいるだけで、すでにこの屋敷はぎゅうぎゅうだ」

この屋敷に第五連隊全員を泊まらせてもまだ大砲を置く余裕があるじゃないの。むかっときたものの、マディはにこやかにほほ笑んだ。「わたしも極力お顔を合わせないようにします、閣下。ご安心なさってください」

ドアへ向かっていたハイブロー公爵は足を止めた。「まったくもってくだらん」そうくり返し、部屋を出て行った。

「頼むから、そう父に喧嘩を吹っかけないでくれ」クインがマディを見ていった。

「あちらが吹っかけてきてるのよ」彼女は抗議した。

「それでも、父が味方してくれたらことはずっと楽になる、そう思わないか?」

「どうしてあのかたが味方になるんです? なんの得にもならないのに。わたしを社交界に復帰させたところで得るものはなにもないわ」

「そんな議論をまた蒸し返すな、マディ」クインがぼやいた。

「そのとおりよ」意外にも公爵夫人が口を挟んだ。「ルイスは辛抱強いほうじゃありませんからね。さっそく社交界復帰の計画にかからなくては」彼女は指でテーブルをトントン叩いた。「もちろん正式な場でないところから始めるべきね」考え込むようにいって、マディが居心地悪くなるほど、まじまじと彼女を見た。「最初はわたくしと一緒のところを見られなくてはいけないわ。そうすればクインとの偶然のつながりも、さほど噂好きな人々の注目を集めずにすむでしょう」

「わたしはクイン——いえ、ウェアフィールド侯爵となんのつながりもありません」マディは頬を染めながら言い返した。

「買い物かしらね」公爵夫人はマディの抗議が聞こえなかったかのように続けた。「それがいいわ。ええ、ボンドストリートで、明日の午前中」

「でも……買うものなんてありません」突然苦しいほどの不安が押し寄せ、指が震えた。人々に見られる。自分だと知られるのだ。

「買うものがあるから、ボンドストリートに買い物に行くわけでありません。ボンドストリートで買い物をしている場面を見られることが大切なんです。あなたの姿も」

「でも——」

「母のいうとおりだ」クインは割って入った。「どこかで始めなくてはいけない」薄く切った焼きたてパンに手を伸ばす。「それにだれもが公爵夫人に話しかける。まして母にとっては、ロンドンに戻って最初の外出だ。きみはほとんど話す必要がないだろう」彼は目を上げて彼女を見た。グリーンの瞳が躍っていた。「それがきみにはいちばんむずかしいことかもしれないが」

「あら、ご冗談を」マディは作り笑いをしたが、彼の発言に元気づけられていた。おそらく彼は正しい。結局のところ彼は、貴族の習性や作法に関しては自分よりよほど通じているのだ。「ところで閣下は明日、どのような重要なお仕事をなさる予定です?」

「ホワイティング・ハウスを開けさせないとならない」

「まあ」彼女は驚いたように目を見開いた。「ほんとうに?」

彼は怖い顔で、彼女を指差した。「そうだ。つまり一日じゅう立って使用人にこっちへあっちへと命令しなきゃいけない。おそらく晩にはくたびれきってるだろう」

公爵夫人は上品に咳払いした。「レディ・フィンチのお宅での晩餐会に参加できないほど、疲れていないことを祈りますよ」

公爵夫人は息子を見つめ、それからマディに視線を移した。マディは顔から戦慄の表情をすばやくかき消した。「まあ、晩餐会?」

「先週イヴリンに手紙を書いて、選ばれた少数のお友達だけの、内輪の集まりを催していただくよう頼んだの」

「それはありがとうございます、母上」クインは驚いた口調でいい、一瞬ののち、テーブルの下でマディの足を蹴った。彼女はびくりとした。「ええ。ありがとうございます、公爵夫人」おうむ返しにいって、足を蹴り返した。

ハイブロー公爵はその晩の夕食を抜いた。かわりに葉巻を吸い、カードをするために紳士クラブ〝ホワイツ〟に出かけた。実際には彼は、数回夕食を抜いてもいいくらいなのだ。このところ痛風気味なためで、それが彼を普段以上に不機嫌にしていた。

クインもクラブにでも行きたいところだったが、もちろんマディはどこへも出かけられない。つまり母親も屋敷を出るわけにはいかない。そこで、三人で数時間ホイストを楽しんだ。マディはカードに関して天性の鋭い勘を持っていた。それは少しも驚くことではなかったが、それより驚いたのは、公爵夫人がマディのいったことにほほ笑んだことだった。それも一度でなく、二度も。

朝にはクインは予定どおり馬でホワイティング・ハウスへ出かけた。着くと、執事のベイカーに屋敷を開けるよう命じた。ときおり泊まるつもりだし、シーズンの終わりごろには確実に使うことになると説明して。それがすむと、アリストテレスにまたがり、ボンドストリート目指して西に向かった。

母のいうことは正しい。不当に傷つけられたマディの名誉を挽回したいなら、ロンドンに戻った最初の日の、人目に触れる同伴者が自分で――いやどんな男でも――あってはならない。だが、陰から見守って、すべてがうまくいっていることを確かめていけないという法はないはずだ。

アリストテレスを十ペンスで街の少年に任せ、新しいステッキを探して――それが彼の求める品としていちばんもっともらしく思えたので――混雑した通りをぶらぶら歩いた。三十分ほどあてもなくぶらついて、ようやくふたり連れの女性を見つけた。公爵夫人が店から現われ、そのあとにマディ、箱を抱えた四人の店員、レディ・デリースとミセス・オスターが続いた。クインは停まっていた四輪馬車の後ろに隠れ、その屋根越しにのぞいた。

思ったとおり、ハイブロー公爵夫人にひきかえ、マディはほとんどふたりのレディの関心を引いていないようだった。少し離れて立ち、会話に関心があるふりをしようとしている。関心がないのはあきらかだったが。赤褐色の髪が陽射しのなかで赤くきらめき、イエローの絹のドレスはすらりとしたしなやかな体つきを引きたてていた。間違いなくこの通りでいちばん魅力的なレディだ。ロンドン一でないとしても。

この妖精のような女性を両親が軟禁したなど、クインには信じられなかった。ましてや修道院に送ろうと考えたなんて！　これほど生気あふれる女性にとって、なんと無為な人生だったろう。もっともクインは、彼女がラングレーで真に幸せだったとも思わなかった。マルコム叔父がどれだけ彼女を大切にしていようと、彼女も叔父を大切にしていようと、ラングレーを発つことに同意したのは、本人が心のどこかでそれを望んでいたからではないだろうか。

「ウェアフィールド！」

クインはびくりとして通りを見渡した。「ダンソン」うなずきながら答える。「きみがロンドンにいるとは知らなかった」

「ああ、まあ、ぼくの債権者たちは、ぼくがまだコーンウォールにいると思ってるがね」トーマス・ダンソンが答えた。「きみにしても、シーズンには少々早いんじゃないか？」

クインは肩をすくめ、混んだ通りの向かいの女性たちが自分に気づかないよう、会話を聞かないよう願った。「ちょっとな。片付けないとならない仕事があって」

ダンソンはそっぽを向いて、パン屋の窓に映った自分の姿を眺めつつ黒髪をいじった。

「じゃあ、〝ネイビークラブ〟で昼食でもどうだい？」

マディのほうを見ずにいるのはむずかしかった。「いいね」気のなさが声に出ていないことを祈りながら答え、トーマスが女性たちと自分のあいだに来るようにして彼と腕を組んだ。男子学生みたいにふるまうには年を取りすぎているし、マディ・ウィリッツを追いまわすには婚約が迫りすぎている。そもそもだからこそ、こんな厄介なことになったのだ。

「エロイーズはいつ街に戻る予定なんだ？」ダンソンがきいた。

クインは思いきってちらとマディを見た。そして彼女がグレーの瞳に抑えきれない怒りをたぎらせてこちらを見ているのに気づいた。あわてて目をそらし、悪態をついた。「明日、だと思う」答えながらも、頭のなかでは今度はどうやって言い訳しようか考えていた。

マディには監視していると責められるだろう。それももっともだ。監視していたのではなく、見とれていただけともいえない。またいい寄る気かと責められる。次にとどめの一撃として、間近に迫ったエロイーズとの婚約を持ち出してくるにちがいない。「彼女の父上は十二日にここに来るつもりだといってた」

「まだ正式に発表してないのか？」ダンソンは笑った。「まだなんだろうな。〈ロンドンタイムズ〉に一面使った告示がないもんな」

「やめてくれ、そんな趣味の悪いことはしない。せいぜい半ページだ」

クインはいまさらながら、自分の無節操なふるまいを説明しなくてはいけない相手がもうひとりいることに気づいた。サマセットで、破滅した美女についキスをしただけなら、エロイーズ・ストークスリーはたぶん気にかけないだろう。だが、なにを血迷って彼女を社交界に復帰させる任を引き受けたのかは、気になるにちがいない。それをちゃんと説明できるかどうかは自信がなかった。

クインは溜息をついた。マディがとんでもないトラブルを引き起こしているというのに、こうやって災難そのものを楽しんでいる自分が不思議でならなかった。

マディはハイブロー公爵夫人のドレスを踏みつけない程度に彼女の近くに立ち、レディ・フィンチの客間を見渡した。公爵夫人は午前中の外出は成功だったと宣言した。マディとしてはその夜の晩餐会を避けるための言い訳も抗議もする余地もなくなった。

実際のところ、通りを歩いて買い物をするのは、この夜に比べたらなんでもなかった。こんな選りすぐりの上流社会に仲間入りを許されたのは生まれて初めてだ。今夜は従順で慎み深い、若きレディとしてふるまうことが期待されている。人前で紳士にキスされたり抱きしめられたりしたことのないレディ。いまでは二度も同じあやまちをしているのだが。マディはレディ・フィンチの会釈を受けて丁重にほほ笑んだ。

一度目はほんとうに自分の責任ではない。卑劣なスペンサーにふいを突かれたのだ。ぬるぬるしてじっとり冷たくて——身の破滅と気づく前、最初に頭をよぎったのは魚にキスされたほうがまだましということだった。

それよりもいま面倒なことになっているのは二番目のキスだ。クインが逃げ出すのを拒否したからなおさら。あの朝、わたしはなにが起きているかちゃんとわかっていた——それどころか自分から煽り、欲し、楽しんだのだ。

マディは視線をめぐらせた。クインは数人の友人とおしゃべりしていた。ひときわ背が高くハンサムで、完全にリラックスし、魅力的で粋で、不自然さは微塵もない。まさに水を得た魚だ。ラングレーで初めて出会って以来、これほど彼が憎らしかったことはなかった。

スパイのようにあとをつけていたことで彼と対決する機会を午後いっぱい探していたのだが、どうやらあちらも手厳しい非難を浴びることは承知のうえらしく、マディを避けていた。レディ・フィンチ宅へ向かう馬車のなかで、その話を持ち出すわけにもいかなかった。公爵夫人が一緒で、晩餐会ですべきこと、すべきでないことを講義しているとあっては。クインを見つめることは、すべからずと指示されたことのひとつだったが、マディはときおり顔をしかめたり睨んだりせずにはいられなかった。叫んだりぶったりできればもっと満足できたろう。もう一度キスするのと同じくらいに。

「こちらにいらっしゃい」人前に出たとたん使えるようになるらしい温かな口調で、公爵夫人がいった。「火のそばに腰かけたいわ。暖かですもの」

彼女に腕を差し出され、マディはあわててその手を取った。「もちろんですわ、公爵夫人」

腰を下ろす前に、ふたりは早くも五、六人のレディに囲まれていた。みなレディ・ハイブローやその夫、ふたりの息子たちの健康について尋ねてくる。だれひとりマルコム・バンクロフトやマディのことはきかなかったが、少なくともそれは返事をしないですむということだった。かわりにマディはほほ笑み、独自の意見や発言はなんら述べることはなく――レディたちのくだらない噂話のなかにはそれに値するものもあったけれども――適当な場面で公爵夫人の会話に相槌を打った。

公爵夫人から注意されていたことだが、みな最初は彼女を遠巻きに眺め、そのたちふるまいに評価を下す。だから、はじめての正式な集まりではだれも話しかけてこない。夫人によれば、無害な人間とわかるまでは、だれも近寄らないのだそうだ。最初にわたしに話しかけたいと思う人なんていそうにないわ、とマディは思った、

「母上、ミス・ウィリッツ、マデイラ酒でもお持ちしましょうか」クインがふたりの前で足を止めた。

「ええ、ありがとう」公爵夫人は答え、マディの脇腹を突いた。

「お願いします、閣下」マディはあわてて答え、ちらりと彼を見あげて、また脇を向いた。

クインは姿を消すと、すぐに飲み物を持って戻ってきた。マディの飲み物を渡しながら、身を寄せる。「どんな具合だい?」

「あなたに唾をかけてやりたいところだけど、お行儀よくしてるわ」彼女はささやき返した。

「向こうへ行って」

彼はにやにやしながらお辞儀した。「かしこまりました、レディ」

「クイン、向こうへ行っていなさい」公爵夫人も息子を傲然と睨んだ。

「はいはい」彼は笑いながら立ち去った。

「ミス・ウィリッツ?」

びくりとして、マディは顔を上げた。白髪の小柄な女性が暖炉のそばに立っていた。「はい?」ためらいがちに答える。逃げ出すべきか闘うべきか、判断がつきかねた。

思わなかったわ」

「アン」公爵夫人は振り返って優しくいった。「あなたがもうロンドンにいらっしゃるとは
「わたくしも」レディは答えた。「アシュトンがどうしてもというものですから」

「アン、ミス・ウィリッツを紹介させてくださる？　マディ、レディ・アシュトンよ」

ようやくマディは思い出した。「テュークスベリー家の舞踏会にもいらっしゃいましたね」

「ええ。わたくし――」

「スペンサーを酔っぱらいの無作法者とお呼びになった」

レディ・アシュトンはうなずいた。「もっと大きな声でいうべきでしたわ。ねえ、木曜日
におふたりでお茶にいらっしゃいません？」

「喜んで」公爵夫人が答えた。

「ええ、ぜひ」マディもほほ笑んでくり返した。クインのいうことは正しいのかもしれない。

いくらかの温かみや良識は、ロンドンにも残っているのかもしれない。

ようやく公爵夫人が暇乞いを宣言すると、マディは文字どおりドアへ突進し、馬車に乗り
込んだ。クインもすぐあとに続いた。

「上々の首尾だったと思わないか？」クインが向かいの席にもたれてきいた。

「問題は夜会じゃありません」マディは窓のそとを見ながらことば少なに答えた。カーゾン
ストリートに入っていた。ウィリッツ・ハウスのある通りだ。馬車のなかの会話が俄然、興

味深く思えてきた。

「問題じゃない？　じゃあいったいぼくらはあそこでなにをしていたんだ？　教えてくれないか？　ぼくはなんのためにあのお調子者のエイブリー卿と二十分もおしゃべりしてた？」

マディは彼の怒ったふりを楽しみながら――もちろんそれを本人に教えるつもりはなかったけれども――彼を見た。「わたしたちが帰ったいま、みんながわたしのことをどういっているかが問題なんです。あなたがエイブリー卿の話に関心があるふりをしていたからといって、面と向かってあなたを侮辱する人はまずいません」

「マディ――」

「そのとおりよ、クイン」公爵夫人が割って入った。「召使みたいにつきまとって、あれじゃあ逆効果です」

「つきまとってなんかいない」彼はむっとして抗議した。「ただ忠実な息子であり、ホストであろうとしていただけです」

「なら、次はもう少し目立たないようにするのね、いいこと？」

クインは腕を組んだ。「誓ってそうします。明日のオペラにもぼくがご一緒したほうがいいですか？　それとも父上を引っ張り出します？」

「オペラ？」マディは息を呑んだ。動揺に心臓が激しく打ちはじめた。「そんな、まだ早いのでは」

「ええ、あなたに来ていただきます」公爵夫人は抗議を無視していった。それから意外にも手を伸ばしてマディの手を取った。「人の噂は、あなたがその場にいようといまいと関係ないわ。ただ、あなたになにをいうにせよ、わたしがいれば、なるたけ丁重ないいかたをするでしょう」

「あなたがご一緒のときだけまわりに受け入れられるというなら、こうする意味もほとんどないような気がします」マディは震える声でいった。それでも公爵夫人の思いがけない励ましはうれしかった。シーズン序盤はだれもがオペラに行く。大々的な舞踏会や夜会はまだ開かれないからだ。街にいるほとんどの貴族が集まるだろう。公爵夫人の選ばれた知人たちだけでなく。

「それがスタートだ、マディ」クインがいった。「一度に一歩ずつだよ」

「あなたがいうのは簡単よ、ウェアフィールド侯爵。深淵の縁にいるのはあなたじゃないもの」

「きみでもない」

「チャールズ・ダンフレイにばったり会ったらどうすればいいの？」マディは唾を呑み込んだ。「両親に会ったら？」

「ご両親はまだ街に来ていない」クインは静かに答えた。「調べておいたよ。ダンフレイに関していえば、友人のダンソンの話では、先シーズンにボックス席を売ったそうだ。明日のオペラに来るとは思えない」

「ええ、でも、もし——」

「マディ」彼はさえぎった。「心配するな。ぼくはきみとの約束を守る。なにが起ころうと、きみは無事シーズンを終えるよ」

ふたりを交互に見ていた公爵夫人は椅子の背にもたれた。顔を合わせれば喧嘩になるとクインはいっていたが、はたから見れば喧嘩しているというよりじゃれ合っているように見える。おたがいがそれに気づいたときどうなるのだろう、と彼女は思った。

公爵は会合があるといい、公爵夫人とマディは——彼女も昨日よりはうれしそうに——また買い物に出かけていた。かのナポレオンも、ハイブロー公爵夫人がマディのために練ったほどの綿密な軍事作戦があれば、いまごろセント・ヘレナ島に幽閉されていなかっただろう。

クインは数時間の執行猶予にほっとし、午前中いっぱいバンクロフト家の書斎を行ったり来たりしていた。エロイーズは午後にロンドンにやってくる。手紙で打ち明けられなかったことを、面と向かって説明するのはむずかしそうに思えた。少なくともマディ・ウィリッツをロンドンに連れてくるにあたって、隠れた動機があるかのように思わせることなく説明するのはむずかしそうだった。もちろんそんなものはないのだが。

「あるはずない」彼は声に出していい、持っていた本を椅子に置いた。「つまりだな、エロイーズ」とはじめてみる。「あの娘がなんとも気の毒になってね。気むずかしい叔父とサマセットの田舎に縛りつけられて」書斎の窓の前で足を止め、かぶりを振ってまたぐるぐる回りはじめた。見るも愛らしい二羽のナイチンゲールに目玉をくり抜かれないよう、安全なねぐらを探す小鳥の気分だった。

咳払いしてもう一度やってみた。「わかるだろう、マルコム叔父にミス・ウィリッツを助けるよう頼まれたんだ。病気の彼に頼まれてぼくも断れなかった」クインは額をこすった。

「ふむ」椅子にどさりと腰を下ろす。「まったく、ぼくは嘘が下手だ」

「こういうのはどうだ？　〝娘を押し倒そうとしたら、ロンドンに連れて行って両親に紹介しないとレイプされたと叫ぶと脅された〟」

クインは眉をひそめて顔を上げた。父が戸口に立っていた。「押し倒そうなんてしていません」ちゃんとドアを閉めておくべきだったと思いながらぴしゃりといった。マディに聞かれていたかもしれないのだ。そうなったら取り返しがつかなかった。

ハイブロー公爵は顔をしかめて腕を組んだ。「ほう、そうか？」皮肉たっぷりな口調だ。

「ええ、ほんとうです。それに彼女をロンドンに連れてくるには文字どおり髪を引きずって来なくてはなりませんでした。それから少し声を落としていただけませんか、公爵閣下。人に聞かれます」

「聞かれて困る人間などおらん。わしはつねづね、馬鹿息子はラファエルのほうだと思っとった。彼女はおまえの気前のよさにつけ込んだんだ。未来のハイブロー公爵を大司教の前に連れていけるとなっても、彼女がマルコムのもとに飛んで帰るとは、おまえだって思ってやしないだろう。かわいい顔をした悪魔だよ。おまえもいいかげん、下半身でものを考えるのはやめろ」

クインははじかれたように立ちあがった。怒りが体を貫いた。「ぼくはエロイーズと結婚します、あなたの命令どおり。ぼくは――」

「わかりきったことをくり返せとはだれもいっておらん、クインラン。そのために会計士がいるのだ。エロイーズと結婚することは忘れんほうがいい。ウェアフィールド侯爵でいたいのならな。わしが死んで自分のものになるのは爵位だけということになるぞ」

「わかってます。ぼくはただ、彼女に同情して――」

「彼女を見るおまえの目は、同情なんかじゃないぞ」公爵はさえぎった。「彼女とやりたいなら、それはそれでけっこうだ。だが、あの売女をわしの家から追い出せ!」

クインは顔を真っ赤にしてこぶしを固めた。「マディ・ウィリッツは断じて――」

「はん!」

公爵は足音荒く廊下へ出ると、通りがかりに執事に、ポートワインを一杯と怒鳴り、去っていった。非難と、その一部が真実を突いていることにいきりたち、クインはブランデーのデカンタをつかんで暖炉に投げつけた。デカンタは熱い煉瓦に当たって割れ、ブランデーがシュッと胸のすく青い炎を上げた。「あの思い上がった――」

「わたし、荷造りしたほうがいいのかしら?」戸口からマディの声が聞こえた。

クインは青ざめて振り返った。「くそ……きみが帰っているとは思わなかった。ことば遣いは許してくれ、マディ」

彼女はかぶりを振って、廊下のほうへ後ずさった。

「いいのよ、閣下。そんなに礼儀正しくする必要もないわ」ひと粒の涙が頰を伝い、彼女は目を拭った。「どうせだれもがいっていることなんだもの」

クインは彼女のあとを追って廊下に出、手をつかんだ。「待ってくれ」そういって書斎に連れ戻し、ドアを閉める。「きみに聞かせるつもりじゃなかった」

彼女は下唇を震わせて顔をそむけた。きつくつかんだ細いウエストもわずかに震えていた。

「同じことだわ」

「そんなことはない。公爵はまわりの人間を怒鳴り、脅しつけるのが好きなだけだ。空威張りだよ」

「さっきのはずいぶん……失礼だったわ」彼女は頼りなげな声でいった。傷つき、泣くまいとけなげな努力をしているのはあきらかだった。「ミスター・バンクロフトがあのかたを嫌いなのも不思議はないわ。わたしも嫌いだもの」

「いまは、ぼくもだ」彼はいった。「頼むから泣かないで」

「泣いてなんかいません。すごく怒ってるの」

ゆっくりとクインは彼女を引き寄せた。「悪かった」ほんとうは抱きしめたかった。「きみが出ていく必要はないと思う。ぼくがもう一度話をする――もう少し下手に出て。約束するよ」

彼は自分の申し出に驚いた。膝をついて父にものを頼むなど、そうそうあることではない。というより口論のあとどちらかいっぽうが折れたという記憶はなかった。だが、自分が謝らなければ、マディは家を出ることになる。彼女に出て行ってほしくはなかった。

「ともかく、こんなのおかしいわ。両親が……でなかったらチャールズが――わたしを見たら、すべて終わりよ。とくにわたしは一巻の終わり」

クインは手を伸ばし、指で彼女の顎を上向かせた。「で、ぼくがこのおかしな状況をときに楽しんでるとは思わないのかい？」

彼女にキスしたかった。自分の唇にその唇を感じたかった。その体を自分の体に感じたかった。

マディは彼の目を見つめた。「だめよ」とささやく。「二度とだめ」

「だめ？」

「ええ。だめ。まったくもう」彼女はつま先立ちになり、彼の首に腕をからめた。ぴったりと体が合わさると、彼は身をかがめて軽く唇を合わせた。電流が走ったようだった。抑えきれず、もう一度キスをする。もっと荒々しく。手を彼女の腰まで下ろし、自分のほうへぐいと引き寄せた。

「クイン？」公爵夫人が呼んだ。「あなたに話があるのよ」

押し殺した声をあげ、マディは彼から身を引き剝がした。「やめて！」鋭くいって、彼の胸を突いた。「やめて！」

クインはじっと彼女を見つめた。自分の反応に愕然とし、邪魔されたことに激しく苛立って。「きみがはじめたことだ。どこにも行くな」そう命じ、最後にちらと彼女を見ると、静かに書斎を出た。

マディは溜息をつき、椅子のひとつにどさりと座った。「わたしが始めたこと？　ああ、そうよね。なんてこと」ゆっくりと手を持ちあげ、指先で唇をなぞった。キスだけなのに、全身を稲妻が駆け抜けたようだった。前のときよりひどい。いまもむきだしの欲求が胸をうずかせている。

しばらくしてクインが部屋に戻ってきた。

その深刻な顔つきを見て、マディは心臓がまたどきどきした。今度は不安から。「出て行かなくてはならないのね？」わたしがラングレーに戻ることもできないよう、いまごろ公爵が手を回しているにちがいない。行くあてはもう、どこにもなくなった。「そうでしょう？」

「そんなことはない」彼は咳払いした。「ただ残念ながらひとつ、障害がある」

マディはいくらか気を取りなおして片眉を上げた。「ひとつだけ？」

「まあ、そういっていいだろう。公爵は母の協力を禁じた。母の妥協案は、きみをラングレーに送り返す手筈が整うまでは、ここに置くというものだ。それと今夜のオペラには母も同行する。約束どおり。うちの家族は約束を守ることにかけては熱心でね」

「気づいてたわ」自分がこのままここにいたら、この家族はどうなるのだろうと、マディは身を切られるような思いのなかで考えた。「でも、もう終わりよ」

「終わりじゃない。今夜はダメージ修復に大きく貢献するはずだ。それにいくつか考えがある」

「このまま帰らせて、閣下。もうあなたはじゅうぶん責任を果たしたわ」

彼は首を傾げて彼女を見た。「クインと呼んでくれ」

「呼びたくないの」

「どうして？　二度もキスした仲なのに」

説明はできなかった。それはふたりのあいだにある種のつながりがあることを示すから、彼と距離を置くことがいま以上にむずかしくなってしまうから。そしてここ数週間のあいだに彼に、思ってもみない深い愛情を感じるようになってしまったから。「不適切ですもの」

侯爵は意外にも笑った。「クインと呼んでくれ」

マディは深く息を吸った。「このままわたしを帰して、クイン」

「だめだ」

どうして婚約しているも同然の彼があくまで自分を引き留めようとするのか、マディにはよくわからなかった。それでも、彼が頑なにその主張を貫いたことにほっとして、ほんの一瞬、喜びに浸った。理由はなににせよ、彼はわたしにここにいてほしいと思っている。

「じゃあ、失礼するよ。着替えをしなくちゃならないのでね」

マディは瞬きし、ゆっくりと白昼夢を追い払った。「どうして？」

クインは渋面をつくって、ドアのほうへにじり寄った。「午後、人に会わなくてはならないんだ」

そのばつの悪そうな表情を見れば、それがだれのことかはすぐにわかった。「もちろん、レディ・ストークスリーが今日の午後、ロンドンにお着きになるんだったわね」空想はすべて深い泥水のなかに沈んだ。

「ああ」クインは足を止めた。「きみにとってもいい機会になる」

マディは訝しげに彼を見た。「わたしにとって？」

クインは前に出て、彼女の手を握った。「もちろん。父は母の協力を禁じることはできるが、またいとこにすぎないエロイーズに命令することはできない」

屈辱感にマディの頰が染まった。「やめて、クイン。とんでもないことだわ。あのかたがわたしとかかわりたいと思うはずがない。だいたいわたしのことをどう説明するつもり？」

彼の笑顔がわずかに揺らいだ。「エロイーズは非常に理解がある女性だ」

マディはうなずき、手を振りほどいた。「だとしても」深く傷ついたことを隠し、皮肉とユーモアを込めようと努力しながら言い返した。「わたしがあなたなら、キスしたことはいわないわね。しかも二度も」

「マディ」彼はふたりの距離をまた縮めた。

彼女は後ずさった。「説明は必要ないわ。あのことは、男性にありがちな弱さということにしておきましょう」

クインは彼女の瞳を探った。「それには賛成しかねるが」彼はいった。「ただぼくも、いまはこれ以上理由を追及しないほうが賢いとは思う」

唇に浮かぶかすかな笑みと、こちらを見つめる翡翠色の瞳を見ながら、マディはそっけなく同意した。ますます複雑なことになってきた。「じゃあ、あなたはもう行ったほうがいいんじゃないかしら?」

「ぼくがいないあいだ、どこにも行くな」彼は念を押した。

彼女は手を胸にあてた。「わたしが?」

「ミス・ウィリッツ、きみを閉じ込めなきゃならなくなると――」

「わかりました、わかりました」彼女は降参した。「あなたが彼女に会いにいっているあいだ、どこにも行きません」

彼はうなずいた。「よろしい」

「クイン!」エロイーズことレディ・ストークスリーはブルーの絹を華麗にひるがえして階段を駆け下りてきた。

昨秋から髪を切っており、長いブロンドの髪はいまは短く、大胆な巻き毛が石膏のごとき白い顔を縁取っていた。ドレスの上質な生地がブルーの目を引き立たせている。つきあいが長すぎて、クインはときおり彼女がどれほど美しいか忘れてしまう。数カ月離れていたあと再会すると、改めてその美貌に気づくのだ。目の前で足をとめた彼女の手をとり、自分の唇へ持っていった。

「エロイーズ」笑みを浮かべていう。彼女はマディより数インチ背が高かった。これまで高すぎると思ったことなどなかったのだが。「きみは実に美しい、いつもながら」

彼女は華奢なこぶしを固めて彼の肩を突いた。「わたくし、すごく怒っているのよ」

声にもパンチにもまるで怒りは感じられなかった。彼は片眉を上げた。「どうして?」

「あなたを探すのにさんざん苦労したんですもの。ほんとにひどい人。最初ウェアフィールドにいたと思ったら、わたくしにはなにも知らせずよりによってサマセットに出かけてしまって。やっと手紙が追いついたと思ったら、あなたの叔父さまがお手紙で、あなたはハイブロー城にいるというじゃないの。で、今度はひとこともなくロンドンへ発った。スタフォード・グリーンに寄ることもなく」

クインは彼女をストークスリー・ハウスの居間へ導いた。「ああ、それもすぐにもきみに会いたかった理由のひとつなんだが。実は……ちょっと思いがけないことになってね」

エロイーズはソファに腰を下ろし、隣りに座るよう彼を促した。「なにがそう忙しかったのか、教えてくださらない？」

その口調には軽い非難が感じられたが、クインは無視した。なにしろ数週間以上にわたって、ろくに手紙の返事も書いていない。「長い話になるんだが」

「だと思っていたわ。話して」

クインはクッションにもたれた。「マルコム叔父が卒中の発作を起こしたのは知ってるね。で、父が植えつけの手伝いのためにぼくをラングレーに送った」

彼女はうなずいた。「ええ、そのことはいちおう手紙に書いてくれたわね。予定が狂ってしまい、迷惑してると」

マディと出会うまでは迷惑と感じていた。「マルコム叔父にはすでに手伝いの人がいることがわかった。地所の管理に関してはきわめて有能な人だった」彼は続けた。

「じゃあ、どうして早めに引き揚げて、計画どおりわたくしを訪ねてくることができなかったの？」

「いまから話すよ。叔父の手伝いというのは、実は女性なんだ」

エロイーズは目を丸くした。「あらまあ」片手を口にあてて、茶目っけたっぷりにいう。「あなたの叔父さまも隅におけないわね。残念なのは、最高のゴシップはいつも家族のなかだけでしまっておかれるもの、広めて歩くわけにはいかないってことだわ」

クインは眉をひそめたが、不思議そうに彼女に見あげられて、その表情をかき消した。これまではゴシップに注意を払ったことはなく、いきおいその威力も知らなかった――マディの話をきくまでは。「そういうんじゃないと思う」彼はいくぶん堅い口調で続けた。「叔父にとって、たぶん娘のような存在なんだろう。で、彼女はハルバーストン子爵の長女であることがわかった」

「あら……わたくしたち、同じシーズンにデビューしたのよ。あのいやらしいベンジャミン・スペンサーの前でスカートをめくっているのを、社交界の半分くらいの人に見られたあとで、姿をくらました娘でしょう？」

「あれが彼女の落ち度だったとは思えない」

エロイーズは鋭い目つきで彼を見た。「あら、そう？」

マディの弁護に突っ走るのはことを厄介にするばかりだ。本人もそれは喜ばないにちがいない。「きみのいうとおり」彼は続けた。「スペンサーは紳士として評判がいいとはいいかねるからね。ともかく叔父は、彼女はなにも悪いことはしていないと信じていた。で、ぼくは……叔父から彼女を社交界に復帰させてほしいと頼まれた」

「なにを頼まれたですって？」エロイーズは立ちあがった。「あなたはあの……尻軽女とハイブロー城までずっと一緒だったの？」

「エロイーズ、頼む」マディに関する悪口がこれ以上出ないうちに、クインはさえぎった。「母が協力してくれている。彼女はいい娘だ」

エロイーズの目が疑わしげに細められた。「いい娘？」

マディを評するのに過不足ないことばとはとうていいえなかったが、あの気性の激しい娘のおかげで頭がどうにかなりそうだとエロイーズに打ち明けるわけにもいかなかった。「ああ。ただ、いま父は、彼女がいずれバンクロフトの名前に傷をつけるんじゃないかと怒り狂ってる。母も面と向かって父に刃向かうことはしない。だからその……きみの協力が必要なんだ、エロイーズ」

「わたくしの協力？」

クインは肩をすくめた。「ああ。ぼくはマルコムに、彼女をロンドンで然るべき紳士と結婚できるようにすると約束した。ただ、ぼくが彼女のお目付け役になるわけにはいかない」

エロイーズは長いこと、彼を見つめていた。やがて座りなおすと、彼の手を取った。「もちろん、協力するわ」にじり寄って彼の肩に頭をあずける。「気の毒に、彼女、わたくしたちがいなかったら完全にひとりぼっちなんですものね」

「まあ、さほど、か弱い女性でもないんだが。実はいえば、なかなかたくましい」

「たくましい？」エロイーズは笑った。「乳搾り女じゃあるまいし。ともかくわたくし、彼女に会うのが待ちきれないわ」

「一緒にデビューしたんじゃなかったのかい？」

彼女はかぶりを振った。「同じ年にデビューしたといったのよ。夜会で何度かご一緒しているとは思うけれど、ほら、ハルバーストン家は目立たない一族でしょう」

彼女のいわんとするところはわかった。マディは、彼やエロイーズが生まれついたような真の上流階級とのつきあいは許されてはいなかったのだ。「ああ、そうだね。今夜、付き添いでオペラに行くのが、母の最後の仕事になる。明日には彼女を連れてくるよ、きみさえかまわなければ」

「ええ、かまいませんとも！　お手伝いするのが楽しみになってきたわ。姉妹みたいになれそう」

クインはほっとしてほほ笑み、彼女の頬にキスをした。「ありがとう」

「一時にいらして。庭で昼食を摂りましょう」

クインはうなずいて帽子を取ると、そとに出て、アリストテレスの手綱をとった。思っていたようなどろどろしたことにはならなかった。この調子なら今シーズンを無事切り抜けるチャンスもありそうだ。

メアリーの手を借りて、マディはダークグリーンとグレーのドレスを着た。袖は短いパフスリーブで、胸元が大きく開いている。その流れるような絹地は、いうまでもなく彼女がこ数年で、いや生まれて初めて身につける美しさだった。オペラの最上のボックス席にふさわしいドレス。マディは全身が映る鏡の前でひとまわりし、おののいた。「これって滑稽だわ」

「お美しいですよ、ミス・マディ」メアリーが断言し、手を伸ばして乱れた巻き毛の最後のひと房を直した。

「ありがとう。でも、わたしがいったのはそういう意味じゃないの」クインには両親がロンドンにいないことを四度、またチャールズ・ダンフレイが『魔笛』を聴きに来ないことを三度、確かめた。それでも千人もの他人に見つめられ、笑われるのだ。バンクロフト家の後ろ盾があるからといって、ロンドン社交界に戻れると思っているのか、と。

クインの無遠慮なノックに、ドアがカタカタ鳴った。「用意はできたかい、マディ?」

「ほんとうにこれ以上お父さまを怒らせないほうがいいと思うんだけれど」彼女はドアに向かっていった。「あなたは行けばいいわ。わたしはラングレーに帰る荷造りを始める」

寝室のドアが開いた。「言い訳はなし……」侯爵はいいかけて、口を閉じ、彼女を上から下まで眺めた。「〝わたしがいちばん知りたいことは、いちばん最後になりましたが、ああ、奇跡のようなかた、あなたが人間の娘かどうかです〟」

「〝奇跡などではありません、ただの娘にすぎません〟」

彼はメアリーの存在に気づかないかのように、彼女に近づいた。「じゃあきみは『テンペスト』も知っているんだな」

「このところは読書の時間がたっぷりあるものですから」遅ればせながら後ずさる。「あなたはここに入ってきちゃいけないわ」

クインは片眉を上げた。「窓から逃げられたら困るからね。馬車が待ってる。行こうか」

マディはかぶりを振った。「行きたくないわ」

「今夜のあとはずっと楽になる。おいで」

彼は妙に張りきっており、それが彼女を数分前よりさらに不安にさせた。しぶしぶ彼のあとをついて階段を下りて行く。

「人から無視されたことはある、閣下？」

彼が横目で彼女を見た。

「クイン」と、いいなおす。

「ぼくはないな。もちろんきみからは別にして」

「そう、きっと今日わかると思うわ」執事が彼女の肩にショールをかけた。「わたしは取るに足らない人間なのよ、クイン。ありがとう、ビークス」

「もう少し自信を持ってもいいんじゃないか、マディ」先に玄関を出るよう、彼女に合図する。

しぶしぶマディは従った。

肩をすくめて馬車に乗り込み、公爵夫人の隣りに腰かけた。彼にはわからない。わかろうともしない。自分には起こりようのないことだからだ。

しかしながらオペラハウスの前で馬車を降りたときには、クインのいうことはやはり正しかったのかもしれないと、マディも思った。驚いたように振り返る顔がいくつもあり、広々としたロビーに低いつぶやきが広がるのが聞こえた。だが、意外にも背を向けようとする者はいない。マディはしっかりとクインの腕をつかみ、くつろいで見えるよう努力した。背の高いがっしりとした彼の体がありがたかった。彼は反対の腕を公爵夫人と組み、特別なことなどなにもないようにほほ笑みながら友人知人に挨拶していく。

「ほら?」長い湾曲した階段を上ってバルコニーと専用ボックス席へ向かいながらクインがささやきかけた。

「あなたと公爵夫人を無視せずに、わたしを無視するわけにはいかないのよ」楽しげな笑みを顔に張りつけたまま、彼女はささやき返した。

「あれは五年も前のことだ、マディ。だれもはっきりとは覚えてないさ。ちゃんとしたふるまいをしていれば、きみを無視する理由などないはずだ」

それについては大いに疑問だったが、マディとしてもバンクロフト家のボックス席のカーテンを抜け、指示されたとおり前列の公爵夫人の横に座ったときには、楽観的にならずにはいられなかった。これまでのところ想像していたような悪夢は現実のものとなっていない。クインのいうように、だれもわたしのことなんて覚えていないのかもしれない。

オペラグラスのいくつかが、第一幕のはじめに彼女のほうへ向けられた。その後もまたいくつか。けれどもマディは、おそらく華麗なるバンクロフト一族を見たいがためだろうと解釈した。オペラは久しぶりなので、全員が着席すると、舞台で繰り広げられる喜劇を存分に楽しんだ。

厚いカーテンが閉じ、客席のライトがつくまで幕間になったことに気づかなかった。再び不安の波に襲われた。さきほどよりも強烈に。幕間ではみなが歓談する。

「行こうか」クインが立ちあがって伸びをした。

「礼儀正しい会釈。一、二語の答え。それ以上はわたくしに任せること。おわかりね、マディ?」公爵夫人は彼女にボックスの奥を示していった。

彼女はうなずいた。膝が震えているのを誰にも気づかれていないことを祈りながら。「よくわかってます」

記憶のなかの一場面みたいだった。以前も経験したことのようではあるが、それでいてまったく同じではない。フランス語でいう、そう〝デジャヴ〟。まさにそんな感じだ。劇場のボックス席からきらら星のごとき貴族の集団のなかに出て行くのだが、同時に自分がそこに属する人間でないことは、わかりすぎるくらいわかっている。

「公爵夫人。ロンドンにお戻りでしたのね。お会いできてうれしゅうございます」首にダイアモンドをきらめかせた背が低くて横幅のある女性が、広い廊下の向こうから現われた。彼女は公爵夫人の手を握った。

「レディ・ハットン」夫人も答えた。「いとこのかたの訃報を聞きました。お気の毒に。あなたとご家族にお悔やみ申しあげますわ」

「まあ、ありがとうございます、公爵夫人。いまではインドも、もっと文明化されているものと思ってましたのに」白髪の女性はクインを見てお辞儀をし、それからマディに視線を移した。「お連れさまにはお会いしたことがないような気がしますわ、公爵夫人」

「そうでしょうね、レディ・ハットン。ミス・ウィリッツを紹介させてください。家族の古い友人ですの。マデリーン、こちらはスタフォードシャーのレディ・ハットンよ」

マディは礼儀正しくうなずき、気まずい思いでまたクインの腕を取った。「お会いできて光栄です」一、二語の答えとはいえなかったが、頭が鈍いと思われずにこれ以上短くする術《すべ》は思いつかなかった。

「わたくしも」レディ・ハットンはほほ笑んだ。「なんてきれいなお嬢さんでしょう」

「ありがとうございます」

そのとき堂々たるレディが三人ほど近づいてきた。ありがたいことにみな、マディに紹介されることより公爵の健康や資産の状態のほうにはるかに興味があるようだった。彼女はほっとして脇を向いた。と、飛び抜けて美しい、背の高い女性から熱心に見つめられていることに気づいた。豊かなブロンドの短い巻き毛がその顔を縁取っている。

見覚えはある気がしたが、彼女が仲間から離れてこちらに来ると、だれだか思い出した。マディの気持ちと勇気が萎《な》えた。

「エロイーズ」クインが優しく呼びかけ、マディは遅ればせながら彼の腕を離した。痣になっているにちがいないが、彼は痛そうなそぶりは微塵も見せず、かわりにまたほほ笑んだ。

「今夜、来るとどうしていわなかったんだい?」

「ぎりぎりになって決めたのよ」エロイーズ・ストークスリーは答え、マディの前で足を止めた。「あなたがミス・ウィリッツね。どことなくお顔に見覚えがあるわ。正式に紹介されたことはなかったと思うのだけれど」

「じゃあ、ぼくが」クインはいった。「エロイーズ、こちらがミス・ウィリッツ、マディ、こちらがレディ・ストークスリーだ」

「はじめまして」見つめないようにしながらマディはいった。これがクインの心をつかんでいる女性なのだ。好きになれるかどうか、自信がなかった。

「クインからいろいろお話は聞いていてよ」エロイーズは答えた。「お友達になれたらと思っているの」

マディは無理して笑みをつくった。「わたしもです」

エロイーズはクインに腕をからめた。「ウェアフィールド侯爵を少しお借りしてもよくって?」

「もちろん」

ふたりが離れていくと、マディはふいに自分がひとりきりなことに気づいた。完全にひとりぼっち。公爵夫人を探そうと振り返ったが、彼女はどこにも姿が見えなかった。クインも、エロイーズも。

「ミス・ウィリッツ?」

びくりとして、マディはまた振り返った。こちらを見ているずんぐりとした紳士にはどこか見覚えがあった。もっともロンドンじゅうの貴族の半分は会ったことがある。だれだかはわからなかった。

「ほんとにきみなんだね、マディ?」

彼は近づいてくると彼女の手を取り、口元へ持っていった。

「お会いしたこと、ありました?」彼女はぎこちなく尋ね、唇を押しつけられた手を振りほどこうとした。

「共通の友人がいるはずですよ。ぼくはエドワード・ラムレイといいます」

「ごめんなさい。わたしは——」

「いやはや、長らくロンドンから離れていたというのに、きみは少しも衰えていない」彼は感心したようにいって、彼女のドレスを眺めた。広く開いた胸元をとりわけじっくりと。

「ありがとう。もう失礼して――」

「きみは本物の好き者と見た」彼はさらに近寄って続けた。「ウェアフィールドからあなたを奪うのに必要なのはなにかな」にやにやしながら、指で彼女の腕を撫であげる。「彼はベッドの上でも面白みがないにちがいない。ぼくはほら、インドネシアの香料諸島にいたことがありましてね。ありとあらゆるテクニックに通じている」

しばし、マディは彼を見つめた。彼のいっていることがよく理解できなかった。ましてやそんなことを女性に面と向かっていうなどとうてい信じられなかった。

「どうやら」彼の視線がまた胸元へ落ちるのを見ながら、彼女は苛立たしげに目を細めて、冷やかにいった。「わたしのことを誤解なさっているようですね」

「おや、きみは侯爵に囲われてるんじゃないのかい?」

マディは彼を思いきり殴りつけた。

10

クインが目を上げると、エドワード・ラムレイが磨き抜かれた床に尻もちをつくところだった。

「まあ！」エロイーズが叫んだ。

ラムレイはもがくようにして立ちあがった。そして、真っ赤な顔をして彼女に――握ったこぶしを突き出し、目に怒りをたぎらせて彼を見据える若い女性に、大股で近づいた。

クインはすばやく手を伸ばし、ラムレイの腕をつかんで体をひねった。「大変すまなかった、ラムレイ」空いているほうの手で間抜けの上着をはたく。「きみがそこに立っているのが見えなかった。肘がそんなふうに目に当たるのは、いい気分じゃないだろうな」

ラムレイはクインを睨んだ。赤い顔が、いまやどす黒く変色していた。マディに指を突きつけていった。「あの女が――」

「ああ、たしかに彼女は美しい。だが、母の連れに紹介を受ける前に、きみは少し気を落ち着けたほうがいい、ラムレイ。新鮮な空気でも吸ってくるのが、いちばんなんじゃないか」

腕をつかむ鉄のような手と怒りに燃える目は、ミスター・ラムレイを退散する気にさせるのにじゅうぶんだったらしく、彼は最後にマディに冷笑を見せると、へこんだ帽子と傷ついたプライドを抱えて立ち去った。

クインは紳士を見送りながら肩をすくめた。そのしぐさに応えて、まわりから控えめなくすくす笑いがひとしきりもれた。心のなかで五つ数えてから、マディのほうを振り返った。彼女は真っ青な顔で彼を見つめていた。

「公爵夫人がきみを探していると思うよ、ミス・ウィリッツ」彼はほほ笑み、彼女の握りしめたこぶしを開いて、自分の腕にかけた。

「ありがとう、ウェアフィールド侯爵」彼女はけなげに答え、目に痛みと怒りを残しながらも、ほほ笑んだ。

ふたりは人込みのそとに向かった。マディは必死にクインの腕にしがみついていた。ようやく階段のてっぺんにたどり着くと、彼は足を止めてわざと上着の肘の傷みを確かめるふりをした。「なにがあった?」横目で彼女を見ながら小声できく。

「彼――あの――エドワード・ラムレイって人、わたしを愛人にほしいといってきたの!」いまだ怒りもあらわに、彼女は吐き捨てた。

「落ち着いて」クインは騒がしい人込みをちらと振り返った。

「落ち着けですって?」彼女はくり返した。「落ち着け? 彼、あなたはベッドで面白みがないだろうっていってたわよ。自分は香料諸島であらゆることを学んだんですって」

「面白みがないだと?」クインはむっとしたように目を細めた。突如ラムレイのことがいっそう疎ましくなった。「マディ、彼がなにをいったにせよ、侮辱されたからといってそのたびに人を殴ってまわるわけにはいかない。礼儀《コム・イル・フォ》に反するよ」

「反する?」彼女はかっとなっていい返した。顔に血の気が戻ってきた。「そもそも、あなたのせいなのよ」

「どうしてだ? 教えてくれないか」

「あなたはバンクロフトでしょう。偉大なるウェアフィールド侯爵。あなたの名前があらゆる侮辱やあてつけからわたしを守ってくれる。覚えてるでしょう、あなた、そういわなかった?」

「マディ、ぼくは――」

「だれも、あのことを忘れてなんかいないのよ」彼女はさえぎった。「みんなわたしを売春婦みたいな女と思ってる。面と向かってそういわれたら、わたし、どうすればいいというの?」虚勢が崩れ、目に涙があふれはじめた。

「やり込めてやれ」彼はさらに小声でいった。こぼれ落ちる涙にキスしたかった。「ただ、殴りつけるのはだめだ」

「あなたがいうのは簡単よ。あなたの前でそんなことをいう人はいないもの。受けて立つ必要もない」

クインは溜息をついた。彼女のいうとおりだ。それに自分の名前が彼女を守るはずと思い込んでいたのも、あまりに傲慢だった。「それも言い訳にはならない」

「かまわないわ。わたしは帰りたい」

「あんなショーを披露したあとじゃ帰れない。残って、なにもなかったようにふるまわなくては。おいで、母を探しに行ったほうがいい」

彼女は腰に手をあてた。クインは緊張し、彼女が攻撃を仕掛けてくるのを待った。「わたしの名誉はどうなるの?」

「どういう意味だい、〝名誉〟って?」

「あの男はわたしを侮辱したのよ、なのにあなたが心配しているのは、だれかに気づかれたかだけ。やっぱり、あなたはわたしが思っていたとおりの人だわ」

それがどんな人なのか正確にはわからなかったが、クインはそのあてこすりが気に入らなかった。おそらくは的を射ているだけになおさら。「すまない」彼はもごもごといった。「きみをひとりにするんじゃなかった。もうそばを離れない。マディ、約束する」

エロイーズとの初対面がうまくいったことに安堵するあまり、彼女のそばを離れるのがいかに愚かなことか気づかなかった。クインは彼女の顎にふれ、顔を上向かせた。レディ・グランヴィルが横を通り過ぎると、あわてて手を下ろした。「すまなかった」彼はくり返した。

マディは長いこと彼の目を見つめていたが、やがてうなずいた。

「わかってくれたね？」

彼女はもう一度うなずいた。そして突然彼の腕をつかみ、ぎゅっと握った。

ふたりでボックス席に戻った。「おやおや、マディ・ウィリッツともあろうものが、おとなしいな」彼は小声でからかった。自分のいったなにかがついに正しかったのだろう。どのことばだったのかは皆目わからないが。

公爵夫人はすでに席に戻り、彼らを待っていた。だが、クインが首を振るのを見て、なにがあったか尋ねるのは控えた。第二幕が始まると、クインは座席にもたれてマディの横顔を観察した。過去の話にああも傷ついてしまうなら、彼女はまだ社交界をひとりで渡っていく用意ができているとはとうていいいがたい。気性が激しく感受性が強いだけに、侮辱を無視しろというのも不可能に近い。

節操に欠ける連中のほのめかしや誘いから彼女を守る、別の方法を考えなくてはならないようだ。彼女と近づきになりたいという男の気持ちはわからないでもないが。エロイーズと協力して早く彼女に感じのいい、もの静かで控えめな紳士を見つけてやれたら、ぼくもひと安心だ。クインは眉をひそめた。いや、マディもひと安心だろう。

エロイーズ・ストークスリーは母であるレディ・スタフォードの隣りに座り、膝に置いたオペラグラスに視線を落とした。クイン・バンクロフトは生まれたときからのいいなずけだ。彼との結婚を悩んだことはない。それどころか、ウェアフィールド侯爵は高貴な生まれで、とてつもなく裕福、そしてギリシャの太陽神のようにハンサムだ。友人たちもみな彼女が彼と結婚することを知っていて、憧れ、うらやんでいる。

だから昨年、婚約の正式発表を一年遅らせてもかまわないかといわれたとき、彼女は同意したのだった。バンクロフトの地所は広大で、結婚によってどの土地とどの資産をあらたに彼のものにするかを、彼の父と弁護士団で決めるだけでも数カ月かかる。彼女にとっても、結婚式を楽しみにしつつ、もう一シーズンあまたいる求愛者たちと戯《たわむ》れるゆとりができることを意味した。

目を上げ、オーケストラと下のさほど裕福でない人々の先を見る。バンクロフト家のボックス席はストークスリー家のほぼ向かいだった。暗かったが、そこに三人が座っているのが見えた。公爵夫人、クイン、そして彼女。エロイーズはオペラグラスを取りあげた。

マデリーン・ウィリッツ。たしか自分を楽しませてくれる男にならだれにでも――相手の素性に関係なく――笑顔を振りまく、筋金入りの尻軽だった。ふしだらと烙印を押されたのも無理はない。美人なのはたしかだからクインの気を引いたのも不思議はなかった。エロイーズはオペラグラスを動かし、近々婚約する相手に向けた。そして目を細めた。

彼は暗がりにいた。視線を舞台ではなく、目の前に座っている女性に向けている。面白がっているような表情だが、同時に激しく興味をそそられているのがわかった。ミス・ウィリッツの社交界復帰に協力してほしいと頼まれたときも、彼の動機はたんなる同情以上のものなのではと思ったが、いまではそれは確信となった。

もっとも、これまでウェアフィールド侯爵に迫って失敗に終わった女性は少なくない。過去に何人か愛人がいたのも知っているが、彼女たちはエロイーズの立場を脅かすような資質はなにひとつ持っていなかった。彼もそのうちのひとりにとくに執着するようなことはけっしてなかった。今回はちがう。これまで女をオペラに連れてきたことはないし、わざわざ母親に付き添わせたこともなかった。

エロイーズは内心の焦りをだれかに気づかれないうちに、オペラグラスを下ろした。ものごとを正しい順序に戻すためにはなにか手を打たなくては。未来のハイブロー公爵夫人として、バンクロフト家内のできごとには関係がある。そこにマディ・ウィリッツの入る余地はないのだ。

マディは目を上げてバンクロフト・ハウスの私道を見るなり、小さく毒づいて公爵夫人の薔薇の陰に引っ込んだ。クインとアリストテレスが通り過ぎて行った。ハイドパークの朝の散歩から厩舎に戻るところだろう。オペラのあと、クインはほとんど話しかけてこなかった。だが、じっとこちらを見る目からして、なにか思うところがあるのはたしかだ。それを聞きたいとは思わなかった。自分たちは挑み、失敗したのだ。

ああした虚構の世界に長らく遠ざかっていた身としては、いま一度なじむのはとても無理だった。なじみたいとも思わない。ただ、いまではラングレー・ホールに戻ることさえ、諸手を挙げて喜べなかった。あそこにはクインがいない。昨晩、彼がわたしのそばを離れないと約束したとき、どれほど彼の胸に飛び込んでキスしたかったか。そのことばがわたしにとってどういう意味を持つか、彼は知るはずもないのだけれど。

身をかがめて、もう一本雑草を地面から引き抜いた。そしてちぎって、腕にかけたバケツに放り込んだ。公爵夫人が庭仕事をさせてくれて幸いだ。少なくともまったくの用なしと感じなくてすむ。

厩舎のほうですさまじい騒ぎが勃発し、マディはぱっと振り返った。クインがあの独立心旺盛な馬に踏みつけられたかと心配になる。

重いバケツを持ちあげて、音のしたほうへ急いだ。生垣を回ると、黒ずくめの男がアリストテレスにまたがって厩舎のドアから飛び出してきた。藁《わら》にまみれ、片手に熊手を持ったクインがすぐあとに現われた。

「やつを止めろ！」彼が怒鳴った。

騎手は厩舎係の手をよけ、マディとその先の通りへ蹄の音を響かせて向かってきた。反射的にマディは木製のバケツを思いきり振りまわした。それが騎手の肩にあたり、彼はうめいて横向きに鞍から地面へと転がり落ちた。

男は幾度か転がってすぐに立ちあがり、体を払って憤然と彼女のほうへ向かってきた。マディはぎょっとして後ずさり、威嚇《いかく》するようにバケツを掲げた。

「ちくしょう、痛かったぞ」彼は左肩をさすった。

「もっと痛い目にあいたくなかったら、これ以上近寄らないで」彼女は警告した。クインが背後に近づいてきたのに気づき、脇に寄る。彼がまだ武装していることを祈った。

「ぼくの馬はどこだ？」クインは意外なほど落ち着いた声できいた。熊手に寄りかかり、荒い息をついている。

「ぼくの馬のことか」相手は答え、二本の指を口にあてた。甲高い口笛にマディはびくりとしたが、それより驚いたのは、アリストテレスが私道を速歩で戻ってきて、掠奪者の横で足を止めたことだった。

「芝居がかった真似を」クインがつぶやいた。

砂色の髪をした細身の男は馬の首を叩き、かわりに肩に鼻面を押しつけられた。「そっちの腕のいい殺し屋はだれだい、ウェアフィールド？」彼はにやにやしながらマディに目をやった。左頬上部から顎のあたりまで細長い白い傷跡が走っていて、彼にどことなく海賊のような印象を与えている。

「あなた、ラファエルね」マディは青ざめてささやいた。わたしったら、今度は侯爵の弟を殺すところだったんだわ。まったく、わたしに皆殺しにされなかったらバンクロフト家は幸運ってところね。

彼は明るいグリーンの瞳を躍らせて、さっとお辞儀をした。「馬泥棒というぼくの評判が先回りしているらしいな。でも、あれはぼくの馬だ」

「レイフ。ミス・ウィリッツだ」クインはしぶしぶほほ笑んでみせた。「マディ、ぼくの馬鹿弟、ラファエルだ」

ラファエル・バンクロフトは兄とよく似ていたが、彼のほうが細面で、戸外で過ごすことが多いためか色も浅黒かった。侯爵より一インチばかり背が低いものの、同じように強さを秘めた引きしまった体つきをしていた。

マディはバケツを置くと、手を差し出した。「お知り合いになれて光栄です」

レイフも彼女の手を握った。がっしりとして温かな握手だった。「きみに殺されかけたよ」笑ってまた肩をさすった。

「ごめんなさい、クインの叫び声を聞いて――」

「説明はいらないさ」彼はちらと兄のほうを見た。「で、クインとはどこで出会ったんだい?」

彼が名前を強調するのを聞いて、マディは顔を赤らめた。「長い話になるんです」どんな反応が返ってくるかわからないバンクロフト家の一員に、自分の存在を説明するのはためらわれた。

「マルコムのお相手役としてラングレーで暮らしていた人だ」クインは弟のほうに手を伸ばして、アリストテレスの手綱をつかんだ。「ぼくの馬を厩舎に入れるのを手伝ってくれ。そこですべて話す」

「ぼくの馬だ、ウェアフィールド」

締め出されたのを感じながら、マディは厩舎へ戻っていくふたりを見送った。クインはどんな話をひねりだすつもりなのだろう。嘘が混じっているなら、あとでわたしにも教えておいてほしいものだ。うっかりぼろを出すことのないように。

「彼女がなにしたって?」レイフは馬房のドアにおおいかぶさるようにしてきいた。

「そいつを殴った」クインはアリストテレスの手綱をかけながらくり返した。「叩きのめしたんだよ」

「それは穏やかじゃないな」

「とんでもない災難だよ」侯爵は弟を見て、首を振った。「彼女はとんでもない災難だ」

「だったらキスすべきじゃなかったんだろうな」レイフは笑った。「責めるわけじゃないが。彼女は最高級のダイアモンドだ」

「そういわれても、なんの慰めにもならない」

「兄さんの話からすると、彼女は自分の望むものがちゃんとわかっているようだ、クイン。ラングレーが彼女にとって最良の場所でないというのはたしかなのか？」

同じことを幾度も自問した。そしていつも同じ答えに行き着いた。少なくともそれが人に聞かせたい答えだった。「彼女はここロンドンで不当な扱いを受けた。戻りたいならそれでもいい。だが、選択肢はあるべきだ。おしゃべり猿どもに追い払わせるつもりはない」

「たしかにそうだ。だが、彼女が自分を侮辱するろくでなしを片っ端から殴って歩いてたら、いずれにしてもここに長くはいられまい」

クインの心のなかである考えがむくむくと頭をもたげた。マディに持ちかける前にもう少しよく考えてみないとならないが。「アフリカはどうだった？」

「怒れるオランダ移民でいっぱいさ」レイフは肩をすくめた。「それと地獄の暑さだ」兄が馬房を出るので、後ろに下がった。「兄さんがホワイティングにいないのは彼女のためか？今朝二時間、あっちで待ち伏せしてたんだぜ。やっと馬丁をつかまえて、兄さんはここだと聞いた」

「マディと父上のあいだの盾になろうとしているんだ。ところでおまえが戻ってることを、父上は知ってるのか？」

「いや」レイフは足をとめ、クインを先に厩舎から出させた。「ウェアフィールド、まだエロイーズと日も決めていないんだろ？　ぼくは口を出す立場にはないが、マディをここに住まわせているのには別の理由があると考えたことは――」

「そのとおり」クインは鋭くいった。「おまえは口を出す立場にない。それから、そう、エロイーズと結婚の話はまだしていない」

「それはさぞかし父上に歓迎されただろうな、兄さん」レイフは皮肉をこめていった。「ぼくはそれ以上の歓迎を受けるだろうが」

「父上はおまえの除隊を望んでる」無難な話題に戻ったことを喜びつつ、彼はいった。「近衛連隊に入隊するというのはロンドンに駐屯するということだ。アフリカでなく」

「プリニーことジョージ王の命令でね。王は自分よりぼくのほうが護衛が厚いことに嫌気が差したんだと思う」

「なにいってる」クインはいい返した。「志願したくせに。アフリカに行きたいとさんざんいってたじゃないか」

「父上はぼくをワーテルローにもやりたくなかった。あそこでぼくは、輝かしい勲章を手に入れた」

「殺されかけたあげくだろう」クインは弟の顔を指差した。「父上はおまえに身の危険を冒してほしくないんだよ」

「ここでぼくになにをしろっていうんだ？」

「さあな」マディが薔薇の茂みの後ろから現われると、クインは歩を緩めた。彼女を見ると脈が速くなる。初めて会ったときからいつもそうだった。「もっと危険のないことだろ」

「ああ、聖職についてる自分が見える」レイフは答えた。「ミス・ウィリッツ、まさかバンクロフト・ハウスの部屋と食事のかわりに、庭仕事をあてがわれたわけじゃないんだろうね？」

「庭が好きなんです」マディは弁解するようにいった。

「きみは毒キノコのなかに咲く薔薇だ」レイフはもったいぶっていうと、彼女の腕からバケツを取った。

「ありがとう」彼女はほほ笑んだ。

「無視したほうがいい」クインは眉をひそめて忠告した。「こいつは女性と見ればお世辞をいう」

「お世辞をいわれるのも悪くないわ」彼女はクインの目を見て、すましていった。彼は落ち着かない気分になった。「そうそうないことだから」

レイフは笑った。「じゃあ、きみは間抜けに囲まれてるにちがいない。シーズンの終わりごろには庭仕事をする暇もなくなって、みんな放っておいてくれと願うようになるさ」

「実はそのことでちょっと考えがある」クインがいった。

彼女の表情が驚きから不安、そして不信へと目にもとまらぬ速さで変化した。「庭仕事のこと？　それとも放っておかれること？」

「あとで説明する」

レイフは両手を挙げた。「ぼくに遠慮しないでくれ。こっちはライオンにもうひとつ吠える材料を与えに行ってくる」颯爽《さっそう》と敬礼して、彼はバケツを厩舎係の手に渡すと、屋敷のほうへ歩いていった。

マディは胸の前で腕を組んで、クインのほうを向きなおった。「それで?」

「侮辱の秘訣さ」彼は満足げに宣言した。

「なんですって?」

「侮辱だよ。きみはラムレイに侮辱を受けたにもかかわらず、やり返さなかった」

「殴ってやったわ」彼女は頬を紅潮させて抗議した。

「それは数に入らない。そんなことは続けていけないだろう。そのうち殴り返す相手に出くわすかもしれない。野蛮な行為であることはいうにおよばず。攻撃されたら、同じ手で反撃しなくては。つまり、ことばでだ」

「どこかの……男に売春婦と呼ばれ、愛人になることを求められたらわたし、なんといえばいいわけ?」

「だから、それを考えなくちゃいけないのさ」

「あなた、完全に狂ってるわ」彼女はいい、背を向けた。

クインはにやりとした。「ほら、わかってきたじゃないか」

肩を怒らせて、マディはまた振り返った。「なんですって？」

「どんなことばにも――きみに投げつけられたどんな侮辱にも、答えを用意しておくんだよ」

「どうしたらそんなことができるの？」

「訓練するのさ。いわば……対ろくでなしトレーニングだ」彼女の疑わしげな表情に、思わず吹きだしそうになる。「競技形式でいこう」

「対ろくでなし――どうかしてるわ」

実際には考えれば考えるほど、いい案と思えてきた。「いいや、どうもしてない。すばらしいアイディアさ。あらゆる不適切な発言に対する適切な答えを思いついたら、きみは向かうところ敵なし。じき、だれも侮辱できなくなる」

「話にならないわ。わたしのことは放っておいて、クイン」

ことばと裏腹に、口調にユーモアが聞き取れた。「どうしてロンドンでぼくだけがきみに手出ししちゃいけない？」

彼がよけたので、こぶしは肩に当たった。「よすんだ」

クインは彼女の手をつかみ、自分のほうへ引き寄せた。「殴るのはだめだ。ウィットでぼくを痛めつけろ」

彼女は手を振りほどいた。「そんなことしてどうなるの？」

「知ってのとおり、ここロンドンでは噂はまたたく間に広がる。ろくでなしや評判の悪い連中も、ちょっかいを出したら自分が恥をかく羽目になるとわかれば、やがてきみを侮辱しなくなる。一目置くようになるんだ。少なくとも、怖れるようになる」

マディは訝しげに目を細めた。「ほんとにそう思ってるの?」

「もちろん」

「わかったわ。馬鹿馬鹿しいとは思うけど」

そうかもしれない。だが少なくとも気晴らしになるだろう。これで、昨晩受けた心の傷以外に気持ちを向けるものができたはずだ。クインは屋敷に戻る彼女の後ろ姿にほほ笑んだ。マディについてわかったことがひとつあるとすれば、彼女はやりがいのある闘いを好むということ。自分がそれを与えたことを彼は願った。


「なんて馬鹿な思いつき」マディはぶつぶついった。

彼女は公爵夫人と客間でくつろぎ、バンクロフト家の男性陣が夕食後の討論を終えて合流するのを待っていた。話し声は大きくなるいっぽうで、会話が終わりに近づいているか、流血騒ぎが始まる兆候と思われた。

「なにが馬鹿な思いつきなの?」公爵夫人は本を下げ、本越しにマディを見た。

マディは頬を赤らめた。「なんでもありません、公爵夫人。すみません。ひとりごとをいいました」

「若い女性にふさわしい癖ではありませんね」

「ふさわしい癖なんて、わたしにはひとつもないような気がしますわ」マディは認めた。

公爵夫人は本を閉じた。「あなたが出て行くころ、マルコムの具合はどうだったの？　もっと前にきくべきだったけれど」

夫人の思いがけない気遣いをどう解釈したものか、マディにはよくわからなかった。自分の存在がいくらか認められてきたのかもしれない。「左腕はだいぶ動かせるようになっていて、足がむずむずしはじめたといっていました。最近の手紙では、なんと三歩歩いたそうです。ビル・トムキンスに倒れかかるまで」

「ビル・トムキンスというのはだれ？」

「ミスター・バンクロフトの使用人です」

公爵夫人はうなずいた。「手紙を書いているの？　マルコムにということだけれど」

マディは話し相手ができたことに喜んで、刺繍《ししゅう》を脇に置いた。「はい。週に三度は」

「どんなことを書いているの？」

「天候とか、すべて順調だとか、ロンドンに戻って大いに楽しんでいるとか」

公爵夫人の濃いグリーンの瞳にかすかな好奇心が浮かんだ。彼女はソファに移って、マディの隣りに腰かけた。「じゃあ、嘘を書いてるのね」

「そうともいえません」マディはためらいがちにいった。「ただ、これはあのかたが望んだことです。心配はかけたくありません」

「だれに心配をかけたくない？」クインが戸口からいった。

「あなたの叔父さまよ」マディより先に公爵夫人が答えた。「ルイスはどこ？」

レイフがソファの母の隣りに腰を下ろした。「二階のオフィスに行って、ジョージ王に手紙を書くそうです。アフリカの原住民に食われる前にぼくを除隊させるよう頼むんだとか」

公爵夫人は片眉を上げた。「まあ、楽しい想像ね」

「それだけでなく父上は怖れているんですよ。クインに男性相続人が生まれるまでは、結局のところぼくが第二継承者だ。ズールー族の腹のなかで終わらせるわけにはいかないんでしょう」

マディは鼻に皺を寄せた。怖さとおかしさ半々だった。「まあ、やめてください」

レイフは笑った。「申し訳ない」

クインはジョークを無視してマディを見ていた。彼女は思わず目を伏せ、レイフと公爵夫人の会話に気をとられているふりをした。彼はいつもああいう目でわたしを見る。心のなかをのぞこうとしているみたい。のぞかれて困るわけではないけれど、落ち着かない気持ちになる――いやな気はしないだけに。

「で、あなたはこれからどうするの、マデリーン？」公爵夫人がきいた。

夫人が初めて真の関心を示したことに、マディ同様、クインも驚いた顔をした。「決めていません。長らくご親切に甘えすぎたと思っています」

クインは顔をしかめたが、夫人はほほ笑んだ。「記憶によれば、甘えたのはあなたの意思ではなかったはずよ」

「誘拐に近かったと、ぼくも聞きましたよ」レイフがつけ足した。

「だからこそ、お世話してくださるかたがいなければ、ロンドンに残る理由もありません」

マディはちらとクインを見て、また目をそらした。

「世話してくれる人はいる」彼は、弟にポートワインを一杯運んだ。「昨日、エロイーズと話した。彼女は喜んで協力するといっていた。今日昼食を一緒に摂るはずだったんだが、明日に延ばしてくれと手紙が来てね」

「エロイーズ?」レイフが両眉を上げて、口を挟んだ。

「ああ、エロイーズだ。おまえ、長旅で疲れてないのか?」

「ブリストルからの? いや別に」ラファエルは兄を見て、立ちあがり、公爵夫人に腕を差し出した。そして、彼女が立ちあがるといった。「最近の噂話を聞かせてください。間違った人を笑いものにしたくないですからね」

ふたりは部屋を出て行ったが、公爵夫人はわざとドアを開けっ放しにしておいた。クインは彼らを見送ってから、ポートワインをひとくち飲み、マディのほうを向きなおった。「どういうことだ?」

「なにが?」

「レイフの場合、きみはあのあからさまな紳士気取りも、ひとこともいわず許してる。ぼくだったら、バトン卿の四番目の召使を見ただけで、彼の名前、子供があるかどうかを知らなければ、また高慢だのなんだのといわれるところだ」

「わたし、そこまでひどくないわ」彼女は抗議したが、なぜレイフには怒る気になれないのか、自分でもわからなかった。

「いいや、ひどい」

「そんなことないわよ」彼女は立ちあがった。「わたしはもう寝ます。おやすみなさい」

彼は無言で、しばらく窓のほうを見てから、くり返した。「寝る? きみにとって夜はこれからだと思っていたが」

マディは横目で彼を見た。心臓がまた早鐘を打ちはじめた。「どういう意味?」

「きみの訪問者はたいがい夜遅い時間に訪ねてくるものと思っただけさ」マディの困惑した表情を見て、彼は一歩近づいた。「きみを訪ねてくる紳士たちということだよ」

ふいに彼女も理解した。「やめて、クイン。考えてみたけれど、やっぱり馬鹿馬鹿しい思いつきよ」

「実際のところ、ほかに選択肢があるとも思えないね」クインは手を持ちあげ、マディの頬にふれた。「ぼくが今宵最初の訪問者になれたらいいんだが」

ふれられて、マディはぞくっとした。それから彼の手を払った。「お願いよ、クイン、わたしのことは放っておいて」

クインは彼女の手をつかむと、自分のほうへ引き寄せた。

「殴られる前に忠告しておく」彼は低い声でいった。「かわりにぼくを侮辱しろ」

怒りと興奮が同時にこみあげ、彼女は息をついた。「あなたがそんな女たらしとは思わなかったわ。慎みのある人と思ったのは間違いだったようね」

クインは唇をすぼめた。「最初はそんなところか。だが、もっとうまくやれるはずだ」

そのとおりだ。わが身を守るために使える唯一の武器が侮辱なら、もっと強烈なものを思いつかなくては。「努力します、閣下」彼女はいった。「でも今夜は疲れてるの」

クインは彼女の表情を観察し、お辞儀をした。「お好きなように。だが、マディ、ここで終わりじゃない。ぼくはあきらめるつもりはないよ」

二階の寝室に向かいながらマディは、クインがあきらめないといったのは彼女の窮状のことなのか、彼女自身のことなのかと考えた——自分がそのどちらを望んでいるのかもわからないのだけれど。

マディ・ウィリッツにとって社交シーズンは好調なスタートを切ったとはいえなかったが、

チャールズ・ダンフレイにとってはもっと悲惨だった。

イングランド銀行のミスター・ホイーティングが二度、ダンフレイ・ハウスを訪れた。二度目は丁重にふるまおうという気すらないようだった。なんとか追い出してひと息ついたものの、それが無駄な抵抗であることはダンフレイも承知していた。賭け事か商売での運が上向かないかぎり、相続人が限定されていない財産はすっかり銀行が持っていってしまうことになる。

だから彼は、エロイーズ・ストークスリーから送られてきた手紙を読んで、大いに興味をそそられた。多くは説明していないが、スタフォード伯爵の娘が手紙を書いてきたという事実だけでも注目に値する。〝たがいの利益に関する問題〟というのがいったいなんなのか、見当もつかなかったが、なんとしても探り出そうと彼は心に決めていた。

実は賭け仲間のウォーリング卿を訪ねて、あの間抜けな老いぼれに一年間未払いのままのギャンブルの借金千ポンドのせめて一部をなんとかちゃらにしてもらおうと思っていたのだが、かわりに彼は地味なグレーの上着を着込み、レディ・ストークスリーの到着をいまかいまかと待った。

二十分後、家政婦がみすぼらしい客間にエロイーズ・ストークスリーを案内してきた。ダンフレイは立ちあがって彼女の手を取った。「これはこれは、思いがけない喜びといわねばなりませんな」

彼女は指を引き抜き、彼が立っているところからいちばん遠いソファの端に座った。「はっきりいって、わたくしにとっては喜びとはいえませんけれど、ミスター・ダンフレイ」

彼は片腕をマントルピースにかけ、思惑ありげに客を眺めた。「ほう、じゃあ、このぼくにどんなご用で？」

エロイーズは手袋を脱ぎ、膝の上できちんとたたんだ。「率直に申しあげます、ミスター・ダンフレイ」

ダンフレイはうなずいた。「どうぞ」

「あなたは昔、マデリーン・ウィリッツと婚約していましたね」

彼は心底驚いて、眉をひそめた。「ああ、してました」

「なら、この事態にあなたも一部責任があるということだわ」

「どんな事態です？　失礼ながらお聞かせ願えますかね」

「彼女がほっつき歩いて、ほかの女性の恋人やその将来を盗んでるってことよ」

ダンフレイは暖炉のそばを離れ、エロイーズの隣りに座った。「どういうことです？　いったいなんの話です？　マデリーン・ウィリッツは消えた。死んでるかもしれない。厄介払いできたってところだ」

「元婚約者にずいぶんなものいいね」エロイーズは手袋をいじっていたが、また膝の上に戻した。「彼女は消えても、死んでもいません。いまはバンクロフト・ハウスに滞在しています。ハイブロー公爵の許可を得て」

ダンフレイは愕然として彼女を見つめた。ショックがひんやりと体を走った。「ハイブロー？　お人好しで世間知らずのマディがそんなところまで上りつめたのか？　ちくしょう、人生は不公平だ」

彼女はうなずいた。「ウェアフィールド侯爵が自ら、彼女を社交界に復帰させようとしているわ」

ようやく事情が呑み込めてきた。「ウェアフィールドはあんたと結婚するんだと思ってましたよ」

「そうよ。いまでもその予定」エロイーズは椅子の背にもたれ、ほっそりした首を傾けて彼を見やった。「男やもめでいるのも楽じゃないという話を小耳に挟んだの」

「楽じゃないとは？」

「正確にいうと、あなたは亡くなった奥さまのお金を使い果たし、いまは借金で首が回らなくなってる」彼女はあてつけがましくカーペットに目をやった。少なくとも五、六カ所は糸が擦り切れていた。

ダンフレイの背中がこわばった。「あんたにはなんの関係もないことでしょうが、レディ・ストークスリー」

「まあ、デリケートな話題だったかしら？」彼女は猫撫で声を出した。「いっておきますが、ミスター・ダンフレイ、わたくしにはなにもかも打ち明けて話してくださってけっこうよ」

ダンフレイは値踏みするように彼女を見た。商売は得意ではないが、好機を見る目はたしかなのだ。それに、このふいの訪問のなにかが自分の利益になるという予感があった。「この春は少々現金が足りない状況でしたがね」彼は認めた。「でも、それがマデリーン・ウィリッツやウェアフィールド侯爵になんの関係があるんです?」

「すべてよ。クインランは自分の名誉にかけて彼女を助けようとしている。五年前の事件がなかったかのように、いい結婚ができることを望んでる。少なくともそういってるの。わたしはその娘を今日の午後、昼食に招待するのよ」彼女はうんざりしたように溜息をついた。

「あなただって、彼女のあやまちを許すと公言するなら、いい結婚相手になりうるでしょう?」

「そうなったら?」

「そうなったら、あなたに千ポンド払うわ」

ゆっくりと彼はほほ笑んだ。「おや、あんたはなんとしてもウェアフィールドを自分のものにしたいんでしょう。彼には千ポンド以上の価値があるんじゃないですかね?」

「ええ。でも、彼女にはないわ」

ダンフレイは椅子にもたれて腕を組んだ。「かつての彼女にはあった」

エロイーズは完璧な眉を寄せた。「なんですって?」

「彼女の父親のハルバーストンは、五年前、彼女を嫁に出すにあたって三千ポンド出す用意があった」

「評判を落としたあとに結婚したら、もっと出していたかもしれないわね」

「ぼくもまったく同じことを考えてましたよ。あのいまいましい小娘が夜中に逃げ出すまで」

彼女は長いこと彼を見つめていた。やがてその顔にゆっくりと笑みが広がった。「仕組んだのね」

ダンフレイは肩をすくめた。「ああいう妙な娘ですからね。恥をかかされた代償として、父親からもう少し搾り取ったってかまわんでしょう」

「ただ、うまくいかなかった」エロイーズはいった。「ハルバーストンに解決策を示す前に、彼女は逃げたわけね」

「大して損にはなりませんでしたね。パトリシア・ジャイルズの父親は、彼女を嫁がせるかわりにヨークシャーの地所をくれましたから」

「記憶によれば、あなたはそれを八カ月前に売り払ったはずよ」

エロイーズはあきらかに彼の経済状態を調べあげていた。つまり、千ポンドあれば、一カ月かそこら借金取りを撃退できることも知っているのだ。くそ。この一年をやり過ごし、経済面での信用回復の足がかりをつくるにはゆうに五、六千ポンドは必要だ。ダンフレイは立ちあがって、窓際に近づいた。「どうかな」半ばひとりごとだった。

「なにが、どうかななの？」

「彼女の両親はロンドンですか？」

エロイーズは首を振った。「一週間かそこらで来る予定のはずよ。どうして――まあ」ことばを切り、手袋をはめなおして、立ちあがった。「あなたがなにをしようと、かまいません。ただわたくしは彼女をウェアフィールドから引き離したいだけ。そうしてくれたら、感謝します」

「千ポンドも忘れずに」彼は思い出させた。

「千ポンドもね。幸運を祈るわ、ミスター・ダンフレイ」

「あなたも、レディ・ストークスリー」


「行きたくありません」

クインはマディの寝室の戸口に立っていた。近ごろそこで過ごす時間がやたらと長い気がする。「招待を受けたんだ」

「あなたは彼女の婚約者でしょ。わたしは今日の午後はレディ・アシュトンとお茶を飲むことになってるの。あなたは行けばいいわ。わたしは残って、レイフと昼食を食べます」

侯爵は眉をひそめた。「婚約者じゃない――いまのところはまだ。それに、レイフも一緒に来ることになってる」彼が望むにしろ望まないにしろ。「五分以内に階下にいるように、マディ。さもないと抱えて下ろすぞ」

クインは廊下を歩いて、ビリヤード室に入った。レイフはそこで、ひとりでビリヤードに興じていた。侯爵は足を止めて、弟を見つめた。「ロンドンに一年ぶりに帰ってきたというのに、両親の屋敷でビリヤードをしてるのか、ひとりで？　おまえが？」

レイフはちらと彼を見あげ、また見事なショットを放った。「頭がおかしくなったのさ。気にしないでくれ」

「どうかしたのか？」

「べつに。ただちょっと……アフリカは厄介な状況になっててね。ひと息つきたいんだ」

クインはビリヤード台に手を置き、くり返した。「どうかしたのか、レイフ？」

弟は肩をすくめた。「なんでもない。ほんとだよ。兄さんは心配ごとが山ほどあるんだろ。ぼくのことまで心配することはない」

「ぼくがなにを心配しなきゃいけない？」

「たとえば、エロイーズとの結婚を延期するのに、今年はどんな言い訳を考え出すかとか」

「ぼくは今年、エロイーズと結婚する」

レイフは感心しないといった顔で兄を見た。「どうして？」

「ぼくは約束は守るからだ。そして、彼女は立派な妻となる女性だからだ」クインは部屋のなかをぶらぶら歩いた。「だいたい前回のだって言い訳じゃない。コーンウォールの地所の譲渡に署名が必要で、ぼくはその場にいなくちゃならなかった」

「なるほど」

「なんだ？」

レイフはテーブルの上の球を押しやった。「去年の判断は正しかった」彼はぼそぼそというと、また顔を上げた。「クイン――」

「その話はもういい」クインは彼を睨んだ。「着替えてこい。ぼくらと一緒に昼食会に行くんだ」

「行く気はないね」

「いや、行くんだ」

「アフリカがだんだん懐かしく思えてきたよ」

「いいか、マディは社交界に顔を出さずにすむ理由には片っ端から飛びつく。いまではおまえだ。おまえが寂しそうだから、残っておまえと食事をしたいんだと。だから、おまえも一緒に来るといった」

キューに寄りかかっていたレイフは、ぱっと顔を輝かせた。「彼女がぼくと食事したいって？　それは光栄だな。そのうちピクニックにでも誘うか」

「だめだ！」クインはいささか鋭すぎる口調でいった。「ともかく着替えてこい、いいな」

弟はキューをテーブルの上に放り投げると、ゆっくりと部屋を出て行った。「いいだろう、マディのために出席する。兄さんのためじゃないからな」

クインは弟の後ろ姿を見送った。レイフとは昔から仲のよいきょうだいだった。普段ならバンクロフト家の次男の奔放さもさして気にならないのだが、いまだけは、弟にアフリカに戻ってほしかった。いや、どこでもいい、マディと親しくなれないような場所に。

気乗り薄なふたりの連れが階段を下りてくるころには、彼は自分もまた別の場所にいたい気分になっていた。濃いグレーのドレスを着たマディは美しかったが、敵意むきだしでこちらを睨んでいる。いっぽうのレイフは、金色の縁取りがある赤と黒の礼装用の軍服を着込んでいた。大々的な舞踏会でもなければフォーマルすぎるといった装いだ。

「レイフ」彼はとがめるようにいった。

「すてきだわ」マディは彼に反骨精神を見てとったのだろう、そう褒めた。

「ありがとう、マディ。この軍服はぼくの目をぐっと引き立てるだろ」そとに出ながら、彼は意味ありげに睫をしばたたかせた。

マディは笑った。「ええほんと。きっとあなたは昼食会の花よ」

「早く馬車に乗ったらどうだ」クインはうなった。

「あれこれ命令されるいわれはないわ」マディはまた彼をひと睨みし、四輪馬車の座席にどすんと座った。

「反省するなんて思わないでくれ」クインはいい返し、レイフの前に割り込んで彼女の隣りに腰かけた。「これはきみの幸せのためなんだ。ぼくのではなく」

「わたしはまだ納得していません」彼女は身を乗り出して、レイフの磨き抜かれた黒いウェリントンブーツを指で叩いた。「ほんとにこんな立派なブーツで戦争に行くわけじゃないんでしょう？」

「まさか」彼は椅子の背にもたれた。「礼装用の軍服を着るのは降伏か勝利か、パーティのときだけさ」

「じゃあ、どうしていま着てるんだ？」マディのわざとらしい賞賛をさえぎって、クインはきいた。

レイフは肩をすくめた。「昼食会が終わったあとで、降伏か勝利のどちらかを宣言するよ」

クインは不機嫌に顔をしかめた。「エロイーズとうまくやっていく努力だけでもしてくれ。そもそもどうして彼女が嫌いなんだかわからないが」

「向こうも同じ気持ちだろうよ」

「どうして彼女を好きじゃないの？」マディがささやいた。

「やめるんだ」クインはたしなめた。「ぼくはきみに関するゴシップを阻止すべく努力しているのに、きみがほかの人間の根拠のない噂を広めるのにひと役買うようじゃ困る」

マディは腕を組むと、飛びのいてなるたけクインから離れた。「ほんとに威張ってばっかり」

そんなつもりはないのだが、クインとしてもどうしていいかわからないのだ。エロイーズと同席して会話するのがマディにとって簡単なことでないのはわかっているが、到着する前からあまり身構えてほしくもない。

「到着いたしました、閣下」クレイモアが、高い御者席からいった。

クインは深く息を吸った。「よし、行こう」

今回はレイフのほうがすばやく、マディに手を貸して馬車から降ろした。クインはその後ろでやきもきしていたが、やがてマディに追いつくともういっぽうの腕を取った。「ひとこと、いっておきたい」

「今度はどんな忠告かしら？」そういいながらも、マディはレイフの腕を離し、足を止めて彼を見た。

「忠告じゃない。ただ……」クインは手を伸ばして彼女の赤褐色の髪を直し、静かにいった。「彼女を好きになってもらいたい」

マディは彼の目を見つめた。「どうしてそんなことを気にするの？」

「気になるからだ」

ストークスリー・ハウスの玄関のドアが開いた。執事が現われ、あとからエロイーズが、すらりとした長身を引き立てる、模様入りのグリーンのドレスを着て登場した。

「クイン！」そう叫んで、彼に向かって手を差し出す。

彼はその手を取った。「エロイーズ、ミス・ウィリッツを覚えているかい？」

「もちろんよ」エロイーズはマディの手を温かく握った。「あなたにお力添えできてとてもうれしいわ。ミスター・ラムレイがあんなふうにあなたに話しかけたなんて信じられません」

「ありがとうございます」マディは曖昧な表情でいった。

クインは次に、ブナの木を熱心に観察している弟のほうを指差した。「もちろん、弟も」

エロイーズは彼の横を通り過ぎ、屋敷のなかへと向かった。「レイフ」彼のほうをろくに見ずに澄ましていう。「葬儀に出席するような装いなのね」

レイフはものうげに敬礼し、彼女のあとに続いた。「お褒めのことばをどうも」

マディは唇を引きつらせ、クインに身を寄せてささやいた。「あのふたり、どうして嫌い合ってるの？」柔らかく温かな息が彼の頬にかかった。

「実はよくわからないんだ」彼女が怒りを忘れたらしいことに安堵し、感謝して、同じようにささやき返す。「レイフは理由があるというが、絶対に説明しようとしない。エロイーズは弟の話をしない。なんにせよレイフがワーテルローから戻ってすぐになにかあったらしい」彼は肩をすくめた。「政治的なことじゃないかな、たぶん」

マディは横目で彼を見たが、少なくとも口に出して反論はしなかった。クインにもほんとうにわからないのだ。なんにせよ結婚式までにはわだかまりが消えることを望むばかりだ。

「ミス・ウィリッツ」書斎を抜けて小さな庭に出たところで、エロイーズがいった。「訪ねてきてほしい特別なお友達はいらして？　いらしたら、ロンドンに戻ったことをわたくしたちが知らせておくけれど」

マディは首を振った。「いません」

「まあ、遠慮しないで」エロイーズは笑顔でなだめるようにいった。「ひとりも？」

「旧交を温めたい友人はひとりもいません」彼女はきっぱりいった。「思い出したい友人も」

エロイーズはしばし彼女を見つめた。「まあ、そんな」それからクインにいった。「だとすると、思ったよりむずかしいことになりそうね」

マディの表情が反発から屈辱に変わった。クインは突如こみあげたエロイーズへの怒りをこらえた。もっとマディの心情を察してしかるべきだ。普段はもっと如才ない女性なのに。

「そうでもないさ」クインは答え、マディのほうを見た。「そんな誠意のない友人はぼくだっていらない」

エロイーズはなにかいいたげな顔だったが、かわりに楡《にれ》の木陰に置いたテーブルに座るよう彼らに身振りで示した。「もうひとつ席が必要ね」それを聞いた召使が急いで走っていった。

「ロンドンを出たあとの冒険のお話をぜひお聞きしたいわ」マディが席に着くと、エロイー

イフが割って入った。

「ぼくなら喜んで、アフリカでの冒険談を披露するよ」手ずからマデイラ酒を注いでいたレイフが割って入った。

「あら、エロイーズと呼んでちょうだいな。家族同然という気がしているのよ」

マディは訝しげな顔をしたが、やがてほほ笑んだ。「わかりました、エロイーズ」

「わたしは冒険とは思っていません、レディ・ストークスリー。わたし――」

ズはせがんだ。

エロイーズは冷やかに彼を見やった。「ええ、レイフ、何人の現地女性をだまし――」

「いいかい、マディ」エロイーズの悪意ある口調に驚き、クインがあわててさえぎった。

「全部いっぺんにする必要はないんだ。ゆっくり手探りで進んだほうが賢いと思う」

マディは茶化すように彼を見た。「オペラでわたしをオオカミの群れに放り出す前にそれをいってほしかったわ」

「あれは――」

「あなたのいうとおりよ、クイン」エロイーズは同意した。「昼食会から始めたらどうかと思っていたの。明後日。わたくしの特別な友人を何人か招くわ。次にあなたやわたくしの友人をもう何人か招いて、郊外へピクニックに行きましょう」

「ああ、それはすばらしい」クインは同意し、本人を無視して計画を進めていることにマディがむっとした顔をしているのは気づかないふりを通した。「母も昨夜のオペラの件は少々気負いすぎていたようだ」

「海にはなにがいるかわからないものですからね」エロイーズは控えている召使に料理を運ぶよう、苛立たしげに合図した。

「鮫だらけでしたわ」マディがつぶやいた。

レイフがエロイーズに向かって片眉を上げて、くすりと笑った。エロイーズのほうは不愉快そうに鼻を鳴らした。なんにせよふたりの敵意は激しさを増している。どうなっているのか探り出さなくてはとクインは心に決めた。

マディを見ると、目の隅でエロイーズを見ながら珍しくおとなしくしている。レイフとエロイーズのことにも関心があるけれど、やはりマディが先だ。彼は決心した——彼女の窮地、彼女の幸せが、どうしてこれほど自分にとって大切なのか、それを思い悩むのはもうやめようと。

11

「まあ、いやだ、怖い」マディが笑った。声も表情もいかにも楽しそうだ。クインは顔を上げた。レイフが厩舎の角から身を乗り出している。顔にアフリカの仮面をかぶっており、それが青い上着と黒のブリーチズという服装と鮮やかな対照をなしていた。

レイフは仮面をはずした。「たしかこれは、ズールー族の雨の神といわれてたものだ。たぶんこの顔で、空から雨粒を追い落とすって寸法だろう。効果抜群だったと思うよ」レイフはぶらぶらと厩舎に入ってくると、仮面を手綱かけにひょいとかけた。「馬で出かけるのかい？」

クインはアリストテレスが前の主人に挨拶しに行く前に、ひらりと馬にまたがった。「ああ、そうだ」マディとふたりきりで過ごそうと思うと決まって現われる弟の第六感にうんざりして、短く答える。「あとで会おう」

マディは不思議そうにクインを見た。心の内を読み取られたくなかったので、彼はアリストテレスの手綱を調節することに注意を向けた。マディは昨日の午後ずっとおとなしかった。

そのためクインは、彼女をエロイーズに託したのは正しかったのだろうかとひと晩思いめぐらすことになった。母が協力を禁じられたとなっては、またいとこのほかに頼む相手もないのだが。

婚約者——も同然だ——は自分と同じように適切な人々をよく知っている。ただ、考えてみれば、その多くはマディが親しくなりたいと思う相手ではなさそうだ。昨日のエロイーズは辛辣で、不機嫌だった。たぶんレイフが同席していたことで、いつもの落ち着いた物腰を乱されたのだろう。それにしても、全体的にひどくややこしい状況になってきた。ラングレー・ホールに行く前——マディ・ウィリッツに会う前のほうが、ことははるかに単純だった。

弟の手を借りて横鞍に載る、彼女のすらりとした体をちらりと見た。「ハニーは気に入ったかい？」威勢のいい栗毛の牝馬を示してきいた。

マディはほほ笑んだ。「すばらしいわ。口笛を吹いたら走ってくることを教えるつもり」

「口笛は感心しないな」彼女が牝馬を気に入ったことに満足しながらも、クインは指摘した。

「ついていってもかまわないか？」レイフがいった。

クインは苛立ちを隠して、そわそわしているアリストテレスの向きを変えた。「ああ」

「ありがとう」レイフは馬丁頭に合図すると、からかうような笑みを浮かべて兄にいった。

「ウェダーズ、馬に鞍をつけてくれないか？　兄さんがアリストテレスに乗らせてくれるなら別だが」

「とんでもない」

三人はハイドパークへ向かった。ひんやりとした朝の陽射しに朝露がきらめいていた。レイフはマディの片側を固め、クインが反対側を受け持った。はたから見たらさぞ滑稽だろう。同じ骨を狙う二匹の犬さながらだ。一日のこの時間では、それに気づく人もほとんどいないが。

しばらく無言でいたあと、クインは咳払いした。「こんなに朝早いと、ぼくら三人が窪地でも見つけてよろしくやってても、だれにも見られずにすむだろうな」

マディはぎょっとした顔をし、やがてぐるりと目を回した。「まったく、またくだらないことを」

「なんだって？」レイフが吠えた。「頭がいかれたか？　謝れ！」

クインはマディをじっと見たままだった。「いや」

「放っておいて」マディがぴしゃりといった。「楽しもうとしてるんだから」

「ふたりなら、もっと楽しめるかもしれない」

「クイン！」レイフが怒鳴った。驚くほど父親そっくりの怒鳴り声だった。

クインは横目で弟を見た。どんなレディもレイフにとっては狩りの獲物にすぎないことを思うと、こんな騎士道精神は彼らしくなかった。

「あなたを殴らせないで」マディはそうしたくてたまらないといった顔で警告した。

「侮辱する相手を片っ端から叩きのめしてはいられない」クインは彼女に身を寄せた。「ああいうことはまた起きる。きみがエドワード・ラムレイのレベルに落ちてもいいというのでないかぎり」

「もちろん、そんな気はないわ。ただ、いずれにしても彼がまたわたしを侮辱してくるとは思えない」

レイフはふたりを交互に見ていた。「いったいなにをやってるんだ?」

「対ろくでなしトレーニング」マディは説明した。

「対——、気はたしかか、クイン?」

「黙れ」クインはうなり、非協力的な弟を無視しようとした。「もちろん、ラムレイはこれからもきみを侮辱するさ。面と向かってはしないかもしれないが、ほかに機会さえあればね。きみはさらに傷つくことになるだろう、きちんとした形で彼と片をつけないかぎり」

「ピストルでってこと?」彼女がいった。

レイフが噴き出し、マディも彼にほほ笑み返した。クインには少しも面白くなかった。

「レイフ、向こうへ行ってろ」彼は食いしばった歯のあいだからいった。

「ああ、わかったよ」クインに鞍から殴り落とされそうだと感じてか、弟は溜息をついた。

彼は葦毛の馬を蹴って速歩でロットン通りのほうへ向かった。「名誉の仇打ちが必要になったら呼んでくれ、マディ」

彼女はクインを睨んだままだ。「やっぱり、こんなトレーニング意味ないわ、クイン」

「マディ、これは冗談じゃない。ぼくはきみにここで堂々と胸を張っていてほしいんだ」

傷ついた表情で、彼女は顔をそむけた。「わたしはここで頭を上げていられるわ。悪いことはなにもしてないもの」

クインは手を伸ばし、ハニーの手綱をつかんだ。「それはわかってる」

対ろくでなしトレーニングを進めるにあたって困難だったのは、きわどい状況をつくり出すことではなかった。むしろ彼女への気持ちを吐露することなく、そうしたことばを口にする方法を見出すことだった。それはいっこうに容易にならない。

「選択肢はあまりないんだよ、ダーリン。今後もきみは馬鹿げた、侮辱的なことばを聞かされることになる。わかるね、破滅した身なんだから。同じ種類のことばで返すしかないんだ」

彼女は顔をしかめた。目がきらりと光った。「いいわ、クイン。あなたは口が達者なつもりのようだけれど、わたしなら侮辱するにもはるかに気の利いたせりふを思いつくでしょうね、ダーリン」

クインはうなずいた。「その反撃は合格だな」

マディは横目で彼を見た。表情はまだ不機嫌で険悪だった。「冗談でいったんじゃないわ」

マディは手綱を彼の手からもぎ取った。「どちらかといえば、ラムレイみたいにあなたをのしてやりたいところよ」

「いいね。きみも一緒になって寝転がってくれるなら」

マディは目を閉じた。「ふたり分の場所はなさそうよ、あなたのそのうぬぼれで膨れあがった頭があると」

彼は笑いを噛み殺した。「膨れあがってるのは頭じゃない」

マディは顔を赤らめたものの、つんと顎を上げた。「わたしよりはその馬と仲よくするほうが、まだ見込みがあってよ」

彼女はシャイではない――それは百パーセントたしかだ。「ぼくがいった以上にきわどいせりふで返すのはまずいな」

「そう、規則があったとは知らなかったわ」

「もちろん、規則は――」

「ウェアフィールド?」

馬に乗ったエイブリー卿が、むくんだ笑顔でこちらに向かってきた。あのおっとりした男を気の立ったマディに引き合わせる気にならず、彼はアリストテレスの向きを変えた。「すぐに戻る。どこにも行くな」

「どこにも行くな」マディは横柄な口調を真似た。「レディがこれ以上の侮辱を黙って待ってると思うの」彼女はさっそく雌馬の向きを変え、レイフを探した。しばらくして彼が、馬車に乗った少なくとも五、六人の女性に囲まれているのを見つけてためらった。「やめておくわ」人込みに不安を覚えながら、そうひとりごちて、人気のない小道のほうへ向かった。最後のやりとりがなかなか愉快だったのはたしかだけれど、ときおりクイン・バンクロフトがたまらず憎らしくなる。彼はいつだって、わたしにとってなにがベストかわかっているつもりなのだ。わたしが賛同しようとすまいと。許しがたいほど独善的で、これまでうれしいことなんて、いってくれたためしがない。励みになること、優しいこと、ロマンティックなことも。

マディは瞬きして唐突にハニーを止めた。ロマンティック？ いったいどこからそんなことばが出てきたの？ わたしが彼を好きだとしても、あいにく死ぬほど好きになってしまったとしても、彼がわたしのような人間と結婚を考えるはずがない。破滅した娘――彼はわたしをそう呼んだ。そして実際にそうなのだ。それに引き換えクインは――。

抑えようといくら努力しても、わたしの夢や想像は彼を中心に回っているみたいだ。彼はたんに気の毒だからという理由で、迷い猫を世話しようと意固地になっているだけなのに。特定の相手のいない、魅力的で気さくなレイフでさえ、クインのようにわたしの心臓を高鳴らせることはない。

マディは自分の手に視線を落とした。救いようのない馬鹿だわ。貴族の地位にあって、わたしの過去を知る前も知ったあとも、変わらず優しくしてくれた初めての若くてハンサムな紳士だからといって、ウェアフィールド侯爵に恋してしまうなんて。キスしたとき、ふたりが同じ気持ちなのはたしかだと思った。とはいえ、彼は礼儀上ああしただけなのかもしれない。クインラン・ユリシーズ・バンクロフトについてひとついえるのは、彼はいつどんなときも礼儀を忘れないということだ。

馬で静かな小道を進み、たまのひとりの時間を楽しんだ。クインにやいやいいわれることなく、なにかできるというのは実に久しぶりだ。

「おや……まさか！」

マディは手綱をぐいと引き、馬を止めた。顔から一挙に血の気が引き、突然息ができなくなった。その声は知っている。二度と聞きたくないと思っていた声だ。彼女は目を閉じた。見ることもできなかった。

「マディ？　マディ・ウィリッツ？　きみなのか？」

馬の蹄の音が近づいてきた。マディは苦しげに息をつき、目を開け、たどたどしくいった。

「チャールズ」

チャールズ・ダンフレイは彼女が覚えているとおりの容姿だった。背が高く、黒っぽい髪をし、目が覚めるほどハンサムだ。ブラウンの瞳にあきらかな驚愕の色を浮かべて彼女を見ている。形のいい口をあんぐり開けていた。「やっぱりきみか。とても信じられない」

マディもだった。「し……失礼します」そういって、震える手で手綱を引いた。

「行かないでくれ、頼む」

ためらいながらも、マディは振り返ってもう一度彼を見た。期待に満ちた熱心な表情を目にし、胸の内にのたうつ感情を抑えようとした。彼は五年前わたしを見捨てた。説明を聞こうともしなかった。怒りを感じて当然だ――緊張のあまり気分が悪く、頭がくらくらしていなければ。「なにかご用、ミスター・ダンフレイ？」

「二度ときみに会うことはないと思っていた」彼は馬を二、三歩ゆっくりと進めた。彼女が逃げ出すのを怖れているかのように。

「あなたがそう望んだんでしょう」マディは堅い口調でいった。怒り、鬱憤、憎しみ――なんにせよ、しぼみかけた勇気を奮いたたせてくれるものを手探りしながら。

ダンフレイは首を振った。「そうじゃない。ぼくは怒っていた。頭に血が昇ってた。でもきみが……いなくなったあと、ぼくは……」ダンフレイは目を伏せ、しばらくしてまた彼女の目を見つめた。「いろいろなことを考える時間があった、マディ」

「わたしもよ」

「ぼくは……」彼はいいかけたが、ことばはとぎれた。「まったく、きみと会ってあんまり驚いてしまって、なんといっていいかわからない。頼むから、ぼくのことはもう怒っていないといってくれ。できたら……明日、きみを訪ねて行ってかまわないだろうか？　ご両親のところにいるのかい？」

「いいえ。両親は……わたしはバンクロフト・ハウスにいるの。ハイブロー公爵の客として。両親はわたしがロンドンにいることを知らないわ」

「バンクロフト・ハウス？」ダンフレイはしっかりと手綱を握る彼女の手にふれたそうに、手を伸ばしてきた。が、ぎりぎりのところで思いとどまった。「そこに訪ねて行ってかまわないかい？」

すっかり動転し、彼女はまたためらった。「ええ、あなたがそうしたければ」

「ありがとう」最後にもう一度彼女をじっと見つめてから、彼は向きを変えて立ち去った。

マディは震えを止めることができなかった。長いこと再会を恐れていたが、これは想像していたものとはまったくちがった。まったく。

「彼はいったいなんの用だったんだ？」

クインは囚われの姫君を救うため、戦場に突撃せんとする騎士さながらだった。グリーンの瞳を細めて、立ち去るチャールズ・ダンフレイの背中を睨んでいる。

マディは身震いした。「なんでもないわ」

クインは怒りに顎をこわばらせたまま、横目で彼女を見た。「なんでもない？　そのわりには長々と話をしていたじゃないか」

「彼、謝りたかったんだと思うわ」

「謝る――」彼ははたと口を閉じ、またダンフレイのほうを見た。「で、きみはすんなり謝らせるのか？　あんなことをされたあとで？　評判をめちゃめちゃにされたあとで？」

マディの背筋をかすかな興奮が走った。彼——嫉妬しているんだわ。「わたしにとっては、ずっとことが楽になると思わない？　チャールズと和解したら？」

「ああ、たしかに……そうかもしれない」彼もしぶしぶながら同意した。

彼女はうなずいた。「彼、明日わたしを訪ねてきます。バンクロフト・ハウスに」

クインはまたちらりと彼女を見て、目をそらした。歯ぎしりの音が聞こえた気がした。

「ああ、そいつはすばらしい」彼はアリストテレスを強引に方向転換させた。「行こう。うちの馬鹿弟はどこだ？」


クインは自分がおそろしく不機嫌であることは自覚していた。ハイドパークから戻って五分もしないうちに、マディとレイフは彼を置いて、ピケットに誘おうと公爵夫人を探しに行ってしまった。

それにしてもいまいましいチャールズ・ダンフレイ。いまいましいマディ。ふたりの和解についての彼女の意見は当然ながら正しい。こちらはこの夏いっぱい彼女のダメージを回復させようと四苦八苦してきたのに、ダンフレイのほうは人前で彼女にほほ笑みかけるだけで、目的を達成できるとは。

これ以上否定しても意味はない。考えると、高価な壊れ物を叩き壊したくなるのだが、ともかくぼくはマディを社交界に復帰させたいだけではないのだ。自分がその立役者になりたい。彼女に感謝してほしい。必要としてほしい。ぼくが愛しているように愛してほしいのだ。心臓が激しく打ちはじめた。クインは壁に寄りかかり、彼らのいる客間の閉じたドアを見つめた。そこに彼女もいる。

なんてことだ。ぼくは彼女を愛している。これまでの人生でしてきた、考えた愚かなことのなかでもこれは最悪だ。五年前のことがなかったとしても、マデリーン・ウィリッツは彼が情事以上のことを真剣に考えられる相手ではない。いまそういう関係になったらさぞうれしい——それこそ天にも昇る気持ちだろうが。

客間から三人の声が聞こえてきた。カードに興じながら笑い、歓談している。公爵夫人さえマディには好意的になった。昨日は公爵にあてつけるように彼女を連れてレディ・アシュトンの家を訪れた。そして人騒がせなお相手役を即刻ラングレーに返すとマルコムに伝えるのは先に延ばすよう、夫を説得したのだった。

「今度はなにをふさいだ顔してる?」

クインはびくりとして、体を起こした。「ふさいでなんかいません」堅い口調で答える。公爵が片手に書類の束を持って、オフィスから現われた。「考えごとをしていたんです」

「なにを考えてた?」公爵が訝しげにきいた。

マディに自分の気持ちを伝えるかどうか。「夏の結婚式にすべきか、秋にすべきかです」

かわりに彼は答えた。エロイーズとの二十三年越しの約束を思い出し、どこか他人《ひと》ごとのような恐怖を覚える。父を見ると、険しい顔からすばやく驚きの表情を隠したのがわかった。

公爵は冷やかに彼を見た。「明日にしたらどうだ、急にその気になったのなら」

「ぼくはかまいません」クインはぴしゃりといった。憤り、動揺し、追いつめられていた。「エロイーズに手紙を送りますよ」

「はったりをいうな、クインラン」ハイブロー卿は諫めた。

「はったりじゃありません」彼は短く答え、踵を返した。「父上はジョージ王に使いを出されたらいい。翌朝ウェストミンスター寺院に参列願いたいと」肩越しに続ける。「問題はないと思います」

「それで、おまえがエロイーズを孕ませ、このわしが結婚を急がせたと、貴族という貴族に思わせようというのか？　そんなことは許すわけにいかん」公爵は険悪な表情になって怒鳴った。「そこまで馬鹿だったのか、おまえは？」

クインは父のほうを向きなおった。「ぼくはミス・ウィリッツにのぼせているらしい」彼は青ざめた顔でうなるようにいった。「心を決めてください、公爵」

「わしにそんな話しかたをするな。でないとあの赤毛の売女同様、おまえもロンドンじゅうの人気者にしてやるぞ」

もうたくさんだ。「マディのことをそういうふうにいわないでください。思い上がった

「――」

「わしはそんな――」

客間のドアが開いた。「ルイス」公爵夫人が低い声でさえぎった。三人とも客間でやりとりをすっかり聞いていたのはあきらかだった。クインはたじろいだ。

「ヴィクトリア、引っ込んでいろ――」

「お願いです」彼女はまたさえぎった。「レディ・フィンチとレディ・デリースがまもなくここにいらっしゃいます。落ち着いてください」

「落ち着けだと？　わしに指図するのか？　はん。わしは〝ホワイツ〟に行く！」公爵は足音荒く、廊下を歩いていった。「おまえはこの夏エロイーズと結婚するんだ、クインラン。でないと新しいハイブロー公爵の時代が来ても、それはおまえじゃないぞ。わかったな？」

クインは答えなかった。答えを期待されてもいない。父が命令を出したら、それは従われるはずで、口論の終わり、会話の終わりだった。クインは母の心配そうな眼差しを受け、ぎこちなくうなずくと踵を返した。

アリストテレスは一日に二度連れ出されて困惑したようすだった。もっとも事情が事情なだけに、クインは同情する気になれなかった。クイーンストリートへ馬を走らせ、エロイーズが在宅しているか尋ねた。彼女はいなかったが、ストークスリー家の執事は彼女が訪問中の知人の住所を教えてくれた。

ロンドンでエロイーズを追いかけるというのも奇妙な感じだった。これだけつきあいが長いと、自分が彼女を探してディヴァイン伯爵家の玄関に現われたときの彼女の反応も、的確に予測できる。彼女は美しく知的で、生まれたときから未来のハイブロー公爵夫人となるべく育てられてきた。彼自身が未来の公爵として教育を受けてきたように。だが、突如としてあることを確かめずにいられなくなった。彼女といるときの自分の気持ち。それが知りたくなったのだ。

マディと同じ部屋にいるときの気持ちはわかっている。苛立ち、敵対心、興奮。実をいえばエロイーズに対してどう感じようと問題ではない。彼女と結婚することは昔からわかっていたし、結婚はするつもりでいる。だが、ともかく彼はディヴァイン家へと向かい、低い階段を上がって、ドアを叩いた。

「ウェアフィールド侯爵」クインが訪問カードを渡し、来意を告げると、執事は一礼した。

「ロビーでお待ちいただいてもかまいませんか」

ほどなくエロイーズが二階の客間のほうから現われた。「クイン、なにかあったの？」階段を下りて彼に近づきながら尋ねる。

「いや」クインは彼女の手を取った。「ただ……先日、無理をいったんでないことを確かめたかった。マディの件で協力を頼んだときのことだが」

彼女は優しくほほ笑んだ。「もちろんそんなことないわ。実をいうとわたくし、ミス・ハリエット・デシャンプとレディ・ディヴァインに明日の昼食会に出席していただくことを決めたところなのよ」

「それはよかった。協力、感謝するよ」

「力になれてうれしいわ」彼女はわずかに眉根を寄せて、じっと彼を見つめた。「ほかにもなにか?」

「いやいや、もちろん、なにもない」彼は帰りかけ、はたと足を止めた。確かめなくては。

「エロイーズ、ひとつ……頼みがあるんだが」

「なんでもいって、クイン」

廊下をひとわたり見渡した。ありがたいことにだれもいない。彼は咳払いした。「キスしてもいいかい?」

彼女の顔を一瞬困惑の表情がよぎったが、やがて笑みが戻った。「喜んで」

短く息を吸って、クインは一歩前に出た。彼女が顔を上向けると頭を下げ、唇をそっと合わせる。長いことそのままで、かすかな吐息を聞きながら彼女の唇を味わった。

やがて、体を離した。「ありがとう」

「それで」エロイーズは小さくほほ笑んで促した。「どうだったかしら?」

クインも笑みを返した。「すばらしかったよ、エロイーズ。これまできみにキスしたことがないことに気づいたんだ。明日会おう」彼はお辞儀して、向きを変えた。

「クイン？」

彼は足を止めた。「なんだい？」

「日取りを決めなくちゃならないわ。あんまり遅くなると、祝ってくれる人がまわりにだれもいなくなってしまうもの」

「ああ、わかってる。いま……公爵と日程を調整中だ。ともかくすぐだよ。もうすぐだ」

クインはそとに出て、アリストテレスにまたがった。が、手綱を持ったまま、しばらくその場を動かなかった。彼女は求婚する絶好の機会を与えてくれたのに、自分はなにもしなかった。いや、実は未来の妻にはまったく関心がないこと、そして自分のものにはできない女性に大いに関心があることを確認しただけだった。


「それで、ウェアフィールド侯爵はなんのご用だったの？」ジョアンナ――レディ・ディヴァインがブロンドの巻き毛を指にくるくる巻きつけながらきいた。

エロイーズはにっこりして、椅子に座った。「わたくしにキスしたかったの」小声で答えてお茶を飲んだ。

ハリエット・デジャンプが身を乗り出した。「なんですって？」

「キス？」ジョアンナのほうは訝しげにくり返した。「そのためにわざわざここまで来たの？」

「わたくしたち、結婚するのよ、知っているでしょう」エロイーズは指摘した。「彼はわたくしにぞっこんなの」

「このごろは別のだれかさんにぞっこんなのかと思ったけど」レディ・ディヴァインはいった。

「クインは昔から優しくて寛大な人でしょう。あの気の毒な娘はほかに行くところがないのよ」彼女はお茶を脇に置き、身を乗り出した。「わたくしたちの仕事はね、彼女にほかに行く場所を見つけてあげること。いますぐにでも」

ハリエットはくすくす笑った。「いらない子犬は溺れさせる。そうでしょう？」

ジョアンナとエロイーズは声をあげて笑った。エロイーズはお茶菓子をかじって続けた。「明日の昼食会には大きなパンチボールを用意しておくわ。万が一に備えて」

馬車ががくんと停まると、チャールズ・ダンフレイは溜息をついた。まったくいやになる。シーズン真っ最中にロンドンを離れなくてはならないとは。しかもよりによって行き先はデヴォンシャーときた。することもなければ見るものもない、まるで面白くない土地だ。

無事着いたことに半ば驚きながらも、ドアが開くと、ダンフレイは帽子を被りなおして立ちあがった。「やあ、ホスキンス」そういって、馬車を降りた。「今晩、子爵はご在宅かね？」

執事はしばし口をぽかんと開けて彼を見ていた。その痩せたいかめしい顔の線ひとつひとつに驚きが現われていた。「ミスター……ミスター・ダンフレイ。ええ……ええ、いらっしゃいます。こちらへどうぞ」

ホスキンスは彼を客間に案内し、主人に来客を告げるためそそくさと部屋を出て、後ろ手にドアを閉めた。ダンフレイは小さくほほ笑み、ぶらぶらと歩きまわって、見慣れた陶器の人形やガラス製の花瓶のコレクションを眺めた。この五年間でほとんど変わっていない。ドアが開いたので、彼は振り返った。

背の高い白髪の紳士が戸口に立ち、客を見て、驚きとも困惑ともつかない表情を浮かべていた。それもやむなしだ。ダンフレイ自身、子爵とまた相まみえることになるとは思ってもみなかった。

ダンフレイはお辞儀をした。「こんばんは、ハルバーストン子爵。前触れもなく訪ねて来ましたこと、ご容赦ください。ですが、実はわたし自身、今朝まで知らなかったのです」彼は申し訳なさそうに、そしていささかばつが悪そうに笑った。「ポートワインを一杯いただいてもかまいませんかね、どうにも……落ち着きませんで」

子爵は用心深くうなずき、彼の背後の廊下にひっそり立っていた執事に合図した。「ホスキンス、ポートワインを」それから客間に入り、ドアを閉めた。

一瞬ダンフレイは、子爵夫人と会うことにすればよかったと思った。彼女のほうが扱いやすかっただろう。だが、どちらにせよちゃんと事情を説明する前に逃げ出されては困る。

「単刀直入ですまないが、チャールズ」子爵はそっけない口調でいった。「なんの用があってハルバーストン家にやって来た？　最後に話をしたときは、気持ちよく別れたとはいえなかったが」

ダンフレイは首を振り、ソファの端に腰かけた。「たしかにそうでした」真剣な面持ちでいう。「そのことでも謝りたいのです。ぼくは……その、かっとなっていました」

子爵はうなずいた。

ダンフレイは身じろぎした。真の緊張が見せかけの狼狽を本物らしく見せていた。今晩うまくいかなかったら、債務者監獄を逃れる自分の才覚もこれまでと観念するしかない。「どうお話しすべきかよくわかりませんが。実は――今朝……マデリーンを見かけたんです」

ハルバーストン卿は青ざめた。「マデリーン？　マディを見かけたのか？　わしの娘、マディを？」

ダンフレイはあわてて立ちあがり、子爵がくずおれるまえに椅子に座らせた。自分のほうは気分がよくなっていた。状況からして、子爵が娘の居場所を絶えず気にかけていたという事実はいい前兆としか思えない――そう願った。「ええ、そうなんです。で、話しかけてみました」

「娘はどこにいる？」ロバート・ウィリッツは椅子の肘かけをぎゅっとつかんだ。

ここがむずかしいところだった。この話のなかで自分を必要不可欠な存在にしなくてはいけない。ハルバーストンが他人の協力なしに娘に近づけると思ったら、すべては水の泡だ。

「ロンドンです」

「ロン――ロンドンのどこだね？」

「閣下、彼女はぼくとあまり話したがりませんでした。あなたのことも。ただ、あなたは自分の居場所を知らないとだけで。穿鑿するようで申し訳ありませんが、彼女と……和解なさってないのではないですか」

「そうするにも居場所がわからなかったのだ」ハルバーストン子爵は認めた。口調からして不本意なのはあきらかだったが。「元気だったか？」

「実にきれいでした」それはほんとうだった。「十八のときよりさらに」実をいえばあれほど美しい彼女を見るのは癪だった。彼への気持ちが一片たりとも残っていないのはあきらかだったから。

「どこにいるといっていた？　娘は――」

「どうか、閣下」彼はまたばつが悪そうにほほ笑んでみせた。「ほんの二言三言、話をしただけなのです。しつこく聞くわけにはいかなかった。なにしろ彼女には償わなくてはならないことがたくさんありますからね」

子爵は値踏みするように彼を見た。「それはつまり、償いをしたいということか？」

その期待に満ちた口調に、ダンフレイは思わずほほ笑みそうになった。「ええ、もちろんです。ご存じのとおり、ぼくはマディが失踪したあと結婚しました。パトリシアは大切な妻でしたが、一年前に他界しました。今朝マディに会ったとき――なんというか、彼女がまた自分の心に入り込んだのがわかりました、ロバート。時はすべての傷を癒すといいますからね」

「たしかにそうだな、チャールズ」

「明日、彼女を訪ねるつもりです。ただあなたが、この知らせをすぐにもお聞きになりたいだろうと思ったものですから。それに、ことを進めるにあたって許可をいただきたかったので」

「いまでも娘と結婚したいということか？　この五年間どこにいたのかまるでわからなくても？」

この部分は簡単だった。「閣下、ぼくの信用を危険にさらすことはもちろん承知してます。あらためてマディを妻にしたいと申し出たら、そのことできっといろいろな非難を浴びるでしょう。けれどもパトリシアの死後、いろいろとつらいことがあって」彼は肩をすくめた。「ともかく、マディにもう一度チャンスを与えるべきだと思うようになったんです」

子爵は椅子から身を乗り出した。顔色が戻ってきていた。「きみは優しい、思いやりのある男だ、チャールズ。前々からそう思っていた」

「ありがとうございます、ハルバーストン子爵。マディにもそう思ってもらうことが、ぼくのなによりの望みです」

「で、娘はどこにいるのだ？」子爵はくり返した。

実はその質問がうやむやになることを、ダンフレイは期待していた。もっともそれは虫がよすぎるというものだろう。「それはお話ししますが、その前にぼくの計画を聞いていただけないでしょうか。また彼女に逃げられてはおしまいですからね」

「ああ、むろんそうだ」子爵は急いで同意した。「きみの考えは、ダンフレイ？」

「あのですね、どうやら彼女はハイブロー公爵夫人の世話になっているようなんです」

「ハイブロー？　なんてことだ！」ハルバーストン子爵は仰天した。今宵三度目だ。「ハイブロー公爵夫人だって？」

「そうなんです。本人が打ち明けました――しぶしぶですが――、バンクロフト・ハウスに滞在していると。明日の午後、ぼくはそちらを訪問する予定です」

ハルバーストン子爵は期待に満ちた口調でいった。今宵二度目だ。「それは実にいい兆候ではないか。ぜひ、進めてくれ、チャールズ」

「もちろんです」ダンフレイは勝利の笑みを押し殺して同意した。いまやハルバーストンはこちらの味方だ。「あなたもロンドンに行かれたほうがいいと思います。そのうち――」

「ああ、すぐにでも行く」子爵は熱心にいった。

「いえ、いえ……それではぼくが彼女の信頼を裏切ったことがわかってしまいます。一、二週間待っていただかないと。それからなにか口実をつくってロンドンに来るんです。で、ぼくと同じく、偶然、彼女と会うよう慎重に手筈を整え……」

子爵はしきりとうなずいていた。「わかった。娘が公爵夫人を怒らせたり、また逃げ出したりしては困るからな」

「そのとおりです。もう一度彼女を失う危険は冒せません」それと彼女の持参金を。もっともその交渉はあとだ。彼女を無事、ものにしてから。

ハルバーストン子爵は息をついた。「わしも同じ気持ちだ」

ダンフレイは立ちあがった。「すばらしい。ぼくは急いでロンドンに戻らなくてはなりません。訪問の時間に遅れてはいけませんので」

「きみには深く感謝するよ、チャールズ」

今度ばかりはダンフレイの笑みも本物だった。「ありがとうございます、ロバート」

マディは新たに知り合った人々を見渡した。クインにはくり返し彼女自身も高貴な生まれであり、他の人々のように昂然《こうぜん》と頭を上げていていいのだといわれた。そのお世辞はまたとなくありがたかったけれど、実際には彼は、自分のいっていることをわかっていなかったのだ。

社交界から追放される前でさえ、彼女はかくも華やかな世界に足を踏み入れたことがなかった。どこを見てもこの公爵、あの侯爵、十二代続いた子爵の娘、妻、姉妹ばかり、みな焼き菓子を上品につまみながら噂話に花を咲かせている。マディもデビューしたシーズンのほんの短期間にそうした人々の多くと会いはしたが、実際に彼女たちの昼食会に招かれるなど想像だにしなかった。桃のペストリーのかけらが床に落ち、つい顔をしかめそうになる。ましてや自分のためにそうした昼食会が開かれるなんて。

「彼、ほんとに倒れこんだの？」

レディ・マーガレット・ペンワイドは手で口をおおって笑った。「いいえ、ミセス・グラディがすんでのところで支えたわ」

マディの横に座っていたエロイーズがほほ笑みかけ、手をぎゅっと握った。励ましのしぐさだったのは疑う余地もないが、おかげでペストリーがまた崩れ、今度はマディの足もとに落ちた。

「嘘でしょう！」

「彼女のせいだとは思わないわ。生まれからしたら、どうしたってどくわけにはいかなかったのよ。でも、おかげでハイドパークのど真ん中に立って、フランシス・ヘニングに両手で胸をつかまれる羽目になってしまったというわけ」

昼食会はそんな調子で進んだ。だれかが共通の知人の恥ずかしい話を披露し、全員がそれを笑う。かつてその手の嘲笑を浴びたことのあるマディとしては、笑えなかったが。とはいえ、五年前は自分も、エロイーズや彼女の友人たちとさして変わらなかったのだ。愚かだった。

「ミス・ウィリッツ？」

驚いて顔を上げると、黒っぽい髪のレディが隣りに座っていた。ベアトリス・デンセン。かすかな記憶があった。マディより数歳年上の洗練されたレディで、少なくとも五年前の噂では、優雅なサロンを開いているということだった。「ミス・デンセン」マディは答えた。

「ちょっと失礼するわね」エロイーズは反対側からいって、立ちあがった。「デザートを見てこなくちゃ」

「もちろん、どうぞ」

「ミス・ウィリッツ、厚かましいかもしれないけれど、わたくし、つねづね社交界はあなたにひどい仕打ちをしたと思っていたのよ」ベアトリスはマディの手を取っていった。

突然なれなれしくされて、マディは逆に落ち着かない気分になったが、ともかくほほ笑んだ。少なくともこの人は話しかけてきてくれたのだ。ただじっと見つめるか、さらに悪いことに目の隅でこちらを観察しているだけでなく。「ありがとう」

「兄のゲイロードとわたくしは今夜、内輪の夕食会を計画しているの。お誘いしてもよろしいかしら。ゲイロードはホイストの名手なのよ」

マディはほほ笑んだ。クインは賛成しないだろう。彼が慎重に練った計画の一部ではないから。「ぜひうかがいたいわ」彼女は答えた。

ベアトリスはほほ笑み返した。「だったら迎えに行くわね。七時に」

「ありがとう」

二時半になると、マディをバンクロフト・ハウスまで連れて帰るべく、ウェアフィールド侯爵の馬車がストークスリー・ハウスの短い私道にがらがらと音を立てて入ってきた。馬車のドアに描かれた赤と黄色の紋章をマディはげんなりと見やった。わたしの評判を回復したいというわりには、クインのやることはどう考えてもおかしい。

エロイーズに聞かれないよう注意深く、憶測が飛び交っているのを耳にしたのだ。侯爵はなぜ文句なく快適なホワイティング・ハウスではなく両親の屋敷に滞在しているのか。そして考えうる理由として自分の名前が挙がっていた。

それでも――と、マディはクインの馬車に乗り込みながら思った。みんな表向きは親切で礼儀正しかった。彼女たちから丁重に扱われることは期待していなかったのに。自分としてもまあまあうまくやった。あといくつかペストリーの屑をこぼしたものの、スカートの下になんとか隠したし、夕食にも招かれた。全体としてある程度の勝利と考えてよさそうだった。

しかしながら馬車がバンクロフト・ハウスの私道に入ると、彼女の考えも変わった。チャールズ・ダンフレイの馬車がすでにそこで待機していたのだ。不安がさざ波のように走り、全身を震わせた。難関はこれからだった。

「ミス・ウィリッツ、お客さまがお見えです」執事が告げた。

「ええ、ありがとう、ビークス」彼女は震える指で帽子とショールを取り、彼に手渡した。

執事はうなずいた。「客間でお待ちになっています」ためらってから、続けた。「幸運を祈りますよ、ミス・マディ」

彼女は驚いて彼を見た。「ありがとう」

心臓が激しく打っていた。ゆっくりと階段を上る。チャールズがなにをいおうと、どう思おうと、わたしには関係ないのだと、一歩ごとに自分にいい聞かせようとした。婚約を解消したのは彼。わたしはそのあと彼にも両親にも頼らず、ひとりで生きてきたのだ。

階段を上りきったところで、マディは足をとめた。クインが書斎の戸口に立っていた。開いた本を両手に載せている。目を上げて彼女を見た。長く黒い睫の下で翡翠の瞳がきらりと光り、また読書に戻った。

「昼食会はどうだった？」彼女が通り過ぎると、彼は目を上げずにいった。

「だれもわたしにひどい呼び名は使わなかったわ」彼女は答えた。

「だれか話しかけてきたのか？」

「あなたには関係ないでしょう」

「あると思うが」クインはむっとした口調でいい、再び顔を上げ、彼女を見た。

「それはあなたの勘違いよ」

彼に答える暇を与えず、マディは客間のドアを開けてなかに入った。入ったとたん、ダンフレイが立ちあがった。彼女同様どぎまぎしているらしく、それがわかると、少し気が楽になった。「ミスター・ダンフレイ」できるかぎり冷静な口調でいう。「こんにちは」

「そんなに堅苦しく始めないといけないのかい?」彼はきいた。「チャールズと呼んでくれ」

マディはうなずいた。「いいわ……チャールズ。お茶を持ってきてもらいましょうか」

ダンフレイはまだしばらく彼女を見つめていたが、ふとわれに返ったように彼女に椅子を勧めた。「ああ、お願いしよう」

召使がお茶のトレイを手に入ってきて、開いたままのドアから消えるあいだ、ふたりはともに押し黙ったままだった。クインがもう書斎の戸口に立っていなければいいがとマディは切に願った。あそこにいたら会話の一部始終が筒抜けだろう。だが、彼に聞かれるとしても、ドアを閉める気にはなれなかった。ここは厳格に作法にのっとったふるまいをしなくてはならないところだ。ダンフレイの謝罪なんて必要ないし、意味もないと思っていたものの、彼が間違っていたということは、はっきりさせたかった。

「きみがこんなに美しくなったとは、まだ信じられないよ」沈黙を破って、ダンフレイがぽつりといった。「以前もいばらのなかの薔薇だったが」

「ありがとう。あなたも変わらないわ。そう思うわ」

彼は笑った。「きみは優しいな」

マントルピースの時計が小さく時を告げた。マディは熱いお茶を飲みつつ、必死に話題を探した。「結婚したと聞いたけれど」ようやくいった。

「ああ、パトリシア・ジャイルズ。きみより数歳年上だったと思う。でも立派な家の出だった」

「亡くなったそうね。お気の毒に」

ダンフレイはうなずいた。「ありがとう、きみは善良な人だ、マディ。立場が逆だったら、ぼくはそれほど寛大になれるかどうかわからない」しばらく黒髪の頭をうつむけていたが、やがて続けた。「マディ、スペンサーとはあの晩――きみと一緒のところを見た晩に縁を切った。彼は――」

「チャールズ、わたし――」

「いいから」ダンフレイは口を挟んだ彼女をさえぎった。「いわせてくれ。彼は数カ月前手紙を書いてきた。あのときは酔っていて、無理やりきみに迫ったのだと告白してあった」

マディはじっと彼を見つめた。胸のなかで思いが千々に乱れた。「つまり、真実を知ったのね」

「ああ。ほんとうのことをいえば、何年も前からわかっていたんだと思う。最初きみたちふたりを見たときは——ものすごく腹が立った。嫉妬し、傷ついた。きみにキスするたったひとりの男でいたかったから」

クインのイメージがぱっと頭に浮かんだ。温かな唇。わたしを見つめたときの目の輝き……。「わたしも同じ気持ちだったわ。でも、いまさらどうしようもない。だからもう悩まないの」

ダンフレイは身を乗り出し、彼女の手から紅茶のカップと受け皿を取ると、指をつかんだ。「悩んでほしくはない」彼女の目を見つめて熱心にいった。「きみは苦しんできた。五年間、家族からも友人からも離れて。それも、きみのしたことのせいじゃない。ぼくのしたことのせいでだ」

「チャールズ」

彼は彼女の足もとに膝をついた。「マディ、その寛大な心で、いつか——いますぐにではないよ、もちろん——ぼくを許せる日が来ると思うかい？」

このときを夢見たものだった。ロンドンを出た最初の数カ月、つらく当たった人々がひとり残らずやって来て土下座し、許しを請うことを。五年後のいまでも、やはり……悪い気はしない。「ええ、チャールズ。わたし、あなたを許せると思うわ」

彼はほほ笑んだ。「ありがとう、マディ」

「ぼくが——くそ！」

マディはびくりとして手を引き抜いた。ダンフレイはすばやく立ちあがった。レイフがいつもの優雅な身のこなしはどこへやらで、客間に転がり込んできた。

「レイフ。いったい――」

「すまない、マディ、ちょっとつまずいてね」彼はダンフレイに目を向けた。「すると、きみがチャールズ・ダンフレイか？」レイフは進み出ると、マディの元婚約者の手を握った。

「ラファエル・バンクロフトだ」

ダンフレイは手を離しながら、どこか警戒するように彼を見た。「お会いできて光栄です、大佐。お噂はいろいろ伺っていたので」

「ほんとうなのはいい噂だけだよ」笑ってマディにウィンクする。「前にあった四輪馬車はきみのかい？」

「ええ、そうです。ぼくは――」

「立派な鹿毛を二頭お持ちだ。売る気はないかい？」

「いや――それは――考えたことありませんね」

レイフは彼の背中をぽんと叩き、ドアのほうへ導いた。「考えてみるといい、ダンフレイ。健康ならあの二頭に百ドル出そう」

「百……」ダンフレイは肩越しにマディを見た。彼女は部屋を出て行く男たちを安堵と驚き、おかしさの入り混じった表情で眺めていた。「マディ――ミス・ウィリッツ、また訪ねてきてもかまわないだろうか」

「ええ、どうぞ」

彼らは廊下に出た。マディは深く息を吸い、クッションのきいた椅子にもたれ、ゆっくり息を吐いて目を閉じた。チャールズ・ダンフレイはまだわたしに好意を持っている。ハンサムで機知に富んだチャールズ・ダンフレイが謝った。また訪ねてきたいといった。

「裏切り者は消えたか？」

マディは片目を開け、戸口にもたれた背の高いすらりとした男を見やった。「知ってるくせに」

「おや、それはどういう意味だ？　教えてくれないか？」クインは胸の前で腕を組んだ。もう片方の目も開けて答える。「レイフを頭からここに投げ込んだのはあなたでしょう」

「そんなことはしていない」

「どちらでもわたしにはどうでもいいことだけれど。ミス・デンセンがお兄さまとの夕食に招待してくださったの」彼女は立ちあがった。

「デンセン家と夕食を摂ることは計画に入っていない」彼は体を起こして、出口をふさいだ。

「あなたはたぶん、自分がもうさして必要とされていないから、怒っているなんだけでしょう、クイン」彼女はぴしゃりといい返すと、てのひらで固い胸を押しやり、すたすたと歩き去った。

クインは目を細めて、その後ろ姿を見送った。「さして必要とされていないから」不機嫌な声でくり返す。「恩知らずなやつめ」

12

「クイン、わたくしも認めざるをえないわ、あなたの例のちょっとした計画、すばらしいって」エロイーズは精巧な象牙の扇で口を隠していった。「シーズンを盛りあげる、これ以上の気晴らしはなくてよ。それにもちろんあなたのいうとおりだった。マディはほんとうに感じのいい人ね。いくらかおとなしすぎるけれど」

「おとなしすぎる？」オペラハウスのなかが暗いことに内心感謝しながら、クインは信じられないというように片眉を上げた。「〝すぎる〟というのはどの程度なんだい？」

「そうね、〝おとなしすぎる〟というのは正確な表現ではないかもしれないわ。ただ、彼女がまわりと打ち解けられなくても、それはしかたのないことですものね。ほかの人が自分の存在にどう反応するかわからない状況だったら、わたくしだってびくびくしてしまうに決まっているもの。昼食会のときアン・ジェフェリーズときたら気の毒なマデリーンを無視して、本気で帰ろうとするものだから、わたくし、彼女を文字どおり椅子に縛りつけておかなきゃならなかったわ」

「マディは昼食会がきわめてうまくいったと感じているようだったが」クインは低い声でいった。少なくともオペラは佳境に入っており、会話を盗み聞きしている人間はいそうにない。

「今晩、夕食に招待されたといってた」実際にはあれはほとんど捨てぜりふだったが、そのことを話す気にはなれなかった。

「ええ、わたくしは反対したのだけれど、彼女、招待されたのがただうれしかったみたいで」

クインは背筋を伸ばした。「どういう意味だ、反対したって？ ミス・デンセンはきみの親友じゃないのか？」

「ベアトリスは、そうね、少し……変わっているけれど。ただ、ゲイロードや彼の仲間は信用できないわ。彼らは――」

「彼ら？」クインは鋭くきき返した。「マディはデンセン家との内輪の夕食会だといっていたが」

エロイーズは扇で彼の腕をそっと叩いた。「あなたももっとロンドンに長く滞在しないとだめね」

「なら教えてくれ」

彼女は溜息をついた。「ゲイロードはここ一年以上、自宅で男女を取り交ぜたカードパーティを開いているの。最初は上品な集まりだったのよ。わたくしだって一度、参加したことがあるくらい。ただ、いまでは——ちゃんとしたレディはもう顔を出していないわ」肩をすくめて続ける。「さっきもいったけれど、わたくし、さりげなく忠告したのよ。でもマディは……あの頑固な性格が、以前もトラブルを引き起こしたんでしょうね」

デンセンの屋敷はオペラハウスから歩いてほんの十分のところだ。クインは立ちあがった。

「彼女を迎えに行かなくては」

「わたくしをひとりここに残して、マディ・ウィリッツを追いかけていかないで」エロイーズは抗議した。「どんな借りがあるにせよ、あなたはもうじゅうぶんにそれを返したはずよ。それに、バンクロフト一家がどうして彼女のような身分の低い女性にあれほど親身になっているのかについて、わたくしはいやというほど噂を聞かされているの」

ゆっくりとクインは椅子に座りなおした。「なんだって？」むっとしてつぶやく。彼女のいうことは事実にちがいないが。

エロイーズは手を伸ばして、彼の腕にかけた。「みんながそういっているのよ、クイン。あなたにも聞いてほしかったわ。いいことがしたいという願いのせいで、まわりが見えなくなっているんじゃなくて？」

「なににせよ、見えなくなってなどいない」完全な真実かどうかはさておき、彼は断言した。

彼女は椅子の背にもたれて彼を見た。「ならいいの。わたくしはただ、心配なだけ。あなたにとってなにより大切なのは、家族に対する義務でしょう」

的を射た指摘にいっそう苛立ちながら、クインは息を吐き、緊張を和らげようと肩をすぼめた。「それはわかっているよ、エロイーズ」

「わたくしたちはお友達でいなくては、クイン」彼女はいった。「あなたがマディに好意を持っていることは知ってるわ――気の毒な迷い子にはいつも同情的だったもの。わたくしはただ、人助けもほどほどにといいたいだけ」

彼女のいうとおりだ――今度もまた。が、聞きたくない話であることには変わりない。そして飛び出していって、マディを誤った判断から救いたい気持ちも変わりはなかった。もっともエロイーズもいったとおり、あくまで自分の考えを通すマディの頑固さが、そもそもトラブルの原因なのだ。そしてその尻拭いをしなくてはならない彼自身のトラブルの原因でもある。

「エロイーズ、明日、ボンドストリートにつきあってもかまわないかい？」彼は答えのかわりにいった。「おたがいのために話し合うべきことがあると思う」

彼女はにっこりした。「よろこんで。クイン」

石のような無表情を貼りつけて、マディは執事のビークスの前を通り、バンクロフト・ハウスの玄関ロビーに足を踏み入れた。ここの人たちは、わたしがデンセン家に夕食に招かれたことしか知らない。よけいなことは話す必要はないし、なぜ、この仮の住まいに戻るのにこうも時間がかかったのか、説明する必要もない。とりわけクインには。夕食会のはずが実はいかがわしいカードパーティで、帰るには執事に賄賂を渡して貸し馬車を見つけてもらわなくてはならなかったと、彼に知られたときのことは考えたくない。

「夕食会はどうだった？」

マディはびくりとして振り返った。クインが明かりのない居間から出てくるところだった。表情は険しく、こわばっていた。

「そんなところでなにをしているの？」

「読書だ」短い答えが返ってきた。「で、どうだった？」

揉めごとの気配を感じたのだろう、ビークスはちらと同情的な笑みを見せると、そそくさと厨房へ続く階段を下りていった。マディは腰に手をあてた。「読書？　真っ暗なところで？　わたしがいつ帰るか、見張っていたんでしょう」

「ぼくがぼんやりきみの帰りを待つほど暇だと、本気で思ってるのか」

「思ってるわ」マディはつんとして彼の横を過ぎ、階段へ向かった。

クインもそのすぐあとをついてきた。「ゲイロード・デンセンのお相手は楽しかったかくらい、教えてくれてもいいじゃないか」

頬がかっと熱くなった。「とても愉快な人だったわ」

手が腰に回され、驚くほどの強さで彼女を脇に引っ張った。マディは転びそうになり、クインの肩と腕をつかんだが、半ば引きずられるようにして客間に入った。

「いったい、どういうつもり？」よろめくようにして彼から離れながら、いった。

クインはドアを閉めて鍵をかけると、彼女のほうを向きなおった。そしてがっしりした樫材のドア枠に寄りかかった。「ちょっと話がしたい」

「またあなたの馬鹿げたルール？　どうしたらそう次から次へと思いつくのかしら？」

「訓練だよ」

「わたし、すごく疲れているの。もう寝たいわ」

「ゲイロード・デンセンのささやかなカードパーティのことは話さずに？」

マディははたと口をつぐんだ。今夜の約束の性質を誤解していたと彼に告白する気が多少なりともあったとしても、そんな気持ちは吹き飛んだ。こんな偉そうにされるいわれはない。

「で、なにをお知りになりたいの、閣下？」

彼は前に出て、彼女に近づいた。「どうして、行くなというエロイーズの助言に従わなかった？　忠告されたんだろう？」

「彼女はそんな……」マディは彼を見た。そして考える時間を稼ぐため、窓際の書き物机まで歩いた。事実を話すわけにはいかない。クインは信じないだろう。「わからないわ」かわりにいった。

「わからない？」

「ああ、もう放っておいて」

押しのけようとしたが、彼は動かなかった。逆にマディの手をつかみ、自分の胸に引き寄せた。「賢いきみのことだ。評判のよくない連中が集まるカードパーティにどうして参加したか、わからないということはあるまい。そんなにこの家を出たいのか？　それともスペンサーを誘惑したという噂はほんとうなのか？」

マディの心臓がよじれた。「よくもそんなことを」吐き捨てるようにいって、きつく握られた手を振りほどき、すたすたとドアに向かった。

「今夜はウィットの冴えがないな。よほど疲れているにちがいない」

振り返って彼を睨むと、翡翠色の瞳も怒りに燃えていた。だが、その顔に表われているのは怒りだけではなかった。欲望。彼はわたしを求めている。それに気づくなり、彼女自身の心も欲望に震えはじめたものの、いっぽうでいくつかのことに思いあたった。「そもそも、だからわたしをロンドンに引っ張ってきたのね？」

彼の表情がさらに険しくなった。「なんの話だ？」

「ラングレーでわたしにキスしたとき——あなたはわたしを愛人にしたいようなことをいった。いまでもそうなのよ。ほんとうにわたしがスペンサーを誘惑したと思って——だから、偉大なるウェアフィールド侯爵の求愛を拒否するはずないと踏んだんだわ」

彼は大股で彼女に向かってきたが、途中でかろうじて足を止め、両手をぎゅっと握りしめた。「それは事実じゃない、きみにもわかっているはずだ、マディ」

「じゃあ、どうしてわたしをここに置いているの？」

クインは彼女を睨んだ。「マルコム叔父にここに連れてくるよう頼まれたからだ。自分の無礼なふるまいに償いがしたいからだ」

マディは疑わしげに目を細めた。「あら、ほんとうに？」

「ああ、ほんとうだ」彼女に指を突きつける。「きみだって少しは協力したっていいだろう。だいたい、ぼくに感謝していると認めたところで死ぬわけではあるまい」

マディはそのことばに飛びついた。「感謝？　感謝ですって？　なにに感謝しろというの？　酔っぱらいどもに胸をつかまれそうになり、馬鹿げたジョークのネタにされたことに？」

「そんな集まりに参加しておいて、いったい連中にどう思えというんだ。あばずれみたいにふるまうなら、そう扱われて当然だろうが」

つかんだことに気づく前に、花瓶はマディの手にあった。押し殺した叫び声とともに、彼女はその中身を彼の顔めがけて投げつけた。「このひとりよがり！」

彫刻のような鼻から水が滴った。クインがマディの腕をつかんだ。彼女はかつてないほどの怒りを覚えながら、腕を振りほどいた。繊細な袖が大きな音とともに破れる。彼は呆然と手に残った切れ端を見つめ、それを床に投げ捨てると、また彼女に詰め寄った。「尻軽！」

「乱暴なことするのね！」マディは嘲るようにいい、膝を蹴りつけた。「自分が支払ったドレスを破って。けだもの！」

「ああ、くそ、そのとおりだ——きみの身につけているものは、ほどんどどれもぼくが買った」もういっぽうの袖も破かれて、彼女は激怒のあまりことばを失った。「しかも、なにひとつ見返りはなしだ。おおかた今夜、ゲイロードと彼の仲間をせいぜい楽しませてやったんだろうな」

マディは磁器の人形をつかむと彼に投げつけた。「最低！　見返りはいらないといったくせに！」

シーザーのミニチェアが彼の肩にあたり、粉々になってカーペットに落ちた。クインは部屋にあったもうひとつの花瓶をつかむと、冷たい水とデイジーを上からマディに浴びせた。

「いまさらいらない！」

マディは悲鳴とともに長椅子の上のクッションを投げつけた。「嘘つき！　あなたの人生ってさぞかし退屈なんでしょうね。だからわたしを縛りつけておきたいんだわ」

「そのささいなあやまちは明日修正しよう。ともかくきみがいなくても、ぼくはいたって幸せな人生を送っている」そう叫んでクッションを彼女の顔に投げ返す。

彼女はまたそれを投げ返した。「どうだか！　退屈だからご家族と話をするとなるとわたしのことばかりなんでしょう——すごくわくわくするから！」

「はねっ返りめ！」

クインがまたつかみかかってきたので、マディは体をひねってかわした。が、スカートだけがいきなり急停止してしまった。縫い目が裂け、脚にからまって、彼女は書き物机に倒れこんだ。濡れた髪がピンからほつれ、顔にかかった。乱暴に髪を払ったところで、公爵のイニシャルが入った真鍮のレターオープナーが目に留まった。「傲慢で、うぬぼれ屋の――」

レターオープナーを取りあげ、腕を振りまわす。

チョッキのボタンがひとつ吹き飛んだ。糸がきれいにふたつに切れていた。

「だから、わたしをそばに置いておきたいんでしょう」彼女はあえいだ。心臓が狂ったように打っていた。いまにも破裂しそうだ。クインが武器を奪う機会を狙いつつ、用心深く後ずさりする。「自分が退屈な人間だから」

「ぼくは退屈な人間じゃない」

ひと振りでまたボタンが床に飛んだ。「退屈よ！」

背中が本棚に当たり、クインは足を止めた。

「退屈！」怒りのなかから妙なうずきが神経をざわめかせ、マディの手を震わせた。

彼の目を見ると、怒りは、なにかまったく別のものへと変貌していた。「迷惑なだけだ」

彼はうなった。

最後のボタンが取れ、長椅子の下に転がった。「退屈な男よ」ささやくようにいう。

クインは指で彼女の顎をつかむと、顔を上向かせた。荒々しく唇を重ねる。彼女の手からレターオープナーをもぎとり、隅に放った。

行き場のない怒りが、同じくらい凶暴な激しい欲望に呑み込まれていくにつれ、マディの脈が速くなった。彼に体を押しつけ、上着とボタンのとれたチョッキを肩から脱がせる。濡れた蜂蜜色の髪に指をからめて、彼に負けないくらい情熱的に、貪欲に唇をむさぼった。

クインは肩のあたりに残っていたドレスの切れ端をつかんで、ふたつに引き裂いた。怖くなるほどの勢いだったが、それでいて不思議と興奮を誘った。「マディ」彼は熱くささやくと、体を反転させた。彼女のほうが本棚に背中を押しつけられる格好になった。

マディはキスをやめられなかった。やめたいとも思わなかった。ずっとキスし、ふれていたかった。ドレスはもう腰に引っかかったずたずたの布きれと化していたが、彼はそれを剝ぎとってカーペットに落とした。いまや彼女が身につけているのはごく薄いシュミーズだけになった。

クインが彼女の顎の線に唇を這わせながら、自分の上質なリンネルのシャツをブリーチズから引き抜く。ふたりのしていることはとても悪いことだと、マディは正気が残っている頭の一部でぼんやり思った。けれども気にならなかった。大切なのは、彼がやめないでくれることだけだった。

マディは彼の手をどけ、濡れたシャツを頭から脱がせた。彼の唇が喉のくぼみを見つける。

彼女は低くうめいた。そこでは脈がすごい速さで打っているはずだ。残ったシュミーズの紐を肩からはずされ、むきだしの肌にキスされると、心臓が激しく震えた。

「ああ、なんてこと」シュミーズがするりと床に落ちる。マディはあえぎながらつぶやいた。クインはさらに体を密着させながら、いっそう強く彼女を本棚に押しつけた。そして抗議の声をふさぐかのようにまた唇にキスをした。手が肩から胸へと下りていく。愛撫されて彼女はまた荒い息をついた。

彼のがっしりとした滑らかな胸を手でなぞる。肌の下で筋肉が引きつるのがわかった。クインが彼女の片手をつかみ、ブリーチズの留め金へと導いた。固い膨らみが感じられた。震える手でぎこちなく留め金をはずし、彼を解放した。

体をよじりながら、クインは半ば押し倒すように、半ば抱えるようにしてマディを床に横たえた。貪欲な熱い唇がさっそく彼女の胸を探る。舌の愛撫に乳首が固くなり、彼女は両手を彼の髪に埋めて体を反らせた。クインは頭がおかしくなったにちがいない。わたしを抱こうなんて——両親の客間で抱こうなんて。そしてそれに応えているわたしも、同じく狂っているにちがいない。

彼の手が平らな腹から、丸みのある腰へと下りていった。やがてヒップをつかみ、自分のほうへぐいと引き寄せた。再び唇が重ねられ、すらりとした長身が彼女におおいかぶさった。その肌は温かく、心地よく、彼の膝が脚のあいだに入ってくると、彼女はまた腰を反らせた。

腿に脈打つ高まりが感じられた。

再び唇が重なり、舌がからみ合った。マディはあえぎながら、たくましく筋肉質な肩に腕を回し、しっかりと抱きついた。「クイン」息を切らしながらささやく。

彼が低くうめきながら、なかに入ってきた。マディは痛みと驚き、感嘆から息を吞んだ。彼が凍りついた。「まさか」彼女の肩に顔を埋めたままで、とぎれとぎれにつぶやいた。体を支える腕の震え以外、身じろぎひとつしない。やがて顔を上げ、燃えるような濃いグリーンの目で彼女の瞳を見つめた。「信じられない。バージンだったのか」

マディがわれに返って、もちろんバージンよと答える前に、再びキスで唇をふさがれた。ゆっくりと、彼の腰が前後に動きはじめた。そして徐々に奥に入ってきた。彼女はまたあえいだ。「ああ、クイン、すごく気持ちがいいわ」加速するリズムに合わせて腰を持ちあげる。

「あなた、とても気持ちがいい」

「ああ、きみもだ」彼は答え、腕の位置を動かして身をかがめると、彼女の耳を嚙んだ。

「ぼくにつかまって、マディ。もっとよくなるから」

やがて、エクスタシーの波が全身を震わせた。これほどの快感は生まれて初めてだ。足首を持ちあげ彼の腰にあてる。どうすればいいか体は知っているようだ。頭をのけぞらせ、半ば目を閉じて、体のなかで動く彼の、クインのエロティックで親密な感触を味わった。

彼女の奥深い場所が、新たな興奮に震えはじめた。震えが激しくなり、ついに、えもいわれぬ混沌とした喜びが爆発した。マディは体を弓なりにして叫んだ。クインがさらに数回、深く、速く突いてくる。やがて激しく痙攣したかと思うと、ゆっくりと彼女の上に倒れこんできた。筋肉質でずっしりとしたその重みは心地よかった。

闘志も尽き、マディは呼吸を整え、理性を取り戻すことに意識を集中した。自分たちがした行為のことは極力考えないようにした。早くも彼にもう一度してほしいと思っていることも。

クインも目を閉じ、体の下の温かで柔らかな感触を楽しんでいた。おそらくはたったいま、三十年間で最大のあやまちを犯したのだ。大いに気がとがめなくてはいけないところだが、ただでさえ複雑な状況がますます混迷してきたと、ぼんやり認識するのがせいぜいだった。猛々しい胸の鼓動がおさまってくると、クインは大きく息を吸って頭を持ちあげ、彼女を見下ろした。「どうしていわなかった?」

困惑がちらと目に浮かんだ。「なにを?」

「スペンサーのことがあったあと、五年間ロンドンを離れているあいだも、きみはその……純潔のままだったと」

マディは眉をひそめ、やがて驚くほどの力で彼の肩を押しのけた。「どいてよ、でくのぼう」

しぶしぶクインは彼女から離れ、体を起こした。視線が思わずふくよかで柔らかな胸に落ちる。荒い息遣いに揺れるその胸はすばらしかった。「そう思うのがそれほどおかしいか?」

「わたしのことをなにも知らないならね」彼女はぴしゃりといった。「結局のところ、あなたは噂を全部信じていたってこと?」

「まさか。そんなことはない」

「だったら、どうしてわたしをふしだらと決めつけたわけ?」

彼は瞬きした。脳の働きが体に追いつかない。これまでこんなことはなかったのだが。

「そんな決めつけはしていない。ただ、その……五年というのは長い期間だろう、マディ」ずっと前から抱きたかったというのに、そうなったあと、彼女をまた激怒させてしまうとは。なんてことだ。ぼくは大馬鹿者だ。

彼女のグレーの瞳は、長いこと彼の目を見つめていた。興奮からくる頬の赤みがゆっくりと消えていった。「わたしがすでに傷ものだから、手を出してもかまわないと思ったのね」

クインは彼女ににじり寄った。ことばとは裏腹に、彼女の視線は思わず下腹部へ落ちた。

「ちょっと待ってくれ——抵抗された記憶はないぞ。その逆だったと思うが」

「そうかもしれないけど」彼女はまた頬を赤らめ、いまさらながら美しい胸を腕で隠した。

「わたしはただ……理性を失ってしまっただけ」

クインの唇が引きつって、小さな笑みを浮かべた。「たしかにそうだった」

「やめて!」

「さて、困ったことになったぞ」

「そんなことないわ。別のドレスを持ってきて。二階に上がってベッドに入り、それで終わりよ」

「一緒に寝るために？」てのひらで彼女の頬を撫でながら、期待するようにいう。

マディは一瞬だけ目を閉じ、彼の腕に身を任せた。「面白くないわ、わかってるでしょう」

クインは笑った。「ああ、とんでもない悲劇だ」そしてそれを楽しんでいる自分がいた。

ふたりのあいだには強いつながりがある。彼女がぼくの心を揺さぶるように、ぼくも彼女の心を揺さぶっている。いま初めてクインは、マディとの関係で自分が主導権を握っていることを感じていた。さらに頬を撫でながら、膝立ちになって身を乗り出し、そっとキスをする。そうしながら最後に残っていたヘアピンをはずし、濡れた赤褐色の髪を肩に垂らした。「ぼくのこの、救いようもなく退屈な思考経路から、ひとつの解決案が頭に浮かんでいる」

ほっそりとした指がためらいがちに腹の筋肉をなぞった。「解決案って？」

理性の声はどうあれ、彼女はまだぼくを求めている。クインは彼女の顔を、新たな怒りも追い出しきれない情熱と欲求を見つめた。自分の眼差しにも同じものが映っているのだろうか。「ぼくと結婚してくれ」

心底驚いたらしく、彼女は目を見張った。「なんですって？」

クインはほほ笑んだ。「だから、ぼくと結婚――」

「どうして？」彼女がさえぎった。「これでわたし、ほんとの傷ものよ。どうして愛人かなにかにしておかないの？　そうしたら予定どおり、エロイーズ・ストークスリーと結婚できるでしょう」

「馬鹿なことをいうな。ラングレーでぼくは、きみのことはちゃんとするといった、マディ。いくらかその……あやまちはあったかもしれないが、あれは口先だけじゃなかった。本気でいったことだ」

「なにをいってるの」

マディは立ちあがり、唯一無傷の衣類であるシュミーズをつかんだ。彼女に痣が残らなかったのが不思議なくらいの惨状だ。クインのブリーチズはくるぶしのあたりに巻きつき、ブーツも履いたままだった。いままでにも愛人を持ったことはあったが、これほどまでにわれを忘れたことはなかった。

「次の〝あやまち〟が待ちきれないわ」彼女は薄い下着を、手の施しようがないほど髪の乱れた頭から被った。「どんなあやまちかしら？　オールマックスに集まった人々の真ん中にわたしを全裸で放り出すとか？」

「マディ」彼も立ちあがってブリーチズを引っ張りあげながら抗議した。「ぼくは本気だ。朝にも公爵に話す。ぼくらは結婚するんだ。調整がつき次第」

「いいえ、調整なんてできっこない。結婚も。ふたり分の人生をふいにするなんて馬鹿げているわ、クイン」マディはためらいがちに彼を見あげた。「今日のことがあろうとなかろうと、ロンドンの四分の三の人はわたしがバージンではないと思っている。なにも変わってないの」

クインはむっとした。「いや、変わったはずだ」

「お願いだから、聞いて」彼女はさらに熱心にいった。「ちゃんとした紳士に、わたしをレディだとか、結婚相手とか思わせるチャンスなんてゼロなのよ」

マディは肩をすくめた。その瞳にまた孤独の影がよぎった。クインは彼女を抱きしめたかった。そうしたらこてんぱんにされそうな気がしたけれども。

「そんなことはない」

「そうよ。昔もそうだった。わたしがここに来たのはあなたの叔父さまのため。オールマックスでのお披露目が終わったら、わたしはラングレーに帰るわ。それ以外のことは考えていません。あなたもそうだと思っていたわ」

クインは彼女を見つめた。義憤と、いま一度この床に彼女を押し倒したいという欲望がせめぎ合っていた。彼女は聡明な人だ。それはわかっている。だが、あれほど情熱的な女性がこうも……理性的だというのがわからない。彼女の、そしてぼくの幸せをないがしろにしてしまうほど理性的だというのが。「だが、ぼくは――」危ういところでことばを呑みこんだ。〝きみを愛している〟という前に。ただでさえでくのぼうと思われているのだ。そんな発言をしたら救いのない大馬鹿者に転落するのは目に見えている。

マディは身をかがめて、美しいドレスの切れ端を腕にかき集め、客間のドアの錠を開けた。しばらくのあいだ、ひんやりした滑らかな木肌に額を押しつけていたが、やがて振り返った。

「クイン、エロイーズと結婚して。するべきことをしてちょうだい。あなたの人生にわたしは必要ないのよ」

彼女は音もなく廊下に出た。やがて静かな足音が階段を上っていった。クインはゆっくりと服を着、カーペットに散らばった花やクッション、割れたガラスの片付けにかかった。

「きみは間違ってる」潰れた薔薇の花を拾い、ちぎれた花びらのかすかな香りを嗅ぎながらつぶやいた。「ぼくの人生には、きみが必要だ」


「レイフ、それ、いまあなたが考えたんでしょう」

広々とした舞踏室で、バンクロフト家の次男は優雅にくるくると舞い、マディの横で足を止めた。「そうじゃない」抗議の声が、人気のない鏡張りの部屋に響いた。「パリではいま大流行さ。レディ・ボーフォートがパリ好きなのはたしかだからね。彼女、ほかにもひとつふたつ最新のワルツを知っているはずだ。流行に乗り遅れたくないだろう？」

マディは溜息をついた。「たしかにそうね」

彼は笑った。「臆病者」

背後から足音が聞こえて、マディはびくりとした。が、公爵夫人だった。クインは朝からずっと姿を見せていなかった。避けられているのかもしれない——いえ、悪くすると、エロイーズ・ストークスリーとの結婚の日取りを決めに行ったのかもしれない。「おはようございます、公爵夫人」

夫人はマディに会釈した。「夫は今朝、議会なの」そういって、ピアノの前に座った。「レイフがたてるやかましい足音をかき消すのに、音楽があったほうがいいと思って」

「ワルツが弾けるんですか、母上?」レイフはわざと驚いたようにいった。

公爵夫人は息子に向かって片眉を上げた。「お父さまが知らなくていいこともあるの」

「それはそうだ」彼は振り返って、マディに手を差し出した。「さあ、ワルツを教えてあげよう」

「ワルツくらい、知っているわ」

「マディ、いまいったろう、少しは協力してくれないと」

彼女はほほ笑んだ。「ええ、わかりました」

公爵夫人が演奏を始めると、レイフはマディの腰に腕を回し、音楽に合わせてステップを踏んだ。パリから紹介される多くのものと同じで、英国のワルツに比べていささか煽情的だ。レイフと体が密着しすぎている。これではまるで……。

彼女は頬を赤らめ、突然の狼狽をパートナーに見られないよう顔をそむけた。昨晩のこと

ようだ。クインに抱かれる日を生まれてこのかた待っていたかのが頭を離れない。

「おや、きみがダンスをする気になったとは」

クインの声に、マディは体を固くした。幸い、レイフの腕のなかだったので、つまずくことなく落ち着きを取り戻すことができた。レイフが不思議そうな顔をしたが、彼女はほほ笑んだだけだった。「あなた以外の人とならね」

レイフは満足げにうなずいた。「よくいった。すばやい反撃だ。しかもだれも殴っていない。なあ、ウェアフィールド」

「まあな」クインはしぶしぶ認めた。少なくとも喜んで同意したようには思えなかった。戸口に突っ立ったまま、彼女とレイフが踊るのをじっと見ている。

クインはいつもながら一分の隙もない装いをし、落ち着き払っていた。が、よく顔を見てみると、マディ同様、眠れぬ夜を過ごしたようだ。勘違いでなければ。

彼に身を任せるのはいとも簡単だ。愛していると告げるのはごく自然なこと。けれどもそうしたところでなにも変わらない。

彼も同じくらい自分を愛していようと、たんに肉欲に動かされているだけだろうと、彼は二十三年前から、エロイーズ・ストークスリーと結婚することが決まっていたのだ。マディが生まれたころから、彼が七歳のときから。自分がそうした約束ごとを変えるなんて、そんなことできるはずもないし、許されるはずもない。なにしろバンクロフト家とストークスリ一家という強大な一族のあいだの約束ごとなのだ。

「なにを考えてる、マディ？」レイフは彼女の頭越しに兄を見やりながらいった。「クインを怖がってるわけじゃあるまい？」

「どうしてそんなことをいうの？」

「昨日の夜、きみたちふたりが喧嘩してるのを聞いた気がしてね」

「わたしたち、いつも喧嘩してるわ」マディはまた顔を赤らめた。レイフの視線が少し鋭くなった。

「そうだな。クインこそ卒中の発作を起こしてもおかしくないよ。ウェアフィールド侯爵に喧嘩を売るのはぼくだけかと思っていたが。もちろん公爵閣下は別にして」

「どうして、ハイブロー卿のことを〝公爵閣下〟と呼ぶの？　あなたもクインも」彼女は話題を変えてみた。

レイフは肩をすくめた。「本人の好みだよ。〝父上〟と呼ばれるよりいいらしい。一度クインに怒鳴るのを聞いた。〝父親にはどんな阿呆でもなれる。わしは公爵だ！〟ってね」

クインがぶらぶらとピアノに近づき、母の横に座った。幸い、まだ話し声が聞こえる距離ではない。

「ひとつ、聞いてもいいかしら？」マディは慎重にきいた。

「もちろん」

「どうしてあなた、エロイーズ・ストークスリーとその……不仲なの？」

レイフは少し表情をこわばらせて、首を振った。「個人的なことだ」

「お兄さまが彼女と結婚すること、気にならないの？」

「きみが気にしているんじゃないか」彼女を守勢に回そうとしてだろう、彼は即座に切り返した。「ひょっとして、彼女にどこかおかしなところがあると思ってるとか？」

マディは笑みをつくった。「もちろんちがうわ」

「レイフ、ぼくも少し踊ってみるかな」クインが立ちあがりながらいった。

「兄さんにはモダンすぎるよ、そう思わないか？」

「非常に面白い」クインはそっけなくいった。「よかったら、マディを貸してくれ」

まるでものを指すようなそのいいかたが、マディには気に入らなかった。レイフもそれを感じたのか、そそくさとマディの手を離すと、母と話をしにピアノのほうへ歩いて行った。

「おはよう」クインは彼女の腕を取りながら、目をのぞきこんでいった。

「あなたとダンスしたいかどうか、わたしにきいてくれてもよかったんじゃない？」マディは怒りに気持ちを集中して、ぴしゃりといった。でないと体がとろけそうだ。だれかにどうしようもなく惹かれながら、その人との未来は一切望めないなんて、あまりにつらい。

「機嫌が悪いんだな。よく眠れなかったんだろう？」彼は穏やかに答えた。マディからすれば、こんなときに冷静すぎる。

「ええ、眠れなかったわ」

「やっぱり」彼はうなずいた。「ぼくもだ。きみのことばかり考えていた」

低い声だったにもかかわらず、マディは思わず公爵夫人とレイフのほうを盗み見た。「黙って」

「はは」クインが笑った。

「どうしたの？」公爵夫人がきいた。

「なんでもありません、母上」彼はこともなげに答え、ハンサムな細い顔に露骨な勝利の表情を浮かべてマディを見た。

「なにが、〝はは〟よ」しかめ面をこらえてつぶやく。

「ぼくたちの関係を秘密にしておきたいのか」

「あら、〝関係〟なんてあった？　昨晩のことはたんなるあやまちでしょう」彼女はそっけなく答えた。もっとあたりさわりのない会話ができないものかしら。

「あやまちだが」彼も認めた。「このうえなく甘美なあやまちだ」

マディが彼を蹴りつけるまえに、彼は向きを変え、彼女を庭へ通じるドアのほうへ導いた。

「すぐに戻ります」マディを押し出しながら肩越しにいい、自分も外に出た。「マディが気分が悪いそうで」

「わたし、気分悪くなんかないわ」彼女は小声でいうと、体勢を立てなおして後ずさった。

「どういうつもり？」

クインは彼女のあとを追い、棘だらけの薔薇の茂みで行き止まりになると、足を止めた。

「きみが暴力を振るう気になったとき、目撃者がいるとまずいからね」彼は答え、彼女の肩越しに手を伸ばして、ほころびはじめた赤い薔薇――花というよりまだ蕾だ――を摘んだ。そして柔らかな花びらでそっと彼女の頬を撫でた。「いいかい、マディ、きみがほんとうに自分は傷もので、汚名をそそぐ望みもないと思っているなら、ぼくが木のてっぺんで昨日の成果を叫んでも気にしないはずだ。でもきみは望みがあると思ってる、いまでも」

「昨晩のことがあったあと、そんな質問をするなんて信じられないわ、閣下。わたしたちの……あの行為こそ、わたしをほんとの傷ものにしたんじゃないの」

「あの行為？　ぼくたちは愛し合ったんだろう、マディ」彼は小声でいい、薔薇の花で朝用のドレスの深い襟ぐりをなぞった。花びらが肌にほんのり甘い香りを残した。「きみも楽しんだんじゃないのかい？　そういっていたはずだが」

柔らかな花びらの愛撫と彼の声に、マディの体が震えた。「楽しんだかどうかは関係ないわ」

「関係あるとも」彼は身を寄せ、薔薇の花びらのかわりに唇で愛撫した。羽根のように柔らかなタッチで。「ぼくとああなって、うれしかっただろう、マディ」

マディは荒い息をついた。このまま彼と地面に倒れ込み、昨晩と同じことをくり返したい、それしか考えられなかった。「ええ」

クインはほほ笑んだ。「ぼくもだ。すごく楽しかった。ただ、次のときはもっと時間をかけ……もっと完璧にしたい」

「次のとき?」熱いものが突然、肌の下を走ったことが顔に現われないよう、マディは願った。「次のときなんてないのよ。あなただってそれはよくわかっているでしょう」

「退屈な紳士のくせにやたら頑固だ、とでもいいたいのかい」

「あれは……本気でいったわけじゃないのよ、クイン」彼女はしぶしぶいった。「あなたが怒らせるから」

「いずれにしても」彼は小声で答えて、もう一度キスした。彼女の脈がまた跳ねあがった。

「きみのいうことは認めるよ」

マディはまた口論が始まる場合に備えて、まず体を伸ばして彼にキスしてから、目を細めた。「どういう意味?」

「物心ついたころから、ぼくは人生をほかのだれかに支配されてきた。それを義務と心得て受け入れてきた。受け入れがたいようなことではなかったからだ。いままでは」

「ああ、だめよ」彼女は彼の横をすり抜け、慎重に後ずさりしながら警告した。「家族に反抗する言い訳にわたしを利用しないで。馬鹿なことはやめて。失うものが大きすぎるわ」

彼が話を聞いているのかどうかはわからなかった。うなずきつづけているが、表情からして納得しているようには見えない。それより、彼女同様、庭の柔らかな芝生の上で愛し合いたいという考えに取りつかれているような顔だった。

「なかに戻るわ」マディは彼を押しとどめるように、片手を上げていった。「チャールズがピクニックに一緒に行こうと誘ってくれたの。着替えなきゃ」

クインははたと足を止めた。「わかった」表情が暗くなり、声もこわばった。「行くといい。いずれにせよぼくもエロイーズに会いに行くところだ」

「ならいいわ」マディはふと、自分がエロイーズ・ストークスリーを少しも好きでないことに気づいた。「デンセン家のことでは忠告ありがとう、と伝えてちょうだい。次からはもっと注意しないとね」そう、少なくともエロイーズと彼女の友達には注意しないと。

「そうね、彼女、もう少し注意しなくてはね」エロイーズも同意した。ペンブロック卿とその夫人、そして娘のレディ・フロストンが後ろから近づいてくるのを肩越しに見やり、クインの腕に大胆に腕をからめた。「ほんとうにわたくしもどこまではっきりいっていいものか、わからなかったから」

クインはうなずいた。「マディも同じことをいっていた」

まただ。うわの空で、心ここにあらずといった口調。どこにあるかは見当がつく。「そう。社交界復帰を後押ししてほしいなら、彼女もせめて協力くらいしてくれないと」

彼の唇が引きつった。「残念ながら、彼女はそういうことに詳しくないから」

「正直いって、少々常識に欠けるんじゃないかって思うわ」

彼の腕がびくりとした。「その意見はここだけにしてもらえるとありがたい。ぼくらは噂を打ち消すためにいるんだ」穏やかながら、頑とした口調だった。「広めるためでなく」

つまりわたしはいいすぎた、あの尻軽女を侮辱したということね。いっぽう彼は未来の妻の感情はまるで気にしていないらしい。「あら、ダービーの店だわ」彼の批難は聞こえなかったふりで、猫撫で声を出す。「新しい帽子を買ってくださらない？」

「またかい？」

「限界というものは存在しないのよ、愛しい人」彼女は彼の気分を引き立てようと、声をあげて笑った。「いらして、あなたに選んでほしいの。趣味がいいもの、男性にしては」

「それはありがとう」

エロイーズは彼に、グリーンの比較的シンプルな美しいボンネットを選ばせ、それを自宅へ送らせた。彼はやはりなにか気にかかることがあるらしく、なんにせよそのせいで、今朝もまだ、彼女が十八歳になった年から五年間、ずっと待っていた特別なひとことを発していない。

「悩みごとでもあるの、クイン？」ついに辛抱しきれなくなって、きいた。

クインははっとわれに返った。「いや、すまない。今日はどうもぼんやりしているようだ」

「どうして？」人通りの多いボンドストリートを歩きながら、エロイーズは彼の腕に寄りかかった。「今日ぜひしたいという、あるお願いが頭にあるからかしら？」

クインは足を止め、彼女を見下ろした。「ああ、実はそうなんだ」

彼の目に浮かぶためらいが気に入らなかったが、エロイーズは笑みをつくった。「お願いというのも馬鹿馬鹿しいけれど。だって、もう……ずっと前から結婚するってわかっていたんですものね。話したほうがよければ話すけれど、昨日、あなたのお父さまがわたくしに会いにいらしたのよ」

「父が？」

「そう。あなたが結婚式の日取りを七月十七日に決めたと教えてくださったの。いい日だと思うわ。タイミングも申し分ないし」彼女は両手を彼の腕に置いた。「つまりわたくしがいいたかったのは、わざわざプロポーズするまでもないということ。わたくしがイエスということはわかっているでしょう」

長いこと、クインは彼女を見下ろしていた。それからゆっくりと首を振った。「きみはぼくにはもったいない女性だ」

エロイーズは安堵して笑った。「もちろんそうよ。公爵夫人のところへ行って、招待客のリストづくりを始めないこと？」

クインは彼女の手から腕を引き抜いた。「エロイーズ、きみとは結婚できない」

彼女は凍りついた。安堵が恐慌に取って代わった。「なんですって？」

「いまはまだ。少し……考える時間が必要だ」

「なにについて？　馬鹿なことといわないで、クイン。あと一年結婚を遅らせたら、あなた、お父さまから絶縁されるわよ」彼女は一歩後ろに下がった。「わたくしもだわ。もう二十三なんだもの、クイン。友達のほとんどはもう結婚している。子供がいる人もいるの。笑いものにはなりたくないわ」

「ぼくだって、そんなことは望んでいない」

エロイーズは急いでまた一歩前に出ると、彼の腕に手をかけた。「あなたはとても優しい人よ、クイン。昔からそうだった。考える時間が必要なら、そうして。でも、わたくしがいること、おたがい、家族に対する義務があることは忘れないで」さらに身を寄せて、ささやいた。「わたくしだって胸をときめかせる人に出会ったことがないと思う？　でも本気にならないようにしてきたの。失うものが大きすぎるから。あなたも同じはずよ」

「ぼくにわかっていないと思うのか、エロイーズ？」クインは深く息を吸った。「数日くれ。一週間。そうしたらきちんときみに申し込むよ」小さく笑った。「膝をついてね」

「一週間ね」彼女は同意して、笑みを返した。「なら、家まで送って。今晩ボーフォート家に着て行くドレスを選ばなくちゃならないの」

クインはお辞儀した。「かしこまりました、レディ」

彼は歩いていって御者に合図した。エロイーズは足をとめ、店の窓に映る自分の姿を見た。彼は一週間ほしいという。一生になるかもしれない。なんとかしなくては。あの女がふたつの名家の財産と将来をめちゃめちゃにする前に。どうやらチャールズ・ダンフレイはあまり役に立たなかったらしい。なにか手を考えなくては。いますぐに。

マディはぼくを退屈な男だといった。ある意味で、彼女は自分のいっていることがちゃんとわかっていたのだ。クインはレイフとワルツを踊る彼女を眺めた。その飾らない優雅さとあふれんばかりの活気を前にすると、ボーフォート家の舞踏室にいるほかの女性たちはみな色褪せ、ぎこちなく見えてくる。

退屈な男。その形容詞は、認めるのが悔しいほど真実を突いている。いや、ほんとうに退屈な男というわけではない。ただ、ぼくはあまりに多くのものを当然と思いこんできた。収入や社会的地位、そして結婚相手についても心配したことがなかった。いや考えたことすらなかった。すべて、気がつけばちゃんとそこにあった。

レイフがなにかいい、マディが笑った。嫉妬がクインの内部を鋭くよじった。彼女を知り、彼女の身に起きたことを知り、彼女がひとりの力でなにをしてきたかを知ったがために、もはやなにごとも当然とは思えなくなった。

エロイーズに恋していると思ったことはない。ただ旧知の仲で、たがいの好意があればそれでじゅうぶんだった。だがロンドンに戻って以降、好意ということばすら、強すぎるように思えてきた。

たしかにエロイーズは協力を申し出た——が、マディをバンクロフト・ハウスから追い出すために同意したのかもしれない。そうでないと考えるのは筋が通らない。クインは向かいに座る彼女のほうを見た。母親とクインの母のあいだで、美しい顔に愛らしい、穏やかな笑みを浮かべている。あいかわらずの美貌で、繊細なブロンドの巻き毛が顔を縁取り、青い瞳に合わせたサファイア色のドレスを着ている。まさに侯爵夫人、そして未来の美しき公爵夫人にふさわしい。

そして、マディ——さながら朝露へと消える前にとらえられた、美しい樹木の精だ。クインの口元がほころんだ。たしかに赤褐色の髪にふさわしい気性の持ち主。この場にいる貴族の半分は彼女に話しかけようともしない。だが、みなが見ている。男性はとくに。それは間違いない。

たぶん、彼女のいったことはあたっているのだ。彼女といると、次になにが起こるかわからない。彼女といると……生きている実感がある。彼女がいなかったこれまでの人生が、ひどくつまらなく思えてくる。

「これは、ウェアフィールド侯爵」

クインは瞬きして、振り返った。「ミスター・ダンフレイ」レイフに感じた嫉妬のうずきが、もっと危険な、苛立たしいものへと膨らんだ。

「マディから——ミス・ウィリッツから、彼女にとても親切にしてくださっていると聞きました。それまでの彼女の……苦境は半ばぼくの責任ですから、あなたにはとても感謝しているんですよ、閣下」

「わざわざ礼など」クインはダンフレイが消えてくれないかと願いながら、短く答えた。

「きみには関係のないことです。彼女は誤解されていた。ぼくは誤解を解こうとしている」

ダンフレイはうなずいた。「おっしゃるとおりだ。そのためにもぼくは、思いきった手段に出たいと思っています」

つまりチャールズ・ダンフレイは、もう一度彼女に結婚を申し込もうというわけか。わずかでもその権利があるなら、クインはいまここで立入禁止の札でも貼りつけたいところだった。マディはぼくのものだ。だが、ダンフレイですら、ぼくよりはマディにプロポーズする権利があるといえる。

世界でだれよりも大切な人を横取りされると思うと、この男の首を絞めてやりたいところだが、選ぶのはマディだということはわかっていた。身を切られるほどつらくても。「ぼくには関係のないことだ、ダンフレイ」彼はぎこちなくいった。そして会釈すると、次のダンスに誘おうと振り返ってエロイーズを探した。

本来の——そしていたって単純な計画のほうは、すばらしくうまくいっていた。グラフォード男爵がマディをカドリールに誘っていたし、彼女のダンスカードは四分の三が埋まっていた。しつこすぎる紳士ふたりは得意の毒舌でやり込めていたが、その過程で自分にも彼らにも目につくダメージは与えていなかった。

オールマックスの次の舞踏会は十日後だ。チャールズ・ダンフレイはすべてを許し、マディを妻にするつもりでいる。クインは借りを返したことになり、一カ月後に心おきなくエロイーズと結婚できる。公爵の思惑どおりに。

ひとつだけ予定外のことがあった。自分がマディ・ウィリッツに恋をするとは思ってもみなかったのだ。そしてそうなったいま、彼女をあきらめられる自信はなかった。

13

その後チャールズ・ダンフレイは四日のうち三度、バンクロフト・ハウスにマディを訪ねてきた。さらにピクニックやハイドパークでの乗馬に誘った。その間クインはときおり不可解な表情を見せるだけで、またマディを避けているようだった。わたしと結婚するという馬鹿げた考えはあきらめたらしい。そう思うと、情けないことに失望と胸の痛みを感じずにいられない。

結局のところ、わたしの名誉回復のために結婚しようなんて、無茶もいいところだ。わたしが淑女の鑑《かがみ》だとしても、未来のハイブロー公爵はもっと地位の高い女性に目を向けるべき。毎晩、彼とまた結ばれることを思い、どんなに愛すまいとしても愛してしまう人との結婚生活を夢見ながら、眠れぬ夜を過ごすなんて空しすぎる。

もっともクインは完全にあきらめたわけでもなさそうだった。ダンフレイの訪問があった翌朝、彼はマディが朝食を食べ終える前に姿を現わした。「おはよう」愛想よくいい、向かいの席に座った。

「おはようございます」その上機嫌ぶりを訝りながら、マディは答えた。なにか企んでいるにちがいない。

彼がフルーツの皿を示すと、召使が急いで皿を運んできた。「今日はなにをするつもりだい？」

「ミスター・バンクフロトに手紙を書かなくてはならなくて」

クインは椅子の背にもたれて彼女を見つめた。「なにについて書く？」

マディは顔を赤らめた。あのことは書けるはずがない。「チャールズ・ダンフレイが訪ねてきていること、まだ知らせていないの。とても親切だってことも」

「彼が騒いだせいできみが破滅に追い込まれたことを考えると、彼が親切でいてくれることを願うべきだな」

「そんなに意地の悪いいいかたをしなくても」彼女はかちんときていった。

「わかってるさ」クインは半ばひとりごとのようにいい、溜息をついた。「お詫びに新しい帽子でも買おうか？」

「新しい帽子なんていらないわ」

意外な答えだったかのように、彼はしばし口をつぐんだ。「じゃあ、新しいドレスは？」

ものうげな眼差しでマディを見る。それに応えて温かな震えが彼女の背筋を走った。

あの晩のことをほのめかすのは、いいかげんやめてくれないかしら。たしかにうっとりするような刺激的なできごとだったけれど、あの親密な愛撫や情熱がよみがえったところで、二度とああなるわけにはいかないことを思い出すばかりなのだ。「新しい帽子はあってもいいかもしれないわ」

「けっこう。フェートン（二頭立て軽四輪馬車）に馬をつけさせよう」彼はにっこりして立ちあがり、皿から桃を取った。「ああ、ところで」と、続ける。「きみも知っておいたほうがいいだろう。公爵閣下も今朝は自宅で朝食を摂るそうだ」そういって静かにドアを出た。

「まあ、いやだ」マディはあわてて残ったビスケットを口に詰め込み、紅茶で流し込んだ。いまでは運と、レイフがいうところの〝トラブルを嗅ぎつける特異な臭覚〟が大いに役立って、バンクロフト家の人々同様、公爵を避けることには熟練していた。

朝食用の部屋で主人一家の指示を待っている五、六人の使用人に、急いで見当違いなお礼をいうと、マディは厨房を駆け抜け、奥の階段を上がり寝室に逃げ戻った。いまでは格式ばったバンクロフト家の使用人たちも彼女のしきたりを無視したやりかたに慣れており、今回の脱走にも料理長はうなずいただけだった。

鏡台に置いてあったボンネットと手袋をつかんで同じルートで階段を駆け下り、厨房のドアから厩舎の庭に出た。

クインはフェートンの御者席に座って、彼女を待っていた。「もう朝食はすんだのかい？」急いで隣りの座席によじ登ろうとする彼女に、手を貸しながらきく。

「もっと早く教えてくれてもよかったのに」ボンネットのリボンを顎の下で結びながら、マディは答えた。

「マディ、ぼくにやらせてくれ」

彼女は彼の手を払いのけ、背を向けた。「自分でできるわ、どうもありがとう」

「さわられるのがいやなのかい？」彼がささやく。

マディは唾を呑み込んだ。「ええ。だから、さわらないで」

クインは彼女を見やり、それから手綱を打った。馬車が短い私道を滑らかに走りだした。通りに出ると、彼は身を寄せてきた。「きみは自分がすでに傷ものだとくり返しいう。だったら――」

彼女も同じことを自問していた――幾度も、幾度も。「わたしは女優やオペラ歌手じゃないのよ、クイン。体の欲求を満たす相手はほかで探して」

一瞬、彼の表情が暗くなった。「上流社会にうまく順応してるな、きみは《マイ・ディア》」

「侮辱に聞こえるわ。順応することを望んだのはあなたでしょうに、マイ・ディア」

「たぶん。だが、ぼくは〝体の欲求〟の話をしているんじゃない。心の欲求の話だ」

マディは頬を赤らめて彼を見た。喧嘩をしているときのほうがよほど楽だった。「その話もやめて」

意外にも彼は笑った。「話をやめることはできる」

彼女もしぶしぶほほ笑んだ。「ときおり――ほんのたまにだけど――あなたをミスター・ホイットモアとミス・マーガレットから救ってよかったと思うわ」

「きみが、あのいまいましい豚からぼくを救ったって？」

「そういっていいんじゃないかしら。わたしがいなかったら、あなたは――」

「マディ！」

ぎょっとして、彼女は振り返った。紳士服店の前に立っているのはハルバーストン子爵夫妻だった。驚いた顔で通り過ぎるフェートンを見ている。

クインはちらと彼女の顔を見てから、馬車を停めた。「だれだい？」

「わたしの……両親」絞り出すような声で答える。

「まさか……」彼は低い声でいって、彼女が馬車から降りて逃げ出す前に、腕をつかんだ。が、心配するまでもなかった、マディは動けなかった。ことばも出なかった。ひとことも発せず、ただ、自分を見ている両親を見返していた。

「ああ、信じられない」母親がスカートを持ちあげ、走り出た。「あなたね、あなたなのね、マディ！」

後ろから貸し馬車の御者が迷惑そうに口笛を吹いた。クインはフェートンを脇に寄せた。マディのほうは手綱をつかんで逃げ出したそうだったけれど。握りしめた手にそっと手を置くと、彼女はまたびくりとした。

「挨拶をしておいで」彼がささやいた。

彼女はきっぱりと首を振った。「できないわ。行きましょう」

「どこへ?」

「どこへでも」

「ぼくがいる、マディ」彼は静かにいって、指で彼女の手を撫でた。「約束しただろう、忘れたのか? 悪いようにはしない」

いつもの彼のうぬぼれと傲慢さに、彼女はわれに返った。「五年前はあなた、どこにいたのかしら?」そうつぶやいて、立ちあがった。

クインは急いで手綱を固定し、馬車を降りた。早足で反対側へ回り、手を伸ばしてマディの手を取る。彼の目に無言の励ましを読み取って、彼女はその手をしっかりと握り、こちらに向かってくる両親と対面するために馬車を降りた。

「お母さま、お父さま」不思議なくらい落ち着いた声だった。「おふたりともお元気そうで」

ふたりは数フィート手前で足を止めた。それ以上近づいたら、娘がまた逃げ出してしまうというように。母親はハンカチーフを振った。「元気そうですって? あなたはいったいどこにいたの? あなたがいなくなってどれほど心配したと思う? まるで音沙汰もなく――」

ハルバーストン子爵は妻の肩に手を置いた。「やめなさい、ジュリア。あとで話をきく時間はあるだろう。こちらはおまえのご主人かね、マディ?」

またも仰天して、マディはクインを見た。彼はかすかな笑みを浮かべて彼女の手を離し、前に出て握手を求めた。「クイン・バンクロフトです」横目でマディを見ながら愛想よくいう。「友人です」

ハルバーストン子爵は力いっぱい彼の手を握った。「閣下は慎ましくていらっしゃる。ジュリア、こちらはウェアフィールド侯爵だよ」

子爵夫人は驚きのあまり呆然とした表情でお辞儀をした。マディ同様、顔が青ざめていた。

「これは、閣下」

クインは彼らに、いつロンドンに着いたのかといった、あたりさわりのない質問をいくつかした。マディはひと息つけたことに感謝して、彼を見あげた。そして彼が親切で気さくな侯爵の役を演じているあいだ、ぴたりと寄り添い、震えを抑えようとしていた。ひとりでやっていけると宣言したものの、やはり彼がいてくれてよかったと心から思った。

マディは無言で両親を観察した。額に白いものが増えたという以外、ロバート・ウィリッツはほとんど変わっていなかった。愛想よくしようと思えば――いまクインの前でしているように――彼は実に人好きがした。もっともマディの記憶にいちばん強く残っているのは、娘の頑固さと非常識に対する辛辣な非難の連発だった。なかでもこたえたのは、おまえは我が身と家族を永遠にはずかしめたと怒鳴られたことだった。

母は例によって父のいうことに同調するばかり。狭量で公正さに欠けることがしばしばだったが、それでも今日の彼女は娘だけを見ていた。

「ロンドンに来て、どれくらいになるの?」

マディは肩をすくめた。「数週間かしら」

「数週間? どうして手紙を書いてくれなかったの? どうして居場所を知らせてくれなかったの?」

「お母さまが知りたがるとは思わなかったから」

「だが、ロンドンじゅうのほかの人間が、おまえが戻ったことを知っていても気にならなかったのか?」父が彼女を睨んだ。

その表情はよく知っていた。「戻るつもりではなかったの」

クインは前に出ると、再びマディの手を取り、自分の腕にかけた。「母とぼくのまたいとこがミス・ウィリッツの社交界復帰に協力していましてね。うちの家族にとても親切にしてくれたので。恩返しのつもりなんです」

今度もマディはクインに感謝した。これまでの居場所を明かさないでくれたことに。「あなたのお母さまがわたしたちを待っていらっしゃるわ」期待するように彼を見あげて嘘をいった。

「そうだった」彼はうなずいた。「では失礼します、ハルバーストン子爵。公爵夫人は待たされるのが嫌いでね」

「もちろん」マディの父親はすぐさま同意した。

「今日の午後あたり、バンクロフト・ハウスを訪ねていらっしゃりたいのではと思うのですが」クインが続けた。

「ああ、そうですね。バンクロフト・ハウスに。喜んで」子爵はクインにうなずき、もう一度握手した。

「では、二時にお待ちしています」

クインは向きを変え、マディがフェートンに乗るのに手を貸した。彼が隣りに座ると、彼女はそれ以上こらえきれずに思いきり彼の肋骨を肘で突いた。

「うっ。ぼくがなにをした？」

「裏切り者」両親のほうは見ないようにしながら小声で答える。

「臆病者」彼は手綱を取りながら、彼女の耳元でいい返した。馬車が走りだすと、子爵夫人が手を振ってふたりを見送った。

マディはそっぽを向いて胸元で腕を組んだ。こんなに腹の立つ、それでいて優しくて思いやりのある人はいない。

「そんなに悪くなかったじゃないか」

「わたしの両親に、わたしを訪ねて来るよう誘う権利なんて、あなたにはないはずよ」彼女はぴしゃりといった。「それにわたし、臆病者じゃないわ」

「きみじゃない」彼の目にちらとユーモアが浮かんだ。「ぼくを訪ねてくるよう誘ったんだ」

「まあ、心の広いかただこと。あなたは……味方だと思ってたのに」適切なことばを探しながらいう。「でも、そうじゃなかったのね。ただ、わたしが騒ぎを起こして、自分が恥をかくことが心配なんでしょう」

「ちがう。ぼくは――」

「フェートンを停めて。わたし、降りるわ」

「だめだ」彼女が反応する前に、クインが腕をつかんでぐいと引き寄せた。「マディ、きみは動揺してる。それはいい。だが、ぼくに八つ当たりしないでくれ。ぼくはきみの味方だ。力になろうとしているんだよ。退屈でひとりよがりな方法でね」

マディはしばし、彼のたくましく温かな肩に寄りかかり、目を閉じた。唾をかけてやりたいほど激怒していながら、ただ彼の腕に身を任せたいと思うなんて、どうかしてる。混雑した歩道をちらと見て、体を起こした。メイフェアスクエアの真ん中で彼に身を任せるのは賢明とはいえない。「こんなごたごたはミスター・バンクロフトとの約束には入っていなかったはずよ」

クインはほほ笑んだ。「実をいえば想定外のできごとばかりだ、マディ。だが、後悔しているとはいわない」

「そう、あなたは、ね」ありったけの皮肉を込めていった。

「また、そんなことを」彼はまるで意に介さず、そうたしなめた。「ご両親と和解できるなら、したいだろう？　きみの母上はきみに会えてうれしそうだった」

それはマディも同じだった。「頼むから、わたしがこれまでどこにいたかはいわないで」

「ぼくは秘密は守る」クインはいい、大きく息を吸った。「マディ？」

彼のほうを見ると、真剣なグリーンの瞳がこちらを見ていた。「なに？」

彼は長いこと彼女の瞳を見つめていたが、やがてわれに返って前を向いた。「いやなんでもない」

バンクロフト・ハウスに戻ると、マディは着替えのため逃げるように二階へ上がった。念のためクインは庭師に、彼女が窓から逃げようとしたら知らせるよう指示しておいた。両親ともう一度会う気にはなったらしいが、なにせ気まぐれなところのある女性だ。いま、彼女を失う危険は冒したくない。少なくともいろいろなことがはっきりするまでは。

ウィリッツ夫妻の間もない訪問を母に知らせるべく、クインは居間に向かった。

「母上、マディの両親がロンドンに来ています」ドアを開け、ゆっくりと部屋に入りながらいった。「彼らを招待したん……」遅ればせながら、母の客に気づいた。「エロイーズ？　今朝はレディ・ランドレイを訪ねているんじゃなかったのか？」

エロイーズは青い目で彼をじっと見つめ、紅茶をひとくち飲んだ。「残念ながら、ブランチはお流れになったの。息子さんがケンブリッジを退学になって戻ってきたんですって」

「レスターがいままで追い出されなかったことのほうが驚きだよ」クインは彼女の隣りに座り、召使にカップをもうひとつと合図した。

「そうね。多額の寄付金で、たいがいのことは大目に見てもらえるものよ」エロイーズはほほ笑んだ。「お砂糖は?」

「いらない、ありがとう」

「マディのご両親がどうしたんですって?」公爵夫人が刺繡を脇に置いて、きいた。

「今朝、ばったり会ったんです」

公爵夫人は身を乗り出した。「おふたりの反応は?」

クインは笑みを嚙み殺した。母は距離をおこうとしているものの、実はマディの魅力にすっかり参っているのだった。「わかりません。母親は安心したようでした。ただ、父親のほうは、それよりもぼくと会ったことに興奮しているみたいでしたね」

「しかたのないことじゃなくて?」エロイーズは笑った。「傷ものになった女と、将来のハイブロー公爵ですもの」

「ああ。だが、きみのいう〝傷ものになった女〟は彼の実の娘だ。しかも五年ぶりの再会だった」クインはむっとして、またいとこを見やった。進んで協力を申し出た女性のことばとは思えない。

「ご招待したんですって？」母が割って入った。「ここに、ということかしら？」

「ええ、今日の午後二時に。うちの家族は彼女に恩があって、彼女を社交界に復帰させることでその恩返しをしようとしているのだと説明しました」

エロイーズは冷やかに彼を見た。「キスしたことはいわなかったの？」

その話を知っているのか。おそらく公爵から聞いたのだろう。クインは穏やかに彼女を見返した。「それは賢明とは思えなかったのでね。そのことを気にしているのかい、エロイーズ？」

「わたしにはめったにキスしないことは気になるわ、クイン。そのうち変わると期待しているけれど」彼女がカップを持ちあげると、召使が急いでお代わりを注いだ。熱いお茶が一滴、彼女の指にはねた。彼女はきゃっと叫ぶと、カップの中身を召使の胸にぶちまけた。

「大馬鹿者！　やけどさせる気？」

召使はお辞儀をし、濡れたチョッキから必死に熱い液体を拭き取った。「とんでもない。どうかお許しください、申し訳ございませんでした――」

「フランクリン、下がりなさい」公爵夫人が命じた。

彼はもう一度頭を下げた。「はい、奥さま。ありがとうございます」

幾度もお辞儀をしながら、フランクリンは後ろ向きに部屋を出て行った。彼の役目はさっそく別の召使が引き受け、手早く片付けをし、エロイーズに新しいカップを渡した。クインはこのできごとに心を乱されていた。そんな息子を、公爵夫人は静かにお茶に砂糖を加えつつ見守った。

「エロイーズから七月十七日ということで決まったと聞いたわ」彼女はいった。「お父さまもお喜びよ。実をいうと今朝は大司教に会いに行ったんだと思うの。ウェストミンスター寺院を押さえるために」紅茶をひとくち飲み、指を一本あげてカップを置く。「そうそう、すぐにも招待状を送らなくてはね。でないと、あわてて決めたように思われてしまうわ」

「二十三年間かけて、なにかをあわてて決めるということがありえますか?」クインはいった。当然、公爵は喜んでいるだろう、日を選んだのは本人だ。

「皮肉をいうことはないでしょう」エロイーズがいい返した。今日はなにかにつけ突っかかってくる。

もっとも彼女を責めることはできなかった。すべてが落ち着くところに落ち着けば、おそらくみなが喜ぶのだ。自分以外。そして――たぶんマディ以外は。「ああ。ただ四半世紀公認の事実だったことに、騒ぎすぎじゃないかと思っただけだ」

エロイーズは立ちあがった。「嫌味ないいかたね。以前のあなたはそんなに無神経で冷たい人じゃなかったわ」

「ああ、まったく」やむなく彼も立ちあがり、戸口まで彼女を追っていった。「すまない、エロイーズ。嫌味をいったつもりはないんだ」たしか、いつかもこんな場面を演じたような気がする。そして今後もくり返すのだろう。幾度となく。

エロイーズは足を止め、自慢の青い目で彼を見あげた。「わかっているわ。明日、馬車でどこかへ連れて行って。それからなにかきれいなものを買って」

クインは笑みをつくった。「喜んで」

彼女をそとまで送り、手を貸してストークスリー家の馬車に乗せた。「じゃあ、また明日、エロイーズ」そういって指の付け根にキスをした。

居間に戻ると、母親が料理長を呼んで、昼食のメニューについて話し合っていた。クインは戸口に寄りかかり、相談が終わって料理長が下がるのを待った。「ハルバーストン子爵夫妻のためですか、ありがとうございます、母上」

「お客さまはお客さまですからね」彼女は立ちあがりながらいった。「エロイーズはずいぶんと忍耐強かったし、理解があったわ——彼女にしては。クイン、マディが魅力的なのは認めるけれど——」

彼は片手を上げた。「マディがどういう女性かはちゃんとわかってます。ロンドンじゅうの人にいちいち思い出させてもらうまでもありません」

公爵夫人は息子を見つめた。「ならいいわ。じゃあ、わたくしはハムでなくてチキンに決めたと、料理長に伝えてきてちょうだい」

家族への義務や責任についてこれ以上説教を受ける前に逃げ出したい一心で、クインはそそくさと部屋を出た。が、厨房に行く途中、母が近ごろはあまりその手の説教をしなくなったことに気づいた。そのことを考えながら奥の階段を下った。

厨房の入口ではたと足を止めた。十人ほどの使用人が中央の大きな配膳台のまわりに集まっている。シャツを脱いで顔をしかめたフランクリンが台の端に座り、マディがその前で彼の赤くなった肌に白い清潔な包帯をあてていた。

「たいしたことないわ」彼女は包帯を巻きながら慰めた。「ちょっと痛むとは思うけど」

「レディ・癇癪持ちがもっと下を狙わなかったことに感謝だな」ジョン——別の従僕が笑った。

「こら、よせ」料理長が叱った。「ここにはレディがいるんだぞ」

ジョンは赤面した。「失礼しました。ミス・マディ」

クインは笑いを噛み殺した。やれやれ、両親の使用人にもそう呼ばせているのか。

「いいのよ、ジョン。フランクリンに乾いたシャツは持ってきた？」

「ええ、いわれたとおり」

彼女はうなずいてフランクリンに笑いかけた。「これでよし。大丈夫だと思うわ。一日か二日ようすを見て。軟膏が効けば、そのころには赤味は消えるはずよ」

フランクリンは台からひょいと降りた。「ありがとう、ミス・マディ」

「どういたしまして。次はうまくよけることね」

彼は笑った。「そうしますよ」

マディがドアのほうを振り返ったので、クインはすばやく後ろに引っ込んだ。そして前を通り過ぎるとき、その腕をつかんだ。声を発する隙を与えず壁に押しつけ、唇を重ねる。彼女は一瞬、呆然としていたが、やがて彼の肩に腕を回し、背伸びして激しく情熱的なキスを返してきた。

「クイン、やめて」彼女は小声でささやき、唇で彼の顎の線をなぞった。「だれかに見られるわ」

「見られないさ」再び唇をとらえ、じらしつつ唇を開かせて夢中でキスした。興奮が脈打って体を走る。ここで、使用人用の廊下で彼女のスカートをめくりあげないようにするのが精いっぱいだ。なんてことだ。ぼくは気が狂ったにちがいない。しまいには彼女の空いたほうの手を引き、階段の裏へ連れて行った。「こっちへ」

「だめよ」マディは乱れた髪を直しながら、同時に彼の顎を噛んだ。「あなたに怒ってるんだから」

「そうなのか?」苛立ちとおかしさを同時に感じつつ、もう一度彼女にキスをする。「なぜ?」

マディも笑みを抑えきれなかった。「両親をここに招待したことによ、もちろん。さっきいったでしょう」

大きく息を吸い、クインは体を起こして、彼女の両手を取った。華奢な手だった。「きみはロンドンじゅうの人間と和解しつつある。ほんとうに自分の両親だけ蚊帳《かや》のそとに置きたいのか？」

「そう単純じゃないのよ」彼女は静かにいい、自ら彼の腕のなかに入った。

クインの心臓が跳ねあがった。彼女は強い性格の持ち主だ。これまでだれかを——ましてや自分を必要としたことはなかった。彼は優しく、彼女の肩とほっそりとした腰に腕をまわした。「わかってる」赤褐色の髪に向かっていった。「でもせめて仲直りしたら、ラングレーに帰るとしても、心持ちがちがうだろう」

マディは顔を上げ、グレーの瞳で彼を見つめた。「つまり、わたしがラングレーに帰ることを認めてくれるのね？」

クインは首を振った。「いや、きみにはラングレーに帰る権利があるということを認めただけだ。オールマックスでデビューしたあと、そうしたければ」

マディは溜息をついた。まだ彼の腕のなかだった。「今日の午後、公爵閣下はいらっしゃるの？」

「父は縮小しつつある貴族の権利のための会議に出席しているはずだ。どうして？」

「今回ばかりはいてくださったらと思って。父に身の程をわきまえてほしいから」彼女は手を伸ばし、彼の唇をゆっくりと手でなぞった。「クイン、もし自分の好きなように人生を送ることができて、約束ごととか義務とか恩とか、そういうものがなにひとつなかったら、あなたはなにをする？」

「本気で考えたことないな」彼は考え込んだ。「文学者になっているかもしれない」

マディは片眉を上げた。「ほんとう？」

「ああ。なんでもいいといったじゃないか」

「わかってる。続けて。あなたには驚いたわ」

「きみにはいつも驚かされている」彼はささやき、もう一度キスをした。「それにもちろん、きみと結婚するよ」

マディは身を振りほどき、彼を睨んだ。「いいえ、しないわ。わたしたち、出会っていないもの」

彼は片手をつかんだままだった。「ぼくたちの不思議な出会いを思えば、別の人生でも出会わないとはかぎらないさ」

階上の部屋のベルに応えて、厨房のベルが鳴った。悪態をついてマディは彼の横をすりぬけて階段を駆けあがった。直後にジョンがベルに応えて現われた。「閣下、なにかご用ですか？」階段の下に隠れている侯爵を見て、驚いたようにジョンがきいた。

クインは瞬きした。「ん？　ちょっとぶらぶらしていただけさ。気にしないでくれ」そういって立ち去りかける。それから、チキンのことを思い出した。「くそ」

ハルバーストン子爵夫妻は二時ぴったりに現われた。ふたりの娘を連れてきていた。「お気になさらないといいんですが、閣下」子爵は謝り、若い娘たちを示した。「姉に会いたいときかないものですから」

クインはうなずいた。妹がいるとは聞いていなかったが、明るいブラウンの髪と高い頬骨から、血のつながりはすぐさま見てとれた。「もちろん。ミス・ウィリッツは客間にいます。公爵夫人と一緒に」

ウィリッツ一家はビークスのあとに続いて階上へ急いだ。フランクリンが執事のかわりに玄関に立った。「フランクリン」クインは客を先に行かせていった。「大丈夫か?」

「はい、閣下。なんともありません。わたしの過失です。とんだへまをしまして」彼は頭を下げた。「ほんとうに申し訳ありませんでした」

「かまわない。それより、やけどをしたんじゃないのか?」

召使は顔を赤らめた。「わたしなら大丈夫です、閣下」

これ以上この可哀そうな男を追いつめてもしかたない。クインは階段のほうへ向かった。

「ならいい」

この男はやけどしたことすら認めようとしない、けれども彼は――でなければほかの使用人が――マディに助けを求めたのだ。階段を上りきったところで、クインは足をとめた。客間からは興奮した笑い声やくすくす笑いがただよってくる。一年前なら、使用人に体の具合を尋ねるなど考えつきもしなかっただろう。エロイーズの癇癪を当然と受けとめたにちがいない。あれは初めてのことではない。そして当然、最後でもない。

戸口に立つと、競うようにしゃべる声が耳を襲った。だれもが一度に話そうとしているようだった。珍しくマディだけが、会話に参加していなかった。

彼女は部屋の隅に妹たちと手をつないで立ち、交互にふたりを見やりながら、それぞれの話を聞いていた。子爵夫人が潤んだ目で三人の娘を眺めている。ハルバーストン子爵のほうは、強情な娘への多大な親切を、しきりと公爵夫人に感謝していた。

マディが顔を上げ、彼を見て笑みを浮かべた。その目に初めて、ひそやかな情熱がよぎった。彼への情熱が。「閣下」

「マディ、ご家族を紹介してくれないか」クインは部屋に足を踏み入れ、彼女に近づいた。喜びのあまり彼女を抱きあげて、笑いながらぐるぐる回りたいという衝動をかろうじて抑える。ここ数日のどこかで、ふたりのあいだには無意識のうちに強い絆が生まれたようだった。

「こちらはポリー」鼻のあたりにそばかすの散った、十二、三歳に見える若いほうの娘の手を持ちあげて、マディは紹介した。「こちらがクレア」

年上のほうは上品にお辞儀をした。きれいな娘だったが、マディとちがって人目を惹くほどではない。目はグレーというよりグリーンで、顔もややふっくらしている。十六歳か十七歳だろう、社交界デビューを控えているのは間違いない。

「お知り合いになれて光栄です」クインはほほ笑んで、少女の手を取った。

「昼食を用意してあります」公爵夫人がいった。果てしなく続く子爵の感謝のことば越しでは声を張りあげなくてはならなかった。「よろしければ、こちらにどうぞ」

彼らはぞろぞろと食堂に入った。食事中もあいかわらずのにぎやかさだった。クインは驚きの念を禁じえなかった。どうしてマディのような独立心旺盛で才気煥発《かんぱつ》な女性が生まれたのだろう。こんな……愚鈍な家族のなかに。

「マディ、荷物をまとめるのにどれくらいかかる?」子爵がきいた。

その発言は即座にクインの注意を引いた。「なんのために荷物をまとめるんです?」

食堂は静まりかえった。クインの耳にはまだ反響が残っていたが。子爵は咳払いした。

「ウィリッツ・ハウスはもう開けてあります、閣下。未婚の娘が、いかに優雅なお屋敷といえども他人様《ひとさま》のお宅に厄介になっているのは適切とはいえませんでしょう」

「母が付き添っています」彼はつっけんどんに答えた。「不適切ではありません」

「ええ、もちろんですとも、閣下」ハルバーストン子爵は同意した。「けれども、人の噂というものがありますし」

「どうしたって噂は立つわ」マディはいった。

「なるべく立てずにすめば、それに越したことはないかと」

クインはハルバーストン子爵を見た。しぼみつつあった興奮はもはや完全に消えていた。彼女は行かせない。「そのことは五年前に考えてみるべきでしたね」

「クイン」母が鋭くいった。「決断はマディがするべきだと思うわ」

マディはテーブルを見渡した。クインと父親を見るときにはとくに時間をかけて。やがて公爵夫人のほうを振り返った。「公爵夫人。わたしはウィリッツ・ハウスに戻るべきだと思います。ですが――」

「だめだ！」クインはぴしゃりといって、立ちあがった。

彼女は彼の怒った視線を避けて、唾を呑んだ。「ですが、こちらを訪ねてくることができたら、非常にうれしく思います――ときおりでも」

「もちろんよ。それ以上うれしいことはないわ」

それ以上うれしいことはたくさんある。クインは思った。いまいましいウィリッツ一家と二度と会わないことも含めて。彼は口まで出かけた鋭い返答を呑み込み、かわりにうなずいてナプキンを椅子に落とした。「けっこう。メアリーを呼んで、荷作りを手伝わせよう」

廊下に出て、そこでようやく足を止めた。呼吸は荒く、乱れていた。彼女の考えは手に取るようにわかる。ふたりは釣り合わないとぼくが認めようとしないから、その問題を自分で片付けようとしているのだ。だが、ぼくはあきらめるつもりはない。いまはまだ。いや、永遠に。

14

マディはウィリッツ・ハウスにゆっくりと足を踏み入れた。五年経ってもまったく変わっていないのだろうという不安と闘いながら。少なくとも執事のエヴェレットは変わっていなかった。ただ、仰天した顔をしていた。

「こんにちは、エヴェレット」彼女はほほ笑んだ。心から喜べたらいいのにと思う。そうふるまっているだけでなく。

「ミス・ウィリッツ」彼はもごもごといい、お辞儀した。「おかえりなさいませ」

「ありがとう」衝動的に手を差し出した。執事は驚いた顔をしてから、その手を握った。

「また会えてうれしいわ」

「わたしもでございます」彼の唇に、思わず感激の笑みが浮かんだ。「さびしゅうございました」

階下の内装は変わっていなかった。絵画も、昔から嫌いだった客間の暗赤色のカーペットも。後ろを歩く妹たちは、この五年間のできごとについて夢中でしゃべっている。マディはゆっくりと階段を上りながら、最後に寝室に逃げ込んだときのことを思い出すまいとしていた。半ば閉じたドアの前でためらっていると、妹のクレアが進み出て、彼女をさえぎった。「ここはわたしの部屋なの」クレアはいった。「お父さまがだれかが使ったほうがいいだろうっていって。それにほら、わたし、朝日が苦手だったでしょう」

「クレア」母が階下から声をかけた。「マディに好きな部屋を選んでもらいなさい」

「お母さま」ブラウンの髪の愛らしい少女は抗議したものの、重い溜息をついた。「はい、わかりました」

「いいのよ、クレア。ここはあなたの部屋で」マディは答え、廊下を戻った。「もともと、以前の部屋はあまり好きではなかったの」避難場所ではなくなり、彼女を閉じ込める監獄となったから。

妹たちはマディが選んだ部屋を歩きまわり、やがて階下に戻ると、馬の競売会に出かけようといいだした。マディに新しい馬を、そして自分たちにもそれぞれ馬を買ってもらおうというわけだ。だが、クインがメイドのメアリーをウィリッツ・ハウスに寄越してくれた。彼女と荷物が届いているいま、マディとしてはまず家で荷ほどきがしたかった。

「ひとりでできます、ミス・マディ」使用人が三人がかりで運びあげたマホガニーの衣装だんすを開けながら、メアリーがいった。「ご家族とご一緒なさってください」

「慣れるには時間がかかるわ」彼女は顔をしかめた。「あの人たちも。わたしも」

クインはわたしをバンクロフト・ハウスから出さないつもりではないか、とマディはつかのま思った。自制してはいたものの、こわばった筋肉のひと筋ひと筋や食いしばった歯にはありありと怒りが表れていた。彼女とて出たくはなかった。けれどもあの屋敷にいたら、いずれ彼に屈してしまう。あの抗いがたい魅力の前には、理性が働かなくなってしまうのだ。あと一カ月ちょっとしたら、エロイーズ・ストークスリーと結婚することが決まっている人だというのに。

「マディ?」半分開いたドアの向こうで母が呼んだ。

「どうぞ」マディは無意識にスカートを直して背筋を伸ばした。

ドアがぱっと開いた。「少し話していいかしら」

メアリーはお辞儀をした。「失礼します、ミス・マディ」そういって、マディをよけて部屋を出た。

「ミス・マディ?」子爵夫人はくり返した。「家族の名前は捨ててしまったの?」

「わたしが捨てられたのかと思ってました」彼女は淡々と答え、ベッドの端に腰かけた。

「マディと呼ばれることに慣れてしまったの」怖れていた瞬間だった。母にこれまでどこにいたのかきかれるとき。どこまで話すべきか、脱出経路のどの部分を隠しておきたいか決めなくてはならないとき。

「みんな、あなたは死んだものと思いはじめていたのよ」子爵夫人は鏡台の椅子に腰かけながらいった。「怒って、感情的になるのはわかるわ、マデリーン。でも五年間も行方不明なんて」

「ひとりで生きていきたかったの」

「なんでもないことのようにいうのね」母はしばらく彼女を見つめたあとで、いった。「お父さまもいずれは許してくれるでしょうけれど。このままこの家にいるならね」

マディは苛立ちを抑えた。「わたしはなにも悪いことはしていないわ。お父さまの許しなんていらなかった。いまもいりません。それに、いっておくと、わたしはここにずっと住むつもりはないの。ある人と約束をしただけだから。オールマックスでのデビューまでは――二度目のデビューまではロンドンにいるって。だからそのつもりよ。そのあとは、ロンドンにいる理由もなくなるわ」

「その約束した相手というのはだれなの？」

「友達よ」

「家族のことは？」

「お父さまは、わたしが厄介者だってはっきりいったわ。ウィリッツ家の一員である資格がないって。それは忘れられない」彼女は自分の両手を見下ろした。「忘れられるとも思わないわ」

「マディ、あなたとお父さまは一週間とおかず喧嘩していたじゃないの。でも家を出たことはなかった」

「お母さま、あんなことがあったあとで、家にいられると思う?」

子爵夫人はしばし目を伏せた。「じゃあ、どうして戻ったの?」

「バンクロフト家の親切に甘えすぎていたから」クインとのあいだの荒れ狂う感情に気づかれないよう、用心深く答える。

「ウェアフィールド侯爵はあなたにとても好意を持っているようだったわ」子爵夫人は娘の視線を避け、ブラシを眺めながらいった。

「あのかたは家族の義務をとても大切に考えていらっしゃるわ。それに人は自分のいうとおりにするものと思っている。わたしたち……」しゃべりすぎないようにと、彼女はいいよどんだ。死ぬほど彼を愛していることは、だれにも知られてはいけない。「意見が食い違うこともあるの」

「ウェアフィールド侯爵に反論するの? それは賢明ではないんじゃないかしら」

マディは肩をすくめた。「だれかがするべきよ」

子爵夫人は考え深げに彼女を見た。「マディ――」

「お母さま。以前と同じものなどなにもないのよ。わたしは五年間、ひとりで生きてきた。そのことを楽しんでいたわ――たいがいの場合」正直に、そうつけ加えざるをえなかった。

「出て行ったほうがよければ、出て行きます。でもわたしは、前みたいに黙ってお父さまに怒鳴られているつもりはありません」

子爵夫人は立ちあがった。「あなたはいまでもわたしたちの娘よ。自分では、いくらひとりで生きていると思っていてもね。バンクロフト家のかたがたはあなたに望みを持っているようだし、それはわたしたちも同じ。でも、この家族にもう一度恥をかかせるようなことは許されません。クレアは来年デビューを控えているのよ。あなただって、自分がまわりのだれからも、なにからも自立していると主張することで、妹がいい結婚のチャンスをふいにするところは見たくないでしょう」

マディがうなずくと、母は部屋を出て行った。「わかってくれればいいの」

家に戻るのが簡単でないことはわかっていた。思ったとおりだった。母は娘との再会を喜びはしても、あくまで夫の意志に従うだろう。マディは溜息をついた。五年の月日はわたしをすっかり変えた。けれども両親がそれをいい変化と考えないのはたしかだ。マディはベッドに座り込み、突然襲ってきた孤独感と闘った。わたしがいなくなったいま、クインはどうするつもりだろう。


「どういう意味だ、〝彼女は出ていった〟って?」レイフはビリヤードのキューを台の上に叩きつけた。勢いで球が跳ねるほどだった。「だいたいどうして、ここに入ってきて最初にそのことをいわなかった?」

クインは弟を見やり、自分のキューにチョークを塗る作業に戻った。「話す気分じゃなかったからだ。それといまいったとおりの意味だ。両親が会いに来て、彼女は荷物をまとめ、彼らと帰っていった。みんな再会に感激しているようだったよ」

「馬鹿な。そもそも、彼女がロンドンを去った理由は彼らじゃないか。行かせるべきじゃなかったんだ」

「ほう、そうか？　で、ぼくはどうすればよかったんだ？　彼女を寝室に閉じ込める？　ぼくの理解では、彼女はそういうのはあまり好まないはずだ」

「彼女の居場所はあそこじゃない」レイフは頑なにいいつづけた。

侯爵は弟をじっと見た。これまでも自分がロンドンじゅうの男を嫉妬の目で見ていないとは言いきれないが、レイフの憤慨ぶりは気にかかる。「でも彼らは家族だ。ぼくらはちがう」

レイフはサイドボートまで歩き、グラスにブランデーを注いだ。「ああ、そうだ。そもそも彼女をチャールズ・ダンフレイに嫁に出そうとしたのと同じ家族だ。彼が現われて彼女に謝れば、また同じことをするに決まってる」

「それのどこがいけない？」クインはきいた。自分以外の人間の意見をききたいがために。

「ぼくを客間に放り込んだときのことを覚えてるか？　あのときはあやうく首の骨を折るところだったが。あいつ、ぼくの申し出に飛びついたぞ」

「どんな申し出だ？」

「彼の馬二頭を百ポンドで買うって話さ。そのあと撤回するのに四苦八苦したよ」

「それで？」

「アフリカでは馬車用の馬は必要ないという事実はさておくと、あの二頭にはゆうに二倍の価値がある」

クインはすっかり興味をそそられ、キューを置いた。「悪いが、レイフ、ぼくは怪しげな取引におまえほど明るくないんでね、それのなにが問題なんだ？」

弟は肩をすくめ、台の上で球をぼんやりと転がした。「ダンフレイに馬を売る気があるなら、喜んで受け取ろうとする額より、はるかに高い値をつけられるということだよ」

ようやくクインにも呑みこめてきた。「つまり、彼は実は売ることに関心があるわけではないということだな」

レイフはうなずいた。「そのとおり。関心あるのは――」

「現金か」

侯爵はキューを取りあげ、それを壁沿いの定位置に戻した。「悪いが、レイフ、約束がある」

「だれと？」

クインはドアに向かった。「まだわからない」

イングランド銀行の支配人は、ウェアフィールド侯爵が会計士や弁護士を伴うことなくざわついた建物に入ってきたのを見て、うろたえた。ましてや個人的に話がしたいと求められたときにはあわてふためいた。

「どういったご用件で、ウェアフィールド侯爵?」傷がついた樫材のデスクの上で手を閉じたり開いたりしながら、彼は心配そうにきいた。

「いささか異例の頼みごとがある」自分のしようとしていることに、まるで罪の意識は感じないことがクインには不思議だった。

「おいくらでも、閣下。バンクロフト家の財政状態は非の打ちどころがありませんから」

「ありがとう、ミスター・ホイーティング。それをきいて安心した」

支配人は少しばかりネクタイを緩めた。「悪気はなかったのです、閣下。それはもうまったく」

「わかっている。だが、ぼくは借金を申し込みに来たのではない。ちょっとした情報がほしいのだ」

ミスター・ホイーティングは眉間に皺を寄せた。「情報とは、閣下? どういった情報でしょう?」

クインは顎を指で軽く打った。「ある男と事業を始めようかと考えていてね。だが、彼のことはあまりよく知らない。財政状態が安定しているかについて、少し知っておきたいんだ」

「ほう。ですが、その――ご存じのように、閣下、顧客の情報はすべて極秘となっておりまして」

「もちろん、きみに規則を破ってもらおうなんて考えてはいない。具体的な情報でなくていいんだ」クインは自信たっぷりにほほ笑みながら、身を乗り出した。こんなふうに爵位を利用するところを見たらマディがなんというか考えると、胸がちくりと痛んだが、それは無視した。「大体の話でいい。それだけで非常にありがたい」

ミスター・ホイーティングはほかに人のいないオフィスを見渡した。「どなたのことをお知りになりたいので、閣下？」

「ミスター・チャールズ・ダンフレイ」クインは椅子の背にもたれて、答えを待った。

「チャールズ・ダン――ダンフレイですと？」ホイーティングの赤ら顔が青ざめた。「これはこれは」

「話してもらえるか？」

「そうですね、閣下、大ざっぱにいってですが……」ドアは閉まっており、狭いオフィスにはほかに人がいないにもかかわらず、彼はデスク越しに身を乗り出して声をひそめた。「大ざっぱにいってですが、ミスター・ダンフレイの財政状態は少々不安定といわねばなりませんな」

クインは片眉を上げた。「少々不安定？」

支配人は咳払いした。「かなり不安定です」

「なるほど」

「ええ、赤字といっていいでしょう」

「なんと」クインは失望を装った。一秒ごとにチャールズ・ダンフレイが嫌いになる。「それは問題だな。きみには感謝しても感謝しきれないよ、ミスター・ホイーティング」そういって、立ちあがり、狭いオフィスのドアに向かった。「バンクロフト家が恥さらしになるところを救ってくれた」

ミスター・ホイーティングは立ちあがり、仰々しくお辞儀をした。「お力になれて光栄でございます、閣下」

クインはアリストテレスに乗って、カーゾンストリートを抜け、グローブナースクエアに戻った。普段通る道ではなかったが、自分がどうしてこの道を選んだのかはよくわかっていた。ウィリッツ家がカーゾンストリートに住んでいるのだ。自分とマディのあいだに立ちはだかる錬鉄製の門の前で馬をとめ、カーテンの閉まった窓を眺めた。馬がもじもじし始めるまで。

彼女を訪ねて、ダンフレイの不安定な財政状態について話そうか迷ったが、なにせ、彼女がバンクロフト・ハウスを出てまだ三時間しか経っていない。まさにそのままの自分に見えるだろう――つまり、破滅した娘に恋し、五分と離れていられない完全な間抜けに。

だいいち、ダンフレイと彼女が幾度か会ったからといって、彼らが本気でもう一度結婚を考えているとはかぎらない。ダンフレイが金に困っているなら、マディ・ウィリッツのような気性の激しい女性を妻として背負い込みたいとは思わないにちがいない。もっと年上で高い爵位を持つ女性との結婚のほうが、すぐ手に入る数千ドル――ハルバーストン子爵の手元に彼を満足させるだけの現金があるとして――よりも、よほど役に立つはずだ。

少し気分がよくなって、彼はアリストテレスを速歩で駆けさせ、バンクロフト・ハウスに向かった。明晩はギャリントン家の舞踏会がある。そのときに彼女と会い、踊ることもできるだろう。そしてそのころには奇跡が起こって、ふたりして転がり落ちた巨大な穴から抜け出す方法を、思いついているかもしれない。思いつかなかったら、彼女をさらって、オリエントにでも逃げればいい。彼女はかんかんになって怒るだろうが、少なくとも退屈な人間とはいわれなくなるだろう。


マディが朝食を終えないうちに、エヴェレットが部屋に入ってきて、訪問客があることを告げた。彼女はどきりとした。「どなた?」興奮を隠そうとしながらきく。もっとも隠しきれていないことはわかっていた。やっぱり彼、会いに来てくれたんだわ!

「ミスター・チャールズ・ダンフレイです」

喜びはたちまちしぼんだ。「そう」

「いったい、チャールズがなんの用なのかしら？」不思議そうに夫を見ながら、母がいった。

「わからん」子爵はトーストをかじりながらつぶやいた。

父の視線を感じ、マディはあわてて唇に笑みを貼りつけた。昨日の午後以降、ほとんどことばを交わしていない。父にまたしても怒鳴る口実を与える気はなかった。「会ってきます」

居間に入っていくと、窓際に立っていたダンフレイが振り返った。「マディ、きみが家に戻ってくれてうれしいよ」

「わたしもよ、チャールズ、ありがとう」

「すべてが元どおりになったようだ」彼女の手を取り、口元へ持っていく。「まあ、ほとんどすべてというべきか。マディ、きみにひとつ、頼みごとがある。ぼくは口下手だけれど、これは、このところずっとぼくの心を占めていたことだ。これ以上、無視することはできない」

マディはダンフレイが示した椅子に座った。〝頼みごと〟というのがなにかは、見当がついた。自分の醒めた反応も意外ではなかった。一度目のプロポーズも同じ文句で始まったからだ――なのに、わたしときたらクインを退屈な人間と責めたのだ。

あのときはただうれしくて舞いあがり、ついにプロポーズのことばを聞いたときには、ダンフレイに抱きつかんばかりだった。そしてキスされると、ほんとうに彼の首に腕を回し、抱きついた。その後二週間ほどは、お伽話が現実になったような気持ちを味わったものだ。やがて、完全に間違っていたと気づかされたのだが。

ダンフレイは彼女の手を取り、ひざまずいた。「マディ、五年間離れていたけれど、ぼくらは一緒になる運命なのだとぼくは信じてる。妻になってもらえるかい？」

マディは長いこと彼を見つめていた。五年前のこの瞬間に感じた、喜びや興奮を待った。が、不快な神経の高ぶりが、体を走っただけだった。期待しすぎたのかもしれない――でなければ、たんに、もはや彼が人生をともに過ごしたい相手ではなくなったということなのかもしれない。「少し考える時間をくださらない、チャールズ？」彼女はいった。「ここ数週間で、ずいぶんといろんな変化があったものだから」

「もちろん」彼はうなずき、立ちあがった。「だが少なくとも、ひとつだけ無礼を許してほしい」ゆっくり身をかがめ、そっと唇を合わせる。

マディはさらに白けた気分で――そんなことが可能なら――ほほ笑んだ。「わかってくれてありがとう、チャールズ。明日にはお返事するわ」

彼はもう一度、彼女の指の付け根にキスをした。「愛してるよ、マディ。ずっと愛していた」最後に彼女の目を見つめ、彼は部屋を出て行った。

マディは椅子の背にもたれた。チャールズと結婚すれば、すべての問題は解決する。彼に対してはなにも――クインに見つめられるだけで感じるようなものはなにも感じないことは、問題ではない。いずれにしてもクインは、ほかの女性と結婚するのだから。自分の侮辱を笑い飛ばす声を聞くことも、体に回された腕を感じることもないのだ、もう二度と——。

「マディ？」父が部屋に入ってきた。「チャールズはどこだ？」

「帰ったわ」

「彼は——なんの用だったんだ？」

「わたしと結婚したいって」

「それはすばらしい！」父はことばを切り、彼女の反応を待った。「だが、どうして帰っていった？」

マディは父を見あげた。「返事は明日するといったから」

子爵は口を開け、また閉じた。「なんだって、そんなことをいった？」

その声音に怒りが混じっているのを聞き、緊張と不安、そして心細さを感じながらも、マディは冷静な口調で答えようとした。「数時間、考える時間がほしかったからよ、お父さま」

子爵は腕を組んだ。表情がさらに険しくなった。「なにを考えることがある？　彼は以前にもおまえにはもったいないくらいの相手だった。五年間どこにいてなにをしていたかわからないという事実は、社会的地位を上げることにはならないんだぞ」ハルバーストン卿は疑り深げに目を細めた。「それとも、いまでは自分がわれわれより上等な人間だとでも思ってるのか？　ハイブロー公爵夫人にちょっとばかりお情けをかけてもらったおかげで？」

「まさか、ちがうわ！　ただ彼に、明日まで答えを待ってほしいといっただけよ、お父さま。それだけのこと」

「正しい返事をするなら、好きなだけ考えるがいい、マデリーン」

父が部屋を出てドアを閉めると、マディは目を閉じた。ラングレー・ホールにいたときはすべてが単純だった。あそこではミス・マディでいられ、夜はマルコムやジョン・ラムゼイと、ホイストやクロスワードパズルをして過ごした。孤独でなかったとはいわない。ジョンに結婚を申し込まれたときも――あのときも、いずれ申し込まれるだろうという予感はあったし、自分が断ることもわかっていた。

「ミス・ウィリッツ？」エヴェレットが控えめにドアを叩いた。

「なに？」溜息まじりに、うわの空で答える。

「お嬢さま、ミスター・ラファエル・バンクロフトが会いにお見えです」

思いもよらず、涙があふれた。ひょっとして、まだ望みはあるのかもしれない。マディはいそいで涙を拭いた。「お通しして」

しばらくしてドアが開き、レイフがエヴェレットの前を通って部屋に入ってきた。そして、いつもの気さくな笑みを浮かべて一礼すると、背中に隠していた鮮やかな花束を差し出した。

「どうぞ」

マディは泣くまいとしながら、無理して笑った。「こんにちは、レイフ」

彼はちらと彼女を見てから、花束を執事に渡した。「花瓶に活けておいてくれないか」そう頼むと、エヴェレットの面前でドアを閉めた。「なにがあった？　泣いてたような顔じゃないか、マディ」彼女の隣りの椅子に腰を下ろす。

「さあ、わからないわ」

「そんなにぼくが好きなら、きみはバンクロフト・ハウスを、というより、ぼくのようない男のそばを離れるべきじゃなかったんだ」彼はそういって、テーブルに置かれた皿からキャンディをひとつつまみあげた。

「しかたなかったのよ」

「なるほど」彼はキャンディを口に入れたまま、うなずいた。「よかったら、悩みをすっかりぼくに打ち明けてくれてもかまわないが、そうしたところで解決にはならないだろう。きみが話すべき相手はぼくじゃない」

マディは横目で彼を見た。「話すべき相手なんていないわ」

レイフは深い溜息をついた。「なんとでもいえばいい、マディ。ぼくは面倒なことに巻き込まれる気はないからね。自分の問題だけで手いっぱいだ」

「たとえば？」彼女はなにげなくきいた。ロンドンに戻ったときから、なにか悩みごとがあるようだったが、知るかぎり、彼はだれにも打ち明けていない。

「きみには話せないようなことだよ」彼はさらりとかわした。「だがこれは話せる。兄は自分のために用意された人生に、至極満足していた——いままでは。まわりを見渡してみることもなかった。マディ、その手のことに関して、兄は赤子同然と思っておいたほうがいい」マディの手を軽く叩いて立ちあがる。「その件について、ぼくがいいたいのはそれだけだ」

彼女はおかしくなって彼を見た。「そのために来たの？　なにも話せないというために？」

「実をいうと、明日の朝、馬でハイドパークに出かけないかと誘いに来たんだ。今朝はクインがきみと一緒だと思っていたんだが、彼にはちょっと……先約があったようでね」

「つまり、わたしの相手をすることで、家族の義務を果たそうとしているわけ？」マディは傷ついて、きいた。

「兄の愚かさにつけ入ろうとしてるのさ」レイフはウィンクした。「七時に迎えに来る。ここにはきみの馬はあるのかい？」

「ないわ」気がついてみると、ここには自分のものはなにもなかった。大切なものはなにも。いまとなっては。

「じゃあ、サニーだかなんだかを連れて行くよ」

マディは笑った。「ハニーでしょう」

「ハニーだ」彼はひとりごとのようにつぶやいた。「プリニーの馬らしい名前だな」

マディは興味をそそられた。「なんですって？」

彼が横目でちらりとこちらを見る。「べつに」

「レイフ」彼女は笑って、促した。「なんていったの？」

バンクロフト家の次男はドアに寄りかかった。「つまり、ぼくの馬鹿兄はきみにふさわしい馬をロンドンじゅう探しまわったらしい。兄らしいだろう。で、プリニーが、つまりジョージ王が、まさにクインの求める馬を持っていた」

「クインはハニーをジョージ王から買ったということ？　わたしのために？」

「まあ、正確にはそうじゃない。プリニーはある建築家にどこだかの宮殿の設計をやらせたがっていた」

「ブライトンね」脈絡のない話が進んでいくにつれ、興味がつのる。

「じゃあ、知っているのか」

「レイフ！」

「わかった、わかった。プリニーはその建築家にブライトンの離宮を任せたかったが、彼をその仕事に就かせるだけの金を議会に出させることができなかった。で、クインはその差額を払うと申し出た」

マディは信じられない思いで彼を見つめた。うれしさのあまり、つい頬が緩む。「クインは、ジョージ王が建築家のジョン・ナッシュにお給料を払って離宮の改装をさせるための資金を援助した。おかげでわたしはロンドンで馬を持つことができたということ？」

レイフはうなずいた。「そうらしい」

彼女の喉から楽しげな笑いがもれた。「信じられない。彼がそのことをわたしに話さなかったのも不思議はないわ」

「たしかにそうだ。ぼくも話しちゃいけないことになってるんだが」彼はまたウィンクした。「ついきみにしゃべらされてしまった。ハニーとぼくは七時に来るよ」

マディは立ちあがり、彼の頬にキスをしようと伸びをした。が、いきなり彼が顔の向きを変え、そっと唇を合わせてきた。仰天して、彼女はのけぞった。「レイフ？」

「ぼくはカストラート（少年の声域を保つために去勢した歌手）じゃない」彼はつぶやき、ドアを開けた。「きみは実に魅力的だ。まったく、兄さんは大馬鹿者だよ」

「レイフ、今朝、チャールズ・ダンフレイに結婚を申し込まれたの」彼女は顔を赤らめつつ、唐突に打ち明けた。

彼が再びドアを閉めた。「それで？」明るいグリーンの瞳が目に見えて鋭くなった。

マディはレイフのそういうところが好きだった。彼は、好んで演じて見せているような鈍感な男ではない。どういうものなのだろう――ハイブロー公爵が父、そしてその次男であるということは。「明日の朝、返事をするつもり」

彼はドアを指でトントンと数回叩いてから、きいた。「今夜、ギャリントン家の舞踏会には行くんだろう？」

彼女はうなずいた。

「じゃあ、向こうで会えるな」じっと目を見つめていう。

「ええ、会えるはずよ」

レイフが帰ったあと、部屋はしんとして、陰鬱に見えた。どうしてわたしは彼にわざわざチャールズの話をしたのだろう。マディは溜息をついた。もちろん、クインに伝わるはずだから。彼には、わたしのことは放っておいて、エロイーズと一緒になって義務を果たしてといったけれど、やっぱりわたしは、彼を愛しているのだ。「ああ、もう、どうしたらいいの」

エロイーズは四輪馬車のなかで、ラファエル・バンクロフトが馬に乗り、ウィリッツ・ハウスから出て行くところを見守った。あのお節介男はわたくしの邪魔をせずにはいられないみたい。彼がマディを訪ねていったのは間違いない。クインに忘れられる前にバンクロフト・ハウスに戻るよう、彼女を説得していたに決まってる。

もっとも、マディがバンクロフト・ハウスに戻ることはないだろう。ダンフレイは実にタイミングよく、彼女の両親をロンドンに呼んだ。クインの愚かな名誉心がすべてを台なしにする前に。同情が、どうして完全に見合わない相手と結婚するまっとうな理由となりうるのかはわからない。けれども彼はその手のことを考えていたのだ。マディを見る目でわかる。自分を見る目にはなかったものだ。もっともそれは大した問題ではない。最終的に彼の指輪と爵位を手にするのが、自分なのであれば。

ダンフレイからの短い手紙によれば、彼の計画はこれまでのところ順調のようだ。それでもけっして他人任せにできないものがある——自分の未来だ。エロイーズは深く息を吸うと、傘を持ちあげ、馬車の天井を軽く叩いた。御者が馬を駆って、ウィリッツ・ハウスの短い私道に入った。別の御者が飛び降りて、ドアを開け、手を貸して彼女を地面に下ろした。

「ここで待ってて」彼女はそう命じて、低い階段を上った。

上りきると同時に、ドアがぱっと開いた。「わたくしはレディ・ストークスリーです」執事にきかれる前に、彼女は名乗った。「ミス・ウィリッツに会いに来たの」金ぴかの訪問カードを渡す。

執事は失礼なことにあわてた顔で、彼女を玄関広間に通した。「ここでしばらくお待ちいただけますか」

廊下に並ぶ二流の美術品に目を留める間もなく、マディが現われた。母親と思われる太った女性と一緒だった。「マディ」エロイーズは温かくいって、彼女の手を取ろうと前に出た。「あなたがここに、家族のもとに戻られたと知ってうれしいわ」

「わたくしどもも喜んでおります」年配の女性がいった。「レディ・ハルバーストンです」

「紹介がまだでしたね」マディは顔を赤らめ、遅ればせながら紹介した。「お母さま、こちらはレディ・ストークスリー、エロイーズ、わたしの母、レディ・ハルバーストンです」

「お会いできて光栄ですわ」エロイーズは猫撫で声でいい、子爵夫人の指先を握った。「お嬢さんはお母さま似ですこと」

子爵夫人はなにがおかしいのか、くすくす笑って答えた。「まあ、お世辞をおっしゃって。ありがとうございます、レディ・ストークスリー。どうぞ、なかへ」と、さびれた居間に案内する。

マディとダンフレイは思った以上にお似合いのようね、とエロイーズは思った。「長くはいられないんですの」この女性とほんとうにお茶をすることを考えるとぞっとして、急いでいった。「マディに、これから一緒にピクニックに行く気はないかと思って」

マディは彼女を見た。その無邪気な眼差しにつかのま、不審なものがよぎるのがわかった。

「ありがとう、エロイーズ、でも、わたし――」

「マディ」母がさえぎった。そして、エロイーズの手袋をはめた手に手を置いて、笑顔で打ち明けた。「わたくしどもも、マディが戻ったことにうまくなじめずにいるんですの。お友達と新鮮な空気を吸えば、この子の気も晴れるというものですわ」

それはどうかしら。エロイーズは優しくほほ笑んだ。「じゃあ、決まりね。一緒にいらして、マディ」

彼女はまたためらい、母をちらりと見たが、やがて肩をすくめた。「ボンネットを取ってきます」そういって、急ぎ足で部屋を出た。

「娘へのご親切、いたみ入ります」子爵夫人はいった。「娘とは二度と会うことはないと思っていたんでございます。ましてやこんなうれしい再会を果たせるとは」

「そうでしょうね」エロイーズは同意した。「わたくしも、マディのこと、大切なお友達と思うようになっているんですの。クインラン——つまりわたくしの婚約者ウェアフィールド卿——もとても褒めていましたわ」

「ウェアフィールド侯爵はマディをとても好いてくださっているようで。娘が家を出たときには、がっかりなさったんじゃないでしょうか」

「みな、残念に思いましたわ」

マディは、片手に手袋とピンクのボンネットを握りしめて、ほどなく居間に戻ってきた。

「あら、用意できたのね。行きましょうか？」

エロイーズは彼女を馬車へ案内しながらほほ笑んだ。仲間に選んだきわめて協力的な数人の友達がいれば、ことは簡単に運ぶだろう。ほんの少し気の毒なくらいに。

15

ハイブロー公爵夫人は私室で縫物をしていた。

お気に入りの椅子は、屋敷に面した静かな通りを見下ろす大きな窓の前に置かれている。が、そとをのぞきたいとは思わなかった。見なくてもなにが起きているかはわかるからだ。四十分ほど前から始まったがたがたという耳障りな音は、蹄や車輪の音にかわり、やがてゆっくりと消えて静かになった。

ヴィクトリアの手は膝で止まったままだった。溜息が出た。この静けさがなにを意味するかはわかっていた。息子たちがまた出て行ったのだ。

当然のことだ。クインはあきらかにマディを見守るためにここにいたのだし、ラファエルはクインが、そしてマディがいたから、いただけだ。彼女が出て行くと、クインは一時間ほどいらだたしげにあちこち歩きまわり、不機嫌ではないふりをしていたものの、お茶の時間にはホワイティング・ハウスの召使に使いを出し、荷物を送った。そして、ここ数年の例にもれず、レイフも兄についていった。

「ヴィクトリア？」廊下で大声が響いた。使用人に妻の居場所をきく面倒を避ける、公爵のやりかただった。

彼女は答えなかった。その必要もなかった。ビークスがさっそく雇い主に報告しただろう。彼女はひとりになりたいといって、午後は私室で過ごしていると。

ほどなくドアが開いた。「ヴィクトリア？」

「はい？」彼女は縫物を取りあげ、もう一度始めてみた。どうにも集中できなかった。それよりバンクロフト・ハウスのなかで起きている興味深いことがらに気持ちが行ってしまう。公爵もそれらをちゃんと理解するべきだ。彼自身のためにも、なるたけ早く。

「盛りのついた馬鹿どもとあの女はどこへ行った？」

「息子たちとミス・ウィリッツのことなら、出て行きました」

公爵はドアを閉め、窓のそとを見た。

「どこへ行った？」

「マディの両親が会いにみえ、彼女は彼らと一緒に帰っていきました。クインランとラファエルはホワイティング・ハウスに移りました。たったいま出たところです」

公爵はしばらく無言で窓のそとを見つめていた。「けっこう」ぼそりといった。

公爵夫人は縫物を脇に置き、夫を見あげた。「なにがけっこうなんです？」

彼は妻を見返した。「あいつらはやかましすぎだ。ガチョウの群れがうろついてるみたいだった」

「たしかに静かになりましたね――一階の壁掛け時計の長針の音が聞こえるくらいですわ」

公爵はゆっくりと振り向いた。「おまえはあのくだらん騒ぎを楽しんでたのか?」

「息子たちが家にいることを楽しんでいました。気がついていらっしゃるかどうかわかりませんが、いまでは息子たちに頻繁には会えませんもの」

「われわれは忙しい人間なのだ」

ヴィクトリアはかぶりを振った。「さほど忙しいわけではありません。あの子たちは寄りつきたくないんですよ。いまではここに来る必要もなくなりました」

「わしのせいだといいたげだな。たしかにわしは、我が家の客にはわしの規則に従うことを求める。昔からそうだった」

「知っています」彼女は静かにいった。

「これからもそうだ。それができないようなら、息子たちだってここにいる権利はない。出て行ってくれてありがたい」彼は、そのことばを自分に納得させるようにひとつうなずくと、足音荒く部屋を出て行った。

彼の〝規則〟に、公然たる反抗というところまで逆らったらどうなるのだろう、とヴィクトリアはときどき思う。幾度かそこまで行きかけたことはあった。たいていレイフや彼の気まぐれに関してだったが。そういうとき公爵は、いつもうまいこと攻撃をそらすか無視するかしてしまう。近ごろでは、そうやって故意に正面衝突を避けているのではないか、と思うようになった。ある意味ではそれが慰めでもあった。夫は自分にそばにいてほしいと思っている――それを示す唯一の方法が、直接的な質問や意見を無視することであっても。

公爵夫人はまた縫物を取りあげた。こんな愚かしい規則は永遠には続かない。ルイス・バンクロフトが気づいているかどうかはわからないが、彼の王国はすでに端っこが崩れかけているのだ。火のような気性を持つ、潑剌《はつらつ》とした妖精が飛び込んできたいま、なにもかもが変わってしまった。窓のそとに目をやり、雲がぽつぽつと浮かぶ明るい青の空を見た。息子たちも以前と同じではない。そのうちのひとりはとくに。

マディが到着するかなり前から噂話ははじまっていた。クインは聞いていないふりをしながら注意深く出所を探った。

いまや話は、ギャリントン家の舞踏室じゅうに広まっていた。隅々にまで浸透していたが、見たところ騒ぎのもとは、クインのもっとも親しい知人たちのグループだった。彼は観葉植物のそばで足を止め、彼らを観察した。しゃべったり笑ったりしながら、地位の低い者たちをその存在に目も留めないことでしめ出している。

いつもどおり、そのグループでいちばん目を引くのはまたいとこだ。エロイーズは少し体を傾け、親しい友人の耳になにかささやきかけている。クインは彼女に、いささか辛辣な質問をいくつかしようと心に決めた。

「エロイーズ?」隠れていた場所から出て、彼女の隣りで足を止めた。「晩のこんな早い時間にきみに会えるとは思わなかった。いつもながらきれいだよ」

彼女は片手を差し出した。「ひどい混雑になりそうだったんですもの。わたくし、泥と馬糞の上を歩きたくはなかったの」忠実な取り巻きたちが笑うと、彼女はおどけて扇を振った。「あら、ほんとよ」

クインは面白くもなかったがいちおうほほ笑み、彼女の手を自分の腕にかけた。「ちょっと話がしたい。もちろん、先約がなければワルツも一曲」

「あなたのためにはいつも一曲とってあってよ。失礼、みなさん。わたくしの未来の夫がふたりだけで話をしたいというので」

ふたりはバルコニーに通じる広いドアのほうへ歩いて行った。そして薄闇をちらと見て、そとに出た。

「ああ」エロイーズはつぶやいた。「やっとふたりきりね」もう一度周囲と、ついで下の暗い庭を見回してから、両手でクインの顔を包み、背伸びしてゆっくりと深いキスをした。

エロイーズがなんにせよ情熱を示したのはこれが初めてだった。それでもクインは、なんら興奮を覚えなかった。彼女に対しては。「なぜ、こんなことをする?」唇が離れると、彼はきいた。

「わたくしたちの結婚が、称号と富の結びつき以上のものになると思い出してもらうためよ。あなたはそのことを忘れているみたいだから」

最近、自分の結婚観が変わったのは間違いない。「いつから、そうなったんだ?」

冷やかな口調にひるむようすもなく、エロイーズは彼の頬にふれた。「あら、クイン。わたくしたちは長いつきあいなのよ。ときおり、結婚する時期まで両親がわたくしたちを会わせないでいてくれたほうがよかったんじゃないかと思うけど」

クインはうなずいた。「きみは謎の要素を好むらしいな」

「そういうわけじゃないわ。ただ、あなたはわたくしのことを妹か、そんなつまらないものと思っているみたいだから」

「それはちがう、エロイーズ。ただ、友達と思っている」ここ数日までは。彼は内心つけ加えた。そして顔にふれる彼女の手を取った。「だから友達として、説明してほしい」

彼女は繊細な眉をひそめた。「なんの説明かしら?」

クインは彼女を見下ろし、正確にはいつ、この女性を未来の伴侶と考えることをやめたのだろうと自問した。たぶん、マディ・ウィリッツを目にしたその瞬間だ。「今日、マディとどこかへ行ったか?」

彼女は手を振りほどいた。「わたくしが口説いているのに、また彼女の話なの?」

「エロイーズ、彼女はぼくがロンドンに引っ張ってきた」彼はきっぱりいった。「ぼくには責任がある。面倒を見る義務が――」

「あなたに責任なんてないわ。彼女が自分で責任を持つべきなのよ。彼女が身を持ち崩したのはあなたのせいじゃない。なんの関係もないじゃない」

いまとなってはそうとはいえない。だが、怒鳴り合いを始めたくはなかったので、うなずいた。「いいだろう。今日あったことを話してくれ」

「なにもないわ。以前あなたと相談したとおり、ピクニックに誘ったのよ。そうしたら――」

「たしかにピクニックに誘おうという話はした」クインは同意した。「共通の友人も一緒のはずじゃなかったのか」

「あら、クイン、わからない？　あなたはいまでもほとんど毎日彼女と一緒なのよ。どこへ行くにもくっついていくのは、かえって彼女のためにならないわ。それに、なにも問題はなかったのよ。彼女、うまくやっていたもの」

嘘の兆候を探るように、クインはエロイーズをじっと観察した。このところ彼女への疑念が頭をもたげている。「今夜、ぼくが聞いた話とはちがうな」

「どんな話を聞いたの？」彼女は平然と見返してきた。

ほんとうのことをいっているのかもしれない。彼女は実際に、広まっている噂のことはなにも知らないのかもしれない。けれども初めて、クインは彼女のことばを疑った。「マディは、ブランメル卿とライオネル・ハンプリーズと三人だけになりたいから、きみときみの女友達にどこかへ行くよう勧めたとか」

エロイーズははっと片手を口にあてた。だが、目の表情はさして驚いていなかった。「そんなのは嘘よ。ジョンとライオネルはたしかにその場にいたけれど——ほら、あの人たちって、そうした催しには決まって顔を出すでしょう。ただ、レディ・キャサリン・プレンティスが来たとき、みんなで彼女の生まれたばかりの子犬を見に行ったの。で、マディはジョンやライオネルと残ったのよ。ほんの二分ほどだったわ」

「きみは彼女のそばを離れるべきじゃなかった」

「彼女が残りたがったのよ、クイン。無理やり引きずって行くわけにもいかないでしょう」

「なんてことだ」クインは小声でののしった。マディももっとわきまえておくべきだ。することなすこと——悪気があろうとなかろうと——まわりからは最悪の見方をされるのだと。独身男性ふたりと三人だけで残るなんて、愚かにもほどがある。だが、マディは馬鹿ではない。その反対だ。

だが、エロイーズも馬鹿ではない。彼は思案ありげに彼女を見た。この疑惑が確かめられたら、エロイーズには大いに説明をしてもらわなくてはならない。だが、公正にいって、ミス・ウィリッツに関するかぎり、自分の脳が完璧な働きをしているとはいいがたい。まして証拠はなにもない。マディをどうしようもなく愛していようといまいと、妨害工作をしたことが確かめられるまで、エロイーズを糾弾するわけにはいかない。

「覚えておいて、クイン。一カ月もしたら、あなたはもう、気の毒なマディを自分の責任とはいえなくなるのよ」彼女が顔を近づけてきた。短いブロンドの巻き毛が頬をくすぐった。

「そして、責任をもつべき相手はわたくしになるの」

「覚えておくよ」彼女がこれほど自己中心的でいやな性格なことに、どうしていままで気づかなかったのかと思う。「なかに戻ったほうがいいだろう。でないと今度はぼくらが噂にな ってしまう」

彼女を友人グループのところまでエスコートしたあと、クインは一時間ほど、あちこちで上品な会話をしつつ、舞踏室の入口を見張っていた。レイフはマディも来るといっていた。ほかにもいくらか声高になにかいっていたが、その件については本人が姿を現わし次第、対処するつもりでいた。

ようやく、来るのをためらったと思われるほど遅れて、マディとその両親が到着した。彼女をひと目見て、クインは息を呑んだ。グリーンとグレーのドレスを着た姿は輝くばかりだ。彼女が室内やほかの客を見渡しているのを見て、実は来たくなかったことがよくわかった。

「ちょっと失礼」だれにともなくいって、彼女のほうへ歩いて行った。そうせずにはいられなかった。空気を求めるように彼女を求めていた。

 レイフが、いまいましいことに軍隊仕込みの早業で先に彼女のもとへ着いた。「こんばんは」そういって彼女の手を取る。「今宵はまた、きみに会えてうれしいよ」

　クインは猛然と割って入りたい衝動を必死にこらえた。バンクロフト兄弟が舞踏室のど真ん中で女性をめぐって角突き合わせるのは、あまりよろしくない。そこで、彼女の隣りで足を止めた。「ミス・ウィリッツ」ほほ笑み、ラファエルの手から彼女の手をもぎ取るようにして、口元へ持っていく。「今宵はまた……一段と美しい」

「ありがとう、閣下」マディはちらと彼の目を見ると、急いでそらした。「手を離して」

　クインはしぶしぶ従った。最後に会ってから何日も経ったかのようだ。実際には数十時間なのに。ただ彼女にふれたい――ふれずにはいられなかった。「ワルツを踊ってもらえるかい？」

「踊るべきじゃないと思うわ」マディは、飲み物を並べたテーブルのパンチボウルを頑なに見つめて答えた。

「ぼくは踊りたい」

「お断りします」

「踊るんだ」彼女と口論になるといつものことだが、クインは煉瓦の壁に頭を打ちつけているような気分になってきた。

「いうとおりにしたほうがいい」レイフが珍しく応援に出た。「ぼくにも一曲取っておいてくれよ」

マディはほほ笑んでレイフを見た。「もちろん」

クインは気に入らなかった。まったく、ぼくときたら彼女がほほ笑みかけただけで、その相手を叩きのめしたくなるのか。どういうわけか、どこかでぼくは完全に理性を失ってしまったらしい。なにより変なのは、それが少しも気にならないことだ。

ピクニックでなにがあったか訊ねる前に、オーケストラがまた演奏を始め、クインは彼女のもとを離れて、決められたパートナーとダンスを踊らなくてはならなくなった。マディは両親と部屋の隅に取り残される羽目になるかと思ったが、ほどなくハイブロー公爵夫人がどこからともなく現われて、ウィリッツ一家に声をかけ、奥へ導いた。

公爵にはマディへの協力を禁じられたものの、母はその命令に従ってはいなかった。明日、母を訪ねて、ひとこと礼をいおう。公爵夫人はああすることで、マディが踊りたければいつでもパートナーが見つかるよう、はからってくれたのだ。

クインは若い女性とカドリールとカントリーダンスを続けて踊りながらも、マディから目を離さなかった。今宵最初のワルツがかかると、レイフが彼女の手を取ったのを見てかろうじてしかめ面を抑え、エロイーズを誘いに行った。

「レイフはマディのことが好きなようね」混雑した部屋のなかを大きな円を描いてまわりながら、エロイーズがささやいた。「プロポーズすると思う?」

「いや」ほほ笑み合うふたりをちらと見て、鋭く答えた。

「わたくしもそうは思わないわ」彼女もあっさり同意した。「レイフの基準がどうあれ、お父さまがそんな釣り合わない結婚をお許しになるはずがないもの」

　この発言は引っかかった。「レイフの基準について、きみはなにを知ってる?」

「あら、たんなる推測よ」彼女はいい返した。「もっともあのふたりがお似合いだということは、認めざるをえないわね」

　たしかにそうだ。引きしまった長身。熟した小麦の色のやや乱れた髪と、頬の傷のせいでほんの少しいびつな気さくな笑み。レイフはだれと並んでも似合うだろう。そして、グレーの瞳を引き立てる、クインもお気に入りのドレスを着た今晩のマディは、うっとりするほど美しい。赤褐色の髪は高く結いあげられ、こぼれた巻き毛が顔を縁取っている。

「つまりきみは、彼女のことを、貴族の結婚相手としては不足だと考えているわけか」どういう答えが返ってくるだろうと思いながら、さらにきいた。

「あなたの努力は称賛に値するけれど、ほかにどう思えというの?」

　クインはうなずいた。彼女が使用人に紅茶を浴びせたこと、そしてマディがこっそり厨房に下りていき、彼の手当てをしたことが思い出された。「きみはただぼくのために、彼女に親切にしていたのか」

「もちろん、彼女のことは好きよ」エロイーズは苛立った表情でいい返した。「あなたがこれほど好意を持っているようでなかったら、もっと好きになっていたと思うわ」

「もしくは、彼女が同格の地位にあったら」彼はつけ加えた。

「いけないことのようにいうのね。わたくしたちはみな、一定の水準を保たなくてはならないのよ、クイン。あなたはとくにね」

クインはまたしてもうなずいた。その実、嫌悪感がつのっていることを彼女は感じているだろうか。「ああ、思い出させてくれてありがとう」

彼女は澄ましてほほ笑んだ。「どういたしまして」

やれやれ、エロイーズはうんざりするほどスノッブな女性だ。とことんいやになるが、自分だって先にマディと知り合っていなかったら、彼女が突然ロンドンに戻ったことに、どう反応していたかわからない。クインはまるで場違いな笑みを噛み殺した。たしかにマディにぺしゃんこにされたおかげで、分別が目覚めたと認めるのが正しいのだろう。

エロイーズがはっきりマディを嫌いだと、彼女の存在に脅威を感じていると認めたなら、クインも納得できた。というより、その率直さに自分を恥じたことだろう。だが、エロイーズは嘘をつき、策略を練り、おそらくはマディを幾度もスキャンダラスな状況に陥れた。これまでクインは、マディへの気持ちを抑えられずにいたものの、それをどうしていいかわからなかった。エロイーズがその選択を驚くほど簡単にしてくれた。

「明日の朝、きみを訪ねていってもいいかい？」音楽がやむと、彼はきいた。

「楽しみにしているわ」

ようやく、その晩最後のワルツをマディに申し込んだ。すでにほかの男性と約束があるかどうかはさして気に留めなかった。「会いたかった」彼女をダンスフロアに導きながらいった。

「わたしが出て行って、まだ二日よ。いないことにも慣れないと。わたしは飼い犬じゃないんですから」

大胆でぞんざいな口調だったが、彼女のほっそりした体からは緊張が感じ取れた。ふれあう手がかすかに震えている。彼女に苦痛を与えるのは本意ではないが、クインは勇気づけられた。少なくとも彼女はまだぼくに魅力を感じている。ぼくが感じている激しい思いとはまったくちがうが、それでも希望を持たずにはいられない。

「きみなら、野生の狐のほうが近いな」彼はいい、深く息を吸った。「チャールズ・ダンフレイと結婚するつもりかい？」

グレーの瞳が彼を見た。「レイフから聞いたの？」

「もちろん、レイフから聞いた。伝わることはわかっていたはずだ」

「わかるはずが――」

「結婚するのか？」彼はさえぎった。

長いこと、マディは探るような眼差しで彼を見あげていた。「わたしをロンドンに引きずってきたとき、あなたはだれと結婚させるつもりだったの？」

「くそ、マディ、どうして質問に答えない?」

彼女の唇が引きつった。目に浮かぶ深刻な表情に、つかのまユーモアの光がよぎった。

「あなたこそ」

クインは怒りたかったが、彼女と会話する時間が残り少ないことはよく承知していた。

「いいだろう、降参だ。きみをロンドンに連れてきたとき、そこまでは考えていなかった。きみを救いたいという漠然とした思いしかなかった」

意外にもマディはほほ笑んだ。「白馬の騎士ね。おかげで、救われたようだわ」

「ダンフレイとは結婚するな、マディ」

彼女はまた、彼を見あげた。「怖い顔をして。どうしてそんな頑固にいい張るの?」

きみを愛しているからだ。「頑固な男だからだ」彼はかわりにいった。「頑固さはきみが称賛する性格のひとつだと思っていたが」

「クイン、わたしだってほんとうは彼と結婚したくはない。でも――」

「ぼくが知りたいのはそれだけだ」

「あなたって、ほんとむかつくわ」マディはいった。「最初はこれ以上わたしにわずらわされたくないから、結婚して追い払おうと、ここまで連れてきた。なのに、申し込んでくれたたったひとりの男性と結婚するなという。わたしは――」

「ダンフレイは結婚を申し込んだたったひとりの男じゃない」彼は小声で思い出させた。

「きみが結婚する相手も彼じゃない。ぼくだ」

マディは彼のネクタイを見つめた。「わたしだって、できたら……」聞き取れないような小声でつぶやく。

その青ざめた顔を両手で包み、キスしたかった。「できたら、どうしたい？」

音楽がクライマックスを迎えた。マディは彼の目を見つめた。「ただの願望よ」そういうと、ほかの客から拍手が起こるなか、彼から離れた。

「願望が現実になることもある」彼はささやき、彼女を両親のところまでエスコートした。チャールズ・ダンフレイが、次のダンスに誘おうとマディを待っていた。クインはたちまちいやな気分になった。ライバルにぎこちなく会釈すると、最後に彼女をちらと見て、歩き去った。明日にはすべてをはっきりさせよう。


馬車ががくんと揺れて止まると、マルコム・バンクロフトは溜息をついた。しばらく座ったまま、自分はいったいなにをしようとしているのかとぼんやり考えた。

使用人が馬車のドアを引き開けてなかをのぞき、それから丁重にきいた。「お降りになりますか、サー？」

「ああ、降りるつもりだ。だが、手伝いを呼んだほうがいい。きみは小柄だ、わしは手に負えんぞ」

しばらくして使用人は、彼が真面目にいっていると信じたらしく、後ろに下がって口笛を吹いた。お仕着せを着た使用人がもうひとり現われたのを見て、マルコムは頑丈な杖をそのうちのひとりに差し出した。できるかぎりドアに近づき、体を持ちあげる。「どっちかが受け止めてくれ。できなかったら逃げろ」彼は警告し、体重を前に移動させた。

マルコムが馬車から転がり落ちたところを使用人ふたりが両腕をつかみ、なんとか足から地面に立たせた。彼は杖を受け取ると、足を引きずりながら玄関へ向かった。

左脚はまだ膝まで麻痺しており、彼はその脚が意思とは無関係に動かないよう、つねに注意していなくてはならなかった。医者によればまだ体が疲れやすいので、あと最低でも二週間はベッドを出ないほうがいいということだった。だが、このあいだ届いたマディの手紙を読んで、それまで待っていられないと心を決めたのだった。

階段を上りきると、ビークスが玄関のドアを開けた。執事は彼を見て口をあんぐりさせたが、やがて手を貸そうとあわてて進み出た。「ミスター・バンクロフト、いらっしゃるとは存じあげませんで」

マルコムは小さく笑った。「こちらも存じあげてるとは思ってない。あのやかまし屋はどこだ？」

「公爵閣下は貴族院に出かける準備をなさっています」執事が答えた。

「クインランは？」

「ウェアフィールド侯爵はホワイティング・ハウスにおられます」

そう聞いても少しも驚かず、マルコムは居間に入り、注意深くソファに座った。「わしが来たと公爵閣下に伝えてくれないか」

執事はうなずいた。「かしこまりました、ミスター・バンクロフト」

十五分は待たされるものと思っていたが、兄はほんの十分で現われた。普段の気取りを忘れるほど、好奇心に駆られたにちがいない。

「ラングレーはだれが見てる?」居間に入ってくるなり、公爵は怒鳴った。

「地主のジョン・ラムゼイだ。ハイブローはだれが見てる?」

「管理人だ」ルイスはちらと弟を見てから、窓際に行き、カーテンを引いて私道を見下ろした。「荷物を持ってきてるな。ここに滞在する気でないといいが。うるさい馬鹿どもを追い出したばかりなのだ」

「ここがイングランドに建つ唯一の家でも、寝泊まりする気はないね」マルコムは穏やかに答えた。「ホワイティング・ハウスに滞在するつもりだ。クインランと」

「けっこう。で、ここにはなんの用だ?」

マルコムは公爵を見やった。「そっちが約束を守っているか、確かめるために来た。驚くにはあたらないが、守ってないようだな」

ルイスは弟のほうを向きなおった。「なんの約束だ?」

「マディ・ウィリッツを社交界に復帰させる、というものだ」

「わしはそんな約束は知らん」

「バンクロフト家の名誉の問題だぞ」

公爵は弟の向かいに腰を下ろした。「おまえとクインが同じ女を捨て、あとになって気がとがめたという問題だろうが。地位があるわけでもなし、まわりが大騒ぎをする価値もない女ではないか」

「兄さんよりは、彼女のほうがよほど価値がある。あんたも昔は少なくともいくらか人の役に立ったものだが、いまじゃやかましいだけだ」

ルイスは彼を睨んだ。「この屋敷から出て行け」

「喜んで」杖を使い、ソファの肘かけをてこがわりにして、マルコムは体を引っ張りあげた。ほんの一瞬なにかためらいのようなものが公爵の目に浮かんだが、それはすぐに消えた。

「わしはホワイティング・ハウスにいる。なんなら寄って謝ってくれてもいい」

「わしの生きているうちにはないな」

マルコムはほほ笑んだ。「いくらでも待つさ」

クインが玄関を出ようとすると、馬車が目に入った。二頭の栗毛の馬には見覚えがある。ほっとして思わず笑みを浮かべた。援軍が到着した。それも絶妙のタイミングで。

「ここで、いったいなにをしてるんです？」歩いて行って、馬車のドアを勢いよく開けた。「車椅子はどこです？」

「もう歩いてるんだよ、ありがとう」マルコム叔父が答えた。「まあ、歩く真似をしてるといったところか」

クインは叔父を地面に下ろし、玄関広間へ導いた。「バンクロフト・ハウスには寄ってきたんですか？　マディに会いました？　ひょっとして――」

「クインラン、とんでもないおしゃべりになったもんだな」マルコムはにやりと笑ってたしなめた。「なにか悩みがあるんだろう」

客間に入って腰を下ろすと、クインは彼のまわりをぐるぐる回った。「なにが悩みか、よくご存じでしょう。あなたのせいなんですから」

「わしのせい？　なにがわしのせいだ？」

「あなたはぼくがマディに恋することを知ってた。彼女をロンドンに来させたのは、ひとえに彼女のためなんだと思ってました」クインはマルコムを睨んだ。叔父の笑みを見ても、苛立ちはいっこうにおさまらなかった。マディならいまごろ、だれかを思いきり殴っているところだ。「なにかいってください！」

「マディのためだった」マルコムは考え考えいった。「ルイスが送り込むのがきみだとわかったとき、これはわしにとって、彼女を社交界のふさわしい場所に復帰させる最後のチャンスだと思った。そして、自分が彼女を失うだろうこともわかっていた。きみと一緒に送り出すのは簡単ではなかったよ」

「なるほど。あなたはひとつ、大切なことを忘れていたようですね」クインはぴしゃりといった。「ぼくは婚約しています」

マルコムは肩をすくめた。「その場で思いついた組み合わせだからな。そんな些細なことまで気を回せというほうが無理だ」

「些細なこと？」クインは信じられないというようにきき返した。うまいこと操られてとんだ災難を背負い込む羽目になったと思うと腹が立つ。究極のご褒美が待っていたとわかっても。

「そうだ。きみが彼女と恋に落ちるという部分だが、たしかにそれは頭をよぎった。だが、第一目標だったわけではない。ほんとうだ、クイン。わしは若いころのきみを大いに買っていたが、知るかぎり、成長して父親に似てきた。あの男のようになったらマディはきみを溺死させるだろうな。そういってきみをからかうだけでなく」

「ぼくは面白くありませんね」クインはにべもなくいった。

「だから、きみに話すつもりはなかったのだ」

クインは叔父の向かいに座った。「なんで気が変わったんです？」

「これだ」マルコムは幾重にもたたんだ紙をポケットから取り出し、広げた。「マディからのいちばん最近の手紙だ」

「見せてください」クインは求めた。

「ほとんどがきみには関係のない話だ」叔父は答えた。「だが、この部分はきみも聞いておいたほうがいいだろう」と、また手紙を持ちあげた。「〝チャールズ・ダンフレイがたびたび訪ねてきてくれます。自分でいっているように本気なのかどうかはわかりませんが、少なくとも礼儀正しく、敬意を示してくれます。やはり――〟」

「あいつめ」クインがうなると、マルコムは顔を上げた。

「聞きなさい。〝やはりクインには彼の義務があることですし、わたしはこれ以上面倒をかけたくありません。元の鞘《さや》に収まるのが、結局のところいちばん賢明な選択のような気がします〟」彼は顔を上げた。「続きはあるが、とりわけ心配なのはこの部分だ」

クインはぱっと立ちあがり、また行ったり来たりしはじめた。彼女がなにを考えているかはわかっていたが、それがことばにされるのを聞くと……その悲しげな響きを聞くと、彼女のもとに走り、この腕に抱いて連れ去りたいという無茶苦茶な欲求がこみあげる。「彼女はチャールズ・ダンフレイとは結婚しません」彼はいった。

「彼女を引き止めるものはなんだ？」

クインは叔父を見下ろした。「ぼくです」ドアに向かいながら、肩越しにいう。「お疲れでしょうが、ぼくと来てください。あなたに会いたがってる人がいるので」

マディはひとりでもいいから味方がほしい、という気分だった。睨まないよう、感情的にならないよう父を見る。屋敷を飛び出し、ひたすら走ってホワイティング・ハウスに、クインのもとに行きたい気持ちを必死に抑えながら。

「聞いてるのか？」

「ええ、お父さま、聞いています」

「じゃあ、今日チャールズが来たら、申し込みを受けるんだな」

「まだ、決めていません」平常心がじりじりと怒りへと傾いていく。この五年間に彼女がどんな経験をしてきたにせよ、それで父の考えかたが変わることは一切なかったようだ。ダンフレイとの結婚を決めるとしても、それは自分の理由からであって、けっして子爵に怒鳴られ、せっつかれたからではない。

「彼ではもの足りないとでもいうのか？」辛辣な皮肉をこめて父はきいた。胸のまえで腕を組み、ブーツでトントンと床を打つ。

マディは肩をすくめた。「彼を愛していないの」

「愛してないだと——それがなんだというんだ？　わしがおまえの母親を愛しているとでも思うのか？」

ジュリア・ウィリッツが聞いていないことをマディは願った。「そう願うわ」声が震えはじめた。「お母さまは善良で優しい女性だもの」

「そして、おまえには甘すぎるようだな」

マディが怒りにまかせて答えていたら、間違いなくウィリッツ・ハウスを追い出される羽目になっただろうが、彼女が口を開く前に、エヴェレットが書斎のドアを軽く叩いた。

「なんだ？」子爵がうなった。次なる攻撃を邪魔されて、不満げだった。

執事はドアを開け、顔を見せた。「ミス・ウィリッツにおふたり、お客さまがお見えです」

「だれだ？」ハルバーストン子爵は苦虫を嚙み潰したような顔できいた。

「ミスター・バンクロフトと、ウェアフィールド――」

「ミスター・バンクロフト？」マディは飛びあがって、驚いた顔の執事を押しのけた。「失礼、エヴェレット」

「かまいません、お嬢さま」

玄関広間にふたりの紳士が立っていた。そのことに、彼女ははっとして足を止めた。「ミスター・バンクロフト、立ってらっしゃるんですか？」

「まあな」彼はにやりとした。「きみのほうは元気かね」

マディは早足で駆け寄ると、以前の雇い主に抱きついた。「うれしい」涙が頰を伝った。

「ほんとうにうれしいです」

「いやはや、これはまた上品な挨拶だな」マルコムは彼女を抱き返しながらいった。

「ぼくは普通の挨拶で満足だが」

マディはクインを見あげた。彼の眼差しを受け、涙を浮かべてほほ笑んだ。会いに来てくれたのね。「ありがとう」

「どういたしまして。もっとも叔父はひとりでロンドンまで来たんだ。きみが間違った人間と結婚するのではと心配なんだと思う」

「おや、これはウェアフィールド侯爵」マディの父親が書斎から現われ、もったいぶっていった。さきほどの不機嫌な表情は跡形もない。「娘に会いに来てくださるとは、なんとご親切な」

「こちらこそ、光栄です」クインは子爵の手を握って答えた。「叔父のミスター・バンクロフトを紹介させていただけますか？　マルコム、こちらがハルバーストン子爵です」

マディがしぶしぶマルコムの手を放すと、彼は子爵と握手をした。「あなたのことはいろいろ伺っていますよ」

「わたしも、といえたらいいのですが」子爵はちらと娘を見て、答えた。

マディには父の考えていることがわかった。マルコムと不潔な関係にあるとでも思っているのだろう。彼女が紳士の名前を口にするたび、そんな想像をめぐらすらしい。だからもうとうに、父がどう思うかを気にするのはやめることにしていた。彼女はまたクインを見あげた。

「今日はごきげんいかがです、ミス・ウィリッツ？」彼は丁重にきいてきた。

「元気ですわ。ありがとうございます、閣下」

「ちょっとふたりで話せますか？」彼は続けた。「母から伝言を頼まれているので」

「もちろん」湧きあがる興奮を隠して、書斎へ彼を案内した。

廊下に父親が立っているので、ドアを閉めるわけにはいかなかったが、クインは彼女の手を取ると、部屋の隅の高い窓の下まで引っ張っていった。「ここの生活はどうだい？」彼女の頬に指を走らせながら、小声できく。

唇が触れあうと、マディは目を閉じた。どれだけ彼に会いたかったことか。「家を出る前と同じ」

彼はほほ笑んだ。「そんなにひどいのか？」

「ええ」彼女は溜息をついた。「それで、あなたはわたしの健康を心配して来てくれたの？」

「そういうわけじゃない」彼はつぶやいた。「きみが夢見る理想の生活とは？」

落ち着かない気分になって、マディは顔をそむけた。クインはゆっくりと彼女の腰に腕を回し、自分のほうへ引き寄せた。「夢は見ないの」彼女は答えた。クインといると、正しいことをするのがむずかしくなってくる――彼はそれを承知のうえなのだ。まったく。

「いいから、いってごらん」

彼女はかぶりを振った。「わかっているくせに」少しずつ、彼に体を預ける。「そうなったら、すてきでしょうね」

クインは彼女の髪に頬をあて、いいなおした。「そうなるさ」

簡単なことだった。この瞬間に溺れ、それが永遠に続くというふりをするのは。マディは体を起こし、振り返って彼と向き合った。「クイン、やめて――」

翡翠色の瞳が見つめていた。温かく、思いやりにあふれた、心の奥深くをのぞき込むような眼差し――あとにも先にもこんなにふうに自分を見つめた人はいなかった。マディはそのとき悟った。わたしはチャールズ・ダンフレイとは結婚しないだろう。クインのおかげで、わたしはだれかを愛するというのがどういうものか知った。なにがあろうと、愛以外のためには結婚するまい。

ゆっくりと彼はほほ笑んだ。「なにを考えてる？」

マディはつま先立ちになって彼にキスした。「いまだってすてきよ」父の声が廊下から聞こえ、彼女はびくりとして後ろに下がった。「ところで、まだエロイーズのところには寄っていないの？」

彼は眉をひそめて、首を振った。「出かけようとしたとき、マルコムが訪ねてきたんだ。彼をホワイティング・ハウスに送り届けたら、すぐに行くよ。ダンフレイは来たのかい？」

「まだ」

クインはためらいがちな表情で、唾を呑んだ。「話しておかなきゃいけないことがある」

マディは不安になった。自分たちがかかわるとなにごとも簡単にいかないと、またしても思い知らされるのは気が進まなかった。「なにかしら」

「きみがなにか測り知れない理由からぼくとは結婚しないと決めたとしても、チャールズ・ダンフレイについて知っておいたほうがいいことがある」

「噂話じゃないんでしょうね？」半ばからかうようにいった。彼は結婚を阻止するためにダンフレイに関する嘘をいうような、浅ましい真似をする人ではないはずだ。

「これは事実だ。マディ、あることを知ったんだが、状況からして、きみに隠しておくべきではないと思った」

「前置きはいいから、話して、クイン」

「チャールズ・ダンフレイの財政状態だ。彼は――」

「彼はなに、クイン？」この手の中傷は貴族には珍しくなかったが、クインの口から出るとは思わなかった。「あなたほど裕福ではない？　それはそうね。でもあなたほど裕福な人がいて？」

「マディ、きみは完全に誤解している。これはぼくがうぬぼれた俗物で、きみがそうじゃないという問題ではない」

彼女は手を腰にあてた。「じゃあ説明してくださらない、閣下」

「だから、いま説明しようとしたところだ」彼はぴしゃりといった。「ダンフレイは高利貸しに泣きつく一歩手前だ。マディ、きみの持参金がなければシーズンの終わりごろには破産だろう。心配なのは――」

「彼がお金のためにわたしと結婚しようとしてるってこと？　いえ、わたしの両親のお金のために？」彼女は憤り、傷ついて肩をすくめた。「それでわたしにどうしろというの？　たしかに彼がたまたま貧乏で、でもわたしを愛しているから結婚したいなんてことはありえないわね。まったく、ここまで馬鹿な女がいるかしら？」

「マディ――」

「ありがとう、閣下。ご忠告感謝します。さっさとあの意地の悪いエロイーズと結婚して、わたしを放っておいて」目に涙が浮かび、彼女は目を伏せて彼の胸元を見た。

彼は口を開けたり閉じたりを数回くり返した。「くそ。ほんとうにきみは手に負えない」

「前からそういっていたでしょう。思い出していただけた？　それでは、よい一日を、閣下」

彼女は踵を返すと、書斎を飛び出し、マルコムに会釈するために一瞬足をとめたものの、そのまま二階へ駆けあがっていった。

16

クインは彼女を絞め殺したかった。

それだけでなく、唇で彼女の目に浮かぶ涙を拭い、柔らかな唇にキスをして、もう一度腕に抱きたかった。二度とそうできないかもしれないという思いは彼の胸をよじり、つらく苦しいもので満たした。「冗談じゃない」彼はつぶやくと、廊下に出た。「叔父上、行きましょう」

「閣下」子爵が彼の肩にふれた。「娘がお気に障ったのでしたら、謝ります。礼儀を知らない娘でして――」

クインは彼に指を突きつけた。「謝らなくていい」うなるようにいって、そとに出た。劇的な退出も、マルコムが階段を下りて馬車の前まで来るのに四分ほどかかったので、効果は半減だった。彼は薄暗い車内でいらいらと待っていた。

「また喧嘩か」叔父は杖を床に放っていった。

クインは立ちあがり、彼を担ぎあげ、馬車のなかに座らせた。「まったくどうかしてる。

彼女はぼくのいうことを聞こうともしない。なにをいっても誤解する。しかもどうしようもなく頑固だ。絞め殺したくなりますよ」

マルコムは眉を上げた。「それで？」

「全部あなたのせいです」

「わしは彼女を雇い、そのあと卒中の発作を起こしただけだ。彼女に恋したのはきみだろうが」叔父は指摘した。「わしを責めるな」

「ぼくはどうしてこんなことをしてるんです？」クインはいった。「どうしてこんなことに首を突っ込んでるんだ？　だれも喜ばない。まったく、ぼくは次のハイブロー公爵だというのに」

マルコムはただなにかいいたげに彼を見ているだけだった。

クインは叔父を睨み返した。「ああ、それはいわないでください」しばらくして、もごもごつぶやいた。「愛というものはあまりにも過大評価されすぎている」

「愛のことはわしにはわからんな、クイン」

「あなたは幸運だ」

「本気でそう思ってるのかね？」

侯爵は座席にもたれ、胸のまえで腕を組んだ。「いいえ」

ホワイティング・ハウスに戻ると、レイフは叔父との再会を大いに喜び、ふたりして居間に入って行った。おおかた間抜けなウェアフィールド侯爵と、頑固で手に負えない……美しくて、潑剌として知的な若い娘への彼の熱中ぶりについて噂するのだろう。彼女はトラブル以外のなにものでもないが、それでいて、彼女との出会いはこれまでの人生で最高のできごとだ。

エロイーズに会いに行くつもりだったことを思い出したころには、彼女は友人と買い物に出かけていた。そして彼は無礼で無神経な最低男だが、明日なら会ってもいいと伝言を残していた。「それでいい」クインはストークスリー家の執事にいった。「いずれにしても、今日はもう攻めたてられる気分じゃない」

「わかりました、閣下」

彼は家に戻ろうとアリストテレスの向きを変えたが、ふと、あることに思いいたって慄然《りつぜん》とした。ダンフレイは今日、マディを訪ねることになっている。彼が訪ねてきたら、そして彼女がそのときも激怒していたら、どういう答えをするかわからない。彼はアリストテレスの脇腹を蹴って全速力で駆けさせ、午過ぎの訪問に向かう保守的な貴族たちをあわてさせた。

居間に飛び込むと、レイフとマルコムはチェスをしているところだった。「レイフ、マディを訪ねて行け」彼は手袋をはずし、弟に放った。「アリストテレスはそとにいる」

「ちょっと待て」レイフは器用に手袋をつかんだ。「ぼくは王室近衛連隊の隊長だ。人に命令されて女性を訪ねていったりはしない。ましてや兄さんの使い走りじゃない」そういい放ち、手袋を投げ返す。「自分で訪ねて行け。それと、ぼくの馬でぼくを釣るな」

「おまえは彼女が好きなのかと思ってたが」

「ああ、好きさ。だからこそ、こんな馬鹿げたことにかかわりたくない」

クインは訝しげに目を細めた。「馬鹿げたこととは？」

レイフは立ちあがった。「なにがどうなってるのかは知らないが」珍しく、明るいグリーンの瞳からユーモアの光が消えた。「兄さんが行動を起こさないなら、ぼくが起こす」大股でドアへ向かった。

「どういう意味だ、それは？」クインは動揺した。

レイフは肩越しに振り返った。「好きにとればいい」彼が玄関を出たすぐあとに馬を呼ぶ口笛が聞こえてきた。

侯爵は深く息を吸い、弟が座っていた椅子に腰を下ろした。「すばらしい。だれもかれもぼくに腹を立てている」

「どうしてレイフに行かせたかったんだ？」マルコムが静かに相手のナイトを取り、ほかの捕虜の隣りに置いた。

「ダンフレイが今日、訪ねて行くんです。彼女は結婚の申し込みに返事をすることになってる」

「ほう、それでいくつかのことに説明がつくな」少しも関心がないような顔で、マルコムは自分の駒を横に動かし、立ちあがった。

「どんなことにです？」クインは彼のあとに続いた。

「マディは今朝、きみを見て泣いた――」

「あなたを見て泣いたんですよ」

「泣いたこと、レイフがずっときみに多彩な悪口を浴びせていたこと」マルコムはことばを切り、横目で甥を見た。「いずれにせよ、彼は今日、彼女に会いに行くだろう。恋しかけているんだと思うね。彼女にはそういう才能があるんだ」

クインは足を止めた。「どういう才能です？」

「彼女を怖れない男の目には、たまらなく魅力的に映る才能さ。さて、夕食ができるまで邪魔せんでくれないか。足を引きずってあちこち歩いたんで、えらく疲れたよ」

レイフは戻ってこなかった。だが、伝言が届き、今夜はバンクロフト・ハウスに泊まる旨を知らせてきた。走り書きで〝彼女は断った〟と、ひとこと添えてあった。クインはほっと胸を撫で下ろしたが、弟がすすんで公爵と同じ屋根の下に寝泊まりするとは、よほど腹を立てているのだろう。

もっともクインとしても、いい知らせを届けてくれたとはいえ、レイフが向こうに泊まるのはありがたかった。マルコムのいったこと――マディに恋しかけているという話を思い出すたび、弟の首を絞めてやりたくなるからだ。とはいえレイフがいないと、マディがどういう理由でダンフレイを断ったのか、知ることができない。

クインはその晩、いつまでも寝室の暖炉の前を行ったり来たりし、数分ごとに、馬でウィリッツ・ハウスに乗りつけたい衝動と闘っていた。それを押しとどめていたのは、唯一、自分がまだエロイーズとは別れていないという事実だった。マディにはすぐに見抜かれてしまうだろう。

彼女は、ぼくが約束を果たすとは信じていない。それはよくわかっている。はみ出し者と結婚して、四百年におよぶバンクロフト家の歴史を汚すはずがない、毎朝、赤褐色の髪の森の精と目覚め、喧嘩するために爵位と将来を失う危険を犯すはずがない、と思っている。

クインは夜中の二時まで部屋のなかをうろつきまわったあげく、階下へ降りていって客間に入り、したたか酔った。「くそ」そう毒づいて、椅子に腰かけると、ブランデーをもう一杯あおった。「ぼくはそんな意気地なしじゃない」

エロイーズはぼくをつかまえておくためなら、嘘やごまかしも辞さない覚悟のようだ。こちらも同じ手で防戦しよう。クインはほほ笑んだ。エロイーズもぼくの気持ちを引くのに忙しければ、マディをトラブルに巻き込む暇はないだろう。そしてオールマックスのあと、すべてを白紙に戻すのだ。

マディはベッドの端に腰かけ、キルトの上に広げたアイボリーのドレスを見つめていた。

あっという間に十日が経った。信じられないくらいだ。今夜のオールマックスの舞踏会のあとは、すべてが白紙に戻る。

この一週間、レイフは毎日訪ねてきてくれた。マルコムも、そして驚いたことにハイブロー公爵夫人も。落ち込みがちな気分を救ってくれただけでなく、バンクロフト家がしじゅう顔を見せることで、父も娘をウィリッツ・ハウスに置いてもいいという気になっているようだった。チャールズ・ダンフレイとの結婚を頑なに拒否したにもかかわらず。ただ、クイン・バンクロフトはまったく姿を見せなかった。

マディは眠れなかった。食事も喉を通らなかった。父の望むような娘だったら、いまごろは自分の気持ちや愛情はひとまず置いて、チャールズ・ダンフレイに、気が変わりました、もちろんあなたの妻になりますと丁重に告げているのだろう。

けれどもマディには、愛以外のために結婚すること、クイン・バンクロフト以外の男性と結婚することは、とうてい考えられなかった。とはいえこの前の喧嘩のあと、彼は彼女の存在を無視することに決めたらしく、かわりにエロイーズのほうを向いて、あの高慢ちきな婚約者とさもうれしそうにいちゃついていた。彼と結ばれることを夢見るのすら、馬鹿らしくなるほどだ。それでも夢見ずにはいられないのだけれど。噂話は聞くまいとしたが、会う人会う人、五分前にクインを見かけたところらしく、それも決まってエロイーズ・ストークスリーが一緒なのだった。

レイフも兄の行動を説明しようとはしなかった。ただ冷やかに「体裁を保たないとならないんだろう」といっただけだった。実際のところ彼とクインが話をしていないことは知っている。レイフはバンクロフト・ハウスに移った。そこでも、公爵さえ避けるほど不機嫌らしい。

自分が混乱や苦痛の原因になっていると思うと、マディはつらかった。けれども今夜ですべてが終わる。バンクロフト一家はわたしに親切にする理由はなくなり、わたしもマルコムとの約束を果たしたことになる。よかれあしかれ、そうしたければラングレー・ホールに帰ることもできるのだ。喜んでいいはずだ。クインのキス、笑い、愛撫、ふたりの一瞬一瞬を忘れることとさえできれば。

メアリーが軽くドアを叩き、小声でいった。「ミス・マディ、用意にかからせていただきたいのですが」

「どうぞ」マディは顔から緊張の表情を消そうとした。「こんな面倒なことはさっさと終わらせてしまいたいわ」

一時間後、階下に下りて行くと、だれもがすばらしく美しいといってくれた。が、父だけはなにもいわなかった。チャールズ・ダンフレイを断って以来、ひとことも口をきいていない。父の薄情さに、もっと早く気づいていればよかったと、マディは思った。そうすればあの五年間はずっと楽だったのに。母かクレアに手紙を書き、居場所を知らせてもよかったのだ。少なくとも返事はもらえただろう。二度と同じあやまちはくり返すまい。もちろんここには残らない。

「用意はできて、マディ?」母がきいた。「公爵夫人がオールマックスでお待ちよ」

「ええ、すっかり用意できました」

果敢に断言したものの舞踏会場までは馬車であっという間で、マディはオールマックスの委員であるレディたちに挨拶するよりは、家で仏頂面の父の相手をしているほうがまだましだとさえ思った。はなから彼女たちに好感情を持っていないことも状況をむずかしくしていた。どうしてこんな格式ばった女性たちが仲間内で多大な影響力を持つことになったのかはわからないが、なんにせよ公平ではない。

公爵夫人だけでなく、レイフとマルコムも待っていた。舞踏室を見渡すと、すでに数百人と思える客がおり、委員たちの判断にならおうとしていた。マディの脈が速くなった。クインも来ている。エロイーズ・ストークスリーと踊っているが、少なくとも来ている。姿を見ることはできた。話すことだってできるかもしれない。最後に一度だけ。

彼に腹を立てるべきなのはわかっていた。だが、心臓の高鳴り、頬の熱さ、靴を脱ぎ捨てて彼に駆け寄り、抱きついてキスしたいという衝動が、ひとつのことをあきらかにしていた。彼になんといおうと、どれだけ大声で怒鳴り、足を踏み鳴らして、嫌いになろうとしても、わたしはクイン・バンクロフトを愛している。

「マディ」公爵夫人がささやいた。「息子を見つめるのはやめなさい」

彼女はぎくりとした。「見ていましたか？」震える声できき返し、一様に白かアイボリーのドレスを着て、委員たちの前を一列になってすり足で歩く若い女性たちに視線を戻した。もちろん、この高慢な女性たちはひとり残らず、今夜の集まりに参加しようと決意を固めているらしい。

「ええ、見ていたわ。いまは息子のほうがあなたを見ているようね。以前はもっと分別があったのだけれど。あなたに悪い影響を受けたんだわ」

マディは夫人のほうを見た。ことばとは裏腹に怒ったようすではない。逆に面白がっているようだ。「申し訳ありません、公爵夫人」

「まあ、いいわ。いらっしゃい。わたくしたちも鞭打ちの列に並んだほうがよさそう」

「公爵夫人？」マディはためらいがちに彼女の腕を取った。「これまで、ほんとうにいろいろとありがとうございました」

ハイブロー公爵夫人は笑った。「お礼はあとに取っておいたほうがよくてよ。今夜はまだ終わっていませんからね」

クインは見つめていた。見つめずにはいられなかった。目を離すことができないのだ。いつからこの瞬間を、マディの勝利としてでなく、ふたりで過ごす時間の終焉《しゅうえん》とみなすことになったのかわからない。だが、母がオールマックスの委員ひとりひとりにマディを紹介していき、彼女が上品にお辞儀をして、重々しい会釈を受けていくにつれ、みぞおちをむしばむ緊張は激しさを増し、呼吸さえ苦しくなるほどの不安と苦悩の塊になった。

今晩を過ぎれば、彼女はロンドンを出ることもできる。一歩間違えたら――あとわずかでも不信感を植えつけたら、彼女を失うかもしれないのだ。そうなったら生きていけない。それはたしかだった。

「クイン、彼女に関してはこれでお役ご免ね」エロイーズが彼の袖を指でなぞりながらつぶやいた。

「そうだな」彼はさらりと答え、婚約者のほうを向いた。「だが、彼女の成功は、いわばバンクロフト家の汚点でもある。そう思わないか？」

エロイーズはマディを見た。「そうかもしれないわね。でもそれはあなたがしたこと。好きなときに、あなたやあなたの家族が、彼女から距離を置けばいいのよ」

「それは名誉ある行動とはいえない」思いきってもう一度マディのほうを見やり、彼女が最後のひとりをやり過ごして勝利を収めるところを目にした。拍手をしたいという抑えがたい衝動を感じるいっぽうで、駆け寄って、彼女が夜の闇に逃げ込む前にしっかりとつかまえておきたいと思った。

オーケストラがワルツを演奏しはじめた。夢のなかではいつも一曲目から、彼女と踊るのは自分だ。だが、実際にはレイフが一礼して彼女の手を取り、フロアに導いた。

「あの人、彼女を誘うチャンスは逃さないのね」エロイーズがいった。「踊っていただける、クイン？」

「もちろん」

ワルツのあと母とカドリールを踊った。一連の曲が流れたあと、ようやく二曲目のワルツが始まった。数人の紳士がマディのほうへ向かう。彼女はもう社交界に受け入れられた存在なのだ。クインはすばやく友人の輪を離れた。

「願わくば、この曲はぼくと」後ろから近づき、小声でいった。

マディはびくりとして振り向き、彼を見あげた。「喜んで、閣下」室内が暑いせいか頬が紅潮している。踊りはじめると、目がきらきら輝いた。

「おめでとう」彼はほほ笑んだ。「きみの勝利だ」

「当然だわ。ハイブロー公爵夫人が紹介してくださったんですもの。聞いていたらよかったのに。わたしを受け入れるよう、あのご婦人たちに本気で脅しをかけたのよ」彼女は笑った。「痛快だったわ。レイフがいっていたけれど、公爵夫人がなにか心に決めると、押し寄せる水牛の群れより恐ろしいって」

「このところレイフとはよく会っているんだね？」知らず知らず口調に嫉妬がにじむ。

マディの笑みが消えた。「会いに来てくださるかたには会うわ。あなたはほかで忙しかったようね」といって、トーマス・ダンソンと踊っているエロイーズをこれ見よがしに見た。

　クインはむっとしたように目を細めた。「ああ、お気遣い、ありがとう」

「エロイーズのことはわたしのせいじゃないわ」彼女はぴしゃりといった。「目に入る女性に片っ端から求婚しているのはあなたですからね」

「そんなことはない！」彼は抗議した。

　マディは彼を見あげた。「わたしはただ、率直にいってほしいの。正しい判断をしてエロイーズと結婚したところで、だれかを傷つけるわけではないのよ、クイン」

「エロイーズと結婚するのは正しい判断じゃない」彼はいい返した。「だからこの一週間、彼女の気を引きつけておいたんだ」

　マディの疑り深げな表情に、クインは笑いたくなった。「どういう意味、〝気を引きつけておく〟って。彼女はあなたの婚約者でしょう、でくのぼうさん」

「近ごろ、そのことにあまり魅力を感じなくなってる」きわめて保守的な集いのなかで許されるかぎり体を近づけ、小声でいった。「だが、ぼくといるかぎり、彼女もきみに罠を仕掛ける暇はないだろう」

「まあ、じゃあまたしても白馬の騎士になろうっていうわけ？」

「そのつもりだ」

「あら、あなたは二週間後には彼女の白馬の騎士として、ウェストミンスター寺院に立つのだと思っていたけれど」

そこにははっきり――嫉妬の響きがあった。クインはほほ笑んだ。「ぼくはエロイーズと結婚したいとは思わない」まわりの踊り手や彼女の評判に気を遣いつつ、クインはささやいた。「結婚するつもりもない。ぼくが愛しているのはきみだ、マディ」

彼女は思わずよろめき、彼の足を踏みつけた。クインはまたほほ笑んで、彼女がバランスを取り戻すまで、抱き寄せていた。

「大丈夫かい？」大いに自信を得て、彼はきいた。

「な……なんといったの？」マディは青い顔で彼を見つめ、声にならない声でもき返した。

「きみを愛しているといったんだ。そんなに驚くことか？」

「ええ、そりゃそうよ、クイン。愛しているはずないわ。いまだってエロイーズと婚約しているじゃない」

「明日の朝には解消する。いまとなっては彼女ももう、きみに手出しできない。それにぼくは、あと一日でも彼女とつきあう自信がないよ。ほかにも数人の知人が、いささかつきあいづらい人間であることに気づいた。あまりに傲慢なんで」

マディはほほ笑んだ。目が光っていた。「あなたって馬鹿ね」

「なんといわれようと、愛してる。きみを愛さずにいるのは不可能だと悟ったよ」

「それは少数意見よ」マディは深く息を吸った。「いずれにせよ、そんなことというべきじゃないわ。なおさらことをややこしくするだけだもの。あなたもじき、理性を取り戻すに決まってる」

「今夜、ぼくのものになってくれ、マディ」彼はつぶやいた、「明日にはすべて片をつける」

「でも、エロイーズが――」

「エロイーズなんかどうでもいい。きみがほしい」

「こんなところでそんなこと」彼女は弱々しくいった。

その声には抑えきれない欲望の響きが混じっていた。クインにはそれだけでじゅうぶんだった。「きみはすでに〝傷もの〟だ。ぼくのせいで。お願いだ、マディ、なにがあってもぼくは――」

「しっ」彼女はいった、「あなたのものになるって、いったいどうするつもり、侯爵閣下？書斎にもぐりこんで、鍵を閉める？　ああ、そうだわ、わたしたち、それはもうやったんだったわね」

彼はうれしくなって笑った。ぼくの勝ちだ――少なくとも今回は。「あれは客間だった。ダンスが終わったら、ぼくについてきてくれ」

ワルツが終わるとすぐに、カントリーダンスのためにフロアに人が集った。クインはさりげなく後ずさりした。マディも彼に続いた。そして音楽が始まるころには、ふたりとも暗いバルコニーに出ていた。あたりをうかがうマディを、クインは石壁に押しつけ、キスをしようとした。が、かわされ、押し返された。

「どうした？」手すりのほうへ彼女を追いながらきく。

マディは彼に向かってこぶしを振りあげた。「こんなこと、前にもあったわ。あのいまいましいスペンサーと。あなたがわたしにキスするところをだれかに見られるのはごめんんよ。やっと名誉を挽回したんですもの」

「じゃあ、まず確かめよう」彼はいい、暗がりに足を踏み入れた。状況からして、殴られずにすんで運がよかったといえるだろう。この無神経な行動の唯一の言い訳は、自分が彼女の温かな素肌の滑らかさを感じることしか頭になかった、ということなのだから。「だれもいない」そういって、彼女のそばに戻った。「キスしていいかい？」

もう一度ためらいがちにまわりを見渡したあと、マディはつま先立ちになって、彼の胸に手をあて、そっと唇を合わせた。その柔らかな感触にクインは目を閉じた。ほっそりとした腰に手を回す。ぼくをここまで信用してくれるとは。友人や仲間に裏切られ、陰口を叩かれたのが自分だったら、こうできたかどうかはわからない。

彼女は溜息をついた。「ああ、すてきだわ」そういって、彼の胸に寄りかかった。「今度はなに？」彼の唇に向かってささやき、顎や頬に羽根のような軽いキスをしていく。

白熱した欲望がクインの体を貫いた。「すぐにどうにかしないと。ぼくはひどく窮屈になってきた」

「ここで?」彼女はあきれたようにきいたが、呼吸が荒くなっていた。

クインは手すりに近寄り、庭を見下ろした。石壁に沿って蔓棚があり、蔓がからみ合いながら這い上っている。降りることはできるだろうが、下では好奇の目を遮断するのは頼りなげな葉の陰だけだ。しかも好奇の目はあちこちに光っている。「だめだな」つのる苛立ちからこぶしで手すりを打ち、さらに身を乗り出して上を見あげた。

「こっちだ」彼はほほ笑み、二十フィート上の暗い窓を指差した。「屋根裏だ」

「あなた、完全に頭がおかしいわ」思わず、引きつった笑いがもれる。「本気じゃないんでしょう、クイン。オールマックスの屋根裏ですって?」

「ああ、そうだ。ぼくが先に行こうか」

「クイン、わたしは上れないわ。ドレスが破けてしまうもの」

「じゃあ、ここで愛し合うしかないか」彼は小さくほほ笑み、指でそっと彼女の頬をなぞった。「きみの美しいドレスが破れるのは初めてのことじゃない、マディ」

「まあ、いやね。なにをいってるの」彼女はいい、ごくりと唾を呑んだ。「わたしが純潔だったとしても、あなたに誘惑されていたでしょうね。さっさといまいましい蔓棚を上って」

クインはやすやすと上った。幸い鍵がかかっておらず、彼は窓を押し開けて、ひょいと敷居を乗り越えた。下を見下ろすと、マディがドレスの裾を襟元にたくしこんでいるところだった。そして意を決して上を見あげ、上りはじめた。

「高いところは苦手かい？」天井の高い、狭い部屋に彼女を引っ張りあげながら、クインは小声できいた。

「自分がこんなことをしてるなんて信じられない」彼女は裾を元に戻しながらあえいだ。「完全にどうかしてるわね。馬鹿をするにもほどがある」

クインは唇を重ね、荒々しく深いキスで彼女の愚痴をさえぎった。彼自身信じられなかったが、彼女にいますぐ蔓棚を下らせる気は毛頭なかった。

なにもかもが埃をかぶっていたが、幸い予備の家具には布がかかっていた。彼はしばしマディの手を離して、凝った装飾を施した配膳台からおおいを取った。滑らかな表面には一本だけ傷が走っていた。マディの腰に手を回して、艶やかな樫材の天板の上に座らせる。

「クイン、こんなの無理よ」そういいながらも、彼が柔らかな喉に唇を這わせると、マディは彼の肩をつかんでのけぞった。

「そんなこといわないでくれ。きみがほしいんだ」

「わたしだって。でも――」

クインは後ずさりして、彼女の目をのぞきこんだ。「きみはぼく以外の男とは結婚しない。そして、ぼくはエロイーズとは結婚しない。わかったね？」

彼女は眉をひそめた。「わたしに命令するのは――」

「ぼくはエロイーズ・ストークスリーとは結婚しない」またもや闘いが勃発するまえに、彼はくり返した。いまはじゅうぶんな時間があるとはいえない。

マディは口を開きかけ、また閉じた。「しない？　ほんとうに？」

「ほんとうだ」身をかがめて彼女の足首をつかみ、ゆっくりと脚に沿って手を上に滑らせ、スカートを持ちあげる。

「決めたの？」

むきだしになった腿にそっとキスをした。肌の下で筋肉がぴくりと動くのがわかった。

「決めた」

「ご家族には？」マディの呼吸が荒くなってくる。

「明日話す」クインは飢えたように彼女の唇を求めた。

腿のあいだの秘密の場所を優しく愛撫され、彼女はうめいた。「でもどうやって――」

「黙って」彼はつぶやいた。「それ以上きくな」

それ以上きく気があったにせよ、マディは彼の唇を、そして耳を噛むことに忙しかった。心臓が激しく打っていた。クインは彼女の脚を自分の腰に回し、近くに引き寄せた。これほど情熱的な女性がこれまで恋人を持たなかったというのは信じられないが、自分が初めてであることは知っている。そしてすべてが計画どおりに行けば、自分が唯一の恋人になる。夢に描いたように。

マディの手が彼の腰をまさぐった。ブリーチズからシャツを引っ張りあげる。彼女は声に出さずに笑い、キスをした。グレーの瞳は情熱と興奮に躍っていた。やがて留め具をはずし、彼自身を解放する。彼女の脚が腰にからみつくと、クインはうめいた。ゆっくりと彼女のなかに入り、彼自身を包む温かく引きしまった感触を楽しんだ。

マディは頭をのけぞらせ、両手を彼の首の後ろに回して体を押しつけた。クインも彼女のヒップをつかみ、腰を突き出すたびに自分のほうへ引き寄せた。すべてを覚えていたかった――屋根の上に半月が顔を出したばかりの夜の暗さ。階下のカントリーダンスのくぐもった演奏。マディの肌のラベンダーの香り。その目の輝き。

ふたりはともにクライマックスを迎えた。彼は身を震わせて彼女の肩に顔を埋め、彼女のなかで自らを解き放った。マディは彼の肩に腕を回し、きつく抱きしめた。長いことそのままでいたあと、彼は頭を上げて、そっと彼女にキスをした。

「わたしをまた傷ものにしたわね」彼女はまだ息を切らしていた。

「それが癖になりつつあるらしい」彼も認めた。「そうせずにはいられない。きみの魅力には抗えないのさ。でもそのうち、ちゃんとしたベッドをともにすることになる。ひと晩じゅう、ふたりきりで」

彼女はほほ笑み、ゆっくりと手を持ちあげて彼の頬を撫でた。「楽しいでしょうね」

クインも笑みを抑えきれなかった。マディはまだ、ぼくを愛しているとはいっていない。でも、好意を持ってくれているのはたしかだ。信頼の度合いでそれはあきらかだった。いずれ愛しているといってくれるだろうか。それはわからない。だが、希望はある。希望があるなら、待つことはできる。

「愛している、マディ。初めて会ったときから愛していた」

彼女は厳粛な面持ちになった。「わたしたち、これからどうするの？」

クインは苦笑した。「蔓棚を下りよう。そのあとは、それぞれの屋敷に帰る。朝にはぼくは両親を訪ね、エロイーズのところに寄ってから、きみの屋敷に行く。ぼくにはきみが必要なんだ、マディ。生きていることを実感させてくれる。ふたりが一緒なら、ほかにはなにもいらない」

「家族も、名誉も、爵位も？　お父さまから廃嫡されたらどうするの？」

クインは彼女の手を握り、自分の胸元へ、心臓の上へ持っていくと、きっぱりとくり返した。「明日の朝、きみを訪ねていく。信じてくれ」

「約束する？」

「約束する」

最後に名残り惜しげにキスをすると、クインはマディをテーブルから抱え下ろした。ずっと抱き合っていたかったが、階下の舞踏室から聞こえる大きな笑い声が、残念だけれども、オールマックスの屋根裏にいつまでも隠れているわけにはいかないことを思い出させた。

クインはシャツをブリーチズのなかにたくしこみ、彼女にくしゃくしゃにされた髪をなんとか整えた。マディも乱れたことを思い出しながら、恥ずかしそうにスカートと下着を直した。まさに狂気の沙汰。クインラン・ユリシーズ・バンクロフトと出会ってからの行動を説明するのは、そのことばしかない。

ひとたびお酒を飲みだすとやめられない、という男性の話を聞いたことがある。来る日も来る日もお酒を求め、ほかにはなにも目に入らず、死ぬまで飲みつづける――生まれてはじめて、マディはその気持ちが理解できた。

呼吸するたび、心臓が鼓動するたび、クインを求めてしまう。彼ほどわたしのことをわかってくれる人はいない。そしてわたしのことを大切にしてくれる人もいない。完全に釣り合わない相手なのに、ふたりが一緒にいるほど自然なことはないのだ。月明かりのなかで、彼の髪は銀色に見え、グリーンの瞳はほとんど黒に見えた。

「なにを見てる?」彼が振り返っていった。

「あなたよ」マディは答えた。「あなたがわからないの」

クインは笑った。「どちらかといえば、わかりやすい男だと思うが」

「そうでもないわ」マディは顔を赤らめた。どうしてどぎまぎするのかしら。もう彼にはなんの秘密もないのに。

クインは古い布を家具にかけた。「どうして?」

「わたしと出会ってから、あなたは溺れかけたり、撃たれたり、怒った雌豚に攻撃されたり、お父さまに怒鳴られたり、いつも——」

「父はいつだって怒鳴ってる」彼はさえぎった。「きみとはなんの関係もない」

「わからないのは、いろいろあったのに、それでもあなたがわたしを愛してるっていうことなの」

クインは長いこと彼女を見つめていたが、やがてゆっくりと前に出て、彼女の乱れた巻き毛を直しながら静かにいった。「ぼくは退屈な男じゃない」

「わかってるわ。あのときは怒っていただけ」

彼は優しく彼女の唇に指をあてた。「ぼくがいいたいのはそういうことじゃない。ぼくは退屈な男じゃない。だが、ぼくの人生は退屈だった。物心ついたころから、いずれハイブロー公爵になると知っていたし、だれを友人とみなし、だれを敵とみなすべきかも知っていた——本人と会ったことはなくとも、その祖先がだれだったかという理由で。そして生まれたときからだれと結婚するかも知っていた。だがきみは……ことごとく予想を裏切った。ぼくのいる世界ではめったにないことだ」彼はほほ笑んだ。「きみ以外に、ぼくを溺れさせようなんて人間はいなかった」

マディは彼の目を探ったが、そこにあるのは自分が感じているのと同じ、情熱と優しさだけだった。「わたしが退屈で平凡な女になったら、どうなるの?」

クインは大声で笑った。階下に聞こえないよう彼女が彼の口に手をあてるまで、笑っていた。「静かに」

彼は彼女の手をどかし、握った。「きみは、そうなりたくても退屈な女性にはなれないと思うよ」目をきらめかせて小声で笑い、身をかがめてまたキスをする。

キスは続いたが、階下で音楽がやんだ。マディは窓のほうを見た。「あら、いやだ」

「すぐに次の曲が始まる」クインは彼女を引き寄せ、けっして離さないというようにしっかりと肩を抱いた。「それまで待って、下りればいい」

彼女は心もとなげに彼を見た。「蔓棚を使って、屋根裏部屋から下りるということじゃないんでしょうね？」

「来た道を帰るのさ」彼は平然と答えた。

「でも、蔓棚を下るのと上るのでは大違いだわ」彼女は冗談交じりに文句をいった。「ずいぶん距離があるわよ」

「ぼくが先に行くよ。きみはそうしたくなったら、ぼくの上に飛び降りてくればいい」

クインは窓まで歩き、注意深くそとをのぞいた。「庭にはだれもいないようだ」さらに身を乗り出し、バルコニーを見下ろす。「おっと」あわててなかに戻った。「今夜愛を確かめ合ってるのは、ぼくたちだけじゃないらしい。オールマックスの品位も落ちたものだな」

クインと体を寄せ合っていないいまは、窓から吹き込む夜風がむきだしの腕に冷たく感じられ、マディは自分の体に腕を回した。「だったら、別の方法で下りたほうがいいわね」

「いや、数分待てば大丈夫だろう」彼はいま一度下を見やり、彼女を振り返った。「だれだか、知りたくないのかい？」

「べつに。だれにせよ、彼らも人に知られたくないんでしょう。そうでなかったら、そんなところに隠れないわ」

クインは体を起して、彼女のほうを向きなおった。「ぼくの上着がいるか？」すでに上着を脱ぎかける。

「いいえ、上着はけっこうよ。サー・ギャラハッド（アーサー王伝説に登場する高潔な騎士）」マディは彼の上着を元に戻した。「あなただって、二分後にはちゃんと着てなくちゃならないんだもの」彼女の手が上着の下に滑り込んで、腰に回されたのを感じ、クインは温かな心地よい気分に浸った。

彼は愛しているといってくれた。同じことばを返せたらいいのに、とマディは思った。わたしだって愛している、胸に秘めておくのが苦しいほど。けれども口にしたところで、どうにもならない。明日にはいおう。彼がエロイーズと両親に、自分はあのマディ・ウィリッツと結婚するつもりだと告げたあとに。

けれどもそう告げてから現実が彼の頭を直撃し、彼は一時の気の迷いを、すばらしい約束の数々を後悔することになるのかもしれない。ただ、それまではすべてを夢のままにしておきたい。楽しく、心温まる夢に。

「どうしてきみは、チャールズ・ダンフレイを断った？」クインが、彼女の髪に向かってささやいた。

マディは彼の胸に顔を埋めた。「あなたのいったことを考えたの。チャールズはわたしを愛しているといったけれど、友人の前で娼婦呼ばわりしたときと同じくらいの誠意しか感じられなかった。あなたのいうとおりよ。彼はわたしの持参金が目当てだったんだと思う」

「マディ」彼が小声でいった。

「いいのよ」音楽がまた始まり、突然の音に彼女はぎくりとした。

クインはのけぞるようにして、もう一度下を見下ろした。「ふむ、彼らはぼくたちほど、熱心ではなかったようだ。もう行ったよ。いっておくと、服も脱いでいなかった」

彼女は彼の固い、筋肉質な胸に寄りかかって笑った。「わたしたちだって」

「いくらか着方を変えたけれどね。もし徹底したのがお望みだというなら、喜んでお応えするよ。もちろん」

それはわかる。けれどもいま戻らなかったら、永久に戻れそうにない。「もうだめよ。行きましょう」彼の腕を振りほどきながらいった。

「お転婆娘」彼は窓のほうを向いた。

「でくのぼう」

「尻軽」窓枠に飛び乗り、足を振りあげる。

「ならず者」

「妖精」クインの姿が消えた。

「のろま」

向こう側に彼の頭が現われた。「おや、ぼくの最後のは褒め言葉なんだが」

「あら、そうね——英雄」

クインはにやりとした。「だいぶいい。おいで。急いだほうがいい」また下へ消える。

彼のいうとおりだ。ふたりの不在にだれも気づいていないとしたら、身にあまる幸運といえるだろう。マディは不安げに眉をひそめ、スカートを膝までめくって、足を庭のほうへ振りあげた。蔓棚の片側をつかみ、おそるおそる足をかける。

「うまいぞ」すぐ下で彼がささやいた。「きみに先に行ってもらえばよかった」

「黙って」彼女は小声でいい、足を滑らせて彼の頭を踏んづけてやろうとした。初めて会ったとき、ウェアフィールド侯爵がこんなに愉快で、機知に富み、情熱的で心の温かな人だとは夢にも思わなかった。怒りの奥にあるものに、自分よりも先に彼が気づいてくれて、ほんとうによかった。

ようやくクインが彼女の腰をつかんで、固い石造りのバルコニーの上に下ろした。「きみが先に入る？　それともぼくが？」

「わたしが行くわ」手すりに、マデイラ酒が半分入ったグラスが置きっぱなしになっていた。彼女はそれを取って、退屈そうな表情を顔に貼りつけ、ゆっくりと舞踏室に戻っていった。

ぱっと振り返って彼女を見る人はだれもいなかった。いい兆候だと思ったが、母に腕をつかまれたときには、どきりとして、グラスの中身を服にこぼしそうになった。

「どこにいたの？」顔を紅潮させたレディ・ハルバーストンが小声できいてきた。

「そとの空気を吸っていたの」マディは答えた。「今夜はちょっと緊張してしまって」

「だとしても、あなたの評判を考えたら、ふらふらそとに出るなんてことは慎まなくては。なにかしていたって思われてもしかたないのよ。そうしたら、ハイブロー公爵夫人の努力が無になってしまうんですからね。わたしだって公爵夫人に説明がつきませんよ」

マディは腕を振りほどいた。「心配しないで、お母さま。自分のしていることはわかっています。お母さまを困らせるようなことは二度としません」

母から顔をそむけると、レイフと目が合った。今日も礼服を着ており、非の打ちどころなくハンサムで、危険な雰囲気をただよわせている。左頰の傷さえ粋だった。彼は壁に寄りかかり、両手にポートワインのグラスを持って、じっとこちらを見ていた。やがて体を起こし、舞踏室の隅にいる兄にグラスを渡しにいった。

マディは深く息を吸った。レイフは少なくとも自分とクインのあいだになにかあったことに気づいている。ほかの人が気づいていないこと、そしてクインの楽観的な明日の計画が現実のものとなることを祈るだけだ。わたしたちふたりのために。

17

クインは朝早くに起きた。一年前なら——いや、六カ月前でも、こんな日は想像もしなかっただろう。しかも楽しみにするなど考えられなかった。このところは心の奥深くに埋もれた冒険精神が頭をもたげているらしい。だれのおかげかはよくわかっている。実際、いくら感謝しても感謝しきれないくらいだ。

朝早いとはいっても、マルコムのほうが先に起きて二階の廊下を歩きまわっていた。今日は杖一本だけで歩いている。クインの間違いでなければ、彼はその杖で甥を叩きのめしたいと思っているようだった。

「おはようございます、叔父上」クインはほほ笑んだ。叔父の、いまにも癇癪玉が破裂しそうな顔に、ヒュッと小さく口笛を鳴らしそうになる。

「貴族っていうのは田舎にいるときしか昼前に起きないものと思っていたが」

「マディみたいなことをおっしゃる」

「マディといえば」マルコムはクインに階段のほうへ手を引かれながらいった。「彼女のことは忘れたのか？」

「マディを忘れたかって？　呼吸を忘れるようなものです」

「はん、だから、この一週間は文字どおり、起きている時間すべてをエロイーズ・ストークスリーと過ごしてたのか？」

クインはにやりと笑ってみせた。「ご名答」

マルコムはじっと甥を見た。「説明してくれんかね？」

「しません。これから出かけるので。外出なさるなら、クレイモアが馬車でお連れしますから」

「クインラン」

彼は戸口で振り返った。「なんです、叔父上？」

「マディのことはどうする？」

「そのために出かけるんです」すべて片がつくまで、できればだれにも、なにも明かしたくなかった。それがマディのもっとも忠実な味方であっても。

そとに出て厩舎に入ると、アリストテレスが睨みつけてきた。レイフが出て行ってから、機嫌が悪いのだ。クインはともかく馬に鞍をつけ、西のバンクロフト・ハウスへ向かった。

そこで、彼の綿密な計画は、第一段階からつまずくことになった。

「どういうことだ、公爵閣下が朝早くから外出したというのは？」彼は顔をしかめて、ビークスに詰問した。「昨日手紙を送ったんだぞ。今朝、話があると」

執事はうなずいた。「わたしが直接、お渡しいたしました、閣下。知るかぎり、公爵閣下はお読みになったはずですが」

クインは小声で悪態をついた。「どこへ行くか、いっていたか？」

「いいえ、閣下。けれども、すぐに戻るとはおっしゃっていました。よろしければお待ちいただくようにと」

「くそ」ぼんやり待つというのは気に入らなかった。どう見ても英雄にふさわしい行動とは思えなかったが、それがもっとも理にかなった選択だった。父がロンドンのどこにいるかはわからないのだから。「まあいい。母上はいるか？」

「いいえ、閣下。今日は奥さまの慈善事業の日でございます」

クインは眉をひそめた。「レイフは？」弟と会っても話すことがあるとは思えないが。

「馬でお出かけになりました」

「わかった、わかった。じゃあ、居間で待つ」

「あの、閣下？」ビークスがためらいがちにいった。

「なんだ？」

「レディ・ストークスリーがさきほどから居間でお待ちです」

クインはしばし執事を見つめた。「父を待っているということか？」

「そうおっしゃっていました、閣下」

訝しげに目を細め、クインは廊下を見やった。これはなかなか興味深い。「ありがとう、ビークス」

長い廊下をぶらぶらと歩き、半分開いたドアの前に立った。先に父に話すのが筋なのだろうが、父はどうして息子が面会を求めてきたかに気づき、話し合いを避けるために逃げたと考えられなくもない。いずれにせよ、エロイーズと軽いおしゃべりを楽しみたい気分ではなかった。

クインは曖昧な笑みを浮かべて、ドアを押し開けた。「エロイーズ、おはよう！　きみがこんなに朝早くから起きて外出しているとは思わなかったよ」

彼女はびくっとして立ちあがった。「同じことばをお返しするわ、クイン。バンクロフト・ハウスになんのご用？」

クインは片手を振った。「大した用じゃない。お茶は？」

「ええ、いただいた――」

「ビークス」彼はドアのそとに身を乗り出して、呼んだ。「お茶を持ってきてくれないか？」

「いますぐ、閣下」

今度はなにをたくらんでいるのかと彼女の顔を探りながら、隣りに腰かけた。テーブルの端に〈ロンドンタイムズ〉が置いてあった。が、一面がすっかりなくなっている。ちらと見て、それを脇に置いた。

フランクリンがお茶を持ってきて、エロイーズを見てたじろいだ。彼女のほうは一瞥も与えようとしなかった。ほんの数日前に熱いお茶で召使にやけどをさせたことなど、覚えてもいないらしい。けれどもクインは忘れられなかった。階下の厨房でフランクリンの手当てをしていたマディの姿同様に。「ドアを閉めてくれないか、フランクリン?」召使が部屋を出るとき、クインは頼んだ。

「かしこまりました、閣下」

ドアが閉まると、エロイーズはなにかしらといいたげに彼を見た。それから前屈みになってそれぞれのカップに紅茶を注いだ。「まあ、クイン、ふたりきりになりたかったの?」

「きみを訪ねようと思っていたところだ」彼はいった。「これで行く手間が省けた」

「興味津々ね。なにを考えているのか教えてちょうだいな」

つかのまクインは椅子の背にもたれ、紅茶を飲む彼女を見守った。非の打ちどころのないマナーとドレスを身につけた、完璧な陶器の人形だ。「エロイーズ、きみは愛を信じるか?」

「なあに?」彼女は片眉を上げた。「そんな話をしたかったの? もちろん、信じるわ」

彼はうなずいた。「よかった」

エロイーズはほほ笑んだ。「なにがよかったの?」

「ぼくが婚約破棄する理由を理解してくれるだろうと思うからさ」

「なんですって?」彼女はあえいだ。カップが指から落ち、高価なペルシャ絨毯に紅茶がこぼれた。

「きみとは結婚できない」彼は冷静に説明した。

「クイン、本気じゃないんでしょうね。この期におよんで! 結婚式はあと二週間に迫っているのよ。招待状ももう出したし、明日、〈ロンドンタイムズ〉で発表があるわ」

彼は残念そうに首を振った。「知っている。たしかにタイミングとしてはよくないと思う」

「よくない? いうことはそれだけ?」

「それはきみ次第だな」クインは、ここ数週間心を蝕んでいた怒りの糸が撚り合わさっていくのを感じていた。「きみがいま、立ちあがってここを出ていくなら、これで終わりにしよう。もっと具体的にいってほしければ、喜んでそうするよ」

エロイーズは青いシルクのスカートを揺らして、立ちあがった。「彼女のせいね? あの性悪女!」

「そうじゃない。たしかに、ぼくは彼女を愛している。でも——」

「それとあのいまいましい弟!」彼女は金切り声で叫んだ。「殺してやるわ」

クインはまじまじと彼女を見た。「ラファエルがどう関係してる?」

「関係ないわよ!」彼女は目を怒らせて、ぴしゃりといった。「彼女のせいじゃないとしたら、どうして? どうしてなの?」

「つまりだ、エロイーズ、ぼくはきみをうぬぼれ屋で、二枚舌で、意地の悪い嘘つきだと思っている。だからきみとは結婚したくない。ほかに好きな人がいようといまいと」

彼女の顔が青ざめた。「どうしてわたくしにそんなことがいえるの？　彼女さえいなかったら、あなたはわたくしと結婚するはずだったのよ」

クインは立ちあがった。「いま礼儀正しくしているからといって」抑えた、静かな声でいう。「ぼくを間抜けだとは思わないほうがいい。長いこと——いまにして思えば長すぎる期間——ぼくは自分の義務と思ってこの茶番につきあってきたんだ」

「いまでも、あなたの義務よ」

「ぼくはきみを見てきた」彼は、彼女のことばが聞こえなかったかのように続けた。「機会さえあれば決まって、狭量で残酷な人間になるところを見てきた。そして、自分の身分からして、軽視していいと思う相手はことごとく軽視するところを見てきた」

「あなたの身分はどうなの？　彼女と結婚なんてできっこないわ。あんな雑魚《ざこ》とは！」

「エロイーズ、これはきみとぼくの問題だ。マディのことは置いておいてくれ」

「まったく、クイン、信じられないわ。お父さまには話したの？」

「いや、まだだ。戻り次第話すつもりだ」

彼女はちらと彼を見て息を吸い、身をかがめてカップを拾うと、トレイに置きなおした。

「そう、先にわたくしに話してくれたのね。それはご親切に。ほかにはまだだれも知らない。

ダメージはないということね」エロイーズは窓のほうを見て、また彼に視線を戻した。「聞いて、クイン。わたくしはあなたを大切に思ってる。気持ちはわかるわ。マディは身寄りのない可哀そうな羊。あなたはなんとか救おうとして、そして——」

「ぼくたちはきみの性格について話しているんだ」彼はさえぎった。

「いまさら放り出せなくなったのね。でも、頼むから、結婚なんてしないで。愛人にすればいいじゃないの。おおっぴらにしないかぎり、わたくしは気にしないわ。なんでもいいから、彼女を忘れるためになにかして、そして手遅れになる前に理性を取り戻して！」

「そういう口調で二度とマディのことを口にしないほうがいい、エロイーズ。さあ、出て行ってくれ。ぼくに放り出される前に」

抑えた怒りに手を震わせながら、最大限の威厳を持って、レディ・ストークスリーはドアのほうを向いた。「わからないの？」ドアを開けながらいう。「あなたのお父さまがこれを聞いたら、あなたを勘当するわ。あなたにはなにもなくなる。なにも。そうなったら、わたくしにとっても用なしよ」

クインは彼女の目を見つめた。ナイフを持っていたら、彼女はいまごろそれを、ぼくの背中に突き刺しているんだろう、と思わずにいられない。「ぼくはマディと結婚する」

エロイーズは執事の手からショールをつかむと、足音荒く玄関の階段を下りていった。が、馬車の手前で足をとめ、「そうはさせないわ」とつぶやき、屋敷のなかに戻った。

公爵夫人はつねにペンと紙、インクを表の部屋に置いていた。エロイーズはものの一分で手紙を走り書きし、またそとに出て、使用人のひとりに手紙を渡した。「これをダンフレイ・ハウスに届けて、ミスター・ダンフレイに直接、手渡して。クビになりたくなかったら、いますぐに」

「かしこまりました、お嬢さま」彼は帽子をひょいと上げて、走り去った。

御者の手を借りて馬車に乗り込むと、エロイーズはドアを閉め、座席にもたれた。「これでもう問題はないはず」馬車が動きだすと、彼女はほほ笑んだ。

十五分後、この時間はほとんど人気がないハイドパークを走っていると、馬車のドアがいきなりこじ開けられた。

「やあ、またいとこ殿」ラファエル・バンクロフトが笑顔で挨拶した。「そのまま走れ」御者を一喝し、するりと馬から降りて、馬車のなかに入ってきた。いまいましい馬は、ドアが閉まったときも、馬車に並走していた。

「ここから出て行って」エロイーズはぴしゃりといい、彼を蹴りつけた。

レイフはかまわず隣りに座り、彼女を壁に押しつけた。両手をつかみ、無理やり顔を自分のほうへ向かせる。「あの手紙はだれ宛てだ?」明るいグリーンの瞳に憎悪を浮かべて、きいた。

「なんの話かわからないわ。手を離して、ここから出て行って。でないと、あなたのしたことがクインに伝わることになるわよ」

「きみが手紙を渡すところを見た」彼はうなるようにいって、彼女を揺さぶった。「ぼくはあのときのことをなにもしゃべらなかった、エロイーズ、兄さんのために。それでも兄さんは、もうきみとは結婚したくないんだろう？　つまり、ぼくは好きなときにあのあやまちを告白できるということだ」

「あなたにレイプされたとふれまわってやるわ」

「パトリック・オートリーに関しても同じことをいうつもりか？　彼のどこにきみの口が張りついていたかを考えると、信じる人間はいるとは思えないね」

「なんの話かわからないわ」

「六年前、きみがオートリーと一緒のところを見たと、ぼくが口にしたときのことだ」彼は目をぎらぎらさせて、ほほ笑んだ。「記憶によれば、そのとき、ぼくのことも誘惑したじゃないか。あとでなんといったかな——そう、ぼくを黙らせるために。きみは情熱的な愛人だ、エロイーズ。それは認めるよ。経験豊富なんだろうな。だが、これ以上黙っているつもりはない」

彼女は身を振りほどこうとした。「豚！　あなたを誘ったことなんてないわ！」

レイフはにやりとし、彼女の体をぐいと引きあげた。「嘘をいうな。さあ、あの手紙はどういう内容で、だれに送った？　いわないと、エロイーズ。服をすっかり脱がせて、通りに放り出すぞ」

彼は本気だった。目を見れば、エロイーズにもわかった。「あなたなんか大嫌い」

「おたがいさまだ」同じ口調でいい返す。「いえ！」

彼女はレイフを睨みながら、すばやく頭をめぐらせていた。いまごろダンフレイはもう手紙を読んでいるだろう。多少なりとも頭が働く男なら、すでに行動を起こしているにちがいない。あと数分、ラファエル相手に時間を稼げれば、もはや手遅れとなる。「たんなる仕事のオファーよ」腕をきつくつかむ手に抵抗しながら、彼女は吐き捨てるようにいった。

レイフは体を移動させ、片腕で彼女の両手を抑え込むと、身をかがめて彼女の脚をつかんだ。靴を片方脱がされ、エロイーズは悲鳴をあげた。「だれへのオファーだ？」

「チャールズ・ダンフレイよ。もう放して！」

「ダンフレイ？」彼は眉をひそめてくり返した。「なんと書いた？」

傲然と口を閉じたままでいると、もう片方の靴も脱がされた。「よくもこんなこと」

「こんなことって？」いきなり彼女を前に押し倒し、高価なドレスの背中を腰まで引き裂いた。「なんて書いたんだ？」

エロイーズは、怒りと恐怖のすすり泣きを必死にこらえていた。「殺してやるわ！」

「やってみるといい」もう一度ねじりあげると、ドレスは完全に脱げた。彼はそれをひとまとめにして片腕にかけた。「着るものがなくなるぞ」

「あれは……」彼女はあとどれくらいの抵抗が許されるか計算していた。だが、ドレスを窓のそとに投げ出されかけ、悲鳴をあげた。「マディ・ウィリッツをどこかへ連れ去ってくれたら、五千ポンドあげると約束したのよ。さあ、もう行って！」

レイフは彼女を押しやった。「冷血女め」彼はうなった。「マディはきみになにもしてないだろうが」

「クインを取ったのよ！」

「兄さんとは終わっていたのさ。六年前、オートリーとのことをしゃべらせまいと、ぼくのベッドにもぐりこんできたときに」

「わたくしはそんな――」

「くそ、エロイーズ。どうしてぼくが帰国したと思う？　きみがクインへの誠意をわずかでも見せていれば――」

エロイーズが爪を立てて飛びかかってきた。が、レイフは予想していたとみえて、彼女を押し戻した。そしてしばらく冷やかに彼女を見ていたが、やがて脚をつかんで馬車の床に引きずり下ろした。彼女は立ちあがろうともがくうち、シュミーズを破かれ、長靴下だけの姿になった。

「きみに、マディを傷つける権利などない」

「あなたも自分の罪をさっさとお兄さんに告白するべきだったんじゃなくて」

「あばずれめ」レイフは立ちあがった。そして、怒りに頬を紅潮させ、いまさらながら体を隠そうとする彼女を、上から下まで眺めた。「隠すまでもない。以前にも見た」裸で通りに放り出されるかもしれないと焦り、エロイーズは両手を下ろした。「もう一度見たいの？」乱れた髪を顔から払いながら、誘うようにいう。

彼は目を怒らせたままで、笑った。「同じ穴には近寄らない蛇もいるのさ」

そして馬車のドアを押し開け、口笛を吹いた。馬が現われると、ドレスを道に放り投げ、鐙に足をかけてひらりと鞍に飛び乗った。「さよなら、エロイーズ」颯爽といい、鹿毛馬の向きを変える。「楽しいひとときをありがとう。ではまた」

エロイーズは小さく叫び、よろめきながらもドアを閉めようとした。だが、すでに数人の通行人が好奇の目で馬車のなかの彼女を見ていた。

「お嬢さま？」御者が速度を落とした。

「屋敷に帰って」彼女は叫んだ。「早く！」

マディは信じられない思いでエヴェレットを見つめた。「どなたが会いにみえたんですって？」胃に痙攣が走るのを感じながら、朝食のテーブルにナプキンを置いた。

「ハイブロー公爵です、ミス・ウィリッツ」

家族のなかでただひとり今朝すでに起きていた父は、席を立った。「公爵閣下をお待たせするわけにはいかん、行こう」

「閣下。公爵閣下はミス・ウィリッツとふたりだけで話がしたいといっておいでです」執事が咳払いしていった。

「ほう」ハルバーストン子爵は座りなおした。「行きなさい、マディ。ほら、早く」

深く息を吸って、マディはハイブロー公爵に会いに、居間に向かった。

「みすぼらしい部屋だ」彼は振り返るなりいった。

「ありがとうございます、公爵閣下」マディは答えた。会話が——これが会話といえるなら——侮辱で始まったことがありがたかった。

「おまえにロンドンを出る気にさせるには、いくら払えばいい？」

「以前にもお答えしたと思います。お金は受け取りません」

「一万ポンドでどうだ？　息子と縁を切るのに、じゅうぶんな額じゃないか？」

マディは唖然として公爵を見つめた。一万ポンドあればこの先一生、優雅にひとりで暮らしていける。「息子さんのためにも」それでも、きっぱりと答えた。「この会話はくり返しません。もう帰っていただけますか？」

「つくづく無礼な女だ」公爵はたたんであった〈ロンドンタイムズ〉を、彼女の目の前のテーブルに放った。「それ以上は受け取れんぞ」

テーブルに落ちてゆっくりと開くページを見て、マディは顔から血の気が引くのを感じた。

半インチはある大きな文字で、一面にウェアフィールド侯爵とレディ・ストークスリーの結婚式が七月十七日土曜日に行われる旨が告示されていた。華麗なるカップルの華麗なる両親の名、式の時刻と場所が紹介されている。公爵はやっぱりウェストミンスター寺院を押さえたんだわ、とぼんやりマディは思った。

「これが」公爵は新聞を指差した。「息子の未来だ。おまえはその陰にいる価値もない。うろちょろされると、息子にとってもバンクロフト家全員にとっても迷惑だ。ふしだらな、取るに足らない女だからな。まあ、手の届かないものに手を伸ばそうとするその勇気は認めてやろう。クインは、つまるところおまえには手の届かない人間なのだ」

公爵の視線を感じながらも、彼女は力なく、一面の黒々とした太文字を見つめていた。やはり彼とは結ばれることはないのだと、それしか考えられなかった。公爵のいうとおりだ。クインはほかの人のもの。いまからそれを変えようとしたら、スペンサーのときより百倍ひどいスキャンダルが降りかかるだろう。彼女はゆっくりとソファに腰を下ろした。脚がふらつき、感覚がなかった。

「いいか」彼はいくらか穏やかな口調になっていった。「おまえがすべきなのは、バンクロフト・ハウスを訪ねてくることだ――使用人用の戸口を使え。荷造りをしてきたら、一万ポンド、現金でやろう。この申し出は夕暮れまで有効だ。そのあとでは、なにも受け取れんぞ。わかったな」

マディは答えなかった。しばらくして、公爵は部屋を出て行った。馬車が走りだす音が聞こえたが、彼女は告示から目を離せなかった。クインに愛している、結婚するつもりだといわれたとき、わたしはそれを本気で信じていたのだろう。信じていたにちがいない。そうでなければ、心臓が胸から切り取られたような思いをするはずがない。

もっとも、そんなことはもうどうでもいいのだ。こうなったらすべて公爵の思惑どおり。どんでん返しはありえない。マディはゆっくりと立ちあがった。ラングレーには行けない。クインは意地になって、わたしを探しにくるだろう。それは間違いない。どこでもいいから、二度と彼と会わないようなところへ行かなくては。

過去の経験から、たいして物は必要でないとわかっていた。今回は少なくとも、マルコムのところで働いたときの貯金がある。涙が頰を濡らしていることにも気づかぬまま、そっと階上に上がり、古い継ぎのあたった旅行かばんにいくつかのものを放り込んだ。鏡台の前で足をとめ、読むであろう人に向けて置き手紙を書く。ひょっとして、クインが自分を探しにウィリッツ・ハウスに来るかもしれない。

家族が姿を見せる前にと急いで階下へ下り、新聞の上に手紙を置いた。そしてドアの内側にかばんを下ろして、廊下に出た。「エヴェレット」

「ミス・ウィリッツ?」

「悪いけれど、乗馬用の手袋を探してきてくれないかしら。昨日客間に置き忘れたような気がするの」

執事はほほ笑んでうなずいた。「かしこまりました、ミス・ウィリッツ」

マディは旅行かばんをつかむと、静かに玄関を出た。最寄りの乗合馬車の乗り場は数ブロック先だ。急ぎ足で通りを歩きだした。

「マディ？　きみかい？　会いに行くところだったんだが」

彼女はびくりとした。脇で馬車が速度をゆるめ、半分開いたドアからチャールズ・ダンフレイが身を乗り出してきた。「ごめんなさい、チャールズ、わたし、急いでるの」彼女は思わず口走った。

「ランドルフ、止めろ」ダンフレイは御者にいい、通りに降り立った。「どうかしたのか？」

「それが……長い話なの、チャールズ。でも、いえ、なんでもないのよ。ただ、人を訪ねるところなの」

「徒歩で？」

「そとの空気が吸いたくて」

マディは歩きはじめたが、腕をつかまれた。「マディ」彼は小声でいい、前に立ちはだかった。「以前あんなことがあったんだから、きみが結婚を承諾してくれるとは思ってなかった」手袋をはめた指が彼女の顎を持ちあげた。ブラウンの瞳が彼女の目をとらえた。「でもぼくはきみの役に立ちたい。それくらいはさせてくれ。よかったら乗せて行こうか？」

マディは通りを見渡した。人々は外出しはじめている。姿を見られ、どこへ向かったか記憶される可能性は一分ごとに高くなっている。「馬車の乗り場まで連れて行ってもらえる？」気が変わらないうちにと彼女は早口できいた。

「目的地まで連れて行くよ」彼は答え、旅行かばんを持つと、馬車に乗るよう彼女に身振りで示した。「どこへ行きたい？」

息を呑み、彼女は馬車に乗り込んだ。「どこでも。いえ、ドーヴァー海峡」

ダンフレイはほほ笑み、ステッキで天井を突いた。

「お安いご用だ」馬車ががくんと揺れて動きだした。

「ねえ、見た？」姉の寝室の窓からそとを見ていたポリーが、振り返っていった。

「なにを？」クレアは眠そうにきき返した。ベッドに起きあがり、伸びをする。

「マディが通りで馬車に乗り込んで、どこかへ行ったわ」

「ばかね、ポリー。お姉さまはだれにもいわないで、そんなことしないわ。ああいうことがあったあとだもの」

「でもしたのよ。わたし、見たわ。あれ、ミスター・ダンフレイだと思う」

クレアは訳知り顔でほほ笑んだ。ポリーときたら、ときどき子供じみたことをいう。「マディはチャールズ・ダンフレイの馬車に乗り込んだりしないわよ、絶対に」

「そういうなら、見てごらんなさいよ」

クレアは眉をひそめて立ちあがり、ガウンをはおって窓に近づいた。「なにも見えな――」つま先立ちになり、見事な鹿毛馬からひらりと飛び降りて玄関に駆け寄ってきた紳士を見ると、息を吞んだ。「あら、ラファエル・バンクロフトだわ。ね、早く、着替えを手伝って」

「どうして?」

「彼に朝のご挨拶をしたいからよ」

「彼のこと、好きなの?」ポリーがきいた。

「あなたって、ほんとに子供ね」クレアは諭した。「だれだってラファエル・バンクロフトのことは好きよ。ハンサムだし、バンクロフトなんだもの」

階下から、父に鋭い口調で話しかける彼の声が聞こえてきた。そこでクレアは髪を梳かし、上等な上靴を履くだけにして、階下の食堂に急いだ。

「父が来たというのはどういうことです?」レイフが詰問していた。少女たちが部屋に入ってくるのを見ると、「これは、お嬢さんがた」とひとこと声をかけたが、また子爵のほうを向きなおった。

「どうなさったの、お父さま」

「話はあとだ、クレア。部屋に戻って着替えなさい、まったく」

「でも、マディが出て行くのを見たと、ポリーがいうの」のけ者にされたくないクレアはいった。

「ほんとに見たのか？」レイフはぱっとポリーのほうを振り返った。「どこへ向かってい
た？」

「どこへも行ってません」ハルバーストン子爵は主張した。「娘はハイブロー公爵と居間に
います」

顔をしかめ、レイフは踵を返すと、廊下へ出た。居間のドアは開いていたので、なにもい
わずになかへ入った。テーブルの前で足をとめ、紙きれと朝刊紙の一面を手に取った。そし
てすぐさま、悪態をついて、それらを放った。

「ミス・ポリー」彼は切羽詰まった声でいった。「マディがどこへ行ったか、わかるかい？」

「馬車に乗ったんです」ポリーは答えた。「チャールズ・ダンフレイの馬車だと思うんです
けど」

「いったでしょう、そんなのおかしいって」クレアがくり返した。「お姉さまは彼に、結婚
したくないといったのよ。一緒にどこかへ行くはずはないわ」

「どっちの方面に向かった？」レイフがなおもきいた。

ポリーが指差した。「あっちのほうです」

「北か。グレトナ（スコットランド南部の町。イングランドから駆け落ちしてきた男女が夫婦となる場所として有名）だな」彼は身をかがめ、彼女の頰に
さっとキスをした。「ありがとう、お嬢さん」そういって、走り去った。

クレアは妹を睨んだ。「わたしに答えさせてくれなきゃ。キスされるのはわたしのはずだったのに」

「こら、黙りなさい。まったくどうなってるんだ」子爵は怒鳴り、もう一度娘を見た。「服を着てきなさい！」

「父上、探しに出かけるところでした」玄関広間に入ってきた父を見て、クインはいった。

公爵はちらと息子を見たが、すぐ向きを変えて階段のほうへ向かった。「なんの用だ？」

「昨日、手紙を送ったんですが、覚えてらっしゃいますか？　今朝お会いしたかったんです」

「用事があった」

クインは父のあとについて二階に上がり、オフィスに入った。悪い予感がする。「いま、少しよろしいですか」

「あまりよろしくない」

クインはドアを閉め、そこに寄りかかった。「ほんの一分ですみます」

公爵は振り返って、息子と向き合った。「聞くまでもない。おまえがどんな馬鹿なことをやろうとしてるか、わしが知らないとでも思ってるのか」

「馬鹿なこととは思いません」先制されながらも、クインは落ち着いた口調を保とうとした。

「クインラン・ユリシーズ・バンクロフト」意外にも穏やかな口調で父はいった。「おまえは十二代目のハイブロー公爵となる人間だ。十二代だぞ、クイン。われらの祖先がひとりでも、一族にふさわしくない女にのぼせあがったと思うか？　結婚したと思うか？」

「それがなんだというんです、父上」クインはきっぱりいった。「十二代目はマディ・ウィリッツに恋したんです。彼女がイエスといってくれるなら、ぼくは彼女と結婚します」

「はん。世間はどう見ると思う？　おまえは一族の恥さらしだ」

クインは腕を組んだ。「あなたとマルコムが公然とののしり合っているのを世間はどう見ていると思ってるんです？」

「おまえには関係ないことだ」

彼はうなずいた。「ぼくの問題も、父上には関係のないことです」

「わしはスタフォード伯爵と約束をしたのだ」

「ぼくはしていません」これ以上口論しても、怒鳴り合いに終わるのはあきらかだ。クインは体を起こし、部屋を出ようとした。「ともかく、父上にぼくの意図を知っておいてもらいたかっただけですから」

「いずれにせよ、もうおまえの意図などどうでもいい」

クインは足をとめ、振り返った。「どういう意味です、どうでもいいとは？」

「もう手は打った」

警戒心に、クインの背中の筋肉が引きつった。父がこれほど冷静なのにはじゅうぶんな理由があるにちがいない。「今朝はどこへ行っていたんです、父上?」

「おまえはエロイーズ・ストークスリーと結婚するんだ。もう決まったことだ」公爵は机の前に座り、帳簿の束を取り出した。もう行けという、いつもの合図だった。

クインは父の背中を見つめた。「なんてことだ」そうつぶやくと、つかんでいたドアノブを回し、ドアを押し開けた。「マディを傷つけるようなことをしたら――なにかしたら、ぼくが――」

「おまえが、なんだ、クインラン?」公爵は顔も上げずにいった。

「ぼくがどれだけ人前で恥をさらせるか、ご覧にいれますよ」

「クインラン! あの淫売を追いかけるつもりじゃないだろうな」

それには答えず、クインは大股でオフィスを出ると、階下へ下りた。公爵はマディに会いにいったのだ――賭けてもいい。あの気性の激しさから、マディがどういう反応をしたかは聞くまでもない。

彼は庭に出て、足を止め、あたりを見渡した。「ウェダーズ、ぼくの馬はどこだ?」馬丁に問いつめる。

「申し訳ありません、閣下」馬丁は後ずさりした。「レイフさまが乗って行かれました」

「なんだって!」

「はい、閣下。レディ・ストークスリーが帰られたあと、あのかたがアリストテレスに乗って出て行かれまして。頭から湯気が出そうなごようすで——いや、こんな表現をお許しいただけるならですが」

「くそ」彼はうなった。「よりによってこんなときに……ほかの馬に鞍をつけろ、いますぐだ！」

「はい、閣下」

数分後、ウィリッツ・ハウスの居間に駆けつけたとき、そこにマディの姿はなかった。クレアがガウン姿で立ったまま泣いており、ハルバーストン子爵がソファに座って、新聞を手に首を振っていた。

「台なしよ」クレアがすすり泣いた。「あの人がまた台なしにしたのよ。お父さま、こんなの不公平だわ」

マディの話だとクインはすぐに気づき、部屋に入っていった。子爵が立ちあがった。「黙りなさい、クレア。おはようございます、ウェアフィールド侯爵。それから、おめでとうございます」

クインは眉をひそめた。「なにが、おめでとうなんです？」

マディの父は〈ロンドンタイムズ〉の一面を差し出した。「もちろん、これですよ。実をいえば、われわれは——いいえ、おそらくはだれもが、すでに存じあげていたことですが」

クインは彼の手から新聞をひったくると、ざっと目を通し、毒づいた。「くそ、なんてことだ」父は一日早く新聞に告示することで、議論の余地を封じたのだ。もちろん、マディもこの記事を見たにちがいない。「マディはどこです？」新聞をふたつに裂き、床に投げ捨てながら、きいた。

「あの……それがいささか問題なのですが、閣下」子爵は、今度は小さな紙切れを取り出した。

クインはそれをちらりと見た。「〝探さないでください〟」声に出して読み、もう一度子爵に目を向けた。「いったいどういうことです？」

「それがわかればいいのですが、閣下。今日はまったく……なにがどうなっているのやら。最初にお父さまの公爵閣下がご足労下さり、それから弟君がお見えになった。で、今度はマディがいなくなったという次第で。いったいどこへ行ったのか——」

「弟がここに来た？」クインはゆっくりとくり返した。

「すぐに帰られましたが」子爵は明かした。「失礼ながら、閣下。あのかたはあまり礼儀正しくありませんでした。娘の居場所を問いつめ、さよならもいわずに帰っていかれました」

「で、マディがいなくなった」胸にどす黒い怒りが渦巻くのを感じながら、クインは静かにいった。

「お姉さまは最初、馬車で出かけたんです」クレアが涙を拭きながら説明した。「わたしたち、たしかに見ました。その後、ラファエルさまが馬でいらっしゃいました」

彼はうなずいた。「そう、ぼくの馬に乗っていた。ひょっとして彼らがどこへ向かったか、知らないかい？」

「わかりません」少女はもごもごといった。「グレトナとかなんとかいっていましたけど」

「グレトナ・グリーン？」怒りに体を引き裂かれそうになりながらも、クインは穏やかにきき返した。レイフのやつ、殺してやる。弟の狙いはあきらかだ。アリストテレスを奪い、そしてマディを奪っていった。帰ってくるつもりはないのだろう。事実、彼女と駆け落ちするようなことを一度ほのめかしたではないか。

「たぶん。はっきりとはおっしゃいませんでしたけど」

「いうつもりはなかったんだろう」クインはドアのほうを向いた。「待ってろ、レイフ、勝負だ」

18

マディは、チャールズ・ダンフレイのみすぼらしい馬車の窓からそとを眺めた。どんより曇った空のもと、緑の草原、木立、点在するコテージが目に入ってきては後ろに流れて行く。ようやくロンドンを出た。彼女は少し緊張を解こうとした。

クインとは二度と会うことはないだろう。彼は義務を果たし、エロイーズ・ストークスリーと結婚する。やがては子供を持ち、わたしはときおり新聞でふたりの記事を読むだけになる。

今朝、公爵に見せられた新聞記事から始まった胸のうずきは、いまや暗く深い穴となっていた。この先二度と笑ったりほほ笑んだりできないのではないかと思うほどだ。クインなら、臆病者というだろう。たしかにそうかもしれない。けれども最後には彼も、愛ゆえの行動だとわかってくれるはずだ。わたしは、彼とエロイーズの結婚のために身を引くほど、彼を愛していた。花嫁の隣りにいる彼を見るのは耐えられないほど、愛していた。わたしとてロンドンを離れたかったわけではない。やむをえなかったのだ。

マディはふとわれに返った。「そろそろ海岸が見えてきてもいいころじゃない？」ダンフレイのほうを見て、きいた。

彼は二時間以上黙ったままだったが、夢でも見ていたかのようにはっとした。「じき見えてくるだろう」

「こんなことしてもらって、ほんとうにありがとう」彼に話しかけることで、せめて一瞬でもクインから気持ちを引き離せればと願って、マディは続けた。「今日はほかに予定があったんでしょうに」

「かまわないさ、マディ。ただ、なにがあったかきいてもかまわないかい？　旅行かばんを持っているね」

「叔母が急病で」その場しのぎでいう。できることなら、今回はスキャンダルを避けたかった。「スペインにいるの。すぐに看病に行かなくてはならないのよ」

「お父さんのご姉妹？」

彼女は首を振った。「いいえ、母のよ」

太陽が雲から顔を出した。陽射しにまともに目を射られ、マディはもう一度窓のそとを見やり、眉をひそめた。

あわてて眉間の皺を消したが、心臓が通常の二倍の速さで打ちはじめるのがわかった。深く息を吸い、ダンフレイに動揺を悟られる前に落ち着こうとした。見たところ彼が協力を申し出たことに、なんらおかしな点はない。ただ、太陽が午前のこの時間にあるはずの位置にないというだけだ。「変じゃない?」なるたけさりげなくいってみた。「太陽は南にあるはずだと思うんだけど」

ダンフレイは欠伸をしながらうなずいた。「いまは北のほうへ行ってる。でも数分もすればまた東に向かうだろう」

「そうね」同意しながらも、懸念と不安がつのっていた。「でも、ドーヴァー海峡って、ロンドンの南側じゃなかったかしら」

彼は笑った。「マディ、きみの知性を疑ったことはないが、地図は読ませないほうがよさそうだな」

マディもぎこちなくほほ笑んだ。「実をいうと、地図づくりは趣味のひとつなのよ」

ダンフレイの目つきがいささか鋭くなった。「そうなのか?」

「ええ、以前――」

「そこで停まれ!」

背後から大声が聞こえ、マディはびくりとした。「レイフ?」ロンドン脱出が予期したほどすんなりいかなかったことが、突如ありがたく思えてきた。

「停まれといっただろう、そこの御者!」声は近づいてきていた。

マディは眉をひそめ、できるかぎり困惑したような表情をダンフレイに向けた。「ラファエル・バンクロフトがわたしたちになんの用かしら?」

ダンフレイは身を乗り出し、ステッキで天井を打った。「さっぱりわからない。このまま行け、ランドルフ! ぼくらは急いでるんだ!」

馬車はいきなり速度を上げ、轍だらけの道を激しく揺れながら進んだ。

「二度はいわないぞ、停まれ!」

「ミスター・ダンフレイ」ひどく怯えた声で御者がいった。「彼はピストルを持ってます」

「ピストル?」マディは息を呑んだ。やっぱりわたしの直観は正しかった。だからといって喜べるものでもないが。「馬車を停めて。きっとなにか、大変なことが起きたんだわ」

「一刻も早く叔母さまのところへ行かなきゃいけないんじゃなかったのか」ダンフレイは座りなおしていった。「あの男は無視するんだ」

「でも、重要なことにちがいないわ」馬が全速力で走っている馬車から飛び降りる危険を冒すべきか迷いつつ、マディはいい張った。

ダンフレイはあきらかに苛立った顔で彼女を見たが、その表情からはなにも読み取れなかった。「よし、わかった。ランドルフ、馬車を停めろ!」

馬車が急停止し、マディは床に投げ出されそうになった。窓枠をつかんでなんとか座席に座りなおす。

「マディ!」

ダンフレイはステッキから弓型の握りを引き抜いた。見るからに鋭い、細身の小剣が現われた。「彼になかに入るよういえ」刃の先端がマディの喉に突きつけられた。

憤怒と恐怖がせめぎ合うなか、マディはこぶしを固め、できるかぎり遠くに飛びのいた。刃が追ってきた。「レイフ？　よかったら入って」

ドアが開き、まず物騒なピストルが現われ、続いて険悪な形相のレイフが肩で息をしながら入ってきた。「マディ、こっちへ――」そういいかけ、小剣を見て毒づいた。「なにをしてる、ダンフレイ、そいつを置け」

「それはこっちのせりふだ」ダンフレイはいった。「ゆっくりピストルをひっくり返せ。こっちに渡すんだ。ランドルフ、やつはひとりか？」

「はい、ミスター・ダンフレイ」

「大丈夫か、マディ？」レイフはピストルと視線をひたとダンフレイに向けたまま、きいた。

「ええ、大丈夫、いまのところは。あなたはここでなにをしてるの？」

「きみは誘拐されたと知らせに来たんだ」

「なるほど」ダンフレイは妙に落ち着いて溜息をついた。「レディ・ストークスリーだな？」

「そうだ」

「じゃあ、おまえも誘拐するしかない、バンクロフト。ピストルをこっちに渡して、座れ」

ダンフレイを睨んだまま、レイフは体を少し反らせた。そして鋭く口笛を吹いた。

「おい、なにをやってる!」

レイフは冷やかに彼を見つめて答えた。「馬と話をしただけさ」

「いいから、よせ。ゆっくりとなかに入るんだ」

顔をしかめて、レイフは武器をひっくり返し、グリップを手前にしてダンフレイに渡した。

「気をつけろ」マディの隣りに腰掛けながら忠告する。「弾は入ってる」

「望むところだ。ランドルフ、行け!」

馬車がまた走りだした。マディはダンフレイから注意をそらさずに、横目でレイフを見て、小声できいた。「どうしてわたしの居場所がわかったの?」

「エロイーズに秘密を打ち明けさせたのさ」彼はダンフレイにほほ笑みながらささやき返した。「きわめて協力的だったよ。そうせざるをえない状況だったんだが」

「エロイーズはこのことを知っているの?」

「どうやら彼女は当初から、きみとクインを引き離そうと画策していたらしいな。たぶん――」

「もういい」ダンフレイがさえぎった。「いいか、バンクロフト。おまえのせいで、少々ややこしいことになった。残念ながらおまえはマデリーンほど簡単に消えるわけにはいかないからな」

「だれも消えやしないさ、ダンフレイ。おまえが絞首台に消える以外は」

「チャールズ」マディは口を挟んだ。ダンフレイが引き金を引くことのないよう、注意を引きつけておかなくては。「どうしてこんなことをするの？　得るものはなにもないでしょう」

「五千ポンドのほかはな」レイフは胸の上で腕を組み、目を閉じた。

マディは平静を装った。「わたし、五千ポンドなんて持ってないわ」

「エロイーズは持ってる」レイフはうたた寝を始めたような顔でいった。

ダンフレイはにやりとし、片手で剣をステッキにしまった。「実をいうと、それだけじゃない。計算ではハルバーストン子爵はきみにまっとうな結婚をさせるためなら、それと同額くらい払うだろう」

突如、いろいろなことがはっきりしてきた。「あなたはただお金のためだけに、わたしと結婚しようとしたのね」怒りが恐怖をじりじりと追いやっていた。想像はしていたが、これはあんまりだった。

「世の中そんなものさ、マディ。感謝するといい。きみの父親からもらう金がなければ、バンクロフトともども、井戸に投げ込んでやるところだ。いまのところその心配をしなきゃいけないのはひとりだけだからな」

「それはどうかな」レイフはかろうじてマディに聞こえるくらいの小声でつぶやいた。

目に希望の光が宿るのをダンフレイに見られないよう、マディは窓のほうを向いた。ひょっとするともう一度だけ、クインに会えるかもしれない。そう願わずにはいられなかった。

ハイブロー公爵夫人が午後のお茶に帰宅してみると、手紙が待っていた。普段にまして気むずかしい顔のビークスが一礼して手渡した。

「ウェアフィールド侯爵からでございます。公爵夫人。数時間前、使いの者が届けてまいりました」

「ありがとう」いまや息子たちは使者を通して母親と会話するようになってしまったのか。陰気な顔のままの執事を見て、彼女は足をとめた。「なにかあったの？」

「わたしからは申しあげられません、奥さま」

「そう」なにごとだろうと思いながら、彼女は私室に上がった。淹れたてのお茶が待っていた。カップに注ぎながら、手紙を開き――ぱっと立ちあがった。お茶のトレイがまるごと床に落ちた。「ルイス！」

公爵はすぐさま顔を出した。その表情からして、夫人らしくない大声に驚いているようだった。

「どうした、ヴィクトリア？」

「あなた、なにをなさったの？」公爵夫人は片手に手紙を握りしめて夫に詰め寄り、問い質した。

公爵はいつもの動じない、頑なな表情を装った。「ものごとを整理しただけだ」

「まあ、そう？　じゃあ、これをどうするつもりか教えてくださらない？」彼女はもう一度手紙を開いて読んだ。

レイフとマディがグレトナ・グリーンに向かった。あとを追う。

Q

公爵夫人は夫を見あげた。「もう一度きくわ、ルイス。あなた、なにをなさったの？」

「なんて馬鹿なやつらだ」公爵はいきり立った。「そろいもそろって！　ロンドンじゅうの笑いものだぞ。バンクロフト家の男がふたり、淫売のあとを追いかけるとは！」

「わたくしが心配なのは、あなた」公爵夫人は今度は静かな、落ち着いた声音でいった。「クインがふたりに追いついたらどうなるかということです。〝ものごとを整理した〟が、聞いてあきれるわ。決闘になりかねませんよ」

ハイブロー公爵はじっと妻を見つめていた。険しい顔からゆっくりと血の気が引いていった。「なんてことだ」吐き捨てるようにいい、踵を返した。「馬鹿者どもめが」

マディが馬車で出発し、レイフがアリストテレスに乗っていったとすると、当然ながらふたりはどこかで落ち合う予定なのだろう。もっと冷静に考えることができていたら、馬車にだれかの紋章がついていなかったか、クレアにきいていたのだが。いまクインは北へ向かって全速力で馬を走らせ、弟にありとあらゆる悪態を浴びせることしかできなかった。マディをさらったレイフに怒りを向けるほうが楽だった。彼女に去られたと認めるよりも。

彼はつねづね、理性的でフェアな行動をとること、感情を抑えられることを誇りにしてきた。そして爵位に伴う責任を重んじてきた。だが、干し草を積んだ荷馬車や羊をよけ、すれ違う箱型馬車を止めて往来の激しい通りをひた走りながら、彼はそうしたことは少しも考えなかった——自分が巻き起こしている騒動も気にしなかった。レイフがマディを連れ去った。このままにはしておけない。

昼過ぎになって、最初の手がかりを見つけた。道端で、少年の一団が馬を囲み、地面を引きずる手綱をつかもうとしていた。クインはその馬をじっくり見てから、自分の手綱を思いきり引いた。

アリストテレスは彼をつかまえようとする少年たちを器用にかわしながらも、逃げ出すことなく、その小さな空き地にとどまっていた。少年たちに馬をつかまえる見込みはなさそうだ。クインは馬の脇腹を蹴ってそちらに向かい、木立の端で立ち止まった。

「アリストテレス」馬が自分の呼びかけに応えたことはなかったが、クインは声をかけた。

驚いたことにアリストテレスは低くいないないて、駆け寄ってきた。クインは身をかがめて手綱を取った。

「レイフがおまえを置いていくはずがない」彼は馬にいった。頭のなかでさまざまな思いが飛び交っていた。「ましてやこんなときに。ここにいるよう命じられたんだな。どうしてだ？」

「ねえ、旦那、その馬、旦那の？」少年のひとりがいった。

「ぼくの弟の馬だ」彼は答えた。「弟を見かけたか？」

「この馬、一時間以上ここにいるけど。だれも見てないなあ」

激怒していたものの、アリストテレスの存在がクインに、しばし頭を冷やして考える余地を与えた。考えてみれば、レイフがマディと駆け落ちしておきながら、手がかりを残すかのようにアリストテレスを置いて行くというのはまったくもって筋が通らない。クインは鹿毛馬の手綱を鞍の後ろに引っかけ、再び北に向かった。なにが起きているにせよ、それを突きとめてやると心に誓って。

「こんな調子で走らせてたら、せっかくのいい馬も息絶えてしまうぞ」レイフが冷静に指摘した。

「黙れ」ダンフレイがぴしゃりといった。

彼はますます怒りっぽくなっている。からかうのはいいが、レイフがあまり彼を刺激しないよう、マディは祈った。彼女のほうは落ち着きを保つのが精いっぱいで、一日じゅうろくにスプリングのきかない馬車に揺られていたために、足腰がこわばっていた。

「ぼくを殺す気なら」レイフは陽気にいった。「どこへ向かうかくらい教えてくれてもいいんじゃないか」

「レイフ」マディは横目で彼を見てささやいた。「そのことは思い出させないほうがいいんじゃない？」

「いや、彼のいうとおりだ」ダンフレイがいった。「どうせ、いずれはわかることだ。ぼくらはグレトナ・グリーンに向かってる。そこで、マディとぼくは結婚する」

マディは彼を見つめた。「わたし、あなたとは結婚しないわ。スコットランドだろうと、どこでだろうと。すぐに馬車を停めたほうがいい――」

「おい、おい、マディ」彼は首を振りながら、たしなめるようにいった。「わかってくれ。きみをロンドンから連れ出すことで、ぼくは五千ポンド受け取れる。そして、結婚すればさらに金が入ってくる。そっちがその計画をあんまりやりにくくすると、最初に入る金で手を打つことになり、きみをここのバンクロフトと同じ穴に埋めてしまわなきゃならなくなるんだが」

「誘拐も罪だけれど」マディはなるたけしっかりした声でいった。「殺人となると大罪よ。それに気づいてほしいわ。自分の首にまで賞金を懸けることになるのよ」

「頼みもしないのに、賢い教えをありがとうよ。だが、よけいなお世話だ」この二十分ほどで幾度もしたように、彼は窓に目をやり、空いた手でカーテンを押しやった。「ランドルフ！」声を高くして呼ぶ。「東へ向かってくれ」

「はい、ミスター・ダンフレイ、承知しました」

ダンフレイはピストルでマディを狙ったまま座りなおした。そうしていれば、レイフが救助にせよ脱出にせよ、行動に出られないからだろう。それにしてもせめてダンフレイが、撃ち殺すのは少しもかまわないという顔でこちらを見るのはやめてくれないかと思う。

「きみがぼくの申し出を断ってから、マディ、こうしたハプニングを計画していたのさ。もちろんきみが玄関から飛び出してきて、荷物を詰めたかばんごと馬車に乗り込んでくるとは思ってなかったがね。わかるだろうが、おかげでだいぶことが楽になったよ」

下の道路がでこぼこしてくるにつれ、馬車も揺れが激しくなった。ようやく停まると、ランドルフが御者台から飛び降りてドアを開けた。ダンフレイがピストルで合図した。「さあ、御者についてってくれ、バンクロフト。マディ、きみはそのすぐあとに続け」

最後にダンフレイをひと睨みすると、レイフは馬車を飛び降りた。マディも降りたが、長いスカートが踏み段に引っかかって転びそうになった。太陽はすでに西の、高い楡の木立の後ろに沈んでいる。ぬかるんだでこぼこ道が続いているだけで、ほかに行き交う人もなかった。目の前に小さな宿屋が一軒あった。黒っぽい傷だらけのドアの横にベンチが置かれ、その上にカンテラが下がっていた。

宿屋には彼らだけのようだった。人気のない、談話室のようなところに連れて行かれた。少なくともそこには石造りの暖炉があり、火が燃えていた。ありがたいことに、だれかがつけておいたと見える。マディはあたりを見渡し、愛想のいい宿屋の主人——でなければせめて賄賂のきく人間を探した。

ところがパンと果物のトレイを抱えて台所のドアから入ってきた男は、まるで愛想がなかった。それだけでなく、妙に見覚えがあった。マディは青ざめてその場で足を止めた。後ろからダンフレイがぶつかってきて、ピストルの銃口が背骨にあたった。

「うっ！ 痛いわ」

「座れ」ダンフレイが低い声でいった。

「でも——」

「そこの椅子に座れ、マディ。でないと、もっと居心地いい場所を見つけてやるぞ」ダンフレイは凄み、彼女を暖炉の前の椅子へ押しやった。

マディはいわれたとおり座り、テーブルに食べ物を置いた背の高い男を見やった。彼が振り返って、にやりとした。

「こんばんは、マディ。久しぶりだな。前よりぐっときれいになった」

「スペンサー、そうか、マディを知ってるんだったな」ダンフレイは、親しげな口調でいい、長い木のテーブルの端に腰かけた。「それと、こっちがあいにくラファエル・バンクロフトだ。心配するな、移動するまえに片付ける」

ベンジャミン・スペンサーはレイフに目をやった。御者がもうひとつの椅子をマディの隣りに引きずってきた。「バンクロフト、ハイブロー公爵の身内か？」

「はじめまして」レイフは手を差し出した。「きみがベンジャミン・スペンサー、マディを破滅させたくそ野郎か」

「座れ」スペンサーはベンチからロープを取り出して命じた。「殺すのはかまわんが、ダンフレイ、たった五千ポンドの金に、バンクロフトの人間を殺す価値があると思うか？」

ダンフレイは彼を睨んだ。「いまじゃその倍だ」

レイフが鼻で笑った。ダンフレイは立ちあがって、ピストルで思いきり彼の顔を殴った。

レイフはうめいて椅子の上で後ろにのめった。ダンフレイは顔を近づけていった。「おまえなんか無料《ただ》でも殺してやる」

「チャールズ、やめて！」マディは立ちあがろうとしたが、椅子に押し戻された。

元婚約者から、自分の身の破滅を招いた男に目を移す。こうしてふたりが一緒にいるところを目にし、ダンフレイがどれほど持参金に執着しているかに気づいてみると、いろいろなことがわかってきた。

「どうしてそんな苦い顔をしてる、マディ？」ダンフレイがからかった。ランドルフとスペンサーは、急いでレイフを椅子に縛りつけていた。

「あなたは最初からわたしのことなど、愛していなかったのね?」マディは静かにいった。思わず声に苦々しさがにじむ。「結婚はお金だけが目当てだったのね。とれるかぎりのお金が」

「ほかにきみと結婚したい理由があるか?」ダンフレイはようやく上着のポケットにピストルをしまった。「もっとも、これほどの美人になると知っていたら、もう少し少ない額でも手を打ってただろうってのは認めないとならないが」

「お世辞をいうには遅すぎるわ、間抜け」彼女はいい返した。

スペンサーが頑丈そうなロープを持って後ろに近づいてきた。マディは緊張した。こぶしを固めて勢いよく立ちあがり、チャールズ・ダンフレイの顎を強打する。

思いがけない一撃に、ダンフレイはバランスを失い、後ろによろめいた。テーブルの端をつかんで、目をしばたたく。その一瞬の隙をついて、マディは彼に体当たりした。そして、もろとも床に倒れた。

彼のポケットを探ってピストルを奪おうとしたが、逆に投げ飛ばされた。背中から床に叩きつけられ、息が止まった。ダンフレイが悪態をついて飛びかかってきた。両手で彼女の肩をつかみ、体重をかけて押さえつける。

「いいことを思いついた」ダンフレイは切れた唇から血を滴らせて歯をむきだし、彼女の両脚のあいだに膝を押しこむと、身をかがめて湿ったキスをした。

「ダンフレイ！」体を縛るロープを引きちぎりそうな勢いで、レイフが怒鳴った。御者がぼろ布で口をふさいだ。

「抵抗しないほうがいいぞ、マディ」ダンフレイはかまわず彼女におおいかぶさり、また唇を押しつけてきた。

汚らわしく、湿った、吐き気のするようなキスだった。さらにぞっとすることに、固くなったものが体にあたった。「離して！」マディは半狂乱で叫んだ。

スペンサーが彼女の頭の横に膝をつき、振りまわす手を抑え込んだ。そしてにやりと笑った。「いつもいってるだろ、なんでも分け合わないとな」いやらしい目をして、彼女の腕を肩の上で押さえつける。

マディの最後の怒りは、掛け値なしの恐怖に変わった。ダンフレイが空いた手で、ドレスの前を引き裂いた。「未来の夫が先さ」そういって、彼女の首を舐めた。

ドアが勢いよく開いた。「それはぼくのことだ」クインが髪を乱し、蒼白な顔で怒鳴った。

「クイン！」マディはほっとして叫んだ。

クインはダンフレイに飛びかかった。マディは体をひねってスペンサーの足首をつかんだ。彼はよろめき、大の字に倒れた。ダンフレイのほうは、うなり声を上げるクインに体当たりされ、マディの上から吹き飛んだ。

レイフの後ろに立っていた御者はどうしていいかわからないといった顔をしていたが、マディが靴を片方脱いで投げつけ、それが肩にあたると、飛びあがってすたこら逃げだした。

マディはスペンサーを抑え込もうとしたが、彼はすでに立ちあがって乱闘に飛び込んでいた。自分では大柄な男ふたりと闘うクインの助っ人にはなれないと悟ると、彼女はレイフのロープをほどくため、這うようにして彼に近づいた。手首は片方がすでに血まみれで、結び目は固く、ぬるぬるしていた。「引っ張らないで！　でないと、いつまでたってもほどけないわ」たしなめられて、レイフはいくらか腕の力を抜いた。

ようやく結び目が解けると、彼はさるぐつわをむしり取るなりスペンサーを殴りつけ、揉み合うクインとダンフレイの上から払い落とした。

マディは呼吸を整えようとしながら、よろよろと立ちあがった。恐ろしいことに、ダンフレイがクインから逃れ、ピストルを入れたポケットに手を突っ込むのが見えた。動転しながらも、投げ捨てられていたステッキに目を留め、それを拾いあげた。

ダンフレイが立ちあがって、クインにピストルを向けた。マディは悲鳴を上げて小剣を引き抜くと、ダンフレイの背中に突き刺した。「やめて！」

振り返ったダンフレイにピストルで顔を強打され、彼女は床に叩きつけられた。視界がぼやけるなか、クインがピストルをつかみ、ダンフレイを押しのけるのが見えた。そしてそのとき、ハイブロー公爵が武器を構えた十数名の使用人とともに、ドアから飛び込んできた。

部屋がぐるぐる回るのを感じ、マディは目を閉じた。だれかが傍らに膝をつき、抱えあげてくれた。「マディ」クインだった。声が震えていた。「マディ、聞こえるか？　目を開けてくれ」

見あげると、美しい翡翠色の瞳があった。クインはほっと息を吐き、彼女をしっかりと抱きしめた。マディは彼の首に腕を回し、その肩に顔を埋めてすすり泣いた。「クイン、ああ、クイン」それればかりをくり返した。

「黙って」クインは彼女の髪にささやいた。「大丈夫だ。もう大丈夫だよ、マディ」

「怪我はないか？」クインの背中がこわばるのを感じ、顔を上げると、レイフがそばでしゃがみこんでいた。彼がふたりか三人に見えたけれど。「ええ、怪我はないわ。レイフ。ほんとうよ」

「失礼する」クインはぶっきらぼうにいって、マディを抱きあげた。そして文句はあるかとばかりにハイブロー公爵を一瞥し――意外にも父は脇によけた――そのまま月明かりだけの夜の闇に出た。カンテラの下のベンチに腰を下ろし、赤ん坊のように彼女を揺すった。「どうしてロンドンを出た、マディ？」彼は静かにきいた。「ぼくを待つといったじゃないか」

マディは彼の引きしまった顔に目の焦点を合わせようとした。「わたしは面倒ばかりかけていたもの、クイン。わからないの、あなたとエロイーズは――」

「エロイーズとぼくはなんでもない」彼は激しい口調でさえぎった。「もう彼女にぼくの気持ちは話した。ところで、きみとレイフはどうなんだ？」

彼女は眉をひそめた。「どうって？」

「一緒にグレトナ・グリーンに行くはずだったんだろう」

頭のなかの霧が少し晴れてきた。「いいえ、そうじゃないの。チャールズが持参金目当てにわたしを誘拐し、レイフはそれに気づいて助けに来てくれたのよ」

クインは開いた戸口のほうを振り返った。「助けにね」不承不承いって、彼女のほうを向きなおる。そして指で優しく頰を撫でながら、じっと彼女の目を見つめた。「マディ、ぼくを愛してる？」

「クイン、わたしは――」

彼は首を振った。「ぼくを愛してるかい？」

涙がひと粒、頰を伝った。「もちろん、愛してるわ」

クインはしばし、目を閉じた。「じゃあ、結婚してくれ」

「できないわ。わたしは辱められたのよ。それも二度も」

「それでも」彼はほほ笑んで身をかがめ、そっと唇にキスをした。「結婚してくれ」

「わたしを追ってきてくれたのね」マディはぽつりといった。ようやくなにが起きたか吞みこめてきた。「追ってきてくれたのね！」胸のなかの黒く孤独な塊がついに割れ、溶けて消えた。

「もちろんさ。きみを愛しているから」

「いいえ、そういう意味じゃないの」頭の鈍痛が消えてくれればいいのだが。そうすれば、きちんと伝えることができるのに。「このあいだのときはだれも追ってきてくれなかったの」彼女はまた泣きだした。「でもあなたは来てくれた」

クインは長いこと、曖昧な表情で彼女を見ていた。やがて彼女を抱き寄せ、立ちあがった。

「それなら決まりだ、ミス・ウィリッツ」

「なにが決まりなの？」彼の襟を手で撫でながら、マディはきいた。こんなに軽々とわたしを抱きあげられるなんて。

彼はマディを抱いたまま、宿屋に戻った。「公爵閣下」捕えた男たちを睨んでいた公爵は、息子に視線を移した。

「今度はなんだ」

「マディとぼくはこのままグレトナ・グリーンに向かいます」

公爵は真っ赤になった。「いったいなにを――」

「爵位や地所や相続人については、好きになさればいい」クインはさえぎり、踵を返した。

「母上には、来週ロンドンで会いしましょうとお伝えください」

「クイン」マディはいった。「あなた、気でも狂ったの？　わたしを下ろして」

「お伴はいるかい」レイフが腰かけていたテーブルからひょいと飛び下りた。

「いらない」

「どんな醜聞になるか、わからないのか?」公爵があとを追いながら怒鳴った。「エロイーズとの結婚はもう告示されているんだぞ。ジョージ王も出席する予定になっている!」

クインは足をとめ、振り返った。「父上、どうするかはお任せします。くり返すようですが、ぼくにはどうでもいいことです。これまでの人生で、ぼくはつねに体裁を気にして生きてきました。で、あることに気づいたんです」

「なにに気づいたというんだ?」息子が虚勢を張っているわけではないと気づくと、疑り深げな表情が不安に変わった。

「それがすごく退屈なことにです。もううんざりしました」最後にレイフを見やり、クインは向きを変えてドアからそとに出た。

今度ばかりはマディもなんといっていいかわからなかった。クイン・バンクロフトはつねに快活で理性的な男だ——けれどもいまは、自分を抱えたまま徒歩でグレトナ・グリーンまで行くといいだしても驚かないだろう。「クイン?」彼女は小声でいった。

「しっ。もう反論はなしだ。きみは頑固すぎる。耳を貸す気はない」クインはダンフレイの馬車に彼女を乗せた。すぐに旅行かばんが続いた。彼自身も乗り込むと、ドアを閉めた。

「だれか馬を走らせてくれる人がいるの? それともわたしたち、このままひと晩じゅう庭にいるの?」

クインはマディの隣りに座り、彼女が痛む頭を肩にもたせかけられるよう、近くに引き寄せた。「フランクリンを雇ったんだ。きみに大いに好意を持っているようだから」

「ええ、彼はとてもいい人ね」温かな腕が肩に回されると、彼女は目を閉じた。「明日、忘れずに彼の包帯を見てあげなくちゃ」

「そうだね」馬車が動きだすと、クインは毒づいた。「スプリングのきかない、こんなひどい馬車にここまで乗ってきたのか？」

「お尻が痛いわ」彼女は眠そうな声で打ち明けた。

「次の町でなんとかしよう」

「お尻を？」

クインは笑った。「馬車をさ。それにもちろん、きみのお尻も」

必死の努力で、マディはなんとか片目を開けた。「わたしと結婚するなんて無理よ、クイン」

「その問題をきみと話し合う気はないといっただろう」彼はいい返した。「眠りなさい」

「でも、わたしは邪魔者だわ。あなたはハイブロー公爵になる人だもの」

「ぼくなら、それには賭けないな」彼は面白がっているような口調でいった。「マディ、きみはこの世のなによりぼくにとって大切な人だ。爵位よりなにより。きみと結婚するためにはただのクイン・バンクロフトにならなくてはならないなら、喜んでそうなるさ。一緒に豚を育てたっていい」

「そんなこと、できないわ。あなたのためにすべてが準備されているのよ。すべてがあなたのものなのよ」

「ぼくがほしいのはきみだけだ」クインは彼女の顎を持ちあげ、羽根のように軽いキスをした。「マディ、ぼくと結婚してくれるね？」

「それしかないみたい」彼女は目を閉じた。唇に笑みが浮かぶのを抑えきれなかった。「あなたに傷ものにされるのは三度目だもの。いえ、四度目だったかしら。思い出せないわ」

長いあいだ彼は無言だった。「ここにいるのがレイフでなくてほんとうにいいのかい？」ややあって、小声でいった。

「レイフ？」マディは驚いて頭を上げ、彼を見た。「どうしてレイフなの？」

クインは肩をすくめた。顔をそむけ、窓のそとの暗闇を見つめた。「きみたちはうまが合うようだから」

その嫉妬の混じった口調にほっとして、マディは肩の力を抜いた。「合いすぎるのね。喧嘩にならないわ。それってきっと退屈よ」

クインは胸の奥から音を発し、やがてどっと笑いだした。「きみは」ようやくいった。「あのレイフを退屈だっていうのか」

ノッティンガムでスプリングのきいた馬車に買い替え、二日後にはグレトナ・グリーンに着いていた。クインはマディから片時も目を離さなかった。彼女のことだから、ひとたび頭がはっきりしてきたら姿をくらましてしまうのではないかと、不安でならなかったからだ。けれども古びた小さな教会に入っていき、仰天顔の牧師の前に立ったとき、彼女はちゃんと隣りにいた。

五日後、馬車がメイフェアのキングストリートに差しかかったときも彼女は隣りに座っていたが、表情はすっかり暗くなっていた。「昨日の〈ロンドンタイムズ〉は見たでしょう。わたしが見たのと同じ記事を」

「ああ。きみには見るなといったはずだが」クインはほほ笑み、彼女の手を取って指を撫でた。

「見なかったからといって、なにも変わらないわ。あなただって気になっているはずよ、少しは。〝ハイブロー公爵の跡継ぎ、スコットランドに駆け落ち！〟あなたはプライドの高い人だもの。いい気持ちはしなかったでしょう」

「ぼくは幸せだ」彼はいい、彼女を引き寄せて膝の上に載せた。「もうだれも、ぼくからきみを奪うことはできない」そっと唇を合わせ、彼女の熱い反応を楽しむ。

マディは溜息をつき、彼の顎の線に指を添わせた。「後悔することになるわ。もうじき、きっと」

クインは目を細め、彼女の手をつかんで、顔を自分のほうへ向かせた。「そんなこといわないでくれ、マディ。絶対に。きみはぼくの命だ。きみがいなくては生きている意味がない。わかるね?」

マディは目に涙を溜めてうなずいた。「うれしいことをいってくれるのね」

「本気だよ」彼はささやき、またキスをした。

結婚してからずっとこんな具合だった。彼女にふれ、抱き、キスせずにはいられないのだ。彼女の指に結婚指輪がはまっていても、これが現実とは確信できないというように。ベッドのなかでは、彼女も同じ情熱で応えてくれた。マディと愛し合うほどの喜びを、クインはこれまでの女性経験から得たことがなかった。奔放な森の精はいまだ健在だった。

「クイン?」

「なんだい?」

「愛してるわ」

幸せそうにほほ笑む彼女の指一本一本に、クインはキスをした。「ぼくも愛してる」

「閣下、バンクロフト・ハウスでございます」フランクリンが声をかけてきた。

「ああ、ついに」マディは彼の膝から飛び降りた。「スペインかどこか行きの船に乗って逃げるってわけにはいかないのかしら?」

馬車が停まった。「実をいうと、それも考えなかったわけじゃない」彼は打ち明けた。「それでもせめて、別れの挨拶はしなくては」

彼女は勇ましい表情をつくろうと、鼻に皺を寄せた。「わたし変な顔になってる?」

クインは笑った。フランクリンがドアを開ける。「なりようがないさ」

階段のてっぺんにビークスがいて、ふたりを出迎えた。「閣下、そして、レディ・ウェアフィールド、ようこそ」

「ありがとう、ビークス」

マディが執事にほほ笑みかけると、彼は一歩近寄り、声をひそめていった。「みなさま、お揃いでございます」

彼女はクインを見あげた。「だから、一日早く着いたほうがいいといったじゃない。でも、あなたが予定どおりにといい張るから」

「それがマナーというものさ。だれが来てる、ビークス?」

「公爵閣下、公爵夫人、ミス・マディのご両親、ミスター・バンクロフト、ミスター・ラファエル。みなさま、朝食のあと客間であなたさまの到着をお待ちでした」

マディはもうあらゆる意味で〝ミス〟ではないと指摘するのをこらえ、クインは執事に片手を差し出した。ビークスは驚いた顔をしたものの、にっこりしてその手を握った。「ありがとう。ビークス」

「幸運をお祈りいたします、閣下」

クインはマディの手を取った。「準備はできてる?」

「剣を持ったほうがいいかしら？」

彼の唇にちらと笑みが浮かんだ。「それはやめておいたほうがいい」

彼女は溜息をついた。「なら準備はできているわ」

執事が二階の客間にふたりを案内した。そして半分開いたドアから部屋に入ると、「ウェアフィールド侯爵ご夫妻がお着きになりました」ときっぱりした声でいった。

クインは彼の耳元でいった。「仕事がなくなったら、ビークス、ぼくのところに来るといい」

「はい、閣下」

マディがぎゅっと手を握りしめてくるのを感じながら、執事の前を過ぎ、客間へ足を踏み入れた。予備知識はなくとも、敵と味方は一目瞭然だった。なんといっても敵はひとりだけなのだから。百もの切り出しかたを練習したにもかかわらず、無言でおたがいを窺っている一同を前にすると、そのどれも適当とは思えなかった。

いつもながら最初に口を開いたのはレイフだった。

「とてもきれいだ、マディ」にっこりして前に出ると、彼女の頬にキスをした。「このさえない男の隣りにいても。ふたりとも、おめでとう」驚いたことに、弟はクインの頬にもキスをしてきた。

ハイブロー公爵は窓際に座り、こちらを見もしなかった。レイフはクインに向かって肩をすくめてみせ、マディの手を取って、彼女をほかの人々のほうへ引っ張っていった。クインはその後ろ姿を追った。ハルバーストン子爵夫人が娘の首に腕を回してうれし泣きをはじめると、マディも落ち着きを取り戻したようだった。

「公爵閣下」彼は静かにいい、窓際まで歩いた。「ぼくの荷物はウェアフィールドから運び出しましょうか」

「つまり、ほんとにしたのか？」公爵は息子を見あげていった。「彼女と結婚したのか？」

「ええ、しました」

「エロイーズと両親はスタフォード・グリーンの屋敷に行った。おまえがすべてをぶち壊してから、彼女は人前に姿を見せていない。わしとて、今後スタフォード伯爵が話しかけてくれたら幸運といったところだ」

「ご迷惑をおかけしたことは悪かったと思っています」クインは認め、窓台に腰かけた。

「ですが、愛する女性と結婚したことは悪いと思いません」

「おまえが謝るとは思っておらん」

「じゃあ、この集まりはなんのためです、父上？」

ようやく公爵は振り返ってマディを見た。彼女は公爵夫人の傍らに立って、ふたりを見守っていた。「はん！」

マルコムはマディの手を離し、足を引きずって兄に近づいた。「ルイス、いいかげんにしろ。彼女はエロイーズの十倍の価値がある。わかってるはずだ」

「エロイーズとの結婚は決まっていたことだ」

「上院でスタフォードの票が欲しかったからだろう。わしは昔から反対してただろうが」

「だから、地獄へ行けといってやった」

「ああ。ラングレーまでがせいぜいだったがな」

クインはふたりを交互に見やった。

「ちょっと待ってください。つまり、あなたがたが口をきかなくなったのは、エロイーズとぼくのことが原因なんですか？」

マルコムは小さくにやりと笑って、肩をすくめた。「そんなところだ」

「信じられない。はじめから仕組んで——」クインは叔父を見つめた。

「嘘はついとらんぞ、クイン」マルコムはさえぎった。「ルイスから手紙を受け取るまで、きみとマディのことは思いつきもしなかった」

温かな手がクインの肩に触れ、腕を滑り下りてきて指をつかんだ。「いってくださるべきでしたわ、ミスター・バンクロフト」マディがたしなめた。「そうしたら、間違いなく彼のこと、殺してましたのに」

公爵がついに立ちあがり、マディにぴしゃりといった。「つまり、勝った気でいるんだな、おまえは」

マディは冷やかに公爵を見つめていたが、やがてクインの手を離して、まっすぐに彼に向かって行った。殴るつもりかと思ったクインは緊張し、流血を防ぐべく飛び出そうとした。が、彼女はつま先立ちになると、公爵の肩に手を置いて頰にキスをした。

「わたしたち、最初からぶつかってばかりでしたね。公爵閣下、この状態をお続けになりたいとおっしゃるなら、口論は大歓迎です。でも、わたしは仲よくしていただきたいと思っているんです。わたしの子供たちにもお祖父さまを知ってほしいですし」

さすがはマディだ。ハイブロー公爵の唯一の弱点を見事に突いた。ちゃんと承知のうえで。クインは彼女の腰に手を回し、自分のほうへ引き寄せた。「あなたの孫全員と」マディの耳にキスしながら、つけ加える。彼女にふれるだけで体がかっと熱くなった。「孫は大勢できるでしょうから」

公爵は長いこと彼女を見つめていたが、やがてしぶしぶうなずいた。「そのほうがいいかもしれんな……マデリーン」

彼女はうなずいた。「精いっぱい頑張りますわ、公爵閣下」

「万歳！」レイフが声を上げ、クインの背中をぱしんと叩いた。「正義の勝利だ。じゃあ、馬は返してもらえるな、ウェアフィールド？」

クインはマディを振り向かせ、そっとキスをした。「愛してる」

「わたしも愛しているわ」彼女はささやき、キスを返した。「だから、レイフには馬を返してあげて」

「なんでもきみのいうとおりにするよ」彼はほほ笑んだ。「まったく、頑固な人だ」

訳者あとがき

スーザン・イーノックのヒストリカル・ロマンス“*The Bancroft Brothers Series*”第一弾『見つめずにいられない』をお届けします。イーノックお得意の、摂政（リージェンシー）時代のイギリスを舞台にした軽妙なロマンスをたっぷりとお楽しみください。

物語はイングランド南西部のサマセット州から始まります。病に倒れた叔父のかわりに、一時的に地所を監督すべくサマセットの片田舎にやってきたウェアフィールド侯爵ことクイン・バンクロフトは、叔父のお相手役という美しい女性マディに目を留めます。この女性、美貌なだけでなく、才気煥発《かんぱつ》で教養も豊か。叔父の愛人かと早合点したクインは次々と意表を突かれることになりますが、残念ながら彼女はどうもはなから自分に反感を持っているらしい。国王をもしのぐ財産と権力を持つハイブロー公爵の長男――つまり跡取りであり、まれにみるハンサム、そして非の打ちどころのない作法を身につけた紳士とあって、女性から冷たくあしらわれた経験のない彼は、俄然興味を惹《ひ》かれますが、敵は手強く……。

と、ここからはイーノック流のウィットに富んだやりとりのなかで、反発しあうふたりがいつしか惹かれ合い、やがては真の愛が芽生えていくさまが、笑いを交えて生き生きと描かれます。まさしくジェイン・オースティンの小説のごとく、大きな事件は起きないのにページをめくる手が止められない、といったタイプの作品。途中から舞台はロンドンに移り、イギリスが栄華をきわめた時代のきらびやかな雰囲気もたっぷり味わえる趣向になっています。

ところで、作中に登場する〝オールマックス〟。リージェンシー・ロマンス愛読者のかたがたにはおなじみかもしれませんが、少々説明をさせてください。一七六五年、ウィリアム・オールマックという人物が創設した社交場で、正式には〝オールマックス・アッセンブリー・ルームズ〟といいます。そこではシーズン中、週に一度舞踏会が開かれていました。ロンドン一格式の高い社交場として知られており、七人の貴婦人からなる委員会によって運営され、入場するには彼女たちの厳格な審査をパスする必要がありました。もちろん、たんに裕福であるとか、美貌であるとかでは有資格者とは認められず、爵位はもちろんのこと、家柄、当人の品位、作法、そしてファッションセンスなどが重要視されていたといいます。オールマックスに入ることは宮廷に足を踏み入れるよりも困難、とさえいわれていたのです。当然ながら、この七人の貴婦人たちは社交界で絶対的な影響力を持っていました。オールマックスは一八三五年ごろまで、その権威を維持しつづけたといいます。まさにリージェンシー時代の文化の象徴だったのです。

さて、本作に続いてクインの弟、レイフが主人公となる『*Taming Rafe*』が翻訳出版される予定です。タイトルを直訳すれば、〝レイフを飼いならす〟。頬に傷跡のある、兄とは対照的に奔放な弟レイフ。ナポレオンと闘ったり、アフリカ遠征に参加したりと冒険を好み、女性関係も華やかで、とてもひとつところに落ち着く男性には思えませんが、彼を飼いならす女性は現われるのでしょうか？　楽しみですね。

※　本文中、『から騒ぎ』『ロミオとジュリエット』『テンペスト』は小田島雄志氏訳を引用させていただきました。

二〇〇八年五月

ザ・ミステリ・コレクション

見《み》つめずにいられない

著者 スーザン・イーノック
訳者 井野上悦子《いのうええつこ》

発行所 株式会社 二見書房
東京都千代田区三崎町2-18-11
電話 03(3515)2311［営業］
03(3515)2313［編集］
振替 00170-4-2639

印刷 株式会社 堀内印刷所
製本 株式会社 関川製本所

ISBN978-4-576-09069-6
http://www.futami.co.jp/

奪われたキス
スーザン・イーノック
高里ひろ［訳］

十九世紀のロンドン社交界を舞台に、アイス・クイーンと呼ばれる美貌の令嬢と、彼女を誘惑しようとする不品行で悪名高き侯爵の恋を描くヒストリカルロマンス！

黄金の翼
アイリス・ジョハンセン
酒井裕美［訳］

バルカン半島小国の国王の姪として生まれた少女テスは、ある日砂漠の国セディカーンの族長ガレンに命を救われる。運命の出会いを果たしたふたりを待ち受ける結末とは…？

いつもふたりきりで
リンゼイ・サンズ
上條ひろみ［訳］

美人なのにド近眼のメガネっ嬢《こ》と戦争で顔に深い傷痕を残した伯爵。トラウマを抱えたふたりの熱い恋の行方は――？ とびきりキュートな抱腹絶倒ラブロマンス

夜風はひそやかに
ジャッキー・ダレサンドロ
宮崎 槙［訳］

十九世紀、英国。いつしか愛をあきらめた女と、人には告げられぬ秘密を持つ侯爵。情熱を捨てたはずの二人がたどり着く先は…？ メイフェア・シリーズ第一弾

あなたの心につづく道（上・下）
ジュディス・マクノート
宮内もと子［訳］

十九世紀、英国。若くして爵位を継いだ美しき女伯爵エリザベスを待ち受ける波瀾万丈の運命と、謎めいた貿易商イアンとの愛の旅路を描くヒストリカルロマンス！

とまどう緑のまなざし（上・下）
ジュディス・マクノート
後藤由季子［訳］

パリの社交界で、その美貌ゆえにたちまち人気者になったホイットニー。ある夜、仮面舞踏会でサタンに扮した謎の男にダンスに誘われるが……ロマンスの不朽の名作

あやまちは愛
トレイシー・アン・ウォレン
久野郁子［訳］

双子の姉と入れ替わり、密かに想いを寄せていた公爵と結婚したバイオレット。妻として愛される幸せと良心の呵責の狭間で心を痛めるが、やがて真相が暴かれる日が…

愛といつわりの誓い
トレイシー・アン・ウォレン
久野郁子［訳］

親戚の家へ預けられたジーネットは、無礼ながらも魅惑的な建築家ダラーと出会うが、ある事件がもとで〝平民〟の彼と結婚するはめになり…。『あやまちは愛』に続く第二弾！

昼下がりの密会
トレイシー・アン・ウォレン
久野郁子［訳］

家族に人生を捧げた未亡人ジュリアナと、復讐にすべてを賭ける男・ペンドラゴン。つかのまの愛人契約の先に、ふたりを待つ切ない運命とは…。新シリーズ第一弾！

黄昏に輝く瞳
キャサリン・コールター
栗木さつき［訳］

世間知らずの令嬢ジアナと若き海運王。ローマの娼館で出会った波瀾の愛の行方は……？ C・コールターが贈る怒濤のノンストップヒストリカル、スターシリーズ第一弾！

夜の炎
キャサリン・コールター
高橋佳奈子［訳］

若き未亡人アリエルは、かつて淡い恋心を抱いた伯爵と再会するが、夫との辛い過去から心を開けず…。全米ヒストリカルロマンスファンを魅了した「夜《ナイト》トリロジー」第一弾！

夜の絆
キャサリン・コールター
高橋佳奈子［訳］

クールなプレイボーイの子爵ナイトは、ひょんなことからいとこの美貌の未亡人と、三人の子供の面倒を見るハメになるが…。『夜の炎』に続く待望の「夜《ナイト》トリロジー」第二弾！